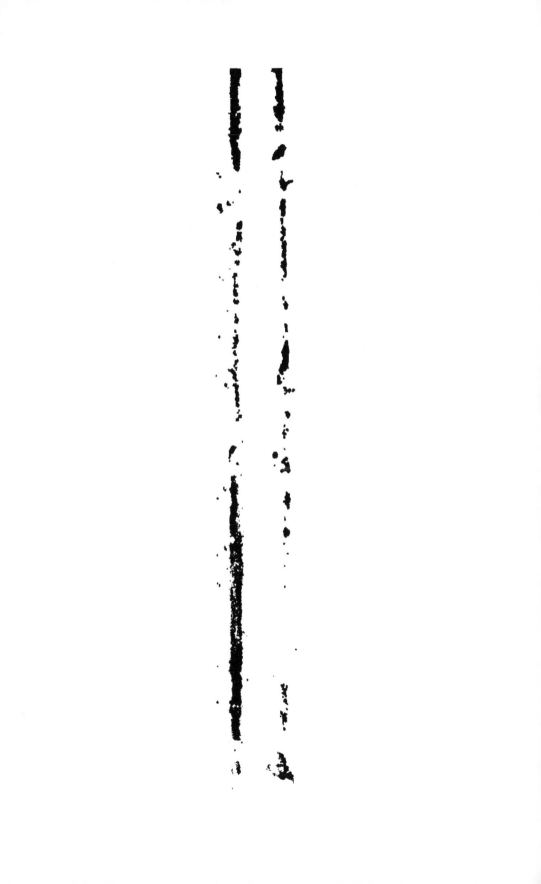

DIDEROT

JACQUES LE FATALISTE

ET

SON MAITRE

DIDEROT

JACQUES LE FATALISTE

ET

SON MAITRE

NOTICE ET NOTES

PAR

J. ASSÉZAT

PARIS

GARNIER FRÈRES, LIBRAIRES-ÉDITEURS

6, RUE DES SAINTS-PÈRES, 6

NOTICE PRÉLIMINAIRE

—

Comme *le Neveu de Rameau, Jacques le Fataliste* fut connu en Allemagne avant de l'être en France. Schiller en avait traduit, en 1785, l'épisode de Mme de La Pommeraye, sous ce titre : *Vengeance de femme*, pour le journal *Thalie* [1]. Il en tenait la copie de M. de Dalberg. Il parut, en 1792, une traduction du roman sous ce titre : *Jacob und sein Herr* (Jacques et son Maître), par Mylius. Le traducteur disait : « *Jacques le Fataliste* est une des pièces les plus précieuses de la succession littéraire non imprimée de Diderot. Ce petit roman sera difficilement publié dans la langue de l'auteur. Il en existe bien une vingtaine de copies en Allemagne, mais comme en dépôt. Elles doivent être conservées secrètement et n'être jamais mises au jour. Une de ces copies a été communiquée au traducteur, sous la promesse solennelle de ne pas confier le texte français à la presse [2]. »

Deux ans plus tard, l'Institut de France s'organisait. Un de ses premiers soins fut de s'occuper de dresser une sorte de bilan des richesses perdues de la littérature française. On s'inquiéta, entre autres choses, d'un chant de *Vert-Vert*

---

1. Cette traduction fut retraduite en français sous ce titre : *Exemple singulier de la vengeance d'une femme*, conte moral, ouvrage posthume de Diderot. Londre (*sic*) 1793, in-18 de 99 pages, y compris le titre, avec un avertissement.

2. ROSENKRANZ, *Diderot's Leben und Werke*, t. II, p. 316.

1

intitulé *l'Ouvroir*, qu'on crut être entre les mains du prince Henri de Prusse. Ce prince, qui, après avoir montré qu'il était bon capitaine, dut se réfugier dans une demi-obscurité pour ne pas risquer de trop déplaire à Frédéric II, son frère, occupait noblement ses loisirs en cultivant les lettres, les arts et les sciences. Il était un des souscripteurs à la *Correspondance* de Grimm. Il s'intéressait particulièrement à Diderot. La lectrice de sa femme, Mme de Prémontval, dont il sera question dans le roman, avait pu parler *de visu*. Ce n'est pas cependant par elle, comme l'a cru l'éditeur Brière, qu'il eut communication de *Jacques le Fataliste*, puisqu'elle était morte plusieurs années avant que ce livre fût écrit. Il en possédait une copie au même titre que la vingtaine d'autres personnes dont parle Mylius. Seulement il ne se crut pas obligé à la tenir secrète, et, en réponse à la demande du chant de *Vert-Vert* qu'il n'avait pas, il offrit *Jacques le Fataliste*, qu'il avait. Il reçut des remercîments, et on le pria de mettre à exécution cette louable intention. Il répondit par cette nouvelle lettre :

« J'ai reçu la lettre que vous m'avez adressée. L'Institut national ne me doit aucune reconnaissance pour le désir sincère que j'ai eu de lui prouver mon estime : l'empressement que j'aurais eu de lui envoyer le manuscrit qu'il désirait, s'il eût été en ma puissance, en est le garant. On ne peut pas rendre plus de justice aux grandes vues qui l'animent pour mieux diriger les connaissances de l'humanité.

« Je regrette la perte que fait la littérature de ne pouvoir jouir des œuvres complètes de Gresset, cet auteur ayant une réputation si justement méritée. J'ai fait remettre au citoyen Caillard, ministre plénipotentiaire de la République française, le manuscrit de *Jacques le Fataliste*. J'espère que l'Institut national en sera bientôt en possession. Je suis, avec les sentiments qui vous sont dus, votre affectionné

« HENRI. »

L'ouvrage parut chez Buisson, en 2 vol. in-8°(an V, 1796),
4 figures non signées. Il fut réimprimé la même année,
chez le même libraire, en 3 vol. in-12, fig. ; en 1797, chez
Gueffier jeune et Knapen fils, 3 vol. in-18, 3 fig., et chez
Bertin, 4 vol. in-18, 4 fig. et un frontispice de Chailloux,
gravé par Bovinet; en 1798, chez Maradan, 2 vol. in-12 ; en
1799, chez Leprieur, 4 vol. in-18, 4 fig. assez jolies non
signées; en 1822, in-18; en 1830, in-12; en 1849, in-4° illus-
tré. Il a subi une condamnation insérée au *Moniteur* du
6 août 1826.

Le livre a donc été beaucoup lu ; mais l'a-t-il été par tous
les critiques qui en ont parlé? Nous en doutons un peu,
tant est grande la divergence des opinions émises à son
sujet. La plus répandue, celle qui a cours, c'est que c'est
un livre ordurier, dans lequel se trouve cependant un
chef-d'œuvre : *l'Histoire de M*ᵐᵉ *de La Pommeraye et du chevalier des Arcis.* Il serait, à notre avis, beaucoup plus juste
de dire comme le disait Gœthe, que c'est un chef-d'œuvre,
dans lequel se trouvent malheureusement deux ou trois
passages qui tiennent le milieu entre la licence de Sterne
et celle de Rabelais, en se rapprochant un peu plus de ce
dernier.

Si, en effet, nous le prenons par le détail, nous y trouvons d'abord cette histoire de Mᵐᵉ de La Pommeraye,
acceptée par tous comme une œuvre hors ligne, et qui
remplit le quart de l'ouvrage. Dans les trois autres quarts,
l'histoire du Père Hudson, celle de l'emplâtre de Desglands
ont trouvé une place très honorable dans les morceaux
choisis avec un soin si scrupuleux par M. Génin. Celles du
chevalier de Guerchy, de Lepelletier, de Gousse, de l'intendant de M. de Saint-Florentin, du chevalier de Saint-Ouin,
sont très caractéristiques et ne sont pas de nature à cho-
quer les plus scrupuleux. M. Lepelletier est un saint, et si
le chevalier de Saint-Ouin est un fripon, le saint et le fripon sont également vrais et peints de main de maître. Les
digressions sur l'art et le théâtre sont ce qu'elles sont tou-

jours chez Diderot, pleines de verve et de bon sens. Il reste donc, écrémage fait, un quart de livre destiné par l'auteur lui-même à imiter Sterne, ou plutôt à le parodier, et c'est dans ce quart que se trouvent deux ou trois contes très courts qui ne sont ni plus ni moins lestes que ceux qu'il a semés un peu partout, dans les *Salons* même. Cette liberté de langage est malheureusement inhérente au caractère de Diderot, et, disons-le, à celui de presque toute la société de son époque, qui n'était point encore aussi polie que celle de la nôtre, quoique Crébillon le fils se fût chargé de lui enseigner l'art des périphrases. Plaignons-les, mais que le sentiment des convenances ne nous rende pas injustes [1].

Ce qui a réellement le plus nui à la réputation de *Jacques le Fataliste*, c'est la forme dans laquelle il est écrit. Ce reproche capital doit être renvoyé à Sterne. Sterne est un mauvais modèle, le plus mauvais des modèles. Son allure brisée, sautillante, est tellement fatigante pour le lecteur, qu'il ne la supporte que le temps de lire le *Voyage sentimental* et que *Tristram Shandy* est déjà deux fois trop long. Et la particularité de cette fatigue, c'est qu'elle ne se dissipe jamais. Commencez la lecture d'un livre écrit dans le genre de Sterne : dès la vingtième page, vous portez non seulement le poids de ces vingt pages, mais celui de tout le Sterne que vous avez lu précédemment. C'est ce qui est arrivé aux premiers lecteurs de *Jacques le Fataliste*.

---

1. Nous pourrions renvoyer, pour ces accusations, à la *Gazette nationale* (*Moniteur universel*) du 22 brumaire an V, qui défend Diderot. « On a relevé, dit le critique, avec trop d'aigreur et d'affectation quelques intempérances d'esprit que le philosophe Diderot s'est cru permises dans un ouvrage qu'il n'avait point destiné à l'impression... Nous observerons à ces hommes si chastes, à ces hommes qui prétendent qu'on ne doit écrire que pour des mères et des magistrats, que les peuples ne gagnent jamais en licence que ce qu'ils perdent réellement en pureté... L'oreille est le dernier asile de la chasteté : ce n'est qu'après avoir été chassée du cœur qu'elle s'y réfugie, etc. »

Le même écrivain, A... (Andrieux?), qui avait fait le compte rendu de *la Religieuse* dans la *Décade philosophique*, s'exprimait, au sujet de *Jacques*, en ces termes:

« Je respecte beaucoup les grands noms, mais je tâche de n'en être pas la dupe. Qu'importe que ce soit Diderot ou un écolier qui ait fait ce livre[1]? Il s'agit de savoir si l'ouvrage est digne d'un maître ou d'un écolier. Lecteur, je vous ai rendu compte de *la Religieuse*, et je désire que vous ayez été aussi content de mon extrait que je l'étais du roman. Je vous parlerai aujourd'hui de *Jacques le Fataliste* avec autant de franchise, mais avec bien moins de plaisir.

« Vous connaissez Rabelais? vous connaissez Sterne? Si vous ne les connaissez pas, je vous conseille de les lire, surtout le dernier; mais si vous voulez connaître une très faible imitation de *Tristram Shandy*, vous n'avez qu'à lire *Jacques le Fataliste*.

« Diderot n'a de son modèle que le décousu et le défaut de liaison. » (*Décade philosophique*, t. XI, p. 224.)

Cependant le critique, en continuant son *extrait*, trouve

---

1. On avait émis des doutes sur l'authenticité de l'attribution, et avec quelques motifs, puisqu'au même moment des libraires peu scrupuleux mettaient le nom de Diderot à un roman dans lequel on ne retrouve ni son style, ni ses idées, ni même quelque idée que ce soit. Ce roman, intitulé d'abord : *Jules et Sophie, ou le Fils naturel*, an V, 2 vol. in-18 de 142 et 146 p. avec deux gravures, reparut en 3 vol. in-18, 1797, 3 gravures, chez Traintenelle, relieur, et Marchand, marchand de livres, et prit sur quelques exemplaires du deuxième tirage ce nouveau titre : *le Chartreux*. Personne alors ne se laissa prendre à cette supercherie : ce qui n'a point empêché les bibliographes de continuer à porter sur leurs catalogues : « On lui attribue (à Diderot) *Jules et Sophie*. » Naigeon a eu tort, en 1798, de se borner à garder le silence sur cette fraude, quoique, nous le répétons, elle ne puisse tromper et n'ait trompé en réalité personne. Nous devons remercier ici M. Bégis qui, en nous communiquant gracieusement cette curiosité bibliographique fort rare en librairie, et qui manque aux bibliothèques publiques où nous l'avons cherchée, nous a mis à même de nous faire une opinion raisonnée sur la fausseté de l'attribution.

des morceaux « très vifs, très animés, qui rappellent le ton
des plus jolies narrations de Mme de Sévigné ». S'il conclut
en disant que *Jacques* ne vaut pas beaucoup mieux que *les
Bijoux indiscrets*, c'est qu'il a été surtout frappé par les
passages licencieux.

Ne nous attachons pas à ces passages, et demandons-
nous si réellement Diderot n'a fait que copier Sterne. Dans
le *Catalogue d'une jolie collection de livres rares et curieux*,
provenant de la bibliothèque d'un homme de lettres bien
connu (René Pincebourde, 1871), cet homme de lettres,
M. Ch. Monselet, dit de *Jacques le Fataliste :* « Chef-d'œuvre
à la diable, écrit sous l'influence directe de Sterne, et où
l'on retrouve avec stupéfaction des pages entières copiées
de *Tristram Shandy*. » Qui ne croirait, après cela, qu'il
s'agit de quelque chose de pis qu'une imitation, et qu'on a
affaire à un plagiat? Il en est tout autrement.

Ces « pages entières » consistent en deux fragments, l'un
au commencement du livre, l'autre à l'avant-dernier feuillet,
et celui-ci est ainsi annoncé : « Voici le second paragraphe
(du prétendu manuscrit d'où est tirée l'histoire des amours
de Jacques), copié de la *Vie de Tristram Shandy*, à moins
que l'entretien de Jacques le Fataliste et de son maître ne
soit antérieur à cet ouvrage, et que le ministre Sterne ne
soit le plagiaire [1], ce que je ne crois pas ; mais par une
estime toute particulière de M. Sterne, que je distingue de
la plupart des littérateurs de sa nation, dont l'usage assez
fréquent est de nous voler et de nous dire des injures. »

En fait, Diderot, comme l'a fait Nodier pour l'*Histoire
du roi de Bohême et de ses sept châteaux*, a emprunté à
Sterne une situation que l'auteur anglais n'avait point dé-
veloppée : celle du caporal Trim, commençant l'histoire de

---

1. L'accusation de plagiat n'a pas été ménagée à Sterne, en
Angleterre. On a noté tous les passages qu'il avait empruntés,
bien plus pour s'en moquer que pour se les approprier, il est
vrai, mais qu'il a eu le tort, par excès d'*humour*, de ne pas
désigner assez clairement comme des citations.

sa blessure au genou et celle de ses amours, histoire achevée quatre pages plus loin par l'oncle Toby. Il en a pris le début et la conclusion : la scène qui amène le baiser sur la main ; et, entre ces deux demi-pages, il a intercalé un volume où il n'y a, pour rappeler Sterne, que l'affectation à courir d'un sujet à l'autre, avec cette différence toutefois que les sujets choisis par Diderot entrent dans la catégorie de ce que les Allemands appellent ses « romans sociaux », qu'ils ont tous une portée, que dans tous il y a de l'intérêt, et que l'ampleur de la pensée y fait à chaque instant craquer les coutures de l'habit trop étroit où l'auteur voudrait la maintenir.

Mauvais habit que Diderot a eu le tort de choisir, s'il n'a pas voulu en même temps donner une leçon. Sterne avait alors des partisans en France, et beaucoup. Mlle de Lespinasse s'amusait à raconter les bonnes actions de Mme Geoffrin dans un style où l'émotion ne vient pas toujours à point nommé faire oublier la peine que se donne l'écrivain pour la faire naître par le contraste. *Le Voyage sentimental* avait fait école, mais *Tristram Shandy* n'était pas encore connu chez nous. Les deux derniers volumes, dans lesquels Diderot a pris son thème, parus en 1767, ne furent traduits qu'en 1785. En suivant ce modèle, Diderot se laissait sans doute un peu prendre à la mode qui courait, mais n'essayait-il pas, en même temps, de la diriger? Comme c'était sa manie de retoucher ce que les autres avaient fait et de montrer ce qu'ils auraient pu faire, n'a-t-il pas voulu montrer qu'avec les procédés de Sterne on pouvait avoir l'haleine plus longue, et qu'il n'était pas interdit, malgré les digressions, de finir ce que l'on commençait; car, malgré qu'on en dise, *Jacques le Fataliste* forme un tout dans lequel on ne peut méconnaître un très grand art de composition. Nous l'avons vu affirmer par Gœthe lui-même (*Notice préliminaire du Neveu de Rameau*).

Naigeon trouve le livre trop long de moitié et regrette que Diderot ait fait effort pour être plaisant, car « il ne l'était nullement, surtout quand il voulait l'être ». Mais M. Rosenkranz fait observer avec raison qu'à part ce qui concerne les doctrines philosophiques, Naigeon n'a pas grande autorité, et qu'il ne comprend pas du tout le côté artistique de son maître. Nous pourrions citer encore une lettre de Gœthe à Merck, du 7 avril 1780, où *Jacques le Fataliste* est présenté comme un repas de tous points excellent et servi avec une admirable entente de l'art du cuisinier et du maître d'hôtel réunis. En 1840, E. Erdmann, dans son *Développement de l'empirisme et du matérialisme, de Locke à Kant* (p. 268), présente ce roman comme un chef-d'œuvre encore insuffisamment apprécié. Voici les opinions allemandes. Quant aux opinions françaises, elles sont, comme il en est chez nous de toutes les opinions, coulées dans le même moule. On parle de *Jacques le Fataliste* comme en a parlé la *Décade* citée plus haut, et on se garde bien de le lire.

C'est pendant son séjour en Hollande et en Russie que Diderot a écrit ce livre. Il y est question de la représentation du *Bourru bienfaisant* de Goldoni, qui eut lieu en 1771, et Mme de Vandeul dit que son père fit, à l'époque de son retour, « deux petits romans, *Jacques le Fataliste* et *la Religieuse* ». Nous avons vu qu'il n'avait fait que retoucher ce dernier. Peut-être aussi n'a-t-il fait, dans le premier, que donner un cadre à des histoires depuis longtemps ébauchées et que le procédé de Sterne lui permettait de rattacher par un lien commun.

Il a paru un *Second Voyage de Jacques le Fataliste et de son maître* (*de Diderot*) à Versailles, chez Locard, et à Paris, chez tous les marchands de nouveautés, 1803, in-12.

L'auteur de cette suite est encore inconnu. Il a été fait, à ce sujet, plusieurs questions dans l'*Intermédiaire des chercheurs et des curieux*, qui n'ont point obtenu de réponses. Le seul renseignement qu'on trouve dans le livre est cette note :

« Pardon, pardon, trois fois pardon, si j'entreprends de

continuer les aventures de Jacques et de son maître. Il était
écrit de tous les temps que je ferais cette folie-là. Je ne
puis m'opposer à ma destinée... P. L. C. »

Il a été joué aux Variétés, en 1850, sous le titre de
Jacques le Fataliste, un vaudeville en deux actes de MM. Du-
manoir, Clairville et Bernard Lopez, dans lequel Bouret et
Rameau jouent un rôle.

Nous avons eu peu de modifications à faire au texte
adopté ; les corrections que M. Brière avait apportées aux
éditions précédentes étant presque toutes justifiées. Cependant nous sommes revenu sur quelques-unes ; M. Du-
brunfaut possède de ce roman une fort belle copie qui
paraît avoir servi à l'impression de la première édition. Il a
bien voulu nous la confier, et nous l'avons suivie de préférence dans les cas douteux, entre autres (p. 27), pour le
membre de phrase : « Et à elle donc », mis dans la bouche
du maître par tous nos prédécesseurs, même par Buisson.

1*

JACQUES LE FATALISTE

ET SON MAITRE

Comment s'étaient-ils rencontrés? Par hasard, comme tout le monde. Comment s'appelaient-ils? Que vous importe? D'où venaient-ils? Du lieu le plus prochain. Où allaient-ils? Est-ce que l'on sait où l'on va? Que disaient-ils? Le maître ne disait rien; et Jacques disait que son capitaine disait que tout ce qui nous arrive de bien et de mal ici-bas était écrit là-haut.

LE MAÎTRE

C'est un grand mot que cela.

JACQUES

Mon capitaine ajoutait que chaque balle qui partait d'un fusil avait son billet [1].

LE MAÎTRE

Et il avait raison...

Après une courte pause, Jacques s'écria : Que le diable emporte le cabaretier et son cabaret!

[1]. Le roi Guillaume, sauf votre respect, dit Trim, était d'avis que notre destinée ici-bas était arrêtée d'avance; tellement qu'il disait souvent à ses soldats que « chaque balle avait son billet ». (STERNE, *Vie et opinions de Tristram Shandy*, liv. VIII, chap. CCLXIII. — *Traduction Léon de Wailly*.)

LE MAÎTRE

Pourquoi donner au diable son prochain ? Cela n'est pas chrétien.

JACQUES

C'est que, tandis que je m'enivre de son mauvais vin j'oublie de mener nos chevaux à l'abreuvoir. Mon père s'en aperçoit ; il se fâche. Je hoche de la tête ; il prend un bâton et m'en frotte un peu durement les épaules. Un régiment passait pour aller au camp devant Fontenoy ; de dépit je m'enrôle. Nous arrivons ; la bataille se donne.

LE MAÎTRE

Et tu reçois la balle à ton adresse.

JACQUES

Vous l'avez deviné ; un coup de feu au genou ; et Dieu sait les bonnes et mauvaises aventures amenées par ce coup de feu. Elles se tiennent ni plus ni moins que les chaînons d'une gourmette. Sans ce coup de feu, par exemple, je crois que je n'aurais été amoureux de ma vie, ni boiteux.

LE MAÎTRE

Tu as donc été amoureux[1] ?

---

1. « Et puis, dit le caporal, reprenant la parole — mais d'un ton plus gai — sans ce coup de feu je n'aurais jamais été amoureux, sauf votre respect. — Tu as donc été amoureux, Trim ? dit mon oncle Toby en souriant. » (STERNE, *Tristam Shandy*, liv. VIII, chap. CCLXIII.)

JACQUES

Si je l'ai été!

LE MAÎTRE

Et cela par un coup de feu?

JACQUES

Par un coup de feu.

LE MAÎTRE

Tu ne m'en as jamais dit un mot.

JACQUES

Je le crois bien.

LE MAÎTRE

Et pourquoi cela?

JACQUES

C'est que cela ne pouvait être dit ni plus tôt ni plus tard.

LE MAÎTRE

Et le moment d'apprendre ces amours est-il venu?

JACQUES

Qui le sait?

LE MAÎTRE

A tout hasard, commence toujours...

Jacques commença l'histoire de ses amours. C'était l'après-dînée : il faisait un temps lourd ; son maître s'endormit. La nuit les surprit au milieu des champs ; les voilà fourvoyés. Voilà le maître dans une colère terrible et tombant à grands coups de fouet sur son valet, et le pauvre diable disant à chaque coup : « Celui-là était apparemment encore écrit là-haut... »

Vous voyez, lecteur, que je suis en beau chemin, et qu'il ne tiendrait qu'à moi de vous faire attendre un an, deux ans, trois ans, le récit des amours de Jacques, en le séparant de son maître et en leur faisant courir à chacun tous les hasards qu'il me plairait. Qu'est-ce qui m'empêcherait de marier le maître et de le faire cocu? d'embarquer Jacques pour les îles? d'y conduire son maître? de les ramener tous les deux en France sur le même vaisseau? Qu'il est facile de faire des contes! Mais ils en seront quittes l'un et l'autre pour une mauvaise nuit, et vous pour ce délai.

L'aube du jour parut. Les voilà montés sur leurs bêtes et poursuivant leur chemin. — Et où allaient-ils? — Voilà la seconde fois que vous me faites cette question, et la seconde fois que je vous réponds : Qu'est-ce que cela vous fait? Si j'entame le sujet de leur voyage, adieu les amours de Jacques... Ils allèrent quelque temps en silence. Lorsque chacun fut un peu remis de son chagrin, le maître dit à son valet : Eh bien, Jacques, où en étions-nous de tes amours?

JACQUES

Nous en étions, je crois, à la déroute de l'armée ennemie. On se sauve, on est poursuivi, chacun pense à soi. Je reste sur le champ de bataille, enseveli sous le nombre des morts et des blessés, qui fut prodigieux. Le lendemain on me jeta, avec une douzaine d'autres, sur une charrette, pour être conduit à un de nos hôpitaux. Ah! Monsieur, je ne crois pas qu'il y ait de blessures plus cruelles que celle du genou.

LE MAÎTRE

Allons donc, Jacques, tu te moques.

JACQUES

Non, pardieu, Monsieur, je ne me moque pas ! Il y a là je ne sais combien d'os, de tendons et d'autres choses qu'ils appellent je ne sais comment...[1].

Une espèce de paysan qui les suivait avec une fille qu'il portait en croupe et qui les avait écoutés, prit la parole et dit : « Monsieur a raison... »

On ne savait a qui ce *monsieur* était adressé, mais il fut mal pris par Jacques et par son maître ; et Jacques dit à cet interlocuteur indiscret : « De quoi te mêles-tu ?

Je me mêle de mon métier ; je suis chirurgien, à votre service, et je vais vous démontrer... »

La femme qu'il portait en croupe lui disait : « Monsieur le docteur, passons notre chemin et laissons ces messieurs qui n'aiment pas qu'on leur démontre.

— Non, lui répondit le chirurgien, je veux leur démontrer, et je leur démontrerai... »

Et, tout en se retournant pour démontrer, il pousse sa compagne, lui fait perdre l'équilibre et la jette à terre, un pied pris dans la basque de son habit et les cotillons renversés sur sa tête. Jacques descend, dégage le pied de cette pauvre créature et lui rabaisse ses jupons. Je ne sais s'il commença par rabaisser les jupons ou par

---

1. « ... Si bien que ce n'est que le lendemain, à midi, continua le caporal, que je fus échangé et mis dans une charrette avec treize ou quatorze autres, pour être transporté à notre hôpital. — Il n'y a pas de partie dans tout le corps, sauf votre respect, où une blessure cause une torture plus intolérable qu'au genou.

« — Excepté à l'aine, dit mon oncle Toby. — Sauf votre respect, repartit le caporal, le genou, à mon avis, doit certainement être plus douloureux à cause de tous les tendons et de tous les je ne sais quoi qui s'y trouvent. » (STERNE, *Tristram Shandy*, liv. VIII, chap. CCLXIII.)

dégager le pied ; mais à juger de l'état de cette femme par ses cris, elle s'était grièvement blessée. Et le maître de Jacques disait au chirurgien : « Voilà ce que c'est que de démontrer. »

Et le chirurgien : « Voilà ce que c'est que de ne vouloir pas qu'on démontre !... »

Et Jacques à la femme tombée ou ramassée : « Consolez-vous, ma bonne, il n'y a ni de votre faute, ni de la faute de M. le docteur, ni de la mienne, ni de celle de mon maître : c'est qu'il était écrit là-haut qu'aujourd'hui, sur ce chemin, à l'heure qu'il est, M. le docteur serait un bavard, que mon maître et moi nous serions deux bourrus, que vous auriez une contusion à la tête, et qu'on vous verrait le cul... »

Que cette aventure ne deviendrait-elle pas entre mes mains, s'il me prenait en fantaisie de vous désespérer ! Je donnerais de l'importance à cette femme ; j'en ferais la nièce d'un curé du village voisin ; j'ameuterais les paysans de ce village ; je me préparerais des combats et des amours ; car enfin cette paysanne était belle sous le linge. Jacques et son maître s'en étaient aperçus ; l'amour n'a pas toujours attendu une occasion aussi séduisante. Pourquoi Jacques ne deviendrait-il pas amoureux une seconde fois ? pourquoi ne serait-il pas une seconde fois le rival et même le rival préféré de son maître ? — Est-ce que le cas lui était déjà arrivé ? — Toujours des questions ! Vous ne voulez donc pas que Jacques continue le récit de ses amours ? une bonne fois pour toutes, expliquez-vous ; cela vous fera-t-il, cela ne vous fera-t-il pas plaisir ? Si cela vous fera plaisir, remettons la paysanne en croupe derrière son conducteur, laissons-les aller et revenons à nos deux voyageurs. Cette fois-ci ce fut Jacques qui prit la parole et qui dit à son maître :

Voilà le train du monde ; vous qui n'avez été blessé de votre vie et qui ne savez ce que c'est qu'un coup de feu au genou, vous me soutenez, à moi qui ai eu le genou fracassé et qui boîte depuis vingt ans...

LE MAÎTRE

Tu pourrais avoir raison. Mais ce chirurgien impertinent est cause que te voilà encore sur une charrette avec tes camarades, loin de l'hôpital, loin de ta guérison et loin de devenir amoureux.

JACQUES

Quoi qu'il vous plaise d'en penser, la douleur de mon genou était excessive ; elle s'accroissait encore par la dureté de la voiture, par l'inégalité des chemins, et à chaque cahot je poussais un cri aigu.

LE MAÎTRE

Parce qu'il était écrit là-haut que tu crierais?

JACQUES

Assurément! Je perdais tout mon sang, et j'étais un homme mort si notre charrette, la dernière de la ligne, ne se fût arrêtée devant une chaumière. Là, je demande à descendre ; on me met à terre. Une jeune femme, qui était debout à la porte de la chaumière, rentra chez elle et en sortit presque aussitôt avec un verre et une bouteille de vin. J'en bus un ou deux coups à la hâte. Les charrettes qui précédaient la nôtre défilèrent. On se disposait à me jeter parmi mes camarades, lorsque, m'attachant fortement aux vêtements de cette femme et à tout ce qui était autour de moi, je protestai que je ne remonterais pas et que, mourir pour mourir, j'aimais mieux que ce fût à l'endroit où j'étais qu'à deux lieues plus loin. En achevant ces derniers mots, je tombai en défaillance[1]. Au sortir de cet état, je me trouvais désabillé et couché dans un lit qui occupait un des coins de la chaumière, ayant autour de moi un paysan, le maître du lieu, sa femme, la même qui m'avait secouru, et quelques petits enfants. La femme avait trempé le coin de son tablier dans du vinaigre et m'en frottait le nez et les tempes[2].

LE MAÎTRE

Ah! malheureux! ah! coquin!... Infâme, je te vois arriver.

JACQUES

Mon maître, je crois que vous ne voyez rien.

LE MAÎTRE

N'est-ce pas de cette femme que tu vas devenir amoureux?

1. « Je racontais mes souffrances à une jeune femme, dans une maison de paysan où notre charrette, qui était la dernière de la file, avait fait halte ; on m'y avait fait entrer, et la jeune femme avait tiré de sa poche un cordial et en avait versé sur du sucre, et voyant qu'il m'avait ranimé, elle m'en avait donné une seconde et une troisième fois. — Je lui racontais donc, sauf votre respect, le supplice où j'étais, et je lui disais qu'il était si intolérable que j'aimerais mieux m'étendre sur ce lit, — en en désignant un qui était dans le coin de la chambre, et mourir, — que d'aller plus loin. Elle essaya de m'y conduire, mais je m'évanouis dans ses bras. » (STERNE, *Tristram Shandy*, liv. VIII, chap. CCLXIV.)

2. « Lors donc que je revins à moi, je me trouvai dans une cabane silencieuse et tranquille, où il n'y avait que la jeune femme, le paysan et sa femme. J'étais couché en travers du lit, dans le coin de la chambre, ma jambe blessée sur une chaise, et la jeune femme à côté de moi, d'une main me tenant sous le nez le coin d'un mouchoir trempé dans du vinaigre, et de l'autre me frottant les tempes. » (STERNE, *Tristram Shandy*, ibid.)

JACQUES

Et quand je serais devenu amoureux d'elle, qu'est-ce
qu'il y aurait à dire? Est-ce qu'on est maître de devenir ou de ne pas devenir amoureux? Et quand on l'est,
est-on maître d'agir comme si on ne l'était pas? Si cela
eût été écrit là-haut, tout ce que vous vous disposez à
me dire, je me le serais dit; je me serais souffleté; je
me serais cogné la tête contre le mur; je me serais
arraché les cheveux : il n'en aurait été ni plus ni moins,
et mon bienfaiteur eût été cocu.

LE MAÎTRE

Mais, en raisonnant à ta façon, il n'y a point de crime
qu'on ne commît sans remords.

JACQUES

Ce que vous m'objectez là m'a plus d'une fois chif-
fonné la cervelle; mais avec tout cela, malgré que j'en
aie, j'en reviens toujours au mot de mon capitaine :
Tout ce qui nous arrive de bien et de mal ici-bas est
écrit là-haut. Savez-vous, Monsieur, quelque moyen
d'effacer cette écriture? Puis-je n'être pas moi? Et étant
moi, puis-je faire autrement que moi? Puis-je être moi
et un autre? Et depuis que je suis au monde, y a-t-il eu
un seul instant où cela n'ait été vrai? Prêchez tant
qu'il vous plaira, vos raisons seront peut-être bonnes?
mais s'il est écrit en moi ou là-haut que je les trouve-
rai mauvaises, que voulez-vous que j'y fasse?

LE MAÎTRE

Je rêve à une chose : c'est si ton bienfaiteur eût été
cocu parce qu'il était écrit là-haut; ou si cela était écrit
là-haut parce que tu ferais cocu ton bienfaitenr?

JACQUES

Tous les deux étaient écrits l'un à côté de l'autre.
Tout a été écrit à la fois. C'est comme un grand rouleau qui se déploie petit à petit...

Vous concevez, lecteur, jusqu'où je pourrais pousser
cette conservation sur un sujet dont on a tant parlé,
tant écrit depuis deux mille ans, sans en être d'un pas
plus avancé. Si vous me savez peu de gré de ce que
je vous dis, sachez-m'en beaucoup de ce que je ne vous
dis pas.

Tandis que nos deux théologiens disputaient sans
s'entendre, comme il peut arriver en théologie, la nuit
s'approchait. Ils traversaient une contrée peu sûre en
tout temps, et qui l'était bien moins encore, alors que
la mauvaise administration et la misère avaient multi-
plié sans fin le nombre des malfaiteurs. Ils s'arrêtèrent
dans la plus misérable des auberges. On leur dressa
deux lits de sangle dans une chambre formée de cloi-
sons entr'ouvertes de tous les côtés. Ils demandèrent
à souper. On leur apporta de l'eau de mare, du pain
noir et du vin tourné. L'hôte, l'hôtesse, les enfants, les
valets, tout avait l'air sinistre. Ils entendaient à côté
d'eux les ris immodérés et la joie tumultueuse d'une
douzaine de brigands qui les avaient précédés et qui
s'étaient emparés de toutes les provisions. Jacques
était assez tranquille; il s'en fallait beaucoup que son
maître le fût autant. Celui-ci promenait son souci en
long et en large, tandis que son valet dévorait quelques
morceaux de pain noir, et avalait en grimaçant quelques
verres de mauvais vin. Ils en étaient là, lorsqu'ils entendirent frapper à leur porte : c'était un valet que ces
insolents et dangereux voisins avaient contraint d'ap-

porter à nos deux voyageurs, sur une de leurs assiettes,
tous les os d'une volaille qu'ils avaient mangée.
Jacques, indigné, prend les pistolets de son maître.

« Où vas-tu ?

— Laissez-moi faire.

— Où vas-tu ? te dis-je.

— Mettre à la raison cette canaille.

— Sais-tu qu'ils sont une douzaine ?

— Fussent-ils cent, le nombre n'y fait rien, s'il est
écrit là-haut qu'ils ne sont pas assez.

— Que le diable t'emporte avec ton impertinent dic-
ton !... »

Jacques s'échappe des mains de son maître, entre
dans la chambre de ces coupe-jarrets, un pistolet armé
dans chaque main. « Vite, qu'on se couche, leur dit-il,
le premier qui remue je lui brûle la cervelle... » Jacques
avait l'air et le ton si vrais, que ces coquins, qui pri-
saient autant la vie que d'honnêtes gens, se lèvent de
table sans souffler le mot, se déshabillent et se couchent.
Son maître, incertain sur la manière dont cette aventure
finirait, l'attendait en tremblant. Jacques rentra chargé
des dépouilles de ces gens ; il s'en était emparé pour
qu'ils ne fussent pas tentés de se relever ; il avait éteint
leur lumière et fermé à double tour leur porte, dont il
tenait la clef avec un de ses pistolets. « A présent, Monsieur, dit-il à son maître, nous n'avons plus qu'à nous
barricader en poussant nos lits contre cette porte, et à
dormir paisiblement... » Et il se mit en devoir de pousser
les lits, racontant froidement et succinctement à son
maître le détail de cette expédition.

LE MAÎTRE

Jacques, quel diable d'homme es-tu ! Tu crois donc...

JACQUES

Je ne crois ni ne décrois.

LE MAÎTRE

S'ils avaient refusé de se coucher ?

JACQUES

Cela était impossible.

LE MAÎTRE

Pourquoi ?

JACQUES

Parce qu'ils ne l'ont pas fait.

LE MAÎTRE

S'il se relevaient ?

JACQUES

Tant pis ou tant mieux.

LE MAÎTRE

Si... si... si... et...

JACQUES

Si, si la mer bouillait, il y aurait, comme on dit, bien des poissons de cuits. Que diable, Monsieur, tout à l'heure vous avez cru que je courais un grand danger, et rien n'était plus faux ; à présent vous vous croyez en grand danger, et rien peut-être n'est encore plus faux. Tous, dans cette maison, nous avons peur les uns des autres ; ce qui prouve que nous sommes tous des sots...

Et, tout en discourant ainsi, le voilà déshabillé, couché et endormi. Son maître, en mangeant à son tour un
morceau de pain noir et buvant un coup de mauvais
vin, prêtait l'oreille autour de lui, regardait Jacques
qui ronflait, et disait : « Quel diable d'homme est-ce
là !... » A l'exemple de son valet, le maître s'étendit
aussi sur son grabat, mais il n'y dormit pas de même.
Dès la pointe du jour, Jacques sentit une main qui le
poussait ; c'était celle de son maître qui l'appelait à voix
basse : Jacques ! Jacques !

JACQUES

Qu'est-ce ?

LE MAÎTRE

Il fait jour.

JACQUES

Cela se peut.

LE MAÎTRE

Lève-toi donc.

JACQUES

Pourquoi ?

LE MAÎTRE

Pour sortir d'ici au plus vite.

JACQUES

Pourquoi ?

LE MAÎTRE

Parce que nous y sommes mal.

JACQUES

Qui le sait, et si nous serons mieux ailleurs ?

LE MAÎTRE

Jacques?

JACQUES

Eh bien, Jacques! Jacques! quel diable d'homme êtes-vous?

LE MAÎTRE

Quel diable d'homme es-tu! Jacques, mon ami, je t'en prie.

Jacques se frotta les yeux, bâilla à plusieurs reprises, étendit les bras, se leva, s'habilla sans se presser, repoussa les lits, sortit de la chambre, descendit, alla à l'écurie, sella et brida les chevaux, éveilla l'hôte qui dormait encore, paya la dépense, garda les clefs des deux chambres; et voilà nos gens partis.

Le maître voulait s'éloigner au grand trot; Jacques voulait aller le pas, et toujours d'après son système. Lorsqu'ils furent à une assez grande distance de leur triste gîte, le maître, entendant quelque chose qui résonnait dans la poche de Jacques, lui demanda ce que c'était : Jacques lui dit que c'étaient les deux clefs des chambres.

LE MAÎTRE

Et pourquoi ne les avoir pas rendues?

JACQUES

C'est qu'il faudra enfoncer deux portes; celle de nos voisins pour les tirer de leur prison, la nôtre pour leur délivrer leurs vêtements; et que cela nous donnera du temps.

LE MAÎTRE

Fort bien, Jacques! mais pourquoi gagner du temps?

JACQUES

Pourquoi? Ma foi, je n'en sais rien.

LE MAÎTRE

Et si tu veux gagner du temps, pourquoi aller au petit pas comme tu fais?

JACQUES

C'est que, faute de savoir ce qui est écrit là-haut, on ne sait ni ce qu'on veut ni ce qu'on fait, et qu'on suit sa fantaisie qu'on appelle raison, ou sa raison qui n'est souvent qu'une dangereuse fantaisie, qui tourne tantôt bien, tantôt mal.

LE MAÎTRE

Pourrais-tu me dire ce que c'est qu'un fou, ce que c'est qu'un sage?

JACQUES

Pourquoi pas?... un fou... attendez... c'est un homme malheureux; et par conséquent un homme heureux est sage.

LE MAÎTRE

Et qu'est-ce qu'un homme heureux ou malheureux.

JACQUES

Pour celui-ci, il est aisé. Un homme heureux est celui dont le bonheur est écrit là-haut; et par conséquent, celui dont le malheur est écrit là-haut est un homme malheureux.

LE MAÎTRE

Et qui est-ce qui a écrit là-haut le bonheur et le malheur?

2

JACQUES

Et qui est-ce qui a fait le grand rouleau où tout est écrit? Un capitaine, ami de mon capitaine, aurait bien donné un petit écu pour le savoir; lui, n'aurait pas donné une obole, ni moi non plus ; car à quoi cela me servirait-il? En éviterais-je pour cela le trou où je dois m'aller casser le cou?

LE MAÎTRE

Je crois que oui.

JACQUES

Moi, je crois que non; car il faudrait qu'il y eût une ligne fausse sur le grand rouleau qui contient vérité, qui ne contient que vérité, et qui contient toute vérité. Il serait écrit sur le grand rouleau ; « Jacques se cassera le cou tel jour... » et Jacques ne se casserait pas le cou? Concevez-vous que cela se puisse, quel que soit l'auteur du grand rouleau !

LE MAÎTRE

Il y a beaucoup de choses à dire là-dessus...

JACQUES

Mon capitaine croyait que la prudence est une supposition, dans laquelle l'expérience nous autorise à regarder les circonstances où nous nous trouvons comme causes de certains effets à espérer ou à craindre pour l'avenir.

LE MAÎTRE

Et tu entendais quelque chose à cela ?

JACQUES

Assurément, peu à peu je m'étais fait à sa langue.
Mais, disait-il, qui peut se vanter d'avoir assez d'expérience? Celui qui s'est flatté d'en être le mieux pourvu,
n'a-t-il jamais été dupe? Et puis, y a-t-il un homme
capable d'apprécier juste les circonstances où il se
trouve? Le calcul qui se fait dans nos têtes, et celui
qui est arrêté sur le registre d'en haut sont deux cal-
culs bien différents. Est-ce nous qui menons le destin,
ou bien est-ce le destin qui nous mène? Combien de
projets sagement concertés ont manqué, et combien
manqueront! Combien de projets insensés ont réussi
et combien réussiront? C'est ce que mon capitaine me
répétait, après la prise de Berg-op-Zoom et celle du
Port-Mahon; et il ajoutait que la prudence ne nous as-
surait point un bon succès, mais qu'elle nous consolait
et nous excusait d'un mauvais; aussi dormait-il la veille
d'une action sous sa tente comme dans sa garnison, et
allait-il au feu comme au bal. C'est bien de lui que
vous vous seriez écrié : « Quel diable d'homme!... »

Comme ils en étaient là, ils entendirent, à quelque
distance derrière eux, du bruit et des cris; ils retour-
nèrent la tête, et virent une troupe d'hommes armés de
gaules et de fourches qui s'avançaient vers eux à toutes
jambes. Vous allez croire que c'étaient les gens de
l'auberge, leurs valets et les brigands dont nous avons
parlé. Vous allez croire que le matin on avait enfoncé
leur porte faute de clefs, et que ces brigands s'étaient
imaginé que nos deux voyageurs avaient décampé avec
leurs dépouilles. Jacques le crut, et il disait entre ses
dents : « Maudites soient les clefs et la fantaisie ou la

raison qui me les fit emporter ! Maudite soit la prudence ! etc., etc. » Vous allez croire que cette petite
armée tombera sur Jacques et son maître, qu'il y aura
une action sanglante, des coups de bâton donnés, des
coups de pistolet tirés ; et il ne tiendrait qu'à moi que
tout cela n'arrivât : mais adieu la vérité de l'histoire,
adieu le récit des amours de Jacques. Nos deux voyageurs n'étaient point suivis : j'ignore ce qui se passa
dans l'auberge après leur départ. Ils continuèrent leur
route, allant toujours sans savoir où ils allaient, quoiqu'ils sussent à peu près où ils voulaient aller ; trom-
pant l'ennui et la fatigue par le silence et le bavardage,
comme c'est l'usage de ceux qui marchent, et quelquefois de ceux qui sont assis.

Il est bien évident que je ne fais pas un roman,
puisque je néglige ce qu'un romancier ne manquerait
pas d'employer. Celui qui prendrait ce que j'écris pour
la vérité serait peut-être moins dans l'erreur que celui
qui le prendrait pour une fable.

Cette fois-ci ce fut le maître qui parla le premier et
qui débuta par le refrain accoutumé : Eh bien ! Jacques,
l'histoire de tes amours ?

JACQUES

Je ne sais où j'en étais. J'ai été si souvent interrompu,
que je ferais tout aussi bien de recommencer.

LE MAÎTRE

Non, non. Revenu de ta défaillance à la porte de la
chaumière, tu te trouvas dans un lit, entouré des gens
qui l'habitaient.

JACQUES

Fort bien ! La chose la plus pressée était d'avoir un
chirurgien, et il n'y en avait pas à plus d'une lieue à la

ronde. Le bonhomme fit monter à cheval un de ses
enfants et l'envoya au lieu le moins éloigné. Cependant
la bonne femme avait fait chauffer du gros vin, dé-
chiré une vieille chemise de son mari ; et mon genou fut
étuvé, couvert de compresses et enveloppé de linges.
On mit quelques morceaux de sucre enlevés aux four-
mis, dans une portion de vin qui avait servi à mon
pansement, et je l'avalai ; ensuite on m'exhorta à
prendre patience. Il était tard ! ces gens se mirent à
table et soupèrent. Voilà le souper fini. Cependant l'enfant ne revenait pas, et point de chirurgien. Le père
prit de l'humeur. C'était un homme naturellement chagrin ; il boudait sa femme, il ne trouvait rien à son gré.
Il envoya durement coucher ses autres enfants. Sa
femme s'assit sur un banc et prit sa quenouille. Lui,
allait et venait ; et en allant et venant, il lui cherchait
querelle sur tout. « Si tu avais été au moulin comme
je te l'avais dit... » et il achevait la phrase en hochant
de la tête du côté de mon lit.

« On ira demain.

— C'est aujourd'hui qu'il fallait y aller, comme je te
l'avais dit... Et ces restes de paille qui sont encore sur
la grange, qu'attends-tu pour les relever ?

— On les relèvera demain.

— Ce que nous en avons tire à sa fin ; et tu aurais
beaucoup mieux fait de les relever aujourd'hui, comme
je te l'avais dit... Et ce tas d'orge qui se gâte sur le
grenier, je gage que tu n'as pas songé à le remuer.

— Les enfants l'ont fait.

— Il fallait le faire toi-même. Si tu avais été sur ton
grenier, tu n'aurais pas été à la porte... »

Cependant il arriva un chirurgien, puis un second,

puis un troisième, avec le petit garçon de la chaumière,

LE MAÎTRE

Te voilà en chirurgien comme saint Roch en chapeaux [1].

JACQUES

Le premier était absent, lorsque le petit garçon était
arrivé chez lui ; mais sa femme avait fait avertir le second, et le troisième avait accompagné le petit garçon.
« Eh ! bonsoir, compères ; vous voilà ? » dit le premier
aux deux autres... Ils avaient fait le plus de diligence possible. Ils avaient chaud, ils étaient altérés
Ils s'asseyent autour de la table dont la nappe n'était
pas encore ôtée. La femme descend à la cave, et en remonte avec une bouteille. Le mari grommelait entre
ses dents : Eh ! que diable faisait-elle à sa porte ? On
boit, on parle des maladies du canton ; on entame
l'énumération de ses pratiques. Je me plains ; on me dit :
« Dans un moment nous serons à vous. » Après cette
bouteille, on en demande une seconde, à compte sur
mon traitement ; puis une troisième, une quatrième,
toujours à compte sur mon traitement : et à chaque bouteille, le mari revenait à sa première exclamation : « Eh !
que diable faisait-elle à sa porte ? »

Quel parti un autre n'aurait-il pas tiré de ces trois
chirurgiens, de leur conversation à la quatrième bou-

---

1. On lit dans toutes les éditions : *comme saint Roch en chapeau :* il faut : *en chapeaux.* Ce proverbe se dit quand, d'un
certain nombre de choses que l'on possède, plusieurs sont inutiles : le mot est ici d'autant mieux appliqué que saint Roch
avait trois chapeaux ; on le voit souvent ainsi représenté. (BR.)

teille, de la multitude de leurs cures merveilleuses, de
l'impatience de Jacques, de la mauvaise humeur de
l'hôte, des propos de nos esculapes de campagne autour
du genou de Jacques, de leurs différents avis, l'un
prétendant que Jacques était mort si l'on ne se hâtait de
lui couper la jambe, l'autre qu'il fallait extraire la balle
et la portion du vêtement qui l'avait suivie, et conserver la jambe à ce pauvre diable. Cependant on aurait
vu Jacques assis sur son lit, regardant sa jambe en
pitié, et lui faisant ses derniers adieux, comme on vit
un de nos généraux entre Dufouart[1] et Louis[2]. Le
troisième chirurgien aurait gobe-mouché jusqu'à ce
que la querelle se fût élevée entre eux, et que des invectives on en fût venu aux gestes.

Je vous fais grâce de toutes ces choses, que vous
trouverez dans les romans, dans la comédie ancienne
et dans la société. Lorsque j'entendis l'hôte s'écrier de
sa femme : « que diable faisait-elle à sa porte? » je me
rappelai l'Harpagon de Molière[3], lorsqu'il dit de son
fils : *Qu'allait-il faire dans cette galère?* Et je conçus
qu'il ne s'agissait pas seulement d'être vrai, mais qu'il
fallait encore être plaisant; et que c'était la raison pour
laquelle on dirait à jamais : *Qu'allait-il faire dans cette
galère?* et que le mot de mon paysan, *Que faisait-elle
à sa porte?* ne passerait pas en proverbe.

---

1. Dufouart (Pierre), célèbre chirurgien, mort à Sceaux le
21 octobre 1813, à l'âge de soixante-dix-huit ans. On a de lui :
Traité d'analyse des plaies d'armes à feu. (Br.)

2. Louis (Antoine), chirurgien, secrétaire de l'Académie de
Paris, né à Metz le 13 février 1723, mort à Paris en 1792. C'est lui
qui fut chargé de la partie chirurgicale de l'*Encyclopédie.*

3. Ce n'est point l'Harpagon de *l'Avare* qui dit de son fils :
Qu'allait-il faire dans cette galère? mais bien le Géronte des
Fourberies de Scapin, acte II, scène XI. (Br.)

Jacques n'en usa pas envers son maître avec la même réserve que je garde avec vous; il n'omit pas la moindre circonstance, au hasard de l'endormir une seconde fois. Si ce ne fut pas le plus habile, ce fut au moins le plus vigoureux des trois chirurgiens qui resta maître du patient.

N'allez-vous pas, me direz-vous, tirer des bistouris à nos yeux, couper des chairs, faire couler du sang, et nous montrer une opération chirurgicale? A votre avis, cela ne sera-t-il pas de bon goût?... Allons, passons encore l'opération chirurgicale; mais vous permettrez au moins à Jacques de dire à son maître, comme il le fit : « Ah! Monsieur, c'est une terrible affaire que de rarranger un genou fracassé!... » Et à son maître de lui répondre comme auparavant : « Allons donc, Jacques, tu te moques... » Mais ce que je ne vous laisserais pas ignorer pour tout l'or du monde, c'est qu'à peine le maître de Jacques lui eut-il fait cette impertinente réponse, que son cheval bronche et s'abat, que son genou va s'appuyer rudement sur un caillou pointu, et que le voilà criant à tue-tête : « Je suis mort! j'ai le genou cassé!... »

Quoique Jacques, la meilleure pâte d'homme qu'on puisse imaginer, fût tendrement attaché à son maître, je voudrais bien savoir ce qui se passa au fond de son âme, sinon dans le premier moment, du moins lorsqu'il fut bien assuré que cette chute n'aurait point de suite fâcheuse, et s'il put se refuser à un léger mouvement de joie secrète d'un accident qui apprendrait à son maître ce que c'était qu'une blessure au genou. Une autre chose, lecteur, que je voudrais bien que vous me disiez, c'est si son maître n'eût pas mieux aimé être blessé, même un peu plus grièvement ailleurs qu'au genou, ou s'il ne fut pas plus sensible à la honte qu'à la douleur.

Lorsque le maître fut un peu revenu de sa chute et de son angoisse, il se remit en selle et appuya cinq ou six coups d'éperon à son cheval, qui partit comme un éclair; autant en fit la monture de Jacques; car il y avait entre ces deux animaux la même intimité qu'entre leurs cavaliers; c'étaient deux paires d'amis.

Lorsque les deux chevaux essoufflés reprirent leur pas ordinaire, Jacques dit à son maître: Eh bien, Monsieur, qu'en pensez-vous?

LE MAÎTRE

De quoi?

JACQUES

De la blessure au genou.

LE MAÎTRE

Je suis de ton avis; c'est une des plus cruelles.

JACQUES

Au vôtre?

LE MAÎTRE

Non, non, au tien, au mien, à tous les genoux du monde.

JACQUES

Mon maître, mon maître, vous n'y avez pas bien regardé; croyez que nous en plaignons jamais que nous.

LE MAÎTRE

Quelle folie !

JACQUES

Ah ! si je savais dire comme je sais penser ! Mais il était écrit là-haut que j'aurais les choses dans ma tête, et que les mots ne me viendraient pas.

Ici Jacques s'embarrassa dans une métaphysique très subtile et peut-être très vraie. Il cherchait à faire concevoir à son maître que le mot douleur était sans idée, et qu'il ne commençait à signifier quelque chose qu'au moment où il rappelait à notre mémoire une sensation que nous avions éprouvée. Son maître lui demanda s'il avait déjà accouché.

— Non, lui répondit Jacques.

— Et crois-tu que ce soit une grande douleur que d'accoucher ?

— Assurément !

— Plains-tu les femmes en mal d'enfant ?

— Beaucoup.

— Tu plains donc quelquefois un autre que toi ?

— Je plains ceux ou celles qui se tordent les bras, qui s'arrachent les cheveux, qui poussent des cris, parce que je sais par expérience qu'on ne fait pas cela sans souffrir ; mais pour le mal propre à la femme qui accouche, je ne le plains pas : je ne sais ce que c'est, Dieu merci ! Mais pour en revenir à une peine que nous connaissons tous deux, l'histoire de mon genou, qui est devenu le[1] vôtre par votre chute...

---

1. Nous rétablissons *le*, d'après la copie. Ce n'est point à *histoire*, mais à *genou*, que se rapporte cet article, comme, dans la réponse, *miennes* se rapporte à *amours*.

LE MAÎTRE

Non, Jacques ; l'histoire de tes amours qui sont devenues miennes par mes chagrins passés.

JACQUES

Me voilà pansé, un peu soulagé, le chirurgien parti,
et mes hôtes retirés et couchés. Leur chambre n'était
séparée de la mienne que par des planches à claire-
voie sur lesquelles on avait collé du papier gris, et sur
ce papier quelques images enluminées. Je ne dormais
pas, et j'entendis la femme qui disait à son mari :
« Laissez-moi, je n'ai pas envie de rire. Un pauvre
malheureux qui se meurt à notre porte !...

— Femme, tu me diras tout cela après.

— Non, cela ne sera pas. Si vous ne finissez, je me
lève. Cela ne me fera-t-il pas bien aise, lorsque j'ai le
cœur gros ?

— Oh ! si tu te fais tant prier, tu en seras la dupe.

— Ce n'est pas pour se faire prier, mais c'est que vous
êtes quelquefois d'un dur !... c'est que... c'est que... »
Après une assez courte pause, le mari prit la parole
et dit : « Là, femme, conviens donc à présent que, par
une compassion déplacée, tu nous a mis dans un embarras dont il est presque impossible de se tirer. L'année est mauvaise ; à peine pouvons-nous suffire à nos
besoins et aux besoins de nos enfants. Le grain est
d'une cherté ! Point de vin ! Encore si l'on trouvait à
travailler ; mais les riches se retranchent ; les pauvres
gens ne font rien ; pour une journée qu'on emploie, on
en perd quatre. Personne ne paie ce qu'il doit ; les
créanciers sont d'une âpreté qui désespère ; et voilà le

moment que tu prends pour retirer ici un inconnu, un étranger qui y restera tant qu'il plaira à Dieu, et au chirurgien qui ne se pressera pas de le guérir; car ces chirurgiens font durer les maladies le plus longtemps qu'ils peuvent; qui n'a pas le sou, et qui doublera, triplera notre dépense. Là, femme, comment te déferas-tu de cet homme? Parle donc, femme, dis-moi donc quelque raison.

— Est-ce qu'on peut parler avec vous?

— Tu dis que j'ai de l'humeur, que je gronde; eh! qui n'en aurait pas? qui ne gronderait pas? Il y avait encore un peu de vin à la cave: Dieu sait le train dont il ira! Les chirurgiens en burent hier au soir plus que nous et nos enfants n'aurions fait dans la semaine. Et le chirurgien qui ne viendra pas pour rien, comme tu peux le penser, qui le payera?

— Oui, voilà qui est fort bien dit; et parce qu'on est dans la misère, vous me faites un enfant, comme si nous n'en avions pas déjà assez.

— Oh que non!

— Oh que si; je suis sûre que je vais être grosse!

— Voilà comme tu dis toutes les fois.

— Et cela n'a jamais manqué quand l'oreille me démange après, et j'y sens une démangeaison comme jamais.

— Ton oreille ne sait ce qu'elle dit.

— Ne me touche pas! laisse là mon oreille! laisse donc, l'homme; est-ce que tu es fou? tu t'en trouveras mal.

— Non, non, cela ne m'est pas arrivé depuis le soir de la Saint-Jean.

— Tu feras si bien que... et puis dans un mois d'ici tu me bouderas comme si c'était de ma faute.

— Non, non.

— Et dans neuf mois d'ici ce sera bien pis.

— Non, non.

— C'est toi qui l'auras voulu?

— Oui, oui.

— Tu t'en souviendras? tu ne diras pas comme tu as dit toutes les autres fois?

— Oui, oui...

Et puis voilà que de non, non, en oui, oui, cet homme enragé contre sa femme d'avoir cédé à un sentiment d'humanité...

LE MAÎTRE

C'est la réflexion que je faisais.

JACQUES

Il est certain que ce mari n'était pas trop conséquent; mais il était jeune et sa femme jolie. On ne fait jamais tant d'enfants que dans les temps de misère.

LE MAÎTRE

Rien ne peuple comme les gueux.

JACQUES

Un enfant de plus n'est rien pour eux, c'est la charité qui les nourrit. Et puis, c'est le seul plaisir qui ne coûte rien; on se console pendant la nuit, sans frais, des calamités du jour... Cependant les réflexions de cet homme n'en étaient pas moins justes. Tandis que je me disais cela à moi-même, je ressentis une douleur violente au genou, et je m'écriai : « Ah ! le genou! » Et le mari s'écria : « Ah! femme!... » Et la femme s'écria :

3

« Ah! mon homme!... mais... mais cet homme qui est
là!

— Eh bien! cet homme?

— Il nous aura peut-être entendus!

— Qu'il ait entendu.

— Demain, je n'oserai le regarder.

— Et pourquoi? Est-ce que tu n'es pas ma femme?
Est-ce que je ne suis pas ton mari? Est-ce qu'un mari
a une femme, est-ce qu'une femme a un mari pour rien?

— Ah! ah!

— Eh bien! qu'est-ce?

— Mon oreille!...

— Eh bien! ton oreille?

— C'est pis que jamais.

— Dors, cela se passera.

— Je ne saurais. Ah! l'oreille! ah! l'oreille!

— L'oreille, l'oreille, cela est bien aisé à dire... »

Je ne vous dirai point ce qui se passait entre eux;
mais la femme, après avoir répété l'oreille, l'oreille,
plusieurs fois de suite à voix basse et précipitée, finit
par balbutier à syllabes interrompues l'o...reil...le, et
à la suite de cette o...reil...le, je ne sais quoi, qui,
joint au silence qui succéda, me fit imaginer que son
mal d'oreille s'était apaisé d'une ou d'autre façon, il
n'importe : cela me fit plaisir. Et à elle donc!

LE MAÎTRE

Jacques, mettez la main sur la conscience, et jurez-
moi que ce n'est pas de cette femme que vous devîntes
amoureux.

JACQUES

Je le jure.

LE MAÎTRE

Tant pis pour toi.

JACQUES

C'est tant pis ou tant mieux. Vous croyez apparemment que les femmes qui ont une oreille comme la sienne écoutent volontiers?

LE MAÎTRE

Je crois que cela est écrit là-haut.

JACQUES

Je crois qu'il est écrit à la suite qu'elles n'écoutent pas longtemps le même, et qu'elles sont tant soit peu sujettes à prêter l'oreille à un autre.

LE MAÎTRE

Cela se pourrait.

Et les voilà embarqués dans une querelle interminable sur les femmes; l'un prétendant qu'elles étaient bonnes, l'autre méchantes : et ils avaient tous deux raison; l'un sottes, l'autre pleines d'esprit : et ils avaient tous deux raison ; l'un fausses, l'autre vraies : et ils avaient tous deux raison; l'un avares, l'autre libérales : et ils avaient tous deux raison ; l'un belles, l'autre laides : et ils avaient tous deux raison; l'un bavardes, l'autre discrètes ; l'un franches, l'autre dissimulées ; l'un ignorantes, l'autre éclairées ; l'un sages, l'autre libertines; l'un folles, l'autre sensées ; l'un grandes, l'autre petites : et ils avaient tous deux raison.

En suivant cette dispute sur laquelle ils auraient pu
faire le tour du globe sans déparler un moment et sans
s'accorder, ils furent accueillis par un orage qui les
contraignit de s'acheminer... — Où? — Où? lecteur,
vous êtes d'une curiosité bien incommode? Et que diable
cela vous fait-il? Quand je vous aurai dit que c'est à Pon-
toise ou à Saint-Germain, à Notre-Dame de Lorette ou
à Saint-Jacques de Compostelle, en serez-vous plus
avancé? Si vous insistez, je vous dirai qu'ils s'ache-
minèrent vers... oui; pourquoi pas?... vers un château
immense, au frontispice duquel on lisait : « Je n'appartiens à personne et j'appartiens à tout le monde. Vous
y étiez avant que d'y entrer, et vous y serez encore
quand vous en sortirez. » — Entrèrent-ils dans ce
château? — Non, car l'inscription était fausse, ou ils y
étaient avant que d'y entrer. — Mais du moins ils en
sortirent? — Non, car l'inscription était fausse, ou ils
y étaient encore quand ils en furent sortis. — Et que
firent-il là? — Jacques disait ce qui était écrit là-haut?
son maître, ce qu'il voulut : et ils avaient tous deux
raison. — Quelle compagnie y trouvèrent-ils? — Mêlée.
— Qu'y disait-on? — Quelques vérités, et beaucoup de
mensonges. — Y avait-il des gens d'esprit? — Où n'y
en a-t-il pas? et de maudits questionneurs qu'on fuyait
comme la peste. Ce qui choqua le plus Jacques et son
maître pendant tout le temps qu'ils s'y promenèrent...
— On s'y promenait donc? — On ne faisait que cela,
quand on n'était pas assis ou couché... Ce qui choqua
le plus Jacques et son maître, ce fut d'y trouver une
vingtaine d'audacieux, qui s'étaient emparés des plus
superbes appartements, où ils se trouvaient presque
toujours à l'étroit; qui prétendaient, contre le droit
commun et le vrai sens de l'inscription, que le château

leur avait été légué en toute propriété ; et qui, à l'aide
d'un certain nombre de vauriens à leurs gages, l'avaient
persuadé à un grand nombre d'autres vauriens à leurs
gages, tout prêts pour une petite pièce de monnaie à
pendre ou assassiner le premier qui aurait osé les con-
tredire : cependant, au temps de Jacques et de son
maître, on l'osait quelquefois. — Impunément ? — C'est
selon.

Vous allez dire que je m'amuse, et que, ne sachant
plus que faire de mes voyageurs, je me jette dans l'allégorie, la ressource ordinaire des esprits stériles. Je
vous sacrifierai mon allégorie et toutes les richesses
que j'en pouvais tirer ; je conviendrai de tout ce qu'il
vous plaira, mais à condition que vous ne me tracas-
serez point sur ce dernier gîte de Jacques et de son
maître ; soit qu'ils aient atteint une grande ville et
qu'ils aient couché chez des filles ; qu'ils aient passé la
nuit chez un vieil ami qui les fêta de son mieux ; qu'ils
se soient réfugiés chez des moines mendiants, où ils
furent mal logés et mal repus pour l'amour de Dieu ;
qu'ils aient été accueillis dans la maison d'un grand, où
ils manquèrent de tout ce qui est nécessaire, au milieu
de tout ce qui est superflu ; qu'ils soient sortis le matin
d'une grande auberge, où on leur fit payer très chèrement un mauvais souper servi dans des plats d'argent,
et une nuit passée entre des rideaux de damas et des
draps humides et repliés ; qu'ils aient reçu l'hospitalité
chez un curé du village à portion congrue, qui courut
mettre à contribution les basses-cours de ses parois-
siens, pour avoir une omelette et une fricasée de poulet ;
où qu'ils se soient enivrés d'excellents vins, aient fait
grande chère et pris une indigestion bien conditionnée
dans une riche abbaye de Bernardins ; car, quoique tout

cela vous paraisse également possible, Jacques n'était
pas de cet avis : il n'y avait réellement de possible que
la chose qui était écrite en haut. Ce qu'il y a de vrai,
c'est que, de quelque endroit qu'il vous plaise[1] de les
mettre en route, ils n'eurent pas fait vingt pas que le
maître dit à Jacques, après avoir toutefois, selon son
usage, pris sa prise de tabac : « Eh bien! Jacques, l'histoire de tes amours? »

Au lieu de répondre, Jacques s'écria : Au diable
l'histoire de mes amours! Ne voilà-t-il pas que j'ai
laissé...

LE MAÎTRE.

Qu'as-tu laissé?

Au lieu de lui répondre, Jacques retournait toutes
ses poches, et se fouillait partout inutilement. Il avait
laissé la bourse de voyage sous le chevet de son lit, et
il n'en eut pas plus tôt fait l'aveu à son maître, que
celui-ci s'écria : Au diable l'histoire de tes amours ! Ne
voilà-t-il pas que ma montre est restée accrochée à la
cheminée!

Jacques ne se fit pas prier : aussitôt il tourna bride,
et regagna au petit pas, car il n'était jamais pressé...

— Le château immense? — Non, non. Entre les
différents gîtes possibles[2], dont je vous ai fait l'énumération qui précède, choisissez celui qui convient le
mieux à la circonstance présente.

Cependant son maître allait toujours en avant, mais
voilà le maître et le valet séparés, et je ne sais auquel
des deux m'attacher de préférence. Si vous voulez

1. VARIANTE : « Qu'il vous convienne. »
2. VARIANTE : « Possibles ou non possibles. »

suivre Jacques, prenez-y garde; la recherche de la
bourse et de la montre pourra devenir si longue et si
compliquée que de longtemps il ne rejoindra son
maître, le seul confident de ses amours, et adieu les
amours de Jacques. Si, l'abandonnant seul à la quête
de la bourse et de la montre, vous prenez le parti de
faire compagnie à son maître, vous serez poli, mais
très ennuyé; vous ne connaissez pas encore cette es-
pèce-là. Il a peu d'idées dans la tête; s'il lui arrive de
dire quelque chose de sensé, c'est de réminiscence ou
d'inspiration. Il a des yeux comme vous et moi; mais
on ne sait la plupart du temps s'il regarde. Il ne dort
pas, il ne veille pas non plus; il se laisse exister: c'est
sa fonction habituelle. L'automate allait devant lui, se
retournant de temps en temps pour voir si Jacques ne
revenait pas; il descendait de cheval et marchait à pied;
il remontait sur sa bête, faisait un quart de lieue, redes-
cendait et s'asseyait à terre, la bride de son cheval
passée dans son bras, et la tête appuyée sur ses deux
mains. Quand il était las de cette posture, il se levait
et regardait au loin s'il n'apercevait point Jacques.
Point de Jacques. Alors il s'impatientait, et sans trop
savoir s'il parlait oui ou non, il disait: « Le bourreau!
le chien! le coquin! où est-il? que fait-il? Faut-il tant
de temps pour reprendre une bourse et une montre? Je
le rouerai de coups; oh! cela est certain; je le rouerai
de coups. » Puis il cherchait sa montre à son gousset
où elle n'était pas, et il achevait de se désoler, car il ne
savait que devenir sans sa montre, sans sa tabatière et
sans Jacques : c'étaient les trois grandes ressources de
sa vie, qui se passait à prendre du tabac, à regarder
l'heure qu'il était, à questionner Jacques; et cela dans
toutes les combinaisons. Privé de sa montre, il en était

donc réduit à sa tabatière, qu'il ouvrait et refermait à chaque minute, comme je fais, moi, lorsque je m'ennuie. Ce qui reste de tabac le soir dans ma tabatière est en raison directe de l'amusement, ou inverse de l'ennui de ma journée. Je vous supplie, lecteur, de vous familiariser avec cette manière de dire empruntée de la géométrie, parce que je la trouve précise et que je m'en servirai souvent.

Eh bien ? en avez-vous assez du maître ; et son valet ne venant point à nous, voulez-vous que nous allions à lui ? Le pauvre Jacques ! au moment où nous en parlons, il s'écriait douloureusement : « Il était donc écrit là-haut qu'en un même jour je serais appréhendé comme voleur de grand chemin, sur le point d'être conduit dans une prison, et accusé d'avoir séduit une fille ! »

Comme il approchait au petit pas, du château, non... du lieu de leur dernière couchée, il passe à côté de lui un de ces merciers ambulants qu'on appelle porte-balles et qui lui crie : « Monsieur le chevalier, jarretières, ceintures, cordons de montre, tabatières du dernier goût, vraies jaback[1], bagues, cachets de montre. Montre, monsieur, une montre, une belle montre d'or, ciselée, à double boîte, comme neuve... » Jacques lui répond : « J'en cherche bien une, mais ce n'est pas la tienne... » et continue sa route, toujours au petit pas. En allant, il crut voir écrit en haut que la montre que cet homme lui avait proposée était celle de son maître.

---

1. Ce nom est emprunté de l'hôtel Jaback, situé à Paris, rue Saint-Merri. On y vendit pendant quelque temps des bijoux et des nouveautés en tous genres. La mode voulait alors qu'on n'achetât que de *véritables jaback*. (Br.)

Il revient sur ses pas, et dit au porte-balle : « L'ami, voyons votre montre à boîte d'or, j'ai dans la fantaisie qu'elle pourrait me convenir.

— Ma foi, dit le porte-balle, je n'en serais pas surpris ; elle est belle, très belle, de Julien Le Roi[1]. Il n'y a qu'un moment qu'elle m'appartient ; je l'ai acquise pour un morceau de pain, j'en ferai bon marché. J'aime les petits gains répétés, mais on est bien malheureux par le temps qui court : de trois mois d'ici je n'aurai pas une pareille aubaine. Vous m'avez l'air d'un galant homme, et j'aimerais mieux que vous en profitassiez qu'un autre... »

Tout en causant, le mercier avait mis sa balle à terre, l'avait ouverte, et en avait tiré la montre, que Jacques reconnut sur-le-champ, sans en être étonné : car s'il ne se pressait jamais, il s'étonnait rarement. Il regarde bien la montre : Oui, se dit-il en lui-même, c'est elle... Au porte-balle : « Vous avez raison, elle est belle, très belle, et je sais qu'elle est bonne... » Puis la mettant dans son gousset, il dit au porte-balle : « L'ami, grand merci !

— Comment, grand merci !

— Oui, c'est la montre de mon maître.

— Je ne connais point votre maître, cette montre est à moi, je l'ai achetée et bien payée... »

Et saisissant Jacques au collet, il se mit en devoir de lui reprendre la montre. Jacques s'approche de son cheval, prend un de ses pistolets, et l'appuyant sur la poitrine du porte-balle : « Retire-toi, lui dit-il, ou tu es mort. »

---

1. Le Roi (Julien), fameux horloger, né à Tours en 1686, mort à Paris le 20 septembre 1759, laissa quatre fils qui tous ont acquis quelque célébrité dans les sciences et dans les arts. (Br.)

Le porte-balle effrayé lâche prise. Jacques remonte sur
son cheval et s'achemine au petit pas vers la ville, en
disant en lui-même : « Voilà la montre recouvrée, à
présent voyons à notre bourse... » Le porte-balle se hâte
de refermer sa malle, la remet sur ses épaules, et suit
Jacques en criant : « Au voleur! au voleur! à l'assassin!
au secours! à moi! à moi!... » C'était dans la saison des
récoltes : les champs étaient couverts de travailleurs.
Tous laissent leurs faucilles, s'attroupent autour de cet
homme, et lui demandent où est le voleur, où est l'assassin.

« Le voilà, le voilà là-bas.

— Quoi! celui qui s'achemine au petit pas vers la
porte de la ville?

— Lui-même.

— Allez, vous êtes fou, ce n'est point là l'allure d'un
voleur.

— C'en est un, c'en est un, vous dis-je, il m'a pris
de force une montre d'or... »

Ces gens ne savaient à quoi s'en rapporter, des cris
du porte-balle ou de la marche tranquille de Jacques.
« Cependant, ajoutait le porte-balle, mes enfants, je suis
ruiné si vous ne me secourez ; elle vaut trente louis
comme un liard. Secourez-moi, il emporte ma montre,
et s'il vient à piquer des deux, ma montre est perdue... »

Si Jacques n'était guère à portée d'entendre ces cris,
il pouvait aisément voir l'attroupement, et n'en allait
pas plus vite. Le porte-balle détermina, par l'espoir d'une
récompense, les paysans à courir après Jacques. Voilà
donc une multitude d'hommes, de femmes et d'enfants
allant et criant : « Au voleur! au voleur! à l'assassin! »
et le porte-balle les suivant d'aussi près que le fardeau

dont il était chargé le lui permettait, et criant : «Au
voleur! au voleur! à l'assassin!...»

Ils sont entrés dans la ville, car c'est dans une ville
que Jacques et son maître avaient séjourné la veille; je
me le rappelle à l'instant. Les habitants quittent leurs
maisons, se joignent aux paysans et au porte-balle, tous
vont criant à l'unisson : « Au voleur! au voleur! à l'assassin!... » Tous atteignent Jacques en même temps.
Le porte-balle s'élançant sur lui, Jacques lui détache un
coup de botte dont il est renversé par terre, mais n'en
criant pas moins : « Coquin, fripon, scélérat, rends-
moi ma montre; tu me la rendras, et tu n'en seras pas
moins pendu... » Jacques, gardant son sang-froid,
s'adressait à la foule qui grossissait à chaque instant,
et disait : « Il y a un magistrat de police ici, qu'on me
mène chez lui; là, je ferai voir que je ne suis point un
coquin, et que cet homme en pourrait bien être un. Je
lui ai pris une montre, il est vrai; mais cette montre
est celle de mon maître. Je ne suis point inconnu dans
cette ville : avant-hier au soir nous y arrivâmes mon
maître et moi, et nous avons séjourné chez M. le lieutenant général, son ancien ami. » Si je ne vous ai pas
dit plus tôt que Jacques et son maître avaient passé
par Conches, et qu'ils avaient logé chez le lieutenant
général de ce lieu, et que cela ne m'est pas venu plus
tôt « qu'on me conduise chez M. le lieutenant général, »
disait Jacques, et en même temps il mit pied à terre.
On le voyait au centre du cortège, lui, son cheval
et le porte-balle. Ils marchent, ils arrivent à la porte
du lieutenant général. Jacques, son cheval et le
porte-balle entrent, Jacques et le porte-balle se tenant
l'un à l'autre à la boutonnière. La foule reste en
dehors.

Cependant que faisait le maître de Jacques? Il s'était assoupi au bord du grand chemin, la bride de son cheval passée dans son bras, et l'animal paissait l'herbe autour du dormeur, autant que la longueur de la bride le lui permettait.

Aussitôt que le lieutenant général aperçut Jacques, il s'écria : « Eh! c'est toi, mon pauvre Jacques! Qu'est-ce qui te ramène seul ici?

— La montre de mon maître : il l'avait laissée pendue au coin de la cheminée, et je l'ai retrouvée dans la balle de cet homme; notre bourse, que j'ai oubliée sous mon chevet, et qui se retrouvera si vous l'ordonnez.

— Et que cela soit écrit là-haut... » ajouta le magistrat.

À l'instant il fit appeler ses gens; à l'instant le porte-balle montrant un grand drôle de mauvaise mine, et nouvellement installé dans la maison, dit : « Voilà celui qui m'a vendu la montre. »

Le magistrat, prenant un air sévère, dit au porte-balle et à son valet : « Vous mériteriez tous deux les galères, toi pour avoir vendu la montre, toi pour l'avoir achetée... » À son valet : « Rends à cet homme son argent, et mets bas ton habit sur-le-champ... » Au porte-balle : « Dépêche-toi de vider le pays, si tu ne veux pas y rester accroché pour toujours. Vous faites tous deux un métier qui porte malheur... Jacques, à présent, il s'agit de ta bourse. » Celle qui se l'était appropriée comparut sans se faire appeler; c'était une grande fille faite au tour. « C'est moi, Monsieur, qui ai la bourse, dit-elle à son maître, mais je ne l'ai point volée : c'est lui qui me l'a donnée.

— Je vous ai donné ma bourse?

— Oui.

— Cela se peut, mais que le diable m'emporte si je
m'en souviens... »

Le magistrat dit à Jacques : « Allons, Jacques, n'éclair-
cissons pas cela davantage.

— Monsieur...

— Elle est jolie et complaisante, à ce que je vois.

— Monsieur, je vous jure...

— Combien y avait-il dans la bourse?

— Environ neuf cent dix-sept livres.

— Ah ! Javotte ! neuf cent dix-sept livres pour une
nuit, c'est beaucoup trop pour vous et pour lui. Donnez-
moi la bourse... »

La grande fille donna la bourse à son maître qui en
tira un écu de six francs : « Tenez, lui dit-il, en lui
jetant l'écu, voilà le prix de vos services ; vous valez
mieux, mais pour un autre que Jacques. Je vous en
souhaite deux fois autant tous les jours, mais hors de
chez moi, entendez-vous ? Et toi, Jacques, dépêche-toi
de remonter sur ton cheval et de retourner à ton
maître. »

Jacques salua le magistrat et s'éloigna sans répondre,
mais il disait en lui-même : « L'effrontée ! la coquine !
il était donc écrit là-haut qu'un autre coucherait avec
elle, et que Jacques payerait !... Allons, Jacques, con-
sole-toi ; n'es-tu pas trop heureux d'avoir rattrapé ta
bourse et la montre de ton maître, et qu'il t'en ait si peu
coûté ? »

Jacques remonte sur son cheval et fend la presse
qui s'était faite à l'entrée de la maison du magistrat ;
mais comme il souffrait avec peine que tant de gens le
prissent pour un fripon, il affecta de tirer la montre de
sa poche et de regarder l'heure qu'il était ; puis il
piqua des deux son cheval, qui n'y était pas fait, et qui

n'en partit qu'avec plus de célérité. Son usage était de
le laisser aller à sa fantaisie ; car il trouvait autant
d'inconvénient à l'arrêter quand il galopait qu'à le
presser quand il marchait lentement. Nous croyons
conduire le destin ; mais c'est toujours lui qui nous
mène ; et le destin, pour Jacques, était tout ce qui le
touchait ou l'approchait, son cheval, son maître, un
moine, un chien, une femme, un mulet, une corneille.
Son cheval le conduisait donc à toutes jambes vers son
maître, qui s'était assoupi sur le bord du chemin, la
bride de son cheval passée dans son bras, comme je
vous l'ai dit. Alors le cheval tenait à la bride ; mais
lorsque Jacques arriva, la bride était restée à sa place,
et le cheval n'y tenait plus [1]. Un fripon s'était apparemment approché du dormeur, avait doucement coupé
la bride et emmené l'animal. Au bruit du cheval de
Jacques, son maître se réveilla, et son premier mot
fut : « Arrive, arrive, maroufle ! je te vais... » Là, il se
mit à bâiller d'une aune.

« Bâillez, bâillez, Monsieur, tout à votre aise, lui
dit Jacques, mais où est votre cheval ?

— Mon cheval ?

— Oui, votre cheval... »

Le maître, s'apercevant aussitôt qu'on lui avait volé
son cheval, se disposait à tomber sur Jacques à grands
coups de bride, lorsque Jacques lui dit : « Tout doux,
Monsieur, je ne suis pas d'humeur aujourd'hui à
me laisser assommer ; je recevrai le premier coup,
mais je jure qu'au second je pique des deux et vous
laisse là... »

Cette menace de Jacques fit tomber subitement la

1. VARIANTE : « N'y était plus. »

fureur du maître, qui lui dit d'un ton radouci : « Et ma montre ?

— La voilà.

— Et ta bourse ?

— La voilà.

— Tu as été bien longtemps.

— Pas trop pour tout ce que j'ai fait. Écoutez bien. Je suis allé, je me suis battu, j'ai ameuté tous les paysans de la campagne, j'ai ameuté tous les habitants de la ville, j'ai été pris pour voleur de grand chemin, j'ai été conduit chez le juge, j'ai subi deux interrogatoires, j'ai presque fait pendre deux hommes ; j'ai fait mettre à la porte un valet, j'ai fait chasser une servante, j'ai été convaincu d'avoir couché avec une créature que je n'ai jamais vue et que j'ai pourtant payée ; et je suis revenu.

— Et moi, en t'attendant...

— En m'attendant il était écrit là-haut que vous vous endormiriez, et qu'on vous volerait votre cheval. Eh bien ! Monsieur, n'y pensons plus ! c'est un cheval perdu, et peut-être est-il écrit là-haut qu'il se retrouvera.

— Mon cheval ! mon pauvre cheval !

— Quand vous continueriez vos lamentations jusqu'à demain, il n'en sera ni plus ni moins.

— Qu'allons-nous faire ?

— Je vais vous prendre en croupe, ou, si vous l'aimez mieux, nous quitterons nos bottes, nous les attacherons sur la selle de mon cheval, et nous poursuivrons notre route à pied.

— Mon cheval ! mon pauvre cheval ! »

Ils prirent le parti d'aller à pied, le maître s'écriant de temps en temps : mon cheval ! mon pauvre cheval !

et Jacques paraphrasant l'abrégé de ses aventures. Lorsqu'il en fut à l'accusation de la fille, son maître lui dit :

— Vrai, Jacques, tu n'avais pas couché avec cette fille ?

JACQUES

Non, Monsieur.

LE MAÎTRE

Et tu l'as payée?

JACQUES

Assurément !

LE MAÎTRE

Je fus une fois en ma vie plus malheureux que toi.

JACQUES

Vous payâtes après avoir couché?

LE MAÎTRE

Tu l'as dit.

JACQUES

Est-ce que vous ne me raconterez pas cela?

LE MAÎTRE

Avant que d'entrer dans l'histoire de mes amours, il faut être sorti de l'histoire des tiennes. Eh bien! Jacques, et tes amours, que je prendrai pour les premières et les seules de ta vie, monobstant l'aventure de la

servante du lieutenant général du Conches ; car, quand
tu aurais couché avec elle, tu n'en n'aurais pas été
l'amoureux pour cela. Tous les jours on couche avec
des femmes qu'on n'aime pas, et l'on ne couche pas avec
des femmes qu'on aime. Mais...

JACQUES

Eh bien ! mais !... qu'est-ce ?

LE MAÎTRE

Mon cheval !... Jacques, mon ami, ne te fâche pas ;
mets-toi à la place de mon cheval, suppose que je t'aie
perdu, et dis-moi si tu ne m'en estimerais pas davantage si tu m'entendais m'écrier : Mon Jacques ! mon
pauvre Jacques !

Jacques sourit, et dit : J'en étais, je crois, au discours de mon hôte avec sa femme pendant la nuit qui
suivit mon premier pansement. Je reposai un peu. Mon
hôte et sa femme se levèrent plus tard que de coutume.

LE MAÎTRE

Je le crois.

JACQUES

A mon réveil, j'entr'ouvris doucement mes rideaux,
et je vis mon hôte, sa femme et le chirurgien, en con-
férence secrète vers la porte[1]. Après ce que j'avais
entendu pendant la nuit, il ne me fut pas difficile de
deviner ce qui se traitait là. Je toussai. Le chirurgien
dit au mari : « Il est éveillé ; compère, descendez à la

1. VARIANTE : « Vers la fenêtre. »

cave, nous boirons un coup, cela rend la main sûre ;
je lèverai ensuite mon appareil, puis nous aviserons
au reste. »

La bouteille arrivée et vidée, car, en terme de l'art,
boire un coup c'est vider au moins une bouteille, le
chirurgien s'approcha de mon lit, et me dit : « Comment la nuit a-t-elle été ?

— Pas mal.

— Votre bras... Bon, bon, le pouls n'est pas mauvais, il n'y a presque plus de fièvre. Il faut voir à ce
genou... Allons, commère, dit-il à l'hôtesse qui était
debout au pied de mon lit derrière le rideau, aidez-
nous... » L'hôtesse appela un de ses enfants... « Ce
n'est pas un enfant qu'il nous faut ici, c'est vous, un
faux mouvement nous apprêterait de la besogne pour
un mois. Approchez. » L'hôtesse approcha, les yeux
baissés... « Prenez cette jambe, la bonne, je me charge
de l'autre. Doucement, doucement... A moi, encore un
peu à moi... L'ami, un petit tour de corps à droite...
à droite, vous dis-je, et nous y voilà... »

Je tenais le matelas des deux mains, je grinçais des
dents, la sueur me coulait le long du visage. « L'ami,
cela n'est pas doux.

— Je le sens.

— Vous y voilà. Commère, lâchez la jambe, prenez
l'oreiller ; approchez la chaise, et mettez l'oreiller dessus... trop près... un peu plus loin... L'ami, donnez-
moi la main, serrez-moi ferme. Commère, passez dans
la ruelle, et tenez-le par-dessous le bras... A merveille... Compère, ne reste-t-il rien dans la bouteille ?

— Non.

— Allez prendre la place de votre femme, et qu'elle
en aille cherchez une autre... Bon, bon, versez plein...

Femme, laissez votre homme où il est et venez à côté
de moi... » L'hôtesse appela encore une fois un de ses
enfants. « Eh! mort diable, je vous l'ai déjà dit, un enfant n'est pas ce qu'il nous faut. Mettez-vous à genoux,
passez la main sous le mollet... Commère, vous trem-
blez comme si vous aviez fait un mauvais coup; allons
donc, du courage... La gauche sous le bas de la cuisse, là,
au-dessus du bandage... Fort bien!... » Voilà les coutures coupées, les bandes déroulées, l'appareil levé et ma
blessure à découvert. Le chirurgien tâte en dessus, en
dessous, par les côtés, et à chaque fois qu'il me touche,
il dit : « L'ignorant! l'âne! le butor! et cela se mêle de
chirurgie! Cette jambe, une jambe à couper? Elle
durera autant que l'autre : c'est moi qui vous en réponds.

— Je guérirai?
— J'en ai bien guéri d'autres.
— Je marcherai?
— Vous marcherez.
— Sans boiter?
— C'est autre chose; diable, l'ami, comme vous y
allez! N'est-ce pas assez que je vous aie sauvé votre
jambe? Au demeurant, si vous boitez, ce sera peu de
chose. Aimez-vous la danse?
— Beaucoup.
— Si vous en marchez un peu moins bien, vous n'en
danserez que mieux... Commère, le vin chaud... Non,
l'autre d'abord; encore un petit verre, et votre panse-
ment n'en ira pas plus mal. »

Il boit : on apporte le vin chaud, on m'étuve, on remet l'appareil, on m'étend dans mon lit, on m'exhorte à
dormir si je puis, on ferme les rideaux, on finit la bouteille entamée, on en remonte une autre, et la confé-
rence reprend entre le chirurgien, l'hôte et l'hôtesse.

L'HÔTE

Compère, cela sera-t-il long ?

LE CHIRURGIEN

Très long... A vous, compère.

L'HÔTE

Mais combien ? Un mois ?

LE CHIRURGIEN

Un mois ! Mettez-en deux, trois, quatre, qui sait cela ?
La rotule est entamée, le fémur, le tibia... A vous,
commère.

L'HÔTE

Quatre mois ! miséricorde ! Pourquoi le recevoir ici ?
Que diable faisait-elle à sa porte ?

LE CHIRURGIEN

A moi ; car j'ai bien travaillé.

L'HÔTESSE

Mon ami, voilà que tu recommences. Ce n'est pas là
ce que tu m'as promis cette nuit ; mais patience, tu y
reviendras.

L'HÔTE

Mais, dis-moi, que faire de cet homme ? Encore si
l'année n'était pas si mauvaise !...

L'HÔTESSE

Si tu voulais, j'irais chez le curé.

L'HÔTE

Si tu y mets le pied, je te roue de coups.

LE CHIRURGIEN

Pourquoi donc, compère? la mienne y va bien.

L'HÔTE

C'est votre affaire.

LE CHIRURGIEN

A ma filleule; comment se porte-t-elle?

L'HÔTESSE

Fort bien.

LE CHIRURGIEN

Allons, compère, à votre femme et à la mienne; ce sont deux bonnes femmes.

L'HÔTE

La vôtre est plus avisée; elle n'aurait pas fait la sottise...

L'HÔTESSE

Mais, compère, il y a les sœurs grises.

LE CHIRURGIEN

Ah! commère! un homme, un homme chez les sœurs. Et puis il y a une petite difficulté un peu plus grande que le doigt... Buvons aux sœurs, ce sont de bonnes filles.

L'HÔTESSE

Et quelle difficulté?

LE CHIRURGIEN

Votre homme ne veut pas que vous alliez chez le curé, et ma femme ne veut pas que j'aille chez les sœurs... Mais, compère, encore un coup, cela nous avisera peut-être. Avez-vous questionné cet homme? Il n'est peut-être pas sans ressource.

L'HÔTE

Un soldat!

LE CHIRURGIEN

Un soldat a père, mère, frères, sœurs, des parents, des amis, quelqu'un sous le ciel... Buvons encore un coup, éloignez-vous, et laissez-moi faire.

Telle fut à la lettre la conversation du chirurgien, de l'hôte et de l'hôtesse; mais quelle autre couleur n'aurais-je pas été le maître de lui donner, en introduisant un scélérat parmi ces bonnes gens? Jacques se serait vu, ou vous auriez vu Jacques au moment d'être arraché de son lit, jeté sur un grand chemin ou dans une fondrière. — Pourquoi pas tué? — Tué, non. J'aurais bien su appeler quelqu'un à son secours; ce quelqu'un-là aurait été un soldat de sa compagnie; mais cela aurait pué le *Cleveland* [1] à infecter. La vérité, la vérité! — La vérité, me direz-vous, est souvent froide, commune et plate; par exemple, votre dernier récit du pansement de Jacques est vrai, mais qu'y a-t-il d'intéressant? Rien. — D'accord. — S'il faut être vrai, c'est comme Molière, Regnard, Richardson, Sedaine; la vérité a ses côtés piquants, qu'on saisit quand on a du

---

1. V. *Histoire de Cleveland, fils naturel de Cromwell, ou le Philosophe anglais*, par l'abbé Prévost. 4 vol. in-12, 1782.

génie. — Oui, quand on a du génie ; mais quand on en manque ? — Quand on en manque, il ne faut pas écrire. — Et si par malheur on ressemblait à un certain poète que j'envoyai à Pondichéry ? — Qu'est-ce que ce poète ? — Ce poète... Mais si vous m'interrompez, lecteur, et si je m'interromps moi-même à tout coup, que deviendront les amours de Jacques ? Croyez-moi, laissons là le poète... L'hôte et l'hôtesse s'éloignèrent... — Non, non, l'histoire du poète de Pondichéry. — Le chirurgien s'approcha du lit de Jacques... — L'histoire du poète de Pondichéry, l'histoire du poète de Pondichéry. — Un jour il me vient un jeune poète, comme il m'en vient tous les jours... Mais, lecteur, quel rapport cela a-t-il avec le voyage de Jacques le Fataliste et de son maître ?... — L'histoire du poète de Pondichéry. — Après les compliments ordinaires sur mon esprit, mon génie, mon goût, ma bienfaisance, et autres propos dont je ne crois pas un mot, bien qu'il y ait plus de vingt ans qu'on me les répète, et peut-être de bonne foi, le jeune poète tire un papier de sa poche : ce sont des vers, me dit-il. — Des vers ! — Oui, Monsieur, et sur lesquels, j'espère que vous aurez la bonté de me dire votre avis. — Aimez-vous la vérité ? — Oui, Monsieur ; et je vous la demande. — Vous allez la savoir. — Quoi ! vous êtes assez bête pour croire qu'un poète vient chercher la vérité chez vous ? — Oui. — Et pour la lui dire ? — Assurément ! — Sans ménagement ? — Sans doute : le ménagement le mieux apprêté ne serait qu'une offense grossière ? fidèlement interprété, il signifierait, vous êtes un mauvais poète ; et comme je ne vous crois pas assez robuste pour entendre la vérité, vous n'êtes encore qu'un plat homme. — Et la franchise vous a toujours réussi ? — Presque toujours... Je lis les vers

de mon jeune poète, et je lui dis : Non seulement vos
vers sont mauvais, mais il m'est démontré que vous n'en
ferez jamais de bons. — Il faudra donc que j'en fasse
de mauvais ; car je ne saurais m'empêcher d'en faire.
— Voilà une terrible malédiction! Concevez-vous,
Monsieur, dans quel avilissement vous allez tomber?
Ni les dieux, ni les hommes, ni les colonnes, n'ont
pardonné la médiocrité aux poètes : c'est Horace qui l'a
dit[1]. — Je le sais. — Êtes-vous riche? — Non. — Êtes-
vous pauvre ? — Très pauvre. — Et vous allez joindre
à la pauvreté le ridicule de mauvais poète ; vous aurez
perdu toute votre vie, vous serez vieux. Vieux, pauvre
et mauvais poète, ah! Monsieur, quel rôle ! — Je le
conçois, mais je suis entraîné malgré moi... (Ici Jacques
aurait dit : Mais cela est écrit là-haut.) — Avez-vous
des parents? — J'en ai. — Quel est leur état? — Ils
sont joailliers. — Feraient-ils quelque chose pour vous?
— Peut-être. — Eh bien! voyez vos parents, proposez-
leur de vous avancer une pacotille de bijoux. Embar-
quez-vous pour Pondichéry ; vous ferez de mauvais vers
sur la route ; arrivé, vous ferez fortune. Votre fortune
faite, vous reviendrez faire ici tant de mauvais vers qu'il
vous plaira, pourvu que vous ne les fassiez pas imprimer, car il ne faut ruiner personne... Il y avait environ
douze ans que j'avais donné ce conseil au jeune homme
lorsqu'il m'apparut ; je ne le reconnaissais pas. C'est
moi, Monsieur, me dit-il, que vous avez envoyé à Pondichéry. J'y ai.été, j'ai amassé là une centaine de mille
francs. Je suis revenu ; je me suis remis à faire des
vers, et en voilà que je vous apporte... Ils sont toujours

---

1. « . . . . Mediocribus esse poetis,
Non homines, non Di, non concessere columnæ. »
                                    HORAT., de Art. Poet., v. 373.

mauvais? — Toujours; mais votre sort est arrangé, et je consens que vous continuiez à faire de mauvais vers. — C'est bien mon projet...

Le chirurgien s'étant approché du lit de Jacques, celui-ci ne lui laissa pas le temps de parler. J'ai tout entendu, lui dit-il... Puis, s'adressant à son maître, il ajouta... Il allait ajouter, lorsque son maître l'arrêta. Il était las de marcher; il s'assit sur le bord du chemin, la tête tournée vers un voyageur qui s'avançait de leur côté, à pied, la bride de son cheval, qui le suivait, passait dans son bras.

Vous allez croire, lecteur, que ce cheval est celui qu'on a volé au maître de Jacques; et vous vous tromperez. C'est ainsi que cela arriverait dans un roman, un peu plus tôt ou un peu plus tard, de cette manière ou autrement; mais ceci n'est point un roman, je vous l'ai déjà dit, je crois, et je vous le répète encore. Le maître dit à Jacques:

Vois-tu cet homme qui vient à nous?

JACQUES

Je le vois.

LE MAÎTRE

Son cheval me paraît bon.

JACQUES

J'ai servi dans l'infanterie, et je ne m'y connais pas.

LE MAÎTRE

Moi, j'ai commandé dans la cavalerie, et je m'y connais.

JACQUES

Après?

4

LE MAÎTRE

Après. Je voudrais que tu allasses proposer à cet homme de nous le céder, en payant s'entend.

JACQUES

Cela est bien fou, mais j'y vais. Combien y voulez-vous mettre ?

LE MAÎTRE

Jusqu'à cent écus...

Jacques, après avoir recommandé à son maître de ne pas s'endormir, va à la rencontre du voyageur, lui propose l'achat de son cheval, le paye et l'emmène. Eh bien ! Jacques, lui dit son maître, si vous avez vos pressentiments, vous voyez que j'ai aussi les miens. Ce cheval est beau ; le marchand t'aura juré qu'il est sans défaut ; mais en fait de chevaux tous les hommes sont maquignons.

JACQUES

Et en quoi ne le sont-ils pas?

LE MAÎTRE

Tu le monteras et tu me céderas le tien.

JACQUES

D'accord.

Les voilà tous les deux à cheval, et Jacques ajoutant :

Lorsque je quittai la maison, mon père, ma mère, mon parrain, m'avaient tous donné quelque chose, chacun selon ses petits moyens ; et j'avais en réserve cinq louis, dont Jean, mon aîné, m'avait fait présent

lorsqu'il partit pour son malheureux voyage de Lisbonne... (Ici Jacques se mit à pleurer, et son maître à
lui représenter que cela était écrit là-haut.) Il est vrai,
Monsieur, je me le suis dit cent fois ; et avec tout cela
je ne saurais m'empêcher de pleurer...

Puis voilà Jacques qui sanglote et qui pleure de plus
belle ; et son maître qui prend sa prise de tabac, et qui
regarde à sa montre l'heure qu'il est. Après avoir mis
la bride de son cheval entre ses dents et essuyé ses
yeux avec ses deux mains, Jacques continua :

Des cinq louis de Jean, de mon engagement, et des
présents de mes parents et amis, j'avais fait une bourse
dont je n'avais pas encore soustrait une obole. Je re-
trouvai ce magot bien à point ; qu'en dites-vous, mon
maître ?

LE MAÎTRE

Il était impossible que tu restasses plus longtemps
dans la chaumière.

JACQUES

Même en payant.

LE MAÎTRE

Mais qu'est-ce que ton frère Jean était allé chercher
à Lisbonne ?

JACQUES

Il me semble que vous prenez à tâche de me four-
voyer. Avec vos questions, nous aurons fait le tour du
monde avant que d'avoir atteint la fin de mes amours.

LE MAÎTRE

Qu'importe, pourvu que tu parles et que j'écoute ?
ne sont-ce pas là les deux points importants ? Tu me
grondes, lorsque tu devrais me remercier.

JACQUES

Mon frère était allé chercher le repos à Lisbonne.
Jean, mon frère, était un garçon d'esprit : c'est ce qui lui
a porté malheur ; il eut été mieux pour lui qu'il eût été
un sot comme moi ; mais cela était écrit là-haut. Il
était écrit que le frère quêteur des Carmes qui venait
dans notre village demander des œufs, de la laine, du
chanvre, des fruits, du vin à chaque saison, logerait
chez mon père, qu'il débaucherait Jean, mon frère, et
que Jean, mon frère, prendrait l'habit de moine.

LE MAÎTRE

Jean, ton frère, a été Carme ?

JACQUES

Oui, Monsieur , et Carme déchaux. Il était actif, intelligent, chicaneur ; c'était l'avocat consultant du village. Il savait lire et écrire, et, dès sa jeunesse, il s'occupait à déchiffrer et à copier de vieux parchemins. Il
passa par toutes les fonctions de l'ordre, successive-
ment portier, sommelier, jardinier, sacristain, adjoint
à procure et banquier ; du train dont il y allait, il aurait fait notre fortune à tous. Il a marié et bien marié
deux de nos sœurs et quelques autres filles du village.
Il ne passait pas dans les rues, que les pères, les mères
et les enfants n'allassent à lui, et ne lui criassent :
« Bonjour, frère Jean ; comment vous portez-vous,
frère Jean ? » Il est sûr que quand il entrait dans une
maison, la bénédiction du ciel y entrait avec lui ; et
que s'il y avait une fille, deux mois après sa visite elle
était mariée. Le pauvre frère Jean ! l'ambition le perdit.
Le procureur de la maison, auquel on l'avait donné

pour adjoint, était vieux. Les moines ont dit qu'il avait formé le projet de lui succéder après sa mort, que pour cet effet il bouleversa tout le chartrier, qu'il brûla les anciens registres, et qu'il en fit de nouveaux, en sorte qu'à la mort du vieux procureur le diable n'aurait vu goutte dans les titres de la communauté. Avait-on besoin d'un papier, il fallait perdre un mois à le chercher ; encore ne le trouvait-on pas. Les Pères démêlèrent la ruse du frère Jean et son objet : ils prirent la chose au grave, et frère Jean, au lieu d'être procureur comme il s'en était flatté, fut réduit au pain et à l'eau, et bien discipliné jusqu'à ce qu'il eût communiqué à un autre la clef de ses registres. Les moines sont implacables. Quand on eut tiré de frère Jean tous les éclaircissements dont on avait besoin, on le fit porteur de charbon dans un laboratoire où l'on distille l'eau des Carmes. Frère Jean, ci-devant banquier de l'ordre et adjoint à procure, maintenant charbonnier ! Frère Jean avait du cœur ; il ne put supporter ce déchet d'importance et de splendeur, et n'attendit qu'une occasion de se soustraire à cette humiliation.

Ce fut alors qu'il arriva dans la même maison un jeune Père qui passait pour la merveille de l'ordre au tribunal et dans la chaire ; il s'appelait le Père Ange. Il avait de beaux yeux, un beau visage, un bras et des mains à modeler. Le voilà qui prêche, qui prêche, qui confesse ; qui confesse ; voilà les vieux directeurs quittés par leurs dévotes ; voilà ces dévotes attachées au jeune Père Ange ; voilà que les veilles de dimanches et de grandes fêtes, la boutique du Père Ange est environnée de pénitents et de pénitentes, et que les vieux Pères attendaient inutilement pratique dans leurs boutiques désertes : ce qui les chagrinait beaucoup... Mais, Monsieur, si je

4*

laissais là l'histoire de frère Jean et que je reprisse celle
de mes amours, cela serait peut-être plus gai.

LE MAÎTRE

Non, non ; prenons une prise de tabac, voyons l'heure
qu'il est et poursuis.

JACQUES

J'y consens, puisque vous le voulez...
Mais le cheval de Jacques fut d'un autre avis ; le voilà
qui prend tout à coup le mors aux dents et qui se précipité dans une fondrière. Jacques a beau le serrer des
genoux et lui tenir la bride courte, du plus bas de la
fondrière, l'animal têtu s'élance et se met à grimper à
toutes jambes un monticule où il s'arrête tout court et
où Jacques, tournant ses regards autour de lui, se voit
entre des fourches patibulaires.

Un autre que moi, lecteur, ne manquerait pas de
garnir ces fourches de leur gibier et de ménager à
Jacques une triste reconnaissance. Si je vous le disais,
vous le croiriez peut-être, car il y a des hasards plus
singuliers, mais la chose n'en serait pas plus vraie : ces
fourches étaient vacantes.

Jacques laissa reprendre haleine à son cheval, qui
de lui-même redescendit la montagne, remonta la fondrière et replaça Jacques à côté de son maître, qui lui
dit : « Ah! mon ami, quelle frayeur tu m'as causée ! je
t'ai tenu pour mort... mais tu rêves ; à quoi rêves-tu? »

JACQUES

A ce que j'ai trouvé là-haut.

LE MAÎTRE

Et qu'y as-tu donc trouvé ?

JACQUES

Des fourches patibulaires, un gibet.

LE MAÎTRE

Diable ! cela est de fâcheux augure ; mais rappelle-toi ta doctrine. Si cela est écrit là-haut, tu auras beau faire, tu seras pendu, cher ami ; et si cela n'est pas écrit là-haut, le cheval en aura menti. Si cet animal n'est pas inspiré, il est sujet à des lubies ; il faut y prendre garde...

Après un moment de silence, Jacques se frotta le front et secoua ses oreilles, comme on fait lorsqu'on cherche à écarter de soi une idée fâcheuse, et reprit brusquement :

Ces vieux moines tinrent conseil entre eux et résolurent, à quelque prix et par quelque voie que ce fût, de se défaire d'une jeune barbe qui les humiliait. Savez-vous ce qu'ils firent ?... Mon maître, vous ne m'écoutez pas.

LE MAÎTRE

Je t'écoute, je t'écoute : continue.

JACQUES

Ils gagnèrent le portier, qui était un vieux coquin comme eux. Ce vieux coquin accusa le jeune Père d'avoir pris des libertés avec une de ses dévotes dans le parloir, et assura, par serment, qu'il l'avait vu.

Peut-être cela était-il vrai, peut-être cela était-il faux :
que sait-on? Ce qu'il y a de plaisant, c'est que le lendemain de cette accusation, le prieur de la maison fut
assigné au nom d'un chirurgien pour être satisfait des
remèdes qu'il avait administrés et des soins qu'il avait
donnés à ce scélérat de portier dans le cours d'une
maladie galante... Mon maître, vous ne m'écoutez pas,
et je sais ce qui vous distrait, je gage que ce sont ces
fourches patibulaires.

LE MAÎTRE

Je ne saurais en disconvenir.

JACQUES

Je surprends vos yeux attachés sur mon visage;
est-ce que vous me trouvez l'air sinistre?

LE MAÎTRE

Non, non.

JACQUES

C'est-à-dire, oui, oui. Eh bien, si je vous fais peur,
nous n'avons qu'à nous séparer.

LE MAÎTRE

Allons donc, Jacques, vous perdez l'esprit; est-ce que
vous n'êtes pas sûr de vous?

JACQUES

Non, Monsieur; et qui est-ce qui est sûr de soi?

LE MAÎTRE

Tout homme de bien. Est-ce que Jacques, l'honnête
Jacques, ne se sent pas là de l'horreur pour le crime?...
Allons, Jacques, finissons cette dispute et reprenez
votre récit.

JACQUES

En conséquence de cette calomnie ou médisance du portier, on se crut autorisé à faire mille diableries, mille méchancetés à ce pauvre Père Ange dont la tête parut se déranger. Alors on appela un médecin qu'on corrompit et qui attesta que ce religieux était fou et qu'il avait besoin de respirer l'air natal. S'il n'eut été question que d'éloigner ou d'enfermer le Père Ange, c'eut été une affaire bientôt faite ; mais parmi les dévotes dont il était la coqueluche, il y avait de grandes dames à ménager. On leur parlait de leur directeur avec une commisération hypocrite : « Hélas ! ce pauvre Père Ange, c'est bien dommage ! c'était l'aigle de notre communauté. — Qu'est-ce qui lui est donc arrivé? » A cette question on ne répondait qu'en poussant un profond soupir et en levant les yeux au ciel? si l'on insistait, on baissait la tête et l'on se taisait. A cette singerie l'on ajoutait quelquefois : « O Dieu ! qu'est-ce de nous !... Il a encore des moments surprenants... des éclairs de génie... Cela reviendra peut-être, mais il y a peu d'espoir... Quelle perte pour la religion !... » Cependant les mauvais procédés redoublaient ; il n'y avait rien qu'on ne tentât pour amener le Père Ange au point où on le disait, et on y aurait réussi si frère Jean ne l'eût pris en pitié. Que vous dirai-je de plus ? Un soir que nous étions tous endormis, nous entendîmes frapper à notre porte : nous nous levons ; nous ouvrons au Père Ange et à mon frère déguisés. Ils passèrent le jour suivant dans la maison ; le lendemain, dès l'aube du jour, ils décampèrent. Ils s'en allaient les mains bien garnies ; car Jean, en m'embrassant, me dit : « J'ai marié tes sœurs ; si j'étais resté dans le couvent, deux

ans de plus ce que j'y étais, tu serais un des plus gros
fermiers du canton ; mais tout a changé et voilà ce que
je puis faire pour toi. Adieu, Jacques, si nous avons du
bonheur, le Père et moi, tu t'en ressentiras... » puis
il me lâcha dans la main les cinq louis dont je vous ai
parlé, avec cinq autres pour la dernière des filles du
village, qu'il avait mariée et qui venait d'accoucher
d'un gros garçon qui ressemblait à frère Jean comme
deux gouttes d'eau.

LE MAÎTRE, *sa tabatière ouverte et sa montre replacée.*

Et qu'allaient-ils faire à Lisbonne ?

JACQUES

Chercher un tremblement de terre, qui ne pouvait
se faire sans eux ; être écrasés, engloutis, brûlés ;
comme il était écrit là-haut.

LE MAÎTRE

Ah ! les moines ! les moines !

JACQUES

Le meilleur ne vaut pas grand argent.

LE MAÎTRE

Je le sais mieux que toi.

JACQUES

Est-ce que vous avez passé par leurs mains ?

LE MAÎTRE

Une autre fois, je te dirai cela.

JACQUES

Mais pourquoi est-ce qu'ils sont méchants ?

LE MAÎTRE

Je crois que c'est parce qu'ils sont moines... Et puis revenons à tes amours.

JACQUES

Non, Monsieur, n'y revenons pas.

LE MAÎTRE

Est-ce que tu ne veux plus que je les sache?

JACQUES

Je le veux toujours; mais le destin, lui, ne le veut pas. Est-ce que vous ne voyez pas qu'aussitôt que j'en ouvre la bouche, le diable s'en mêle, et qu'il survient toujours quelque incident qui me coupe la parole? Je ne les finirai pas, vous dis-je, cela est écrit là-haut.

LE MAÎTRE

Essaye, mon ami.

JACQUES

Mais si vous commenciez l'histoire des vôtres, peut-être que cela romprait le sortilège et qu'ensuite les miennes en iraient mieux. J'ai dans la tête que cela tient à cela; tenez, Monsieur, il me semble quelquefois que le destin me parle.

LE MAÎTRE

Et tu te trouves toujours bien de l'écouter?

JACQUES

Mais, oui, témoin le jour qu'il me dit que votre montre était sur le dos du porte-balle....

Le maître se mit à bâiller ; en bâillant il frappait de
la main sur sa tabatière, il regardait au loin, et en regardant au loin, il dit à Jacques : « Ne vois-tu pas quelque
chose sur ta gauche ? »

JACQUES

Oui, et je gage que c'est quelque chose qui ne voudra pas que je continue mon histoire, ni que vous commenciez la vôtre...

Jacques avait raison. Comme la chose qu'ils voyaient
venait à eux et qu'ils allaient à elles, ces deux marches
en sens contraire abrégèrent la distance ; et bientôt ils
aperçurent un char drapé de noir, traîné par quatre
chevaux noirs, couverts de housses noires qui leur en-
veloppaient la tête et qui descendaient jusqu'à leurs
pieds ; derrière, deux domestiques en noir ; à la suite
deux autres vêtus de noir, chacun sur un cheval noir,
caparaçonné de noir ; sur le siège du char un cocher
noir, le chapeau rabattu et entouré d'un long crêpe qui
pendait le long de son épaule gauche ; ce cocher avait
la tête penchée, laissait flotter ses guides et conduisait
moins ses chevaux qu'ils ne le conduisaient. Voilà nos
deux voyageurs arrivés au côté de cette voiture funèbre.
A l'instant, Jacques pousse un cri, tombe de son cheval plutôt qu'il n'en descend, s'arrache les cheveux, se
roule à terre en criant : « Mon capitaine ! mon pauvre
capitaine ! c'est lui, je n'en saurais douter, voilà ses
armes... » Il y avait, en effet, dans le char, un long cercueil sous un drap mortuaire ; sur le drap mortuaire,
une épée avec un cordon, et à côté du cercueil un
prêtre, son bréviaire à la main et psalmodiant. Le char
allait toujours, Jacques le suivait en se lamentant, le

maître suivait Jacques en jurant, et les domestiques
certifiaient à Jacques que ce convoi était celui de son
capitaine, décédé dans la ville voisine, d'où on le transportait à la sépulture de ses ancêtres. Depuis que ce
militaire avait été privé, par la mort d'un autre militaire, son ami, capitaine au même régiment, de la satisfaction de se battre au moins une fois par semaine, il
en était tombé dans une mélancolie qui l'avait éteint au
bout de quelques mois. Jacques, après avoir payé à son
capitaine le tribut d'éloges, de regrets et de larmes
qu'il lui devait, fit excuse à son maître, remonta sur
son cheval, et ils allaient en silence.

Mais, pour Dieu, l'auteur, me dites-vous, où allaient-
ils?... Mais, pour Dieu, lecteur, vous répondrai-je,
est-ce qu'on sait où l'on va? Et vous, où allez-vous?
Faut-il que je vous rappelle l'aventure d'Ésope? Son
maître Xantippe lui dit un soir d'été ou d'hiver, car
les Grecs se baignaient dans toutes les saisons : « Ésope,
va au bain ; s'il y a peu de monde, nous nous baigne-
rons... » Ésope part. Chemin faisant, il rencontre la
patrouille d'Athènes. « Où vas-tu? — Où je vais? répond Ésope, je n'en sais rien. — Tu n'en sais rien?
marche en prison. — Eh ! bien reprit Esope, ne l'avais-je
pas bien dit que je ne savais où j'allais ? je voulais aller
au bain, et voilà que je vais en prison... » Jacques suivait son maître comme vous le vôtre ; son maître suivait
le sien comme Jacques le suivait. — Mais qui était le
maître du maître de Jacques ? — Bon, est-ce qu'on manque
de maître dans ce monde ? Le maître de Jacques en avait
cent pour un, comme vous. Mais parmi tant de maîtres
du maître de Jacques, il fallait qu'il n'y en eût pas un
bon ; car d'un jour à l'autre il en changeait. — Il était
homme. — Homme passionné comme vous, lecteur ;

5

homme curieux comme vous, lecteur ; homme importun
comme vous, lecteur ; homme questionneur comme vous,
lecteur. — Et pourquoi questionnait-il ? Belle question !
Il questionnait pour apprendre et pour redire, comme
vous, lecteur...

Le maître dit à Jacques : « Tu ne me parais pas disposé à reprendre l'histoire de tes amours. »

JACQUES

Mon pauvre capitaine ! il s'en va où nous allons tous
et où il est bien extraordinaire qu'il ne soit pas arrivé
plus tôt. Ahi !... Ahi !...

LE MAÎTRE

Mais, Jacques, vous pleurez, je crois?... « Pleurez
« sans contrainte, parce que vous pouvez pleurer sans
« honte ; sa mort vous affranchit des bienséances scru-
« puleuses qui vous gênaient pendant sa vie. Vous
« n'avez pas les mêmes raisons de dissimuler votre
« peine que celles que vous aviez de dissimuler votre
« bonheur ; on ne pensera pas à tirer de vos larmes les
« conséquences qu'on eût tirées de votre joie. On par-
« donne au malheur. Et puis il faut dans ce moment
« se montrer sensible ou ingrat, et, tout bien considéré,
« il vaut mieux déceler une faiblesse que se laisser
« soupçonner d'un vice. Je veux que votre plainte soit
« libre pour être moins douloureuse, je la veux vio-
« lente pour être moins longue. Rappelez-vous, exagé-
« rez-vous même ce qu'il était : sa pénétration à sonder
« les matières les plus profondes ; sa subtilité à discu-
« ter les plus délicates ; son goût solide qui l'attachait
« aux plus importantes ; la fécondité qu'il jetait dans les
« plus stériles ; avec quel art il défendait les accusés :

« son indulgence lui donnait mille fois plus d'esprit
« que l'intérêt ou l'amour-propre n'en donnait au cou-
« pable; il n'était sévère que pour lui seul. Loin de cher-
« cher des excuses aux fautes légères qui lui échappaient,
« il s'occupait avec toute la méchanceté d'un ennemi à
« se les exagérer, et avec tout l'esprit d'un jaloux à
« rabaisser le prix de ses vertus par un examen rigou-
« reux des motifs qui l'avaient peut-être déterminé à
« son insu. Ne prescrivez à vos regrets d'autre terme
« que celui que le temps y mettra. Soumettons-nous à
« l'ordre universel lorsque nous perdons nos amis,
« comme nous nous y soumettrons lorsqu'il lui plaira
« de disposer de nous; acceptons l'arrêt du sort qui les
« condamne, sans désespoir, comme nous l'accepte-
« rons sans résistance lorsqu'il se prononcera contre
« nous. Les devoirs de la sépulture ne sont pas les der-
« niers devoirs de nos âmes. La terre qui se remue
« dans ce moment se raffermira sur la tombe de votre
« amant; mais votre âme conservera toute sa sensi-
« bilité. »

JACQUES

Mon maître, cela est fort beau ; mais à quoi diable
cela revient-il? J'ai perdu mon capitaine, j'en suis désolé ; et vous me détachez, comme un perroquet, un
lambeau de la consolation d'un homme ou d'une femme
à une autre femme qui a perdu son amant.

LE MAÎTRE

Je crois que c'est d'une femme.

JACQUES

Moi, je crois que c'est d'un homme. Mais que ce soit
d'un homme ou d'une femme, encore une fois, à quoi

diable cela revient-il? Est-ce que vous me prenez pour la maîtresse de mon capitaine? Mon capitaine, Monsieur, était un brave homme; et moi j'ai toujours été un honnête garçon.

LE MAÎTRE

Jacques, qui est-ce qui vous le dispute?

JACQUES

A quoi diable revient donc votre consolation d'un homme ou d'une femme à une autre femme? A force de vous le demander, vous me le direz peut-être.

LE MAÎTRE

Non, Jacques, il faut que vous trouviez cela tout seul.

JACQUES

J'y rêverais le reste de ma vie, que je ne le devinerais pas, j'en aurais pour jusqu'au jugement dernier.

LE MAÎTRE

Il m'a paru que vous m'écoutiez avec attention tandis que je lisais.

JACQUES

Est-ce qu'on peut la refuser au ridicule?

LE MAÎTRE

Fort bien, Jacques!

JACQUES

Peu s'en est fallu que je n'aie éclaté à l'endroit des bienséances rigoureuses qui me gênaient pendant la vie de mon capitaine, et dont j'avais été affranchi par sa mort.

LE MAÎTRE

Fort bien, Jacques! J'ai donc fait ce que je m'étais proposé. Dites-moi s'il était possible de s'y prendre mieux pour vous consoler. Vous pleuriez : si je vous avais entretenu de l'objet de votre douleur, qu'en serait-il arrivé? Que vous eussiez pleuré bien davantage, et que j'aurais achevé de vous désoler. Je vous ai donné le change, et par le ridicule de mon oraison funèbre, et par la petite querelle qui s'en est suivie. A présent convenez que la pensée de votre capitaine est aussi loin de vous que le char funèbre qui le mène à son dernier domicile. Partant, je pense que vous pourrez reprendre l'histoire de vos amours.

JACQUES

Je le pense aussi.

« Docteur, dis-je au chirurgien, demeurez-vous loin d'ici?

— A un bon quart de lieue au moins.

— Êtes-vous un peu commodément logé?

— Assez commodément.

— Pourriez-vous disposer d'un lit?

— Non.

— Quoi! pas même en payant, en payant bien?

— Oh! en payant et en payant bien, pardonnez-moi. Mais, l'ami, vous ne me paraissez guère en état de payer, et moins encore de bien payer.

— C'est mon affaire. Et serais-je un peu soigné chez vous?

— Très bien. J'ai ma femme qui a gardé des malades toute sa vie; j'ai une fille aînée qui fait le poil à tout venant, et qui vous lève un appareil aussi bien que moi.

— Combien me prendriez-vous pour mon logement, ma nourriture et vos soins?

— Le chirurgien dit en se grattant l'oreille : Pour le logement... la nourriture... les soins... Mais qui est-ce qui me répondra du payement?

— Je payerai tous les jours.

— Voilà ce qui s'appelle parler, cela... »

Mais, Monsieur, je crois que vous ne m'écoutez pas.

LE MAÎTRE

Non, Jacques, il était écrit là-haut que tu parlerais cette fois, qui ne sera peut-être pas la dernière, sans être écouté.

JACQUES

Quand on n'écoute pas celui qui parle, c'est qu'on ne pense à rien, ou qu'on pense à autre chose que ce qu'il dit : lequel des deux faisiez-vous ?

LE MAÎTRE

Le dernier. Je rêvais à ce qu'un des domestiques noirs qui suivait le char funèbre te disait, que ton capitaine avait été privé, par la mort de son ami, du plaisir de se battre au moins une fois par semaine. As-tu compris quelque chose à cela?

JACQUES

Assurément!

LE MAÎTRE

C'est pour moi une énigme que tu m'obligerais de m'expliquer.

JACQUES

Et que diable cela vous fait-il ?

LE MAÎTRE

Peu de chose ; mais quand tu parleras, tu veux apparemment être écouté ?

JACQUES

Cela va sans dire.

LE MAÎTRE

Eh bien ! en conscience, je ne saurais t'en répondre, tant que cet inintelligible propos me chiffonnera la cervelle. Tire-moi de là, je t'en prie.

JACQUES

A la bonne heure ! mais jurez-moi, du moins, que vous ne m'interromprez plus.

LE MAÎTRE

A tout hasard, je te le jure.

JACQUES

C'est que mon capitaine, bon homme, galant homme, homme de mérite, un des meilleurs officiers du corps, mais homme un peu hétéroclite, avait rencontré et fait amitié avec un autre officier du même corps, bon homme aussi, galant homme aussi, homme de mérite aussi, aussi bon officier que lui, mais homme aussi hétéroclite que lui...

Jacques était à entamer l'histoire de son capitaine, lorsqu'ils entendirent une troupe nombreuse d'hommes et de chevaux qui s'acheminaient derrière eux. C'était le même char lugubre qui revenait sur ses pas. Il était

entouré... De gardes de la Ferme ? — Non. — De cavaliers de maréchaussée ? — Peut-être. Quoi qu'il en soit,
ce cortège était précédé du prêtre en soutane et en sur-
plis, les mains derrière le dos. Qui fut bien surpris ? Ce
fut Jacques, qui s'écria : « Mon capitaine, mon pauvre
capitaine n'est pas mort ! Dieu soit loué !... » Puis
Jacques tourne bride, pique des deux, s'avance à
toutes jambes au-devant du prétendu convoi. Il n'en
était pas à trente pas que les gardes de la Ferme ou
les cavaliers de maréchaussée le couchent en joue, et
lui crient : « Arrête, retourne sur tes pas, ou tu es
mort... » Jacques s'arrêta tout court, consulta le destin
dans sa tête ; il lui sembla que le destin lui disait :
Retourne sur tes pas : ce qu'il fit. Son maître lui dit :
Eh bien ! Jacques, qu'est-ce ?

JACQUES

Ma foi, je n'en sais rien.

LE MAÎTRE

Et pourquoi ?

JACQUES

Je n'en sais pas davantage.

LE MAÎTRE

Tu verras que ce sont des contrebandiers qui auront
rempli cette bière de marchandises prohibées, et qu'ils
auront été vendus à la Ferme par les coquins mêmes
de qui ils les avaient achetées.

JACQUES

Mais pourquoi ce carrosse aux armes de mon capitaine ?

LE MAÎTRE

Ou c'est un enlèvement. On aura caché dans ce cercueil, que sait-on, une femme, une fille, une religieuse ;
ce n'est pas le linceul qui fait le mort.

JACQUES

Mais pourquoi ce carrosse aux armes de mon capitaine?

LE MAÎTRE

Ce sera tout ce qu'il te plaira ; mais achève-moi l'histoire de ton capitaine.

JACQUES

Vous tenez encore à cette histoire? Mais peut-être
que mon capitaine est encore vivant.

LE MAÎTRE

Qu'est-ce que cela fait à la chose?

JACQUES

Je n'aime pas à parler des vivants, parce qu'on est
de temps en temps exposé à rougir du bien et du mal
qu'on en a dit, du bien qu'ils gâtent, du mal qu'ils ré-
parent.

LE MAÎTRE

Ne sois ni fade panégyriste, ni censeur amer; dis la
chose comme elle est.

JACQUES

Cela n'est pas aisé. N'a-t-on pas son caractère, son
intérêt, son goût, ses passions, d'après quoi l'on exagère ou l'on atténue? Dis la chose comme elle est!...
Cela n'arrive peut-être pas deux fois en un jour dans

toute une grande ville. Et celui qui vous écoute est-il
mieux disposé que celui qui parle ? Non. D'où il doit
arriver que deux fois à peine en un jour, dans toute
une grande ville, on soit entendu comme on dit.

LE MAÎTRE

Que diable, Jacques, voilà des maximes à proscrire
l'usage de la langue et des oreilles, à ne rien dire, à ne
rien écouter et à ne rien croire ! Cependant, dis comme
toi, je t'écouterai comme moi, et je te croirai comme
je pourrai.

JACQUES

Mon cher maître, la vie se passe en quiproquos. Il y
a les quiproquos d'amour, les quiproquos d'amitié, les
quiproquos de politique, de finance, d'église, de magis-
trature, de commerce, de femmes, de maris...

LE MAÎTRE

Eh ! laisse là ces quiproquos, et tâche de t'apercevoir
que c'est en faire un grossier que de t'embarquer dans
un chapitre de morale, lorsqu'il s'agit d'un fait histo-
rique. L'histoire de ton capitaine ?

JACQUES

Si l'on ne dit presque rien dans ce monde, qui soit
entendu comme on le dit, il y a bien pis, c'est qu'on n'y
fait presque rien qui soit jugé comme on l'a fait.

LE MAÎTRE

Il n'y a peut-être pas sous le ciel une autre tête qui
contienne autant de paradoxes que la tienne.

JACQUES

Et quel mal y aurait-il à cela ? Un paradoxe n'est pas
toujours une fausseté.

Il est vrai.

Nous passions à Orléans, mon capitaine et moi. Il n'était bruit dans la ville que d'une aventure récemment arrivée à un citoyen appelé M. Le Pelletier, homme pénétré d'une si profonde commisération pour les malheureux qu'après avoir réduit, par des aumônes démesurées, une fortune assez considérable au plus étroit nécessaire, il allait de porte en porte chercher dans la bourse d'autrui des secours qu'il n'était pas en état de puiser dans la sienne.

Et tu crois qu'il y avait deux opinions sur la conduite de cet homme-là ?

Non, parmi les pauvres; mais presque tous les riches, sans exception, le regardaient comme une espèce de fou; et peu s'en fallut que ses proches ne le fissent interdire comme dissipateur. Tandis que nous nous rafraîchissions dans une auberge, une foule d'oisifs s'était rassemblée autour d'une espèce d'orateur, le barbier de la rue, et lui disait : « Vous y étiez, vous; racontez-nous comment la chose s'est passée.

— Très volontiers, répondit l'orateur du coin, qui ne demandait pas mieux que de pérorer. M. Aubertot, une de mes pratiques, dont la maison fait face à l'église des capucins, était sur sa porte : M. Le Pelletier l'aborde et lui dit : « Monsieur Aubertot, ne me donnerez-vous

« rien pour mes amis ? » car c'est ainsi qu'il appelle les
pauvres, comme vous savez.

« — Non, pour aujourd'hui, monsieur Le Pelletier. »

« M. Le Pelletier insiste. « Si vous saviez en faveur
« de qui je sollicite votre charité ! c'est une pauvre
« femme qui vient d'accoucher, et qui n'a pas un gue-
« nillon pour entortiller son enfant.

« — Je ne saurais.

« — C'est une jeune et belle fille qui manque d'ou-
« vrage et de pain, et que votre libéralité sauvera peut-
« être du désordre.

« — Je ne saurais.

« — C'est un manœuvre qui n'avait que ses bras
« pour vivre et qui vient de se fracasser une jambe en
« tombant de son échafaud.

« — Je ne saurais, vous dis-je.

« — Allons, monsieur Aubertot, laissez-vous toucher,
« et soyez sûr que jamais vous n'aurez l'occasion de
« faire une action plus méritoire.

« — Je ne saurais, je ne saurais.

« — Mon bon, mon miséricordieux monsieur Au-
« bertot !...

« — Monsieur Le Pelletier, laissez-moi en repos ;
« quand je veux donner, je ne me fais pas prier... »

« — Et cela dit, M. Aubertot lui tourne le dos, passe
de sa porte dans son magasin, où M. Le Pelletier le
suit ; il le suit de son magasin dans son arrière-boutique, de son arrière-boutique dans son appartement ;
là, M. Aubertot, excédé des instances de M. Le Pelletier, lui donne un soufflet... »

Alors mon capitaine se lève brusquement et dit à
l'orateur : « Et il ne le tua pas ?

— Non, Monsieur ; est-ce qu'on tue comme cela ?

— Un soufflet, morbleu! un soufflet? Et que fit-il donc?

— Ce qu'il fit après son soufflet reçu? il prit un air riant, et dit à M. Aubertot: « Cela, c'est pour moi; mais « mes pauvres?... »

A ce mot tous les auditeurs s'écrièrent d'admiration, excepté mon capitaine qui leur disait : « Votre M. Le Pelletier, Messieurs, n'est qu'un gueux, un malheureux, un lâche, un infâme, à qui cependant cette épée aurait fait prompte justice, si j'avais été là; et votre Aubertot aurait été bien heureux, s'il ne lui en avait coûté que le nez et les deux oreilles. »

L'orateur répliqua : « Je vois, Monsieur, que vous n'auriez pas laissé le temps à l'homme insolent de reconnaître sa faute, de se jeter aux pieds de M. Le Pelletier et de lui présenter sa bourse.

— Non certes!

— Vous êtes un militaire, et M. Le Pelletier est un chrétien; vous n'avez pas les mêmes idées du soufflet.

— La joue de tous les hommes d'honneur est la même.

— Ce n'est pas tout à fait l'avis de l'Évangile

— L'Évangile est dans mon cœur et dans mon four-reau, et je n'en connais pas d'autre... »

Le vôtre, mon maître, est je ne sais où; le mien est là-haut; chacun apprécie l'injure et le bienfait à sa manière; et peut-être n'en portons-nous pas le même jugement dans deux instants de notre vie.

LE MAÎTRE

Après, maudit bavard, après...

Lorsque le maître de Jacques avait pris de l'humeur, Jacques se taisait, se mettait à rêver, et souvent ne rompait le silence que par un propos, lié dans son esprit, mais aussi décousu dans la conversation que la lecture d'un livre dont on aurait sauté quelques feuillets. C'est précisément ce qui lui arriva lorsqu'il dit : Mon cher maître...

LE MAÎTRE

Ah! la parole t'est enfin revenue. Je m'en réjouis pour tous deux, car je commençais à m'ennuyer de ne te pas entendre, et toi de ne pas parler. Parle donc...

Jacques allait commencer l'histoire de son capitaine, lorsque, pour la seconde fois, son cheval, se jetant brusquement hors de la grande route à droite, l'emporte à travers une longue plaine, à un bon quart de lieue de distance, et s'arrête tout court entre des fourches patibulaires... Entre des fourches patibulaires! Voilà une singulière allure de cheval de mener son cavalier au gibet!... « Qu'est-ce que cela signifie? disait Jacques. Est-ce un avertissement du destin? »

LE MAÎTRE

Mon ami, n'en doutez pas. Votre cheval est inspiré, et le fâcheux, c'est que tous ces pronostics, inspirations, avertissements d'en haut par rêves, par apparitions, ne servent à rien; la chose n'en arrive pas moins. Cher ami, je vous conseille de mettre votre conscience en bon état, d'arranger vos petites affaires et de me dépêcher, le plus vite que vous pourrez, l'histoire de votre capitaine et celle de vos amours, car je serais fâché de vous perdre sans les avoir entendues. Quand vous vous soucierez encore plus que vous ne faites, à quoi cela remédierait-il? L'arrêt du destin, prononcé deux fois par votre cheval, s'accomplira.

Voyez, n'avez-vous rien à restituer à personne? Confiez-moi vos dernières volontés, et soyez sûr qu'elles seront fidèlement remplies. Si vous m'avez pris quelque chose, je vous le donne; demandez-en seulement pardon à Dieu, et pendant le temps plus ou moins court que nous avons encore à vivre ensemble, ne me volez plus.

JACQUES

J'ai beau revenir sur le passé, je n'y vois rien à démêler avec la justice des hommes. Je n'ai ni tué ni volé, ni violé.

LE MAÎTRE

Tant pis; à tout prendre, j'aimerais mieux que le crime fût commis qu'à commettre, et pour cause.

JACQUES

Mais, Monsieur, ce ne sera peut-être pas pour mon compte, mais pour le compte d'un autre, que je serai pendu.

LE MAÎTRE

Cela se peut.

JACQUES

Ce n'est peut-être qu'après ma mort que je serai pendu.

LE MAÎTRE

Cela se peut encore.

JACQUES

Je ne serai peut-être pas pendu du tout.

LE MAÎTRE

J'en doute.

JACQUES

Il est peut-être écrit là-haut que j'assisterai seulement à la potence d'un autre ; et cet autre là, qui sait
qui il est ? s'il est proche, ou s'il est loin ?

LE MAÎTRE

Monsieur Jacques, soyez pendu, puisque le sort le
veut, et que votre cheval le dit ; mais ne soyez pas insolent ; finissez vos conjectures impertinentes, et faites-
moi vite l'histoire de votre capitaine.

JACQUES

Monsieur, ne vous fâchez pas, on a quelquefois pendu
de fort honnêtes gens : c'est un quiproquo de justice.

LE MAÎTRE

Ces quiproquos-là sont affligeants. Parlons d'autre
chose.

Jacques, un peu rassuré par les interprétations
diverses qu'il avaient trouvées au pronostic du cheval,
dit :
« Quand j'entrais au régiment, il y avait deux officiers
à peu près égaux d'âge, de naissance, de service et de
mérite. Mon capitaine était l'un des deux. La seule différence qu'il y eût entre eux, c'est que l'un était riche
et que l'autre ne l'était pas. Mon capitaine était le riche.
Cette conformité devait produire ou la sympathie, ou
l'antipathie la plus forte : elle produisit l'une et
l'autre... »
Ici Jacques s'arrêta, et cela lui arriva plusieurs fois

dans le cours de son récit, à chaque mouvement de tête
que son cheval faisait de droite et de gauche. Alors,
pour continuer, il reprenait sa dernière phrase, comme
s'il avait eu le hoquet.

... Elle produisit l'une et l'autre. Il y avait des jours
où ils étaient les meilleurs amis du monde, et d'autres
où ils étaient ennemis mortels. Les jours d'amitié ils
se cherchaient, ils se fêtaient, ils s'embrassaient, ils
se communiquaient leurs peines, leurs plaisirs, leurs
besoins ; ils se consultaient sur leurs affaires les plus
secrètes, sur leurs intérêts domestiques, sur leurs
espérances, sur leurs craintes, sur leurs projets d'avancement. Le lendemain, se rencontraient-ils ? ils passaient l'un à côté de l'autre sans se regarder, ou ils se
regardaient fièrement, ils s'appelaient Monsieur, ils
s'adressaient des mots durs, ils mettaient l'épée à la
main et se battaient. S'il arrivait que l'un des deux fût
blessé, l'autre se précipitait sur son camarade, pleurait, se désespérait, l'accompagnait chez lui et s'éta-
blissait à côté de son lit jusqu'à ce qu'il fût guéri.
Huit jours, quinze jours, un mois après, c'était à recommencer, et l'on voyait, d'un instant à un autre, deux
braves gens... deux braves gens, deux amis sincères,
exposés à périr par la main l'un de l'autre, et le mort
n'aurait certainement pas été le plus à plaindre des
deux. On leur avait parlé plusieurs fois de la bizarrerie
de leur conduite ; moi-même, à qui mon capitaine avait
permis de parler, je lui disais : « Mais, Monsieur, s'il
vous arrivait de le tuer ? » A ces mots, il se mettait à
pleurer et se couvrait les yeux de ses mains ; il courait
dans son appartement comme un fou. Deux heures
après, ou son camarade le ramenait chez lui blessé, ou

il rendait le même service à son camarade. Ni mes remontrances... ni mes remontrances, ni celles des autres n'y faisaient rien; on n'y trouva de remède qu'à les séparer. Le ministre de la guerre fut instruit d'une persévérance si singulière dans des extrémités si opposées, et mon capitaine nommé à un commandement de place, avec injonction expresse de se rendre sur-le-champ à son poste, et défense de s'en éloigner; une autre défense fixa son camarade au régiment... Je crois que ce maudit cheval me fera devenir fou... A peine les ordres du ministre furent-ils arrivés que mon capitaine, sous prétexte d'aller remercier de la faveur qu'il venait d'obtenir, partit pour la cour, représenta qu'il était riche et que son camarade indigent avait le même droit aux grâces du roi; que le poste qu'on venait de lui accorder récompenserait les services de son ami, suppléerait à son peu de fortune, et qu'il en serait, lui, comblé de joie. Comme le ministre n'avait eu d'autre intention que de séparer ces deux hommes bizarres, et que les procédés généreux touchent toujours, il fut arrêté... Maudite bête, tiendras-tu ta tête droite?... Il fut arrêté que mon capitaine resterait au régiment, et que son camarade irait occuper le commandement de place.

A peine furent-ils séparés, qu'ils sentirent le besoin qu'ils avaient l'un de l'autre; ils tombèrent dans une mélancolie profonde. Mon capitaine demanda un congé de semestre pour aller prendre l'air natal; mais, à deux lieues de la garnison, il vend son cheval, se déguise en paysan et s'achemine vers la place que son ami commandait. Il paraît que c'était une démarche concertée entre eux. Il arrive... Va donc où tu voudras! Y a-t-il encore là quelque gibet qu'il te plaise de visiter?... Riez bien, Monsieur; cela est en effet très plaisant... Il

arrive ; mais il était écrit là-haut que, quelques précautions qu'ils prissent pour cacher la satisfaction qu'ils
avaient de se revoir et de ne s'aborder qu'avec les
marques extérieures de la subordination d'un paysan à
un commandant de place, des soldats, quelques officiers qui se rencontraient par hasard à leur entrevue
et qui seraient instruits de leur aventure, prendraient
des soupçons et iraient prévenir le major de la place.

Celui-ci, homme prudent, sourit de l'avis, mais ne
laissa pas d'y attacher toute l'importance qu'il méritait. Il mit des espions autour du commandant. Leur
premier rapport fut que le commandant sortait peu, et
que le paysan ne sortait point du tout. Il était impossible que ces deux hommes vécussent ensemble huit
jours de suite, sans que leur étrange manie les reprît ;
ce qui ne manqua pas d'arriver.

Vous voyez, lecteur, combien je suis obligeant ; il ne
tiendrait qu'à moi de donner un coup de fouet aux chevaux qui traînent le carrosse drapé de noir, d'assembler,
à la porte du gîte prochain, Jacques, son maître, les
gardes des Fermes ou les cavaliers de maréchaussée
avec le reste de leur cortège ; d'interrompre l'histoire
du capitaine de Jacques et de vous impatienter à mon
aise ; mais pour cela il faudrait mentir ; et je n'aime pas
le mensonge, à moins qu'il ne soit utile et forcé. Le fait
est que Jacques et son maître ne virent plus le carrosse
drapé, et que Jacques, toujours inquiet de l'allure de
son cheval, continua son récit :

Un jour, les espions rapportèrent au major qu'il y
avait eu une contestation fort vive entre le commandant
et le paysan ; qu'ensuite ils étaient sortis, le paysan mar-

chant le premier, le commandant ne le suivant qu'à
regret, et qu'ils étaient entrés chez un banquier de la
ville, où ils étaient encore.

On apprit dans la suite que, n'espérant plus de se
revoir, ils avaient résolu de se battre à toute outrance,
et que, sensible aux devoirs de la plus tendre amitié,
au moment même de la férocité la plus inouïe, mon
capitaine qui était riche, comme je vous l'ai dit... mon
capitaine, qui était riche, avait exigé de son camarade
qu'il acceptât une lettre de change de vingt-quatre
mille livres, qui lui assurât de quoi vivre chez l'étranger, au cas qu'il fût tué, celui-ci protestant qu'il ne se
battrait point sans ce préalable; l'autre répondant à
cette offre : « Est-ce que tu crois, mon ami, que si je te
tue, je te survivrai?... » J'espère, Monsieur, que vous
ne me condamnerez pas à finir notre voyage sur ce
bizarre animal...

Ils sortaient de chez le banquier, et ils s'acheminaient
vers les portes de la ville, lorsqu'ils se virent entourés
du major et de quelques officiers. Quoique cette rencontre eût l'air d'un incident fortuit, nos deux amis,
nos deux ennemis, comme il vous plaira de les appeler,
ne s'y méprirent pas. Le paysan se laissa reconnaître
pour ce qu'il était. On alla passer la nuit dans une
maison écartée. Le lendemain, dès la pointe du jour,
mon capitaine, après avoir embrassé plusieurs fois son
camarade, s'en sépara pour ne plus le revoir. A peine
fut-il arrivé dans son pays qu'il mourut.

LE MAÎTRE

Et qui est-ce qui t'a dit qu'il était mort?

JACQUES

Et ce cercueil? et ce carrosse à ses armes? Mon pauvre capitaine est mort, je n'en doute pas.

LE MAÎTRE

Et ce prêtre les mains liées sur le dos; et ces gens les mains liées sur le dos; et ces gardes de la Ferme ou ces cavaliers de maréchaussée; et ce retour du convoi vers la ville? Ton capitaine est vivant, je n'en doute pas; mais ne sais-tu rien de son camarade?

JACQUES

L'histoire de son camarade est une belle ligne du grand rouleau ou de ce qui est écrit là-haut.

LE MAÎTRE

J'espère...

Le cheval de Jacques ne permit pas à son maître d'achever; il part comme un éclair, ne s'écartant ni à droite ni à gauche, suivant la grande route. On ne vit plus Jacques; et son maître, persuadé que le chemin aboutissait à des fourches patibulaires, se tenait les côtés de rire. Et puisque Jacques et son maître ne sont bons qu'ensemble et ne valent rien séparés non plus que Don Quichotte sans Sancho et Richardet sans Fer-ragus, ce que le continuateur de Cervantès[1] et l'imita-teur de l'Arioste, monsignor Forti-Guerra[2], n'ont pas

1. Avellaneda (Alonzo-Fernandez d') fit imprimer en 1614, à Tarragone, une suite de *Don Quichotte*. Cet ouvrage, peu estimé, a cependant été traduit en 1704 par Le Sage, sous le titre de *Nou-velles Aventures de Don Quichotte*. (BR.)
2. Forti-Guerra ou Forte-Guerri, né à Pistoie en 1674, mort le 17 février 1735, fit en très peu de temps son poème de *Ricciardetto*

assez compris, lecteur, causons ensemble jusqu'à ce
qu'ils se soient rejoints.

Vous allez prendre l'histoire du capitaine de Jacques
pour un conte, et vous aurez tort. Je vous proteste que
telle qu'il l'a racontée à son maître, tel fut le récit que
j'en avais entendu faire aux Invalides, je ne sais en
quelle année, le jour de Saint-Louis, à table chez un
monsieur de Saint-Étienne, major de l'hôtel ; et l'historien qui parlait en présence de plusieurs autres officiers de la maison, qui avaient connaissance du fait,
était un personnage grave qui n'avait point du tout
l'air d'un badin. Je vous le répète donc pour ce moment
et pour la suite : soyez circonspect si vous ne voulez
pas prendre dans cet entretien de Jacques et de son
maître le vrai pour le faux, le faux pour le vrai. Vous
voilà bien averti, et je m'en lave les mains. — Voilà,
me direz-vous, deux hommes bien extraordinaires ! —
Et c'est là ce qui vous met en défiance ? Premièrement,
la nature est si variée, surtout dans les instincts et les
caractères, qu'il n'y a rien de si bizarre dans l'imagination d'un poète dont l'expérience et l'observation ne
vous offrissent le modèle dans la nature. Moi, qui vous
parle, j'ai rencontré le pendant du *Médecin malgré lui*,
que j'avais regardé jusque-là comme la plus folle et la
plus gaie des fictions. — Quoi ! le pendant du mari à
qui sa femme dit : J'ai trois enfants sur les bras, et qui
lui répond : Mets-les à terre... Ils me demandent du

(Richardet), dont il composa en un seul jour le premier chant,
voulant prouver par là combien il était facile de réussir dans le
genre de l'Arioste. Le *Richardet* fut imprimé en 1738, trois ans
après la mort de l'auteur ; il a été traduit ou plutôt imité en vers
français par Dumourier, 1766, et par Mancini-Nivernois, Paris,
1796. (Br.)

pain : donne-leur le fouet! — Précisément. Voici son entretien avec ma femme.

« Vous voilà, monsieur Gousse ?

— Non, Madame, je ne suis pas un autre.

— D'où venez-vous ?

— D'où j'étais allé.

— Qu'avez-vous fait là ?

— J'ai raccommodé un moulin qui allait mal.

— A qui appartenait ce moulin ?

— Je n'en sais rien ; je n'étais pas allé pour raccommoder le meunier.

— Vous êtes fort bien vêtu contre votre usage : pourquoi sous cet habit, qui est très propre, une chemise sale ?

— C'est que je n'en ai qu'une.

— Et pourquoi n'en avez-vous qu'une ?

— C'est que je n'ai qu'un corps à la fois.

— Mon mari n'y est pas, mais cela ne vous empêchera pas de dîner ici.

— Non, puisque je ne lui ai confié ni mon estomac ni mon appétit.

— Comment se porte votre femme ?

— Comme il lui plaît ; c'est son affaire.

— Et vos enfants ?

— A merveille !

— Et celui qui a de si beaux yeux, un si bel embonpoint, une si belle peau ?

— Beaucoup mieux que les autres ; il est mort.

— Leur apprenez-vous quelque chose ?

— Non, Madame.

— Quoi ! ni à lire, ni à écrire, ni le catéchisme ?

— Ni à lire, ni à écrire, ni le catéchisme.

— Et pourquoi cela ?

— C'est qu'on ne m'a rien appris, et que je n'en suis pas plus ignorant. S'ils ont de l'esprit, ils feront comme moi ; s'ils sont sôts, ce que je leur apprendrais ne les rendrait que plus sots... »

Si vous rencontrez jamais cet original, il n'est pas nécessaire de le connaître pour l'aborder. Entraînez-le dans un cabaret, dites-lui votre affaire, proposez-lui de vous suivre à vingt lieues, il vous suivra ; après l'avoir employé, renvoyez-le sans un sou ; il s'en retournera satisfait.

Avez-vous entendu parler d'un certain Prémontval [1] qui donnait à Paris des leçons publiques de mathématiques ? C'était son ami... Mais Jacques et son maître se sont peut-être rejoints : voulez-vous que nous allions à eux, ou rester avec moi ?... Gousse et Prémontval tenaient ensemble l'école. Parmi les élèves qui s'y rendaient en foule, il y avait une jeune fille appelée Mlle Pigeon [2], la fille de cet habile artiste qui a construit ces deux beaux planisphères qu'on a transportés du Jardin du roi dans les salles de l'Académie des sciences. Mlle Pigeon allait là tous les matins avec son portefeuille sous le bras et son étui de mathématiques

1. Prémontval (Pierre Le Guay de), fils d'un vieux commissaire de quartier de Paris, naquit à Charenton en 1716. Il enseignait les mathématiques vers 1740. Après qu'il eut enlevé Mlle Pigeon, il passa en Suisse, puis à Berlin, y vécut pauvrement quoique membre de l'Académie, et y mourut en 1764. A Paris, il faisait des conférences. Il est assez gai de voir Crébillon fils, comme censeur, donner son approbation au *Discours sur l'utilité des mathématiques* ou à celui *sur la Nature du nombre*.

2. Pigeon (Marie-Anne-Victoire), femme de Prémontval, née à Paris en 1724, mourut à Berlin en 1767, peu de temps après son mari. Elle était lectrice de la princesse Henri de Prusse. Elle a publié en 1750 : *Mémoires sur la vie de Jean Pigeon* ou *le Mécaniste philosophe*, ouvrage obscur sur les idées de son père.

dans son manchon. Un des professeurs, Prémontval,
devint amoureux de son écolière, et tout à travers les
propositions sur les solides inscrits à la sphère, il y
eut un enfant de fait. Le père Pigeon n'était pas
homme à entendre patiemment la vérité de ce corol-
laire. La situation des amants devient embarrassante,
ils en confèrent ; mais n'ayant rien, mais rien du tout,
quel pouvait être le résultat de leurs délibérations ? Ils
appellent à leur secours l'ami Gousse. Celui-ci, sans
mot dire, vend tout ce qu'il possède, linge, habits, machines, meubles, livres ; fait une somme, jette les deux
amoureux dans une chaise de poste, les accompagne à
franc étrier jusqu'aux Alpes ; là, il vide sa bourse du
peu d'argent qui lui restait, le leur donne, les embrasse,
leur souhaite un bon voyage, et s'en revient à pied
demandant l'aumône jusqu'à Lyon, où il gagna, à
peindre les parois d'un cloître de moines, de quoi revenir à Paris sans mendier. — Cela est très beau.
— Assurément ! et d'après cette action héroïque vous
croyez à Gousse un grand fond de morale ? Eh bien !
détrompez-vous, il n'en avait pas plus qu'il n'y en a
dans la tête d'un brochet. — Cela est impossible.
— Cela est. Je l'avais occupé. Je lui donne un mandat
de quatre-vingts livres sur mes commettants ; la
somme était écrite en chiffres ; que fait-il ? Il ajoute un
zéro, et se fait payer huit cents livres. — Ah ! l'horreur !
— Il n'est pas plus malhonnête quand il me vole,
qu'honnête quand il se dépouille pour un ami ; c'est un
original sans principes. Ces quatre-vingts francs ne
lui suffisaient pas, avec un trait de plume il s'en pro-
curait huit cents dont il avait besoin. Et les livres précieux dont il me fait présent ? Qu'est-ce que ces
livres ?... — Mais Jacques et son maître ? Mais les

6

amours de Jacques ? Ah ! lecteur, la patience avec
laquelle vous m'écoutez me prouve le peu d'intérêt que
vous prenez à mes deux personnages, et je suis tenté
de les laisser où ils sont... J'avais besoin d'un livre
précieux, il me l'apporte ; quelque temps après j'ai
besoin d'un autre livre précieux, il me l'apporte encore ;
je veux les payer, il en refuse le prix. J'ai besoin d'un
troisième livre précieux. « Pour celui-ci, dit-il, vous ne
l'aurez pas, vous avez parlé trop tard : mon docteur de
Sorbonne est mort.

— Et qu'a de commun la mort de votre docteur de
Sorbonne avec le livre que je désire ? Est-ce que vous
avez pris les deux autres dans sa bibliothèque ?

— Assurément !

— Sans son aveu ?

— Eh ! qu'en avais-je besoin pour exercer une justice
distributive ? Je n'ai fait que déplacer ces livres pour
le mieux, en les transférant d'un endroit où ils étaient
inutiles, dans un autre où l'on en ferait un bon usage. »
Et prononcez après cela sur l'allure des hommes ! Mais
c'est l'histoire de Gousse avec sa femme qui est excellente... Je vous entends ; vous en avez assez, et votre
avis serait que nous allassions rejoindre nos deux voyageurs. Lecteur, vous me traitez comme un automate,
cela n'est pas poli ; dites les amours de Jacques, ne dites
pas les amours de Jacques ;... je veux que vous me
parliez de l'histoire de Gousse ; j'en ai assez... Il faut
sans doute que j'aille quelquefois à votre fantaisie ;
mais il faut que j'aille quelquefois à la mienne, sans
compter que tout auditeur qui me permet de commencer un récit s'engage d'en entendre la fin.

Je vous ai dit premièrement : or, dire un premièrement, c'est annoncer au moins un secondement. Se-

condement donc... Écoutez-moi, ne m'écoutez pas, je parlerai tout seul... Le capitaine de Jacques et son camarade pouvaient être tourmentés d'une jalousie violente et secrète : c'est un sentiment que l'amitié n'éteint pas toujours. Rien de si difficile à pardonner que le mérite. N'appréhendaient-ils pas un passe-droit, qui les aurait également offensés tous deux? Sans s'en douter, ils cherchaient d'avance à se délivrer d'un concurrent dangereux, ils se tâtaient pour l'occasion à venir. Mais comment avoir cette idée de celui qui cède si généreusement son commandement de place à son ami indigent? Il le cède, il est vrai ; mais s'il en eût été privé, peut-être l'eût-il revendiqué à la pointe de l'épée. Un passe-droit entre les militaires, s'il n'honore pas celui qui en profite, déshonore son rival. Mais laissons tout cela, et disons que c'était leur coin de folie. Est-ce que chacun n'a pas le sien? Celui de nos deux officiers fut pendant plusieurs siècles celui de toute l'Europe ; on l'appelait l'esprit de chevalerie. Toute cette multitude brillante, armée de pied en cap, décorée de diverses livrées d'amour, caracolant sur des palefrois, la lance au poing, la visière haute ou baissée, se regardant fièrement, se mesurant de l'œil, se menaçant, se renversant sur la poussière, jonchant l'espace d'un vaste tournoi des éclats d'armes brisées, n'était que des amis jaloux du mérite en vogue. Ces amis, au moment où ils tenaient leurs lances en arrêt, chacun à l'extrémité de la carrière, et qu'ils avaient pressé de l'aiguillon les flancs de leurs coursiers, devenaient les plus terribles ennemis ; ils fondaient les uns sur les autres avec la même fureur qu'ils auraient portée sur un champ de bataille. Eh bien! nos deux officiers n'étaient que deux paladins, nés de nos jours, avec les mœurs des anciens.

Chaque vertu et chaque vice se montrent et passent de mode. La force du corps eut son temps, l'adresse aux exercices eut le sien. La bravoure est tantôt plus, tantôt moins considérée ; plus elle est commune, moins on en est vain, moins on en fait l'éloge. Suivez les inclinations des hommes, et vous en remarquerez qui semblent être venus au monde trop tard ; ils sont d'un autre siècle. Et qu'est-ce qui empêcherait de croire que nos deux militaires avaient été engagés dans ces combats journaliers et périlleux par le seul désir de trouver le côté faible de son rival et d'obtenir la supériorité sur lui ? Les duels se répètent dans la société sous toutes sortes de formes, entre des prêtres, entre des magistrats, entre des littérateurs, entre des philosophes ; chaque état a sa lance et ses chevaliers, et nos assemblées les plus respectables, les plus amusantes, ne sont que de petits tournois où quelquefois on porte des livrées de l'amour dans le fond de son cœur, sinon sur l'épaule. Plus il y a d'assistants, plus la joute est vive ; la présence de femmes y pousse la chaleur et l'opiniâtreté à toute outrance, et la honte d'avoir succombé devant elles ne s'oublie guère.

Et Jacques ?... Jacques avait franchi les portes de la ville, traversé les rues aux acclamations des enfants, et atteint l'extrémité du faubourg opposé, où son cheval, s'élançant dans une petite porte basse, il y eut entre le linteau de cette porte et la tête de Jacques un choc terrible dans lequel il fallait que le linteau fût déplacé ou Jacques renversé en arrière ; ce fut, comme on pense bien, le dernier qui arriva. Jacques tomba, la tête fendue et sans connaissance. On le ramasse, on le rappelle à la vie avec des eaux spiritueuses ; je crois même qu'il fut saigné par le maître de la maison. — Cet homme

était donc chirurgien! — Non. Cependant son maître
était arrivé et demandait de ses nouvelles à tous ceux
qu'il rencontrait. « N'auriez-vous point aperçu un grand
homme sec, monté sur un cheval pie?

— Il vient de passer, il allait comme si le diable l'eût
emporté ; il doit être arrivé chez son maître.

— Et qui est son maître?

— Le bourreau.

— Le bourreau !

— Oui, car ce cheval est le sien.

— Où demeure le bourreau?

— Assez loin, mais ne vous donnez pas la peine d'y
aller, voilà ses gens qui vous apportent apparemment
l'homme sec que vous demandez, et que nous avons
pris pour un de ses valets... »

Et qui est-ce qui parlait ainsi avec le maître de Jacques? c'était un aubergiste à la porte duquel il s'était
arrêté, il n'y avait pas à se tromper : il était court et
gros comme un tonneau ; en chemise retroussée jusqu'aux coudes ; avec un bonnet de coton sur la tête, un
tablier de cuisine autour de lui et un grand couteau à
son côté. « Vite, vite, un lit pour ce malheureux, lui
dit le maître de Jacques, un chirurgien, un médecin,
un apothicaire... » Cependant on avait déposé Jacques
à ses pieds, le front couvert d'une épaisse et énorme
compresse, et les yeux fermés. « Jacques? Jacques?

— Est-ce vous, mon maître?

— Oui, c'est moi; regarde-moi donc.

— Je ne saurais.

— Qu'est-ce donc qu'il t'est arrivé?

— Ah! le cheval! le maudit cheval! je vous dirai
tout cela demain, si je ne meurs pas pendant la
nuit. »

6*

Tandis qu'on le transportait et qu'on le montait à sa chambre, le maître dirigeait la marche et criait : « Prenez garde, allez doucement ; doucement, mordieu ! vous allez le blesser. Toi, qui le tiens par les jambes, tourne à droite ; toi qui lui tiens la tête, tourne à gauche. » Et Jacques disait à voix basse : « Il était donc écrit là-haut !... »

A peine Jacques fut-il couché qu'il s'endormit profondément. Son maître passa la nuit à son chevet, lui tâtant le pouls et humectant sans cesse sa compresse avec de l'eau vulnéraire. Jacques le surprit à son réveil dans cette fonction et lui dit : « Que faites-vous là ? »

LE MAÎTRE

Je te veille. Tu es mon serviteur quand je suis malade ou bien portant ; mais je suis le tiens quand tu te portes mal.

JACQUES

Je suis bien aise de savoir que vous êtes humain ; ce n'est pas trop la qualité des maîtres envers leurs valets.

LE MAÎTRE

Comment va la tête ?

JACQUES

Aussi bien que la solive contre laquelle elle a lutté.

LE MAÎTRE

Prends ce drap entre tes dents et secoue fort... Qu'as-tu senti ?

JACQUES

Rien ; la cruche me paraît sans fêlure.

LE MAÎTRE

Tant mieux. Tu veux te lever, je crois ?

JACQUES

Et que voulez-vous que je fasse là ?

LE MAÎTRE

Je veux que tu te reposes.

JACQUES

Mon avis, à moi, est que nous déjeunions et que nous partions.

LE MAÎTRE

Et le cheval ?

JACQUES

Je l'ai laissé chez son maître, honnête homme, galant homme, qui l'a repris pour ce qu'il nous l'a vendu.

LE MAÎTRE

Et cet honnête homme, ce galant homme, sais-tu qui il est ?

JACQUES

Non.

LE MAÎTRE

Je te le dirai quand nous serons en route.

JACQUES

Et pourquoi pas à présent ? Quel mystère y a-t-il à cela.

LE MAÎTRE

Mystère ou non, quelle nécessité y a-t-il de te l'apprendre dans ce moment ou dans un autre ?

JACQUES

Aucune.

LE MAÎTRE

Mais il te faut un cheval.

JACQUES

L'hôte de cette auberge ne demandera peut-être pas mieux que de nous céder un des siens.

LE MAÎTRE

Dors encore un moment, et je vais voir à cela.

Le maître de Jacques descend, ordonne le déjeuner, achète un cheval, remonte et trouve Jacques habillé. Ils ont déjeuné et les voilà partis ; Jacques protestant qu'il était malhonnête de s'en aller sans avoir fait une visite de politesse au citoyen à la porte duquel il s'était presque assommé et qui l'avait si obligeamment secouru ; son maître le tranquillisant sur sa délicatesse par l'assurance qu'il avait bien récompensé ses satellites qui l'avaient apporté à l'auberge ; Jacques prétendant que l'argent donné aux serviteurs ne l'acquittait pas avec leur maître ; que c'était ainsi que l'on inspirait aux hommes le regret et le dégoût de la bienfaisance, et que l'on se donnait à soi-même un air d'ingratitude. « Mon maître, j'entends tout ce que cet homme dit de moi par ce que je dirais de lui, s'il était à ma place et moi à la sienne... »

Ils sortaient de la ville lorsqu'ils rencontrèrent un homme grand et vigoureux, le chapeau bordé sur la tête, l'habit galonné sur toutes les tailles, allant seul si vous en exceptez deux grands chiens qui le précédaient. Jacques ne l'eut pas plutôt aperçu que descendre de cheval, s'écrier : « c'est lui ! » et se jeter à son cou, fut l'affaire d'un instant. L'homme aux deux chiens paraissait très embarrassé des caresses de Jacques, le repoussait doucement, et lui disait : « Monsieur, vous me faites trop d'honneur.

— Eh non ! je vous dois la vie, et je ne saurais trop vous en remercier.

— Vous ne savez pas qui je suis.

— N'êtes-vous pas le citoyen officieux qui m'a secouru, qui m'a saigné et qui m'a pansé, lorsque mon cheval...

— Il est vrai.

— N'êtes-vous pas le citoyen honnête qui a repris ce cheval pour le même prix qu'il me l'avait vendu ?

— Je le suis. » Et Jacques de le réembrasser sur une joue et sur l'autre, et son maître de sourire, et les deux chiens debout, le nez en l'air et comme émerveillés d'une scène qu'ils voyaient pour la première fois. Jacques, après avoir ajouté à ses démonstrations de gratitude, force révérences, que son bienfaiteur ne lui rendait pas, et force souhaits qu'on recevait froidement, remonte sur son cheval, et dit à son maître : « J'ai la plus profonde vénération pour cet homme que vous devez me faire connaître »

LE MAÎTRE

Et pourquoi, Jacques, est-il vénérable à vos yeux?

JACQUES

C'est que n'attachant, aucune importance aux services qu'il rend, il faut qu'il soit naturellement officieux
et qu'il ait une longue habitude de bienfaisance.

LE MAÎTRE

Et à quoi jugez-vous cela?

JACQUES

A l'air indifférent et froid avec lequel il a reçu mon
remercîment; il ne me salue point, il ne me dit pas un
mot, il semble me méconnaître, et peut-être à présent
se dit-il en lui-même avec un sentiment de mépris : il
faut que la bienfaisance soit fort étrangère à ce voyageur, et que l'exercice de la justice lui soit bien pénible,
puisqu'il en est si touché... Qu'est-ce qu'il y a donc de
si absurde dans ce que je vous dis, pour vous faire rire
de si bon cœur !... Quoi qu'il en soit, dites-moi le nom
de cet homme, afin que je le mette sur mes tablettes.

LE MAÎTRE

Très volontiers ; écrivez.

JACQUES

Dites.

LE MAÎTRE

Écrivez : l'homme auquel je porte la plus profonde
vénération...

JACQUES

La plus profonde vénération...

LE MAÎTRE

Est...

JACQUES

Est...

LE MAÎTRE

Le bourreau de ***.

JACQUES

Le bourreau !

LE MAÎTRE

Oui, oui, le bourreau.

JACQUES

Pourriez-vous me dire où est le sel de cette plaisanterie ?

LE MAÎTRE

Je ne plaisante point. Suivez les chaînons de votre gourmette. Vous avez besoin d'un cheval, le sort vous adresse à un passant, et ce passant, c'est un bourreau. Ce cheval vous conduit deux fois entre des fourches patibulaires ; la troisième, il vous dépose chez un bourreau ; là vous tombez sans vie ; de là on vous apporte, où ? dans une auberge, un gîte, un asile commun. Jacques, savez-vous l'histoire de la mort de Socrate?

JACQUES

Non.

LE MAÎTRE

C'était un sage d'Athènes. Il y a longtemps que le rôle de sage est dangereux parmi les fous. Ses concitoyens le condamnèrent à boire la ciguë. Eh bien! Socrate fit comme vous venez de faire ; il en usa avec le

bourreau, qui lui présenta la ciguë aussi poliment que
vous. Jacques, vous êtes une espèce de philosophe, con-
venez-en. Je sais bien que c'est une race d'hommes
odieuse aux grands, devant lesquels ils ne fléchissent
pas le genou ; aux magistrats, protecteurs par état
des préjugés qu'ils poursuivent ; aux prêtres, qui les
voient rarement au pied de leur autel ; aux poètes,
gens sans principes et qui regardent sottement la philosophie comme la cognée des beaux-arts, sans compter que ceux même d'entre eux qui se sont exercés dans
le genre odieux de la satire, n'ont été que des flatteurs ;
aux peuples, de tout temps les esclaves des tyrans qui
les oppriment, des fripons qui les trompent, et des bouf-
fons qui les amusent. Ainsi je connais, comme vous
voyez, tout le péril de votre profession et toute l'importance de l'aveu que je vous demande ; mais je n'abuserai
pas de votre secret. Jacques, mon ami, vous êtes un philosophe, j'en suis fâché pour vous ; et s'il est permis de
lire dans les choses présentes celles qui doivent arriver un jour, et si ce qui est écrit là-haut se manifeste
quelquefois aux hommes longtemps avant l'événement,
je présume que votre mort sera philosophique, et que
vous recevrez le lacet d'aussi bonne grâce que Socrate
reçut la coupe de la ciguë.

JACQUES

Mon maître, un prophète ne dirait pas mieux ; mais
heureusement...

LE MAÎTRE

Vous n'y croyez pas trop ; ce qui achève de donner
de la force à mon pressentiment.

JACQUES

Et vous, Monsieur, y croyez-vous ?

LE MAÎTRE

J'y crois ; mais je n'y croirais pas que ce serait sans conséquence.

JACQUES

Et pourquoi?

LE MAÎTRE

C'est qu'il n'y a du danger que pour ceux qui parlent ; et moi je me tais.

JACQUES

Et aux pressentiments?

LE MAÎTRE

J'en ris, mais j'avoue que c'est en tremblant. Il y en a qui ont un caractère si frappant ! On a été bercé de ces contes-là de si bonne heure ! Si vos rêves s'étaient réalisés cinq ou six fois, et qu'il vous arrivât de rêver que votre ami est mort, vous iriez bien vite le matin chez lui pour savoir ce qui en est. Mais les pressentiments dont il est impossible de se défendre, ce sont surtout ceux qui se présentent au moment où la chose se passe loin de nous, et qui ont un air symbolique.

JACQUES

Vous êtes quelquefois si profond et si sublime que je ne vous entends pas. Ne pourriez-vous pas m'éclaircir cela par un exemple?

LE MAÎTRE

Rien de plus aisé. Une femme vivait à la campagne avec son mari octogénaire et attaqué de la pierre. Le mari quitte sa femme et vient à la ville se faire opérer. La veille de l'opération, il écrit à sa femme : « A l'heure

7

où vous recevrez cette lettre, je serai sous le bistouri du frère Cosme... » Tu connais ces anneaux de mariage qui se séparent en deux parties, sur chacune desquelles les noms de l'époux et de sa femme sont gravés. Eh bien! ! cette femme en avait un pareil au doigt, lorsqu'elle ouvrit la lettre de son mari. A l'instant, les deux moitiés de cet anneau se séparent; celle qui portait son nom reste à son doigt; celle qui portait le nom de son mari tombe brisée sur la lettre qu'elle lisait... Dis-moi, Jacques, crois-tu qu'il y ait de tête assez forte, d'âme assez ferme pour n'être pas plus ébranlée d'un pareil incident, et dans une circonstance pareille? Aussi cette femme en pensa mourir. Ses transes durèrent jusqu'au jour de la poste suivante par laquelle son mari lui écrivit que l'opération s'était faite heureusement, qu'il était hors de tout danger, et qu'il se flattait de l'embrasser avant la fin du mois.

JACQUES

Et l'embrassa-t-il en effet?

LE MAÎTRE

Oui.

JACQUES

Je vous ai fait cette question, parce que j'ai remarqué plusieurs fois que le destin était cauteleux. On lui dit au premier moment qu'il en aura menti, et il se trouve au second moment qu'il a dit vrai. Ainsi donc, Monsieur, vous me croyez dans le cas du pressentiment symbolique; et, malgré vous, vous me croyez menacé de la mort du philosophe?

LE MAÎTRE

Je ne saurais te le dissimuler; mais, pour écarter cette triste idée, ne pourrais-tu pas?

JACQUES

Reprendre l'histoire de mes amours?...

Jacques reprit l'histoire de ses amours. Nous l'avions laissé, je crois, avec le chirurgien.

LE CHIRURGIEN

J'ai peur qu'il n'y ait de la besogne à votre genou pour plus d'un jour.

JACQUES

Il y en aura tout juste pour tout le temps qui est écrit là-haut, qu'importe?

LE CHIRURGIEN

A tant par jour pour le logement, la nourriture et mes soins, cela fera une somme.

JACQUES

Docteur, il ne s'agit pas de la somme pour tout ce temps; mais combien par jour.

LE CHIRURGIEN

Vingt-cinq sous, serait-ce trop?

JACQUES

Beaucoup trop; allons, docteur, je suis un pauvre diable : ainsi réduisons la chose à la moitié, et avisez le plus promptement que vous pourrez à me faire transporter chez vous.

LE CHIRURGIEN

Douze sous et demi, ce n'est guère; vous mettrez bien les treize sous?

JACQUES

Douze sous et demi, treize sous... Tôpe.

LE CHIRURGIEN

Et vous payerez tous les jours?

JACQUES

C'est la condition.

LE CHIRURGIEN

C'est que j'ai une diable de femme qui n'entend pas raillerie, voyez-vous.

JACQUES

Eh! docteur, faites-moi transporter bien vite auprès de votre diable de femme.

LE CHIRURGIEN

Un mois à treize sous par jour, c'est dix-neuf livres dix sous. Vous mettrez bien vingt francs?

JACQUES

Vingt francs, soit.

LE CHIRURGIEN

Vous voulez être bien nourri, bien soigné, promptement guéri. Outre la nourriture, le logement et les soins, il y aura peut-être les médicaments, il y aura des linges, il y aura...

JACQUES

Après?

LE CHIRURGIEN

Ma foi, le tout vaudra bien vingt-quatre francs.

JACQUES

Va pour vingt-quatre francs; mais sans queue.

LE CHIRURGIEN

Un mois à vingt-quatre francs; deux mois, cela fera quarante-huit livres; trois mois, cela fera soixante et douze. Ah! que la doctoresse serait contente, si vous pouviez lui avancer, en entrant, la moitié de ces soixante et douze livres!

JACQUES

J'y consens.

LE CHIRURGIEN

Elle serait bien plus contente encore...

JACQUES

Si je payais le quartier? Je le payerai.

Jacques ajouta : Le chirurgien alla retrouver mes hôtes, les prévint de notre arrangement, et un moment après, l'homme, la femme et les enfants se rassemblèrent autour de mon lit avec un air serein; ce furent des questions sans fin sur ma santé et sur mon genou, des éloges sur le chirurgien leur compère et sa femme, des souhaits à perte de vue, la plus belle affabilité, un intérêt! un empressement à me servir! Cependant le chirurgien ne leur avait pas dit que j'avais quelque argent, mais ils connaissaient l'homme! il me prenait chez lui, et ils le savaient. Je payai ce que je devais à ces gens; je fis aux enfants de petites largesses, que leurs père et mère ne laissèrent pas longtemps entre leurs mains. C'était le matin. L'hôte partit pour s'en aller aux champs, l'hôtesse prit sa hotte sur ses épaules et s'éloigna; les enfants, attristés et mécontents d'avoir été spoliés, disparurent, et quand il fut question de me tirer de mon grabat, de me vêtir et de m'ar-

ranger sur mon brancard, il ne se trouva personne que
le docteur qui se mit à crier à tue-tête et que personne
n'entendit.

LE MAÎTRE

Et Jacques, qui aime à se parler à lui-même, se disait
apparemment : Ne payez jamais d'avance, si vous ne
voulez pas être mal servi.

JACQUES

Non, mon maître; ce n'était pas le temps de moraliser, mais bien celui de s'impatienter et de jurer. Je
m'impatientai, je jurai, je fis de la morale ensuite; et
tandis que je moralisais, le docteur, qui m'avait laissé
seul, revint avec deux paysans qu'il avait loués pour
mon transport et à mes frais, ce qu'il ne me laissa pas
ignorer. Ces hommes me rendirent tous les soins pré-
liminaires à mon installation sur l'espèce de brancard
qu'on me fit avec un matelas étendu sur des perches.

LE MAÎTRE

Dieu soit loué! te voilà dans la maison du chirurgien, et amoureux de la femme ou de la fille du docteur.

JACQUES

Je crois, mon maître, que vous vous trompez.

LE MAÎTRE

Et tu crois que je passerai trois mois dans la maison
du docteur avant que d'avoir entendu le premier mot
de tes amours? Ah! Jacques, cela ne se peut. Fais-moi
grâce, je te prie, et de la description de la maison, et
du caractère du docteur, et de l'humeur de la doctoresse, et des progrès de ta guérison; saute, saute par-
dessus tout cela. Au fait! allons au fait! Voilà ton

genou à peu près guéri, te voilà assez bien portant, et
tu aimes.

JACQUES

J'aime donc, puisque vous êtes si pressé.

LE MAÎTRE

Et qui aimes-tu?

JACQUES

Une grande brune de dix-huit ans, faite au tour,
grands yeux noirs, petite bouche vermeille, beaux bras,
jolies mains... Ah! mon maître, les jolies mains!...
C'est que ces mains-là...

LE MAÎTRE

Tu crois encore les tenir.

JACQUES

C'est que vous les avez prises et tenues plus d'une
fois à la dérobée, et qu'il n'a dépendu que d'elles que
vous n'en ayez fait tout ce qu'il vous plairait.

LE MAÎTRE

Ma foi, Jacques, je ne m'attendais pas à celui-là.

JACQUES

Ni moi non plus.

LE MAÎTRE

J'ai beau rêver, je ne me rappelle ni grande brune,
ni jolies mains : tâche de t'expliquer.

JACQUES

J'y consens ; mais c'est à la condition que nous
reviendrons sur nos pas et que nous rentrerons dans
la maison du chirurgien.

LE MAÎTRE

Crois-tu que cela soit écrit là-haut?

JACQUES

C'est vous qui me l'allez apprendre; mais il est écrit ici-bas que *chi va piano va sano.*

LE MAÎTRE

Et que *chi va sano va lontano;* et je voudrais bien arriver.

JACQUES

Eh bien! qu'avez-vous résolu?

LE MAÎTRE

Ce que tu voudras.

JACQUES

En ce cas, nous revoilà chez le chirurgien ; et il était écrit là-haut que nous y reviendrions. Le docteur, sa femme et ses enfants se concertèrent si bien pour épuiser ma bourse par toutes sortes de petites rapines, qu'ils y eurent bientôt réussi. La guérison de mon genou paraissait bien avancée sans l'être, la plaie était refermée à peu de choses près, je pouvais sortir à l'aide d'une béquille, et il me restait encore dix-huit francs. Pas de gens qui aiment plus à parler que les bègues, pas de gens qui aiment plus à marcher que les boiteux. Un jour d'automne, une après-dînée qu'il faisait beau, je projetai une longue course; du village que j'habitais au village voisin, il y avait environ deux lieues.

LE MAÎTRE

Et ce village s'appelait?

JACQUES

Si je vous le nommais, vous sauriez tout. Arrivé là,
j'entrai dans un cabaret, je me reposai, je me rafraî-
chis. Le jour commençait à baisser, et je me disposais
à regagner le gîte, lorsque, de la maison où j'étais,
j'entendis une femme qui poussait les cris les plus
aigus. Je sortis; on s'était attroupé autour d'elle. Elle
était à terre, elle s'arrachait les cheveux; elle disait,
en montrant les débris d'une grande cruche : « Je suis
ruinée, je suis ruinée pour un mois; pendant ce temps
qui est-ce qui nourrira mes pauvres enfants? Cet intendant, qui a l'âme plus dure qu'une pierre, ne me fera
pas grâce d'un sou. Que je suis malheureuse! Je suis
ruinée! je suis ruinée!... » Tout le monde la plaignait;
je n'entendais autour d'elle que : « la pauvre femme! »
mais personne ne mettait la main dans la poche. Je
m'approchai brusquement et lui dis : « Ma bonne,
qu'est-ce qui vous est arrivé? — Ce qui m'est arrivé!
est-ce que vous ne le voyez pas? On m'avait envoyée
acheter une cruche d'huile : j'ai fait un faux pas, je suis
tombée, ma cruche s'est cassée, et voilà l'huile dont
elle était pleine... » Dans ce moment survinrent les
petits enfants de cette femme, ils étaient presque nus,
et les mauvais vêtements de leur mère montraient toute
la misère de la famille; et la mère et les enfants se
mirent à crier. Tel que vous me voyez, il en fallait dix
fois moins pour me toucher; mes entrailles s'émurent
de compassion, les larmes me vinrent aux yeux. Je
demandai à cette femme, d'une voix entrecoupée, pour
combien il y en avait d'huile dans sa cruche. « Pour
combien? me répondit-elle en levant les mains en
haut. Pour neuf francs, pour plus que je ne saurais

7*

gagner en un mois... » A l'instant, déliant ma bourse et
lui jetant deux gros écus : « Tenez, ma bonne, lui dis-je,
en voilà douze... » et, sans attendre ses remercîments,
je repris le chemin du village.

LE MAÎTRE

Jacques, vous fîtes là une belle chose.

JACQUES

Je fis une sottise, ne vous déplaise. Je ne fus pas à
cent pas du village que je me le dis; je ne fus pas à
moitié chemin que je me le dis bien mieux; arrivé chez
mon chirurgien, le gousset vide, je le sentis bien
autrement.

LE MAÎTRE

Tu pourrais bien avoir raison, et mon éloge être
aussi déplacé que ta commisération... Non, non, Jacques, je persiste dans mon premier jugement, et c'est
l'oubli de ton propre besoin qui fait le principal mérite
de ton action. J'en vois les suites : tu vas être exposé à
l'inhumanité de ton chirurgien et de sa femme; ils te
chasseront de chez eux; mais quand tu devrais mourir
à leur porte sur un fumier, sur ce fumier tu serais
satisfait de toi.

JACQUES

Mon maître, je ne suis pas de cette force-là. Je m'a-
cheminais cahin-caha; et, puisqu'il faut vous l'avouer,
regrettant mes deux gros écus, qui n'en étaient pas
moins donnés, et gâtant par mon regret l'œuvre que
j'avais faite. J'étais à une égale distance des deux vil-
lages, et le jour était tout à fait tombé, lorsque trois
bandits sortent d'entre les broussailles qui bordaient le

chemin, se jettent sur moi, me renversent à terre, me
fouillent, et sont étonnés de me trouver aussi peu d'argent que j'en avais. Ils avaient compté sur une meilleure proie ; témoins de l'aumône que j'avais faite au
village, ils avaient imaginé que celui qui peut se des-
saisir aussi lestement d'un demi-louis, devait en avoir
encore une vingtaine. Dans la rage de voir leur espé-
rance trompée et de s'être exposés à avoir les os brisés
sur un échafaud pour une poignée de sous marqués, si
je les dénonçais, s'ils étaient pris et que je les recon-
nusse, ils balancèrent un moment s'ils ne m'assassine-
raient pas. Heureusement ils entendirent du bruit ; ils
s'enfuirent, et j'en fus quitte pour quelques contusions
que je me fis en tombant et que je reçus tandis qu'on
me volait. Les bandits éloignés, je me retirai ; je rega-
gnai le village comme je pus ; j'y arrivai à deux heures
de nuit, pâle, défait, la douleur de mon genou fort
accrue et souffrant en différents endroits des coups
que j'avais remboursés. Le docteur... Mon maître,
qu'avez-vous ? Vous serrez les dents, vous vous agitez
comme si vous étiez en présence d'un ennemi.

LE MAÎTRE

J'y suis, en effet ; j'ai l'épée à la main ; je fonds sur
tes voleurs et je te venge. Dis-moi comment celui qui
a écrit le grand rouleau a pu écrire que telle serait la
récompense d'une action généreuse ? Pourquoi moi,
qui ne suis qu'un misérable composé de défauts, je
prends ta défense, tandis que lui qui t'a vu tranquillement attaqué, renversé, maltraité, foulé aux pieds, lui
qu'on dit être l'assemblage de toutes perfections !...

Mon maître, paix, paix : ce que vous dites là sent le fagot en diable.

Qu'est-ce que tu regardes?

Je regarde s'il n'y a personne autour de nous qui vous ait entendu... Le docteur me tâta le pouls et me trouva de la fièvre. Je me couchai sans parler de mon aventure, rêvant sur mon grabat, ayant affaire à deux âmes... Dieu! quelles âmes! n'ayant pas le sou, et pas le moindre doute que le lendemain, à mon réveil, on n'exigeât le prix dont nous étions convenus par jour.

En cet endroit, le maître jeta ses bras autour du cou de son valet, en s'écriant : « Mon pauvre Jacques, que vas-tu faire? Que vas-tu devenir? Ta position m'effraye. »

Mon maître, rassurez-vous, me voilà.

Je n'y pensais pas; j'étais à demain, à côté de toi, chez le docteur, au moment où tu t'éveilles, et où l'on vient te demander de l'argent.

Mon maître, on ne sait de quoi se réjouir, ni de quoi s'affliger, dans la vie. Le bien amène le mal, le mal amène le bien. Nous marchons dans la nuit au-dessous de ce qui est écrit là-haut, également insensés dans nos souhaits, dans notre joie et dans notre affliction. Quand je pleure, je trouve souvent que je suis un sot.

LE MAÎTRE

Et quand tu ris ?

JACQUES

Je trouve encore que je suis un sot ; cependant je ne puis m'empêcher de pleurer ni de rire ; et c'est ce qui me fait enrager. J'ai cent fois essayé... Je ne fermai pas l'œil de la nuit...

LE MAÎTRE

Non, non, dis-moi ce que tu as essayé.

JACQUES

De me moquer de tout. Ah! si j'avais pu y réussir !

LE MAÎTRE

A quoi cela t'aurait-il servi ?

JACQUES

A me délivrer de souci, à n'avoir plus besoin de rien, à me rendre parfaitement maître de moi, à me trouver aussi bien la tête contre une borne, au coin de la rue, que sur un bon oreiller. Tel je suis quelquefois ; mais le diable est que cela ne dure pas, et que, dur et ferme comme un rocher dans les grandes occasions, il arrive souvent qu'une petite contradiction, une bagatelle me déferre ; c'est à se donner des soufflets. J'y ai renoncé ; j'ai pris le parti d'être comme je suis ; et j'ai vu, en y pensant un peu, que cela revenait presque au même, en ajoutant : Qu'importe comme on soit ? C'est une autre résignation plus facile et plus commode.

LE MAÎTRE

Pour plus commode, cela est sûr.

JACQUES

Dès le matin, le chirurgien tira mes rideaux et me
dit : « Allons, l'ami, votre genou ; car il faut que j'aille
au loin.

— Docteur, lui dis-je d'un ton douloureux, j'ai sommeil.

— Tant mieux ! c'est bon signe.

— Laissez-moi dormir, je ne me soucie pas d'être
pansé.

— Il n'y a pas grand inconvénient à cela, dormez... »

Cela dit, il referme mes rideaux ; et je ne dors pas.
Une heure après, la doctoresse tira mes rideaux et me
dit : « Allons, l'ami, prenez votre rôtie au sucre.

— Madame la doctoresse, lui répondis-je d'un ton
douloureux, je ne me sens pas d'appétit.

— Mangez, mangez, vous n'en payerez ni plus ni
moins.

— Je ne veux pas manger.

— Tant mieux ! ce sera pour mes enfants et pour
moi. »

Et cela dit, elle referme mes rideaux, appelle ses
enfants, et les voilà qui se mettent à dépêcher ma rôtie
au sucre.

Lecteur, si je faisais ici une pause, et que je reprisse
l'histoire de l'homme à une seule chemise, parce qu'il
n'avait qu'un corps à la fois, je voudrais bien savoir ce
que vous en penseriez ? Que je me suis fourré dans une
impasse à la Voltaire[1], ou vulgairement dans un cul-

1. « Comment a-t-on pu donner, dit Voltaire dans son *Diction-
naire philosophique*, le nom de *cul-de-sac* à l'*angiportus* des
Romains ? Les Italiens ont pris le nom d'*angiporto* pour signifier

de-sac, d'où je ne sais comment sortir, et que je me
jette dans un conte fait à plaisir, pour gagner du temps
et chercher quelque moyen de sortir de celui que j'ai
commencé. Eh bien ! lecteur, vous vous abusez de tout
point. Je sais comment Jacques sera tiré de sa détresse,
et ce que je vais vous dire de Gousse, l'homme à une
seule chemise à la fois, parce qu'il n'avait qu'un corps
à la fois, n'est point du tout un conte.

C'était un jour de Pentecôte, le matin, que je reçus
un billet de Gousse, par lequel il me suppliait de le
visiter dans une prison où il était confiné. En m'habil-
lant, je rêvais à son aventure; et je pensais que son
tailleur, son boulanger, son marchand de vin ou son
hôte avaient obtenu et mis à exécution contre lui une
prise de corps. J'arrive, et je le trouve faisant chambrée commune avec d'autres personnages d'une figure
omineuse. Je lui demandai ce que c'étaient que ces
gens-là.

---

strada senza uscita. On lui donnait autrefois chez nous le nom
d'*impasse*, qui est expressif et sonore. C'est une grossièreté
énorme que le mot de *cul-de-sac* ait prévalu. »

On lit encore dans une lettre de Voltaire aux Parisiens (cette
lettre, qui précède l'Avertissement de la comédie de *l'Ecossaise*,
est écrite contre l'auteur de *l'Année littéraire*) : « J'appelle *impasse*, Messieurs, ce que vous appelez *cul-de-sac*. Je trouve qu'une
rue ne ressemble ni à un cul ni à un sac. Je vous prie de vous
servir du mot *impasse*, qui est noble, sonore, intelligent, nécessaire, au lieu de celui de cul, en dépit du sieur Fréron, ci-devant
Jésuite. »

Le Breton, imprimeur de l'*Almanach royal*, s'étant servi du
mot de *cul-de-sac* en donnant l'adresse de quelques personnages,
Voltaire s'écrie encore, dans le *Prologue de la guerre civile de
Genève :* « Comment peut-on dire qu'un grave président demeure
dans un cul ? Passe encore pour Fréron : on peut habiter le lieu
de sa naissance; mais un président, un conseiller ! Fi ! monsieur
Le Breton; corrigez-vous, servez-vous du mot *impasse*, qui est
le mot propre; l'expression ancienne est *impasse*. » (Br.)

« Le vieux, que vous voyez avec ses lunettes sur le nez, est un homme adroit qui sait supérieurement le calcul et qui cherche à faire cadrer les registres qu'il copie avec ses comptes. Cela est difficile, nous en avons causé, mais je ne doute point qu'il n'y réussisse.

— Et cet autre ?

— C'est un sot.

— Mais encore ?

— Un sot, qui avait inventé une machine à contrefaire les billets publics, mauvaise machine, machine vicieuse qui pêche par vingt endroits.

— Et ce troisième, qui est vêtu d'une livrée et qui joue de la basse ?

— Il n'est ici qu'en attendant ; ce soir peut-être ou demain matin, car son affaire n'est rien, il sera transféré à Bicêtre.

— Et vous ?

— Moi ? mon affaire est moindre encore. »

Après cette réponse, il se lève, pose son bonnet sur le lit, et à l'instant ses trois camarades de prison disparaissent. Quand j'entrai, j'avais trouvé Gousse en robe de chambre, assis à une petite table, traçant des figures de géométrie et travaillant aussi tranquillement que s'il eût été chez lui. Nous voilà seuls. « Et vous que faites-vous ici ?

— Moi, je travaille, comme vous voyez.

— Et qui vous y a fait mettre ?

— Moi.

— Comment, vous ?

— Oui, moi, Monsieur.

— Et comment vous y êtes-vous pris ?

— Comme je m'y serais pris avec un autre. Je me suis fait un procès à moi-même ; je l'ai gagné, et en

conséquence de la sentence que j'ai obtenue contre moi
et du décret qui s'en est suivi, j'ai été appréhendé et
conduit ici.

— Êtes-vous fou?

— Non, Monsieur; je vous dis la chose telle qu'elle est.

— Ne pourriez-vous pas vous faire un autre procès
à vous-même, le gagner, et, en conséquence d'une autre
sentence et d'un autre décret, vous faire élargir?

— Non, Monsieur. »

Gousse avait une servante jolie, et qui lui servait de
moitié plus souvent que la sienne. Ce partage inégal
avait troublé la paix domestique. Quoique rien ne fût
plus difficile que de tourmenter cet homme, celui de
tous qui s'épouvantait le moins du bruit, il prit le parti
de quitter sa femme et de vivre avec sa servante. Mais
toute sa fortune consistait en meubles, en machines,
en dessins, en outils et autres effets mobiliers; et il
aimait mieux laisser sa femme toute nue que de s'en
aller les mains vides; en conséquence, voici le projet
qu'il conçut. Ce fut de faire des billets à sa servante,
qui en poursuivrait le payement et obtiendrait la saisie
et la vente de ses effets, qui iraient au pont Saint-Michel
dans le logement où il se proposait de s'installer avec
elle. Il est enchanté de l'idée, il fait les billets, il s'as-
signe, il a deux procureurs, le voilà courant chez l'un
et chez l'autre, se poursuivant lui-même avec toute la
vivacité possible, s'attaquant bien, se défendant mal ;
le voilà condamné à payer sous les peines portées par
la loi ; le voilà s'emparant en idée de tout ce qu'il pouvait y avoir dans sa maison; mais il n'en fut pas tout
à fait ainsi. Il avait affaire à une coquine très rusée qui,
au lieu de le faire exécuter dans ses meubles, se jeta
sur sa personne, le fit prendre et mettre en prison; en

sorte que quelques bizarres que fussent les réponses
énigmatiques qu'il m'avait faites, elles n'en étaient pas
moins vraies.

Tandis que je vous faisais cette histoire, que vous
prendrez pour un conte... — Et celle de l'homme à la
livrée qui raclait de la basse? — Lecteur, je vous la
promets; d'honneur, vous ne la perdrez pas; mais
permettez que je revienne à Jacques et à son maître.
Jacques et son maître avaient atteint le gîte où ils
avaient la nuit à passer. Il était tard; la porte de la
ville était fermée, et ils avaient été obligés de s'arrêter
dans le faubourg. Là, j'entends un vacarme... — Vous
entendez! Vous n'y étiez pas; il ne s'agit pas de vous.
— Il est vrai. Eh bien! Jacques... son maître... On entend un vacarme effroyable. Je vois deux hommes... —
Vous ne voyez rien; il ne s'agit pas de vous, vous n'y
étiez pas. — Il est vrai. Il y avait deux hommes à table,
causant assez tranquillement à la porte de la chambre
qu'ils occupaient; une femme, les deux poings sur les
côtés, leur vomissait un torrent d'injures, et Jacques
essayait d'apaiser cette femme, qui n'écoutait non plus
ses remontrances pacifiques que les deux personnages
à qui elle s'adressait ne faisaient attention à ses invectives. « Allons, ma bonne, lui disait Jacques, patience,
remettez-vous; voyons, de quoi s'agit-il? Ces messieurs
me semblent d'honnêtes gens.

— Eux, d'honnêtes gens! Ce sont des brutaux, des
gens sans pitié, sans humanité, sans aucun sentiment.
Eh! quel mal leur faisait cette pauvre Nicole pour la
maltraiter ainsi? Elle en sera peut-être estropiée pour
le reste de sa vie.

— Le mal n'est peut-être pas aussi grand que vous
le croyez.

— Le coup a été effroyable, vous dis-je; elle en sera estropiée.

— Il faut voir; il faut envoyer chercher le chirurgien.

— On y est allé.

— La faire mettre au lit.

— Elle y est, et pousse des cris à fendre le cœur. Ma pauvre Nicole!... »

Au milieu de ces lamentations, on sonnait d'un côté, et l'on criait : «Notre hôtesse! du vin...» Elle répondait : « On y va.» On sonnait d'un autre côté, et l'on criait : «Notre hôtesse! du linge.» Elle répondait : « On y va. — Les côtelettes et le canard ! — On y va. — Un pot à boire, un pot de chambre! — On y va, on y va. » Et d'un autre coin du logis un homme forcené criait : « Maudit bavard! enragé bavard! de quoi te mêles-tu? As-tu résolu de me faire attendre jusqu'à demain? Jacques! Jacques! »

L'hôtesse, un peu remise de sa douleur et de sa fureur, dit à Jacques : «Monsieur, laissez-moi, vous êtes trop bon.

— Jacques! Jacques!

— Courez vite. Ah! si vous saviez tous les malheurs de cette pauvre créature!...

— Jacques! Jacques!

— Allez donc, c'est, je crois, votre maître qui vous appelle.

— Jacques! Jacques! »

C'était en effet le maître de Jacques qui s'était déshabillé seul, qui se mourait de faim et qui s'impatientait de n'être pas servi. Jacques monta, et un moment après Jacques, l'hôtesse, qui avait vraiment l'air abattu : « Monsieur, dit-elle au maître de Jacques, mille pardons ; c'est qu'il y a des choses dans la vie

qu'on ne saurait digérer. Que voulez-vous? J'ai des
poulets, des pigeons, un rable de lièvre excellent, des
lapins : c'est le canton des bons lapins. Aimeriez-vous
mieux un oiseau de rivière?» Jacques ordonna le souper de son maître comme pour lui, selon son usage.
On servit, et tout en dévorant, le maître disait à
Jacques : Eh! que diable faisais-tu là-bas?

JACQUES

Peut-être bien, peut-être mal; qui le sait?

LE MAÎTRE

Et quel bien ou quel mal faisais-tu là-bas?

JACQUES

J'empêchais cette femme de se faire assommer elle-
même par deux hommes qui sont là-bas et qui ont
cassé tout au moins un bras à sa servante.

LE MAÎTRE

Et peut-être ç'aurait été pour elle un bien que d'être
assommée...

JACQUES

Par dix raisons meilleures les unes que les autres.
Un des plus grands bonheurs qui me soient arrivés de
ma vie, à moi qui vous parle...

LE MAÎTRE

C'est d'avoir été assommé?... A boire.

JACQUES

Oui, Monsieur, assommé, assommé sur le grand
chemin, la nuit; en revenant du village, comme je vous

le disais, après avoir fait, selon moi, la sottise; selon vous, la belle œuvre de donner mon argent.

LE MAÎTRE

Je me rappelle... A boire... Et l'origine de la querelle que tu apaisais là-bas, et du mauvais traitement fait à la fille où à la servante de l'hôtesse?

JACQUES

Ma foi, je l'ignore.

LE MAÎTRE

Tu ignores le fond d'une affaire, et tu t'en mêles! Jacques, cela n'est ni selon la prudence, ni selon la justice, ni selon les principes... A boire...

JACQUES

Je ne sais ce que c'est que des principes, sinon des règles qu'on prescrit aux autres pour soi. Je pense d'une façon, et je ne saurais m'empêcher de faire d'une autre. Tous les sermons ressemblent aux préambules des édits du roi; tous les prédicateurs voudraient qu'on pratiquât leurs leçons, parce que nous nous en trouverions mieux peut-être; mais eux à coup sûr... La vertu...

LE MAÎTRE

La vertu, Jacques, c'est une bonne chose; les méchants et les bons en disent du bien... A boire...

JACQUES

Car ils y trouvent les uns et les autres leur compte.

LE MAÎTRE

Et comment fût-ce un si grand bonheur pour toi d'être assommé?

JACQUES

Il est tard, vous avez bien soupé et moi aussi; nous sommes fatigués tous les deux; croyez-moi, couchons-nous.

LE MAÎTRE

Cela ne se peut, et l'hôtesse nous doit encore quelque chose. En attendant, reprends l'histoire de tes amours.

JACQUES

Où en étais-je? Je vous prie, mon maître, pour cette fois-ci, et pour toutes les autres, de me remettre sur la voie.

LE MAÎTRE

Je m'en charge, et, pour entrer dans ma fonction de souffleur, tu étais dans ton lit, sans argent, fort empêché de ta personne, tandis que la doctoresse et ses enfants mangeaient ta rôtie au sucre.

JACQUES

Alors on entendit un carrosse s'arrêter à la porte de la maison. Un valet entre et demande : « N'est-ce pas ici que loge un pauvre homme, un soldat qui marche avec une béquille, qui revint hier soir du village prochain.

— Oui, répondit la doctoresse, que lui voulez-vous?

— Le prendre dans ce carrosse et l'amener avec nous.

— Il est dans ce lit; tirez les rideaux et parlez-lui. »

Jacques en était là, lorsque l'hôtesse entra et leur dit : Que voulez-vous pour dessert?

LE MAÎTRE

Ce que vous avez.

L'hôtesse, sans se donner la peine de descendre, cria de la chambre : « Nanon, apportez des fruits, des biscuits, des confitures... »

A ce mot de Nanon, Jacques dit à part lui : « Ah ! c'est sa fille qu'on a maltraitée, on se mettrait en colère à moins... »

Et le maître dit à l'hôtesse : « Vous étiez bien fâchée tout à l'heure ? »

L'HÔTESSE

Et qui est-ce qui ne se fâcherait pas ? La pauvre créature ne leur avait rien fait ; elle était à peine entrée dans leur chambre que je l'entends jeter des cris, mais des cris... Dieu merci ! je suis un peu rassurée ; le chirurgien prétend que ce ne sera rien ; elle a cependant deux énormes contusions, l'une à la tête, l'autre à l'épaule.

LE MAÎTRE

Y a-t-il longtemps que vous l'avez ?

L'HÔTESSE

Une quinzaine au plus. Elle avait été abandonnée à la poste voisine.

LE MAÎTRE

Comment, abandonnée !

L'HÔTESSE

Eh, mon Dieu, oui ! C'est qu'il y a des gens qui sont plus durs que des pierres. Elle a pensé être noyée en passant la rivière qui coule ici près ; elle est arrivée ici comme par miracle, et je l'ai reçue par charité.

LE MAÎTRE

Quel âge a-t-elle ?

L'HÔTESSE

Je lui crois plus d'un an et demi...
A ce mot, Jacques part d'un éclat de rire et s'écrie : C'est une chienne !

L'HÔTESSE

La plus jolie bête du monde : je ne donnerais pas ma Nicole pour dix louis. Ma pauvre Nicole !

LE MAÎTRE

Madame a le cœur tendre [1].

L'HÔTESSE

Vous l'avez dit, je tiens à mes bêtes et mes gens.

LE MAÎTRE

C'est fort bien fait. Et qui sont ceux qui ont si fort maltraité votre Nicole ?

L'HÔTESSE

Deux bourgeois de la ville prochaine. Ils se parlent à l'oreille ; ils s'imaginent qu'on ne sait ce qu'ils disent et qu'on ignore leur aventure. Il n'y a pas plus de trois heures qu'ils sont ici, et il ne me manque pas un mot de toute leur affaire. Elle est plaisante ; et si vous n'étiez

---

1. VARIANTE : « bon. »

pas plus pressé de vous coucher que moi, je vous la ra-
conterais tout comme leur domestique l'a dite à ma servante qui s'est trouvée par hasard être sa payse, qui
l'a redite à mon mari, qui l'a redite. La belle-mère du
plus jeune des deux a passé par ici il n'y a pas plus de
trois mois; elle s'en allait assez malgré elle dans un
couvent de province où elle n'a pas fait de vieux os;
elle y est morte; et voilà pourquoi nos deux jeunes
gens sont en deuil... Mais voilà que, sans m'en apercevoir, j'enfile leur histoire. Bonsoir, Messieurs, et bonne
nuit. Vous avez trouvé le vin bon ?

LE MAÎTRE

Très bon.

L'HÔTESSE

Vous avez été contents de votre souper ?

LE MAÎTRE

Très contents. Vos épinards étaient un peu salés.

L'HÔTESSE

J'ai quelquefois la main lourde. Vous serez bien couchés, et dans des draps de lessive; ils ne servent jamais
ici deux fois.

Cela dit, l'hôtesse se retira, et Jacques et son maître
se mirent au lit en riant du quiproquo qui leur avait
fait prendre une chienne pour la fille ou la servante de
la maison, et de la passion de l'hôtesse pour une chienne
perdue qu'elle possédait depuis quinze jours. Jacques
dit à son maître, en attachant le serre-tête à son bonnet
de nuit : « Je gagerais bien que de tout ce qui a vie
dans l'auberge, cette femme n'aime que sa Nicole. »

8

Son maître lui répondit : « Cela se peut, Jacques ; mais dormons. »

Tandis que Jacques et son maître reposent, je vais m'acquitter de ma promesse, par le récit de l'homme de la prison, qui raclait de la basse, ou plutôt de son camarade, le sieur Gousse.

« Ce troisième, me dit-il, est un intendant de grande maison. Il était devenu amoureux d'une pâtissière de la rue de l'Université. Le pâtissier était un homme qui regardait de plus près à son four qu'à la conduite de sa femme. Si ce n'était pas sa jalousie, c'était son assiduité qui gênait nos deux amants. Que firent-ils pour se délivrer de cette contrainte ? L'intendant présenta à son maître un placet où le pâtissier était traduit comme un homme de mauvaises mœurs, un ivrogne qui ne sortait pas de la taverne, un brutal qui battait sa femme, la plus honnête et la plus malheureuse des femmes. Sur ce placet il obtint une lettre de cachet, et cette lettre de cachet, qui disposait de la liberté du mari, fut mise entre les mains d'un exempt, pour l'exécuter sans délai. Il arriva par hasard que cet exempt était l'ami du pâtissier. Ils allaient de temps en temps chez le marchand de vin ; le pâtissier fournissait les petits pâtés, l'exempt payait la bouteille. Celui-ci, muni de la lettre de cachet, passe devant la porte du pâtissier, et lui fait le signe convenu. Les voilà tous les deux occupés à manger et à arroser les petits pâtés ; et l'exempt demandant à son camarade comment allait son commerce ?

« — Fort bien.·

« — S'il n'avait aucune mauvaise affaire ?

« — Aucune.

« — S'il n'avait point d'ennemi ?

« — Il ne s'en connaissait pas.

« — Comment il vivait avec ses parents, ses voisins,
« sa femme ?

« — En amitié et en paix.

« — D'où peut donc venir, ajouta l'exempt, l'ordre que
« j'ai de t'arrêter ? Si je faisais mon devoir, je te met-
« trais la main au collet, il y aurait là un carrosse tout
« près, et je te conduirais au lieu prescrit par cette
« lettre de cachet. Tiens, lis... »

« Le pâtissier lut et pâlit. L'exempt lui dit : « Ras-
« sure-toi, avisons seulement ensemble à ce que nous
« avons de mieux à faire pour ma sûreté et pour la
« tienne. Qui est-ce qui fréquente chez toi ?

« — Personne.

« — Ta femme est coquette et jolie.

« — Je la laisse faire à sa tête.

« — Personne ne la couche-t-il en joue ?

« — Ma foi non, si ce n'est un certain intendant qui
« vient quelquefois lui serrer les mains et lui débiter des
« sornettes ; mais c'est dans ma boutique, devant moi,
« en présence de mes garçons, et je crois qu'il ne se
« passe rien entre eux qui ne soit en tout bien et en
« tout honneur.

« — Tu es un bon homme !

« — Cela se peut ; mais le mieux de tout point est
« de croire sa femme honnête, et c'est ce que je fais.

« — Et cet intendant, à qui est-il ?

« — A M. de Saint-Florentin [1].

« — Et de quels bureaux crois-tu que vienne la
« lettre de cachet ?

1. Saint-Florentin (Phelipeaux de la Vrillière, comte de), fils
de Louis Phelipeaux de la Vrillière, a été ministre au départe-
ment du clergé depuis 1748 jusqu'en 1757, en survivance de son
père, qui avait occupé le même ministère de 1718 à 1748. (BR.)

« — Des bureaux de M. de Saint-Florentin, peut-
« être.

« — Tu l'as dit.

« — Oh ! manger ma pâtisserie, baiser ma femme
« et me faire enfermer, cela est trop noir, et je ne sau-
« rais le croire !

« — Tu es un bon homme ! Depuis quelques jours,
« comment trouves-tu ta femme ?

« — Plutôt triste que gaie.

« — Et l'intendant, y a-t-il longtemps que tu ne l'as
« vu ?

« — Hier, je crois ; oui, c'était hier.

« — N'as-tu rien remarqué ?

« — Je suis fort peu remarquant ; mais il m'a sem-
« blé qu'en se séparant ils se faisaient quelques signes
« de la tête, comme quand l'un dit oui et que l'autre dit
« non.

« — Quelle était la tête qui disait oui ?

« — Celle de l'intendant.

« — Ils sont innocents ou ils sont complices. Écoute,
« mon ami, ne rentre pas chez toi ; sauve-toi en quel-
« que lieu de sûreté, au Temple, dans l'Abbaye [1], où
« tu voudras, et cependant laisse-moi faire ; surtout
« souviens-toi bien...

« — De ne me pas montrer et de me taire.

« — C'est cela. »

« Au même moment la maison du pâtissier est en-
tourée d'espions. Des mouchards, sous toutes sortes de
vêtements, s'adressent à la pâtissière, et lui demandent
son mari : elle répond à l'un qu'il est malade, à un

---

1. Le Temple, l'Abbaye étaient encore à cette époque lieux
d'asile soustraits à la juridiction régulière.

autre qu'il est parti pour une fête, à un troisième pour
une noce. Quand il reviendra ? Elle n'en sait rien.

« Le troisième jour, sur les deux heures du matin,
on vient avertir l'exempt qu'on avait vu un homme, le
nez enveloppé dans un manteau, ouvrir doucement la
porte de la rue et se glisser doucement dans la maison
du pâtissier. Aussitôt l'exempt, accompagné d'un commissaire, d'un serrurier, d'un fiacre et de quelques archers, se transporte sur les lieux. La porte est croche-
tée, l'exempt et le commissaire montent à petit bruit.
On frappe à la chambre de la pâtissière : point de réponse ; on frappe encore : point de réponse ; à la troisième fois, on demande du dedans : « Qui est-ce ?

« — Ouvrez.

« — Qui est-ce?

« — Ouvrez, c'est de la part du roi.

« — Bon! disait l'intendant à la pâtissière avec la-
« quelle il était couché ; il n'y a point de danger : c'est
« l'exempt qui vient pour exécuter son ordre. Ouvrez :
« je me nommerai ; il se retirera, et tout sera fini. »

« La pâtissière, en chemise, ouvre et se remet dans
son lit.

L'EXEMPT

« Où est votre mari ?

LA PATISSIÈRE

« Il n'y est pas.

L'EXEMPT, écartant le rideau.

« Qui est-ce donc qui est là?

L'INTENDANT

« C'est moi ; je suis l'intendant de M. de Saint-Florentin.

8*

L'EXEMPT

« Vous mentez, vous êtes le pâtissier, car le pâtis-
« sier est celui qui couche avec la pâtissière. Levez-
« vous, habillez-vous, et suivez-moi. »

« Il fallut obéir ; on le conduisit ici. Le ministre, instruit de la scélératesse de son intendant, a approuvé la
conduite de l'exempt, qui doit venir ce soir à la chute
du jour le prendre dans cette prison pour le transférer
à Bicêtre, où, grâce à l'économie des administrateurs,
il mangera son quarteron de mauvais pain, son once
de vache, et raclera de sa basse du matin au soir... »
Si j'allais aussi mettre ma tête sur un oreiller, en attendant le réveil de Jacques et de son maître ; qu'en pensez-vous ?

Le lendemain, Jacques se leva de grand matin, mit la
tête à la fenêtre pour voir quel temps il faisait, vit qu'il
faisait un temps détestable, se recoucha, et nous laissa
dormir, son maître et moi, tant qu'il nous plut.

Jacques, son maître et les autres voyageurs qui
s'étaient arrêtés au même gîte, crurent que le ciel
s'éclaircirait sur le midi ; il n'en fut rien ; et la pluie de
l'orage ayant gonflé le ruisseau qui séparait le faubourg
de la ville, au point qu'il eût été dangereux de le passer,
tous ceux dont la route conduisait de ce côté prirent le
parti de perdre une journée, et d'attendre. Les uns se
mirent à causer ; d'autres à aller et venir, à mettre le
nez à la porte, à regarder le ciel, et à rentrer en jurant
et frappant du pied ; plusieurs à politiquer et à boire ;
beaucoup à jouer ; le reste à fumer, à dormir et à ne
rien faire. Le maître dit à Jacques : « J'espère que

Jacques va reprendre le récit de ses amours, et que le ciel, qui veut que j'aie la satisfaction d'en entendre la fin, nous retient ici par le mauvais temps.

JACQUES

Le ciel qui veut! On ne sait jamais ce que le ciel veut ou ne veut pas, et il n'en sait peut-être rien lui-même. Mon pauvre capitaine, qui n'est plus, me l'a répété cent fois; et plus j'ai vécu, plus j'ai reconnu qu'il avait raison... A vous, mon maître.

LE MAÎTRE

J'entends. Tu en étais au carrosse et au valet, à qui la doctoresse a dit d'ouvrir ton rideau et de te parler.

JACQUES

Ce valet s'approche de mon lit, et me dit : «Allons, camarade, debout, habillez-vous et partons.» Je lui répondis d'entre les draps et la couverture dont j'avais la tête enveloppée, sans le voir, sans en être vu : «Camarade, laissez-moi dormir et partez.» Le valet me réplique qu'il a des ordres de son maître, et qu'il faut qu'il les exécute.

« Et votre maître qui ordonne d'un homme qu'il ne connaît pas, a-t-il ordonné de payer ce que je dois ici?

— C'est une affaire faite. Dépêchez-vous, tout le monde vous attend au château, où je vous réponds que vous serez mieux qu'ici, si la suite répond à la curiosité qu'on a de vous voir. »

Je me laisse persuader; je me lève, je m'habille, on me prend sous les bras. J'avais fait mes adieux à la doctoresse, et j'allais monter en carrosse, lorsque cette femme, s'approchant de moi, me tire par la manche, et

me prie de passer dans un coin de la chambre, qu'elle
avait un mot à me dire. « Là, notre ami, ajouta-t-elle, vous
n'avez point, je crois, à vous plaindre de nous ; le docteur vous a sauvé une jambe, moi, je vous ai bien soigné, et j'espère qu'au château vous ne nous oublierez pas.

— Qu'y pourrais-je pour vous ?

— Demander que ce fût mon mari qui vînt pour vous
y panser ; il y a du monde là ! C'est la meilleure pratique
du canton ; le seigneur est un homme généreux, on est
grassement payé ; il ne tiendrait qu'à vous de faire notre
fortune. Mon mari a bien tenté à plusieurs reprises de
s'y fourrer, mais inutilement.

— Mais, madame la docteresse, n'y a-t-il pas un
chirurgien du château ?

— Assurément !

— Et si cet autre était votre mari, seriez-vous bien
aise qu'on le desservît et qu'il fût expulsé ?

— Ce chirurgien est un homme à qui vous ne devez
rien, et je crois que vous devez quelque chose à mon
mari : si vous allez à deux pieds comme ci-devant, c'est
son ouvrage.

— Et parce que votre mari m'a fait du bien, il faut
que je fasse du mal à un autre ? Encore si la place était
vacante... »

Jacques allait continuer, lorsque l'hôtesse entra, tenant
entre ses bras Nicole emmaillotée, la baisant, la plai-
gnant, la caressant, lui parlant comme à son enfant :
« Ma pauvre Nicole, elle n'a eu qu'un cri de toute la nuit.
Et vous, Messieurs, avez-vous bien dormi ? »

LE MAÎTRE

Très bien.

L'HÔTESSE

Le temps est pris de tous côtés.

JACQUES

Nous en sommes assez fâchés.

L'HÔTESSE

Ces messieurs vont-ils loin?

JACQUES

Nous n'en savons rien.

L'HÔTESSE

Ces messieurs suivent quelqu'un?

JACQUES

Nous ne suivons personne.

L'HÔTESSE

Ils vont, ou ils s'arrêtent, selon les affaires qu'ils
ont sur la route?

JACQUES

Nous n'en avons aucune.

L'HÔTESSE

Ces messieurs voyagent pour leur plaisir?

JACQUES

Ou pour leur peine.

L'HÔTESSE

Je souhaite que ce soit le premier.

JACQUES

Votre souhait n'y fera pas un zeste ; ce sera selon qu'il est écrit là-haut.

L'HÔTESSE

Oh ! c'est un mariage ?

JACQUES

Peut-être que oui, peut-être que non.

L'HÔTESSE

Messieurs, prenez-y garde. Cet homme qui est là-bas, et qui a si rudement traité ma pauvre Nicole, en a fait un bien saugrenu... Viens, ma pauvre bête ; viens que je te baise ; je te promets que cela ne m'arrivera plus. Voyez comme elle tremble de tous ses membres !

LE MAÎTRE

Et qu'a donc de si singulier le mariage de cet homme ?

A cette question du maître de Jacques, l'hôtesse dit : « J'entends du bruit là-bas, je vais donner mes ordres, et je reviens vous conter tout cela... » Son mari, las de crier : « Ma femme, ma femme », monte, et avec lui son compère qu'il ne voyait pas. L'hôte dit à sa femme : « Eh ! que diable faites-vous là ?... » Puis se retournant et apercevant son compère : « M'apportez-vous de l'argent ? »

LE COMPÈRE

Non, compère : vous savez bien que je n'en ai point.

L'HÔTE

Tu n'en as point ? je saurai bien en faire avec ta

charrue, tes chevaux, tes bœufs et ton lit. Comment,
gredin !...

LE COMPÈRE

Je ne suis pas un gredin.

L'HÔTE

Et qui es-tu donc? Tu es dans la misère, tu ne sais
où prendre de quoi ensemencer tes champs ; ton pro-
priétaire, las de te faire des avances, ne te veut plus
rien donner. Tu viens à moi ; cette femme intercède ;
cette maudite bavarde, qui est la cause de toutes les
sottises de ma vie, me résout à te prêter ; je te prête ;
tu promets de me rendre ; tu me manques dix fois.
Oh ! je te promets, moi, que je ne te manquerai pas.
Sors d'ici...

Jacques et son maître se préparaient à plaider pour
ce pauvre diable ; mais l'hôtesse, en posant le doigt sur
sa bouche, leur fit signe de se taire.

L'HÔTE

Sors d'ici.

LE COMPÈRE

Compère, tout ce que vous dites est vrai ; il l'est
aussi que les huissiers sont chez moi, et que dans un
moment nous serons réduits à la besace, ma fille, mon
garçon et moi.

L'HÔTE

C'est le sort que tu mérites. Qu'es-tu venu faire ici ce
matin? Je quitte le remplissage de mon vin, je remonte
de ma cave et je ne te trouve point. Sors d'ici, te
dis-je.

LE COMPÈRE

Compère, j'étais venu; j'ai craint la réception que vous me faites; je m'en suis retourné; et je m'en vais.

L'HÔTE

Tu feras bien.

LE COMPÈRE

Voilà donc ma pauvre Marguerite, qui est si sage et si jolie, qui s'en ira en condition à Paris?

L'HÔTE

En condition à Paris! Tu en veux donc faire une malheureuse?

LE COMPÈRE

Ce n'est pas moi qui le veux; c'est l'homme dur à qui je parle.

L'HÔTE

Moi, un homme dur! Je ne le suis point; je ne le fus jamais; et tu le sais bien.

LE COMPÈRE

Je ne suis plus en état de nourrir ma fille ni mon garçon; ma fille servira, mon garçon s'engagera.

L'HÔTE

Et c'est moi qui en serais la cause! Cela ne sera pas. Tu es un cruel homme; tant que je vivrai tu seras mon supplice. Ça, voyons ce qu'il te faut.

LE COMPÈRE

Il ne me faut rien. Je suis désolé de vous devoir, et je ne vous devrai de ma vie. Vous faites plus de mal

par vos injures que de bien par vos services. Si j'avais
de l'argent, je vous le jetterais au visage ; mais je n'en
ai point. Ma fille deviendra tout ce qu'il plaira à Dieu ;
mon garçon se fera tuer s'il le faut ; moi, je mendierai,
mais ce ne sera pas à votre porte. Plus, plus d'obligations à un vilain homme comme vous. Empochez bien
l'argent de mes bœufs, de mes chevaux et de mes us-
tensiles : grand bien vous fasse. Vous êtes né pour
faire des ingrats, et je ne veux pas l'être. Adieu.

L'HÔTE

Ma femme, il s'en va ; arrête-le donc.

L'HÔTESSE

Allons, compère, avisons au moyen de vous secourir.

LE COMPÈRE

Je ne veux point de ses secours, ils sont trop chers...
L'hôte répétait tout bas à sa femme : « Ne le laisse
pas aller, arrête-le donc. Sa fille à Paris ! son garçon à
l'armée ! lui à la porte de la paroisse ! je ne saurais
souffrir cela. »
Cependant sa femme faisait des efforts inutiles ; le
paysan, qui avait de l'âme, ne voulait rien accepter et
se faisait tenir à quatre. L'hôte, les larmes aux yeux,
s'adressait à Jacques et à son maître, et leur disait :
« Messieurs, tâchez de le fléchir... » Jacques et son
maître se mêlèrent de la partie ; tous à la fois conju-
raient le paysan. Si j'ai jamais vu... — Si vous avez
jamais vu ! Mais vous n'y étiez pas. Dites si l'on a jamais vu. — Eh bien ! soit. Si l'on a jamais vu un
homme confondu d'un refus, transporté qu'on voulût
bien accepter son argent, c'était cet hôte, il embrassait

9

sa femme, il embrassait son compère, il embrassait
Jacques et son maître, il criait : « Qu'on aille bien vite
chasser de chez lui ces exécrables huissiers.»

LE COMPÈRE

Convenez aussi...

L'HÔTE

Je conviens que je gâte tout ; mais, compère, que
veux-tu ? Comme je suis, me voilà. Nature m'a fait
l'homme le plus dur et le plus tendre ; je ne sais ni accorder ni refuser.

LE COMPÈRE

Ne pourriez-vous pas être autrement ?

L'HÔTE

Je suis à l'âge où l'on ne se corrige guère ; mais si
les premiers qui se sont adressés à moi m'avaient
rabroué[1] comme tu as fait, peut-être en serais-je devenu meilleur. Compère, je te remercie de ta leçon,
peut-être en profiterai-je... Ma femme, va vite, descends et donne-lui ce qu'il lui faut. Que diable, marche
donc, mordieu ! marche donc ; tu vas !... Ma femme, je
te prie de te presser un peu et de ne le pas faire attendre ; tu reviendras ensuite retrouver ces messieurs
avec lesquels il me semble que tu te trouves bien...

La femme et le compère descendirent ; l'hôte resta

---

1. *Rabrouer*, vieux mot. *Rudoyer, relever avec rudesse.*
On lit dans le second volume de la *Traduction de Lucien*, par
Perrot d'Ablancourt, Amsterdam. 1709 : « Si l'on vous siffle,
rabrouez les auditeurs. »
Ce d'Ablancourt, un peu *rabroueur* comme on sait, avait été
choisi par Colbert pour écrire l'histoire de Louis XIV ; mais le
roi, ayant appris qu'il était protestant, dit : *Je ne veux point d'un
historien qui soit d'une autre religion que moi.* (BR.)

encore un moment ; et lorsqu'il s'en fut allé, Jacques
dit à son maître : « Voilà un singulier homme ! Le ciel
qui avait envoyé ce mauvais temps qui nous retient ici,
parce qu'il voulait que vous entendissiez mes amours,
que veut-il à présent ? »

Le maître, en s'étendant dans son fauteuil, bâillant,
frappant sur sa tabatière, répondit : Jacques, nous
avons plus d'un jour à vivre ensemble, à moins que...

JACQUES

C'est-à-dire que pour aujourd'hui le ciel veut que je
me taise ou que ce soit l'hôtesse qui parle ; c'est une
bavarde qui ne demande pas mieux ; qu'elle parle
donc.

LE MAÎTRE

Tu prends de l'humeur.

JACQUES

C'est que j'aime à parler aussi.

LE MAÎTRE

Ton tour viendra.

JACQUES

Ou ne viendra pas[1].

Je vous entends, lecteur ; voilà, dites-vous, le vrai
dénoûment du *Bourru bienfaisant*[2]. Je le pense. J'aurais introduit dans cette pièce, si j'en avais été l'au-

---

1. Ces mots ne sont pas à la copie de l'édition originale.
2. *Le Bourru bienfaisant* de Goldoni fut joué pour la première
fois à Paris, le 4 novembre 1771.
Nous aurons à parler ailleurs des relations de Diderot avec
Goldoni et des accusations de plagiat dont Diderot eut à souffrir
lorsqu'il fit jouer *le Père de Famille*.

teur, un personnage qu'on aurait pris pour épisodique,
et qui ne l'aurait point été. Ce personnage se serait
montré quelquefois, et sa présence aurait été motivée.
La première fois il serait venu demander grâce; mais
la crainte d'un mauvais accueil l'aurait fait sortir avant
l'arrivée de Géronte. Pressé par l'irruption des huissiers dans sa maison, il aurait eu la seconde fois le
courage d'attendre Géronte ; mais celui-ci aurait refusé de le voir. Enfin, je l'aurais amené au dénoûment,
où il aurait fait exactement le rôle du paysan avec
l'aubergiste; il aurait eu, comme le paysan, une fille
qu'il allait placer chez une marchande de modes, un
fils qu'il allait retirer des écoles pour entrer en condition ; lui, il se serait déterminé à mendier jusqu'à ce
qu'il se fût ennuyé de vivre. On aurait vu le Bourru
bienfaisant aux pieds de cet homme ; on aurait entendu
le Bourru bienfaisant gourmandé comme il le méritait;
il aurait été forcé de s'adresser à la famille qui l'aurait
environné, pour fléchir son débiteur et le contraindre
à accepter de nouveaux secours. Le Bourru bienfaisant
aurait été puni ; il aurait promis de se corriger ; mais
dans le moment même il serait revenu à son caractère,
en s'impatientant contre les personnages en scène, qui
se seraient fait des politesses pour rentrer dans la maison ; il aurait dit brusquement : *Que le diable emporte
les cérém...* Mais il se serait arrêté court au milieu du
mot, et, d'un ton radouci, il aurait dit à ses nièces :
« Allons, mes nièces; donnez-moi la main et passons. »
— Et pour que ce personnage eût été lié au fond, vous
en auriez fait un protégé du neveu de Géronte? — Fort
bien ! — Et ç'aurait été à la prière du neveu que l'oncle
aurait prêté son argent? — A merveille ! — Et ce prêt
aurait été un grief de l'oncle contre son neveu ? — C'est

cela même. — Et le dénoûment de cette pièce agréable
n'aurait pas été une répétition générale, avec toute la
famille en corps, de ce qu'il a fait auparavant avec chacun d'eux en particulier? — Vous avez raison. — Et si
je rencontre jamais M. Goldoni, je lui réciterai la scène
de l'auberge. — Et vous ferez bien, il est plus habile
homme qu'il ne faut pour en tirer bon parti.

L'hôtesse remonta, toujours Nicole entre ses bras,
et dit : « J'espère que vous aurez un bon dîner ; le bra-
connier vient d'arriver ; le garde du seigneur ne tar-
dera pas... » Et, tout en parlant ainsi, elle prenait une
chaise. La voilà assise, et son récit qui commence.

L'HÔTESSE

Il faut se méfier des valets ; les maîtres n'ont point
de pires ennemis...

JACQUES

Madame, vous ne savez pas ce que vous dites : il y
en a de bons, il y en a de mauvais, et l'on compterait
peut-être plus de bons valets que de bons maîtres.

LE MAÎTRE

Jacques, vous ne vous observez pas ; et vous com-
mettez précisément la même indiscrétion qui vous a
choqué.

JACQUES

C'est que les maîtres...

LE MAÎTRE

C'est que les valets...

Eh bien ! lecteur, à quoi tient-il que je n'élève une

violente querelle entre ces trois personnages? Que
l'hôtesse ne soit prise par les épaules, et jetée hors de
la chambre par Jacques; que Jacques ne soit pris par
les épaules et chassé par son maître; que l'un ne s'en
aille d'un côté, l'autre d'un autre; et que vous n'enten-
diez ni l'histoire de l'hôtesse, ni la suite des amours de
Jacques? Rassurez-vous, je n'en ferai rien. L'hôtesse
reprit donc :

Il faut convenir que s'il y a de bien méchants hommes,
il y a de bien méchantes femmes.

JACQUES

Et qu'il ne faut pas aller loin pour les trouver.

L'HÔTESSE

De quoi vous mêlez-vous? Je suis femme, il me convient de dire des femmes tout ce qui me plaira; je n'ai
que faire de votre approbation.

JACQUES

Mon approbation en vaut bien une autre.

L'HÔTESSE

Vous avez là, Monsieur, un valet qui fait l'entendu
et qui vous manque. J'ai des valets aussi, mais je voudrais bien qu'ils s'avisassent !...

LE MAÎTRE

Jacques, taisez-vous, et laissez parler Madame.

L'hôtesse, encouragée par ce propos de maître, se
lève, entreprend Jacques, porte ses deux poings sur
ses deux côtés, oublie qu'elle tient Nicole, la lâcha, et
voilà Nicole sur le carreau, froissée et se débattant

dans son maillot, aboyant à tue-tête, l'hôtesse mêlant ses cris aux aboiements de Nicole, Jacques mêlant ses éclats de rire aux aboiements de Nicole et aux cris de l'hôtesse, et le maître de Jacques ouvrant sa tabatière, reniflant sa prise de tabac et ne pouvant s'empêcher de rire. Voilà toute l'hôtellerie en tumulte. « Nanon, Nanon, vite, vite, apportez la bouteille à l'eau-de-vie... Ma pauvre Nicole est morte... Démaillotez-la... Que vous êtes gauche !

— Je fais de mon mieux.

— Comme elle crie ! Otez-vous de là, laissez-moi faire... Elle est morte !... Ris bien, grand nigaud ; il y a, en effet, de quoi rire... Ma pauvre Nicole est morte !

— Non, Madame, non, je crois qu'elle en reviendra, la voilà qui remue. »

Et Nanon, de frotter d'eau-de-vie le nez de la chienne, et de lui en faire avaler ; et l'hôtesse de se lamenter, de se déchaîner contre les valets impertinents ; et Nanon, de dire : « Tenez, Madame, elle ouvre les yeux ; la voilà qui vous regarde.

— La pauvre bête, comme cela parle ! qui n'en serait touché ?

— Madame, caressez-la donc un peu ; répondez-lui donc quelque chose.

— Viens, ma pauvre Nicole ; crie, mon enfant, crie si cela peut te soulager. Il y a un sort pour les bêtes comme pour les gens ; il envoie le bonheur à des fainéants hargneux, braillards et gourmands, le malheur à une autre qui sera la meilleure créature du monde.

— Madame a bien raison, il n'y a point de justice ici-bas.

— Taisez-vous, remmaillotez-la, portez-la sous mon

oreiller, et songez qu'au moindre cri qu'elle fera, je m'en
prends à vous. Viens, pauvre bête, que je t'embrasse
encore une fois avant qu'on t'emporte. Approchez-la
donc, sotte que vous êtes... Ces chiens, cela est si bon :
cela vaut mieux...

JACQUES

Que père, mère, frères, sœurs, enfants, valets,
époux...

L'HÔTESSE

Mais oui, ne pensez pas rire, cela est innocent, cela
vous est fidèle, cela ne vous fait jamais de mal, au lieu
que le reste...

JACQUES

Vivent les chiens! il n'y a rien de plus parfait sous
le ciel.

L'HÔTESSE

S'il y a quelque chose de plus parfait, du moins ce
n'est pas l'homme. Je voudrais bien que vous con-
nussiez celui du meunier, c'est l'amoureux de ma Nicole; il n'y en a pas un parmi vous, tous tant que vous
êtes, qu'il ne fît rougir de honte. Il vient, dès la pointe
du jour, de plus d'une lieue; il se plante devant cette
fenêtre; ce sont des soupirs, et des soupirs à faire pitié.
Quelque temps qu'il fasse, il reste; la pluie lui tombe
sur le corps; son corps s'enfonce dans le sable; à peine
lui voit-on les oreilles et le bout du nez. En feriez-vous
autant pour la femme que vous aimeriez le plus?

LE MAÎTRE

Cela est très galant.

JACQUES

Mais aussi où est la femme aussi digne de ces soins que votre Nicole?...

La passion de l'hôtesse pour les bêtes n'était pourtant pas sa passion dominante, comme on pourrait l'imaginer; c'était celle de parler. Plus on avait de plaisir et de patience à l'écouter, plus on avait de mérite; aussi ne se fit-elle pas prier pour reprendre l'histoire interrompue du mariage singulier; elle y mit seulement pour condition que Jacques se tairait. Le maître promit du silence pour Jacques. Jacques s'étala nonchalamment dans un coin, les yeux fermés, son bonnet renfoncé sur ses oreilles et le dos à demi tourné à l'hôtesse. Le maître toussa, cracha, se moucha, tira sa montre, vit l'heure qu'il était, tira sa tabatière, frappa sur le couvercle, prit sa prise de tabac; et l'hôtesse se mit en devoir de goûter le plaisir délicieux de pérorer.

L'hôtesse allait débuter, lorsqu'elle entendit sa chienne crier.

« Nanon, voyez donc à cette pauvre bête... Cela me trouble, je ne sais plus où j'en étais. »

JACQUES

Vous n'avez encore rien dit.

L'HÔTESSE

Ces deux hommes avec lesquels j'étais en querelle pour ma pauvre Nicole, lorsque vous êtes arrivé, Monsieur...

JACQUES

Dites messieurs.

9*

L'HÔTESSE

Et pourquoi ?

JACQUES

C'est qu'on nous a traités jusqu'à présent avec cette politesse, et que j'y suis fait. Mon maître m'appelle Jacques, les autres, monsieur Jacques.

L'HÔTESSE

Je ne vous appelle ni Jacques, ni monsieur Jacques, je ne vous parle pas... (Madame ? — Qu'est-ce ? — La carte du numéro cinq. — Voyez sur le coin de la cheminée.) Ces deux hommes sont bons gentilshommes ; ils viennent de Paris et s'en vont à la terre du plus âgé.

JACQUES

Qui sait cela ?

L'HÔTESSE

Eux, qui le disent.

JACQUES

Belle raison !...

Le maître fit un signe à l'hôtesse, sur lequel elle comprit que Jacques avait la cervelle brouillée. L'hôtesse répondit au signe du maître par un mouvement compatissant des épaules, et ajouta : « A son âge ! Cela est très fâcheux. »

JACQUES

Très fâcheux de ne savoir où l'on va.

L'HÔTESSE

Le plus âgé des deux s'appelle le marquis des Arcis. C'était un homme de plaisir, très aimable, croyant peu à la vertu des femmes.

JACQUES

Il avait raison.

L'HÔTESSE

Monsieur Jacques, vous m'interrompez.

JACQUES

Madame l'hôtesse du *Grand-Cerf*, je ne vous parle pas.

L'HÔTESSE

M. le marquis en trouva pourtant une assez bizarre pour lui tenir rigueur. Elle s'appelait Mme de La Pommeraye. C'était une veuve qui avait des mœurs, de la naissance, de la fortune et de la hauteur. M. des Arcis rompit avec toutes ses connaissances, s'attacha uniquement à Mme de La Pommeraye, lui fit sa cour avec la plus grande assiduité, tâcha par tous les sacrifices imaginables de lui prouver qu'il l'aimait, et lui proposa même de l'épouser; mais cette femme avait été si malheureuse avec un premier mari, qu'elle... (Madame? — Qu'est-ce? — La clef du coffre à l'avoine? — Voyez au clou, et si elle n'y est pas, voyez au coffre) qu'elle aurait mieux aimé s'exposer à toutes sortes de malheurs qu'au danger d'un second mariage.

JACQUES

Ah! si cela avait été écrit là-haut!

L'HÔTESSE

Cette femme vivait très retirée. Le marquis était un ancien ami de son mari; elle l'avait reçu, et elle continuait de le recevoir. Si on lui pardonnait son goût efféminé pour la galanterie, c'était ce qu'on appelle un homme d'honneur. La poursuite constante du marquis, secondée de ses qualités personnelles, de sa jeunesse, de sa figure, des apparences de la passion la plus vraie, de la solitude, du penchant à la tendresse, en un mot, de tout ce qui nous livre à la séduction des hommes... (Madame? — Qu'est-ce? — C'est le courrier. — Mettez-le à la chambre verte, et servez-le à l'ordinaire) eut son effet, et Mme de La Pommeraye, après avoir lutté plusieurs mois contre le marquis, contre elle-même, exigé selon l'usage les serments les plus solennels, rendit heureux le marquis, qui aurait joui du sort le plus doux, s'il avait pu conserver pour sa maîtresse les sentiments qu'il avait jurés et qu'on avait pour lui. Tenez, Monsieur, il n'y a que les femmes qui sachent aimer; les hommes n'y entendent rien... (Madame? — Qu'est-ce? — Le Frère-Quêteur. — Donnez lui douze sous pour ces messieurs qui sont ici, six sous pour moi, et qu'il aille dans les autres chambres.) Au bout de quelques années, le marquis commença à trouver la vie de Mme de La Pommeraye trop unie. Il lui proposa de se répandre dans la société : elle y consentit; à recevoir quelques femmes et quelques hommes : et elle y consentit; à avoir un dîner-souper : et elle y consentit. Peu à peu il passa un jour, deux jours sans la voir ; peu à peu il manqua au dîner-souper qu'il avait arrangé; peu à peu il abrégea ses visites; il eut des affaires qui l'appelaient : lorsqu'il arrivait, il disait un mot, s'étalait dans un fauteuil, prenait une brochure, la jetait, parlait à son chien, ou s'endormait. Le soir, sa santé, qui devenait misérable, voulait qu'il se retirât de bonne heure ; c'était l'avis de Tronchin. « C'est un grand homme que Tronchin[1]! Ma foi! je ne doute pas qu'il ne tire d'af-

1. Nous empruntons à l'*Histoire de la Vie et des Ouvrages de J.-J. Rousseau*, par M. V.-D. Musset-Pathay, Paris, 1821, t. II,

faire notre amie dont les autres désespéraient. » Et tout en parlant ainsi, il prenait sa canne et son chapeau et s'en allait, oubliant quelquefois de l'embrasser. Mme de La Pommeraye... (Madame ? —Qu'est-ce ?—Le tonnelier. — Qu'il descende à la cave et qu'il visite les deux pièces de vin), Mme de La Pommeraye pressentit qu'elle n'était plus aimée; il fallut s'en assurer, et voici comment elle s'y prit... (Madame? — J'y vais, j'y vais.)

L'hôtesse, fatiguée de ces interruptions, descendit, et prit apparemment les moyens de les faire cesser.

L'HÔTESSE

Un jour, après dîner, elle dit au marquis: « Mon ami, vous rêvez.

— Vous rêvez aussi, marquise.

p. 320, une partie des renseignements que nous avons à donner sur ce médecin célèbre.

Tronchin (Théodore), né à Genève en 1709, d'une ancienne famille originaire d'Avignon, mourut à Paris en 1781. Elève distingué de Boerhaave, il se fit bientôt une grande réputation. L'énumération de ses titres nous prendrait trop d'espace. Il n'évita pas l'accusation de charlatanisme malgré son habileté. Voici une anecdote qui le prouve :

« Ses ordonnances étaient toutes *savonnées*. Comme il les prodiguait pour toutes sortes d'infirmités, il passait pour un charlatan. Le comte de Ch***, s'étant rendu à Genève exprès pour y consulter ce médecin renommé, communiqua l'ordonnance qu'il venait de recevoir à plusieurs malades, qui l'ayant confrontée avec la leur, y trouvèrent tous du savon; ce qui fit dire que, si sa blanchisseuse le savait, elle intenterait un procès au docteur. »

Ce qui peut excuser Tronchin, c'est son expérience; il avait remarqué que beaucoup de malades ne croient au savoir du médecin qu'en raison des remèdes : s'il n'ordonne rien, c'est un ignare à leurs yeux. C'est encore aujourd'hui comme de son temps, et nos plus célèbres médecins sont obligés de prescrire des tisanes. Tronchin disait à ses amis qu'il fallait *oser ne rien faire*. (B.)

— Il est vrai, et même assez tristement.

— Qu'avez-vous?

— Rien.

— Cela n'est pas vrai. Allons, marquise, dit-il en bâillant, racontez-moi cela ; cela vous désennuiera et moi.

— Est-ce que vous vous ennuyez?

— Non ; c'est qu'il y a des jours...

— Où l'on s'ennuie.

— Vous vous trompez, mon amie ; je vous jure que vous vous trompez : c'est qu'en effet il y a des jours... On ne sait à quoi cela tient.

— Mon ami, il y a longtemps que je suis tentée de vous faire une confidence ; mais je crains de vous affliger.

— Vous pourriez m'affliger, vous?

— Peut-être ; mais le ciel m'est témoin de mon innocence... » (Madame ? Madame ? Madame ? — Pour qui et pour quoi que ce soit, je vous ai défendu de m'appeler ; appelez mon mari. — Il est absent.) Messieurs, je vous demande pardon, je suis à vous dans un moment.

Voilà l'hôtesse descendue, remontée et reprenant son récit :

« ... Cela s'est fait sans mon consentement, à mon insu, par une malédiction à laquelle toute l'espèce humaine est apparemment assujettie, puisque moi, moi-même, je n'y ai pas échappé.

— Ah! c'est de vous... Et avoir peur !... De quoi s'agit-il?

— Marquis, il s'agit... Je suis désolée ; je vais vous désoler, et, tout bien considéré, il vaut mieux que je me taise.

— Non, mon amie, parlez ; auriez-vous au fond de

votre cœur un secret pour moi ? La première de nos
conventions ne fut-elle pas que nos âmes s'ouvriraient
l'une à l'autre sans réserve?

— Il est vrai, et voilà ce qui me pèse; c'est un reproche qui met le comble à un beaucoup plus important que je me fais. Est-ce que vous ne vous apercevez
pas que je n'ai plus la même gaieté? J'ai perdu l'appétit; je ne bois et ne mange que par raison; je ne
saurais dormir. Nos sociétés les plus intimes me dé-
plaisent. La nuit, je m'interroge et je me dis : Est-ce
qu'il est moins aimable? Non. Auriez-vous à lui reprocher quelques liaisons suspectes? Non. Est-ce que sa
tendresse pour vous est diminuée? Non. Pourquoi,
votre ami étant le même, votre cœur est-il donc
changé? car il l'est : vous ne pouvez vous le cacher;
vous ne l'attendez plus avec la même impatience; vous
n'avez plus le même plaisir à le voir; cette inquiétude quand il tardait à revenir; cette douce émotion
au bruit de sa voiture, quand on l'annonçait, quand il
paraissait, vous ne l'éprouvez plus.

— Comment, Madame! »

Alors la marquise de La Pommeraye se couvrit les
yeux de ses mains, pencha la tête et se tut un moment,
après lequel elle ajouta : « Marquis, je me suis atten-
due à tout votre étonnement, à toutes les choses
amères que vous m'allez dire. Marquis! épargnez-
moi... Non, ne m'épargnez pas, dites-les-moi; je les
écouterai avec résignation, parce que je les mérite.
Oui, mon cher marquis, il est vrai... Oui, je suis...
Mais, n'est-ce pas un assez grand malheur que la
chose soit arrivée, sans y ajouter encore la honte, le
mépris d'être fausse, en vous le dissimulant? Vous
êtes le même, mais votre amie est changée; votre

amie vous révère, vous estime autant et plus que
jamais ; mais... une femme accoutumée comme elle
à examiner de près ce qui se passe dans les replis
les plus secrets de son âme et à ne s'en imposer sur
rien, ne peut se cacher que l'amour en est sorti. La
découverte est affreuse, mais elle n'en est pas moins
réelle. La marquise de La Pommeraye, moi, moi, in-
constante ! légère !... Marquis, entrez en fureur, cherchez les noms les plus odieux, je me les suis donnés
d'avance ; donnez-les-moi, je suis prête à les accepter
tous.., tous, excepté celui de femme fausse, que vous
m'épargnerez, je l'espère, car en vérité je ne le suis
pas... (Ma femme ? — Qu'est-ce ? — Rien. — On n'a pas un moment
de repos dans cette maison, même les jours qu'on n'a presque point
de monde et que l'on croit n'avoir rien à faire. Qu'une femme de mon
état est à plaindre, surtout avec une bête de mari !) Cela dit,
Mme de La Pommeraye se renversa sur son fauteuil et
se mit à pleurer. Le marquis se précipita à ses genoux,
et lui dit : « Vous êtes une femme charmante, une femme
adorable, une femme comme il n'y en a point. Votre
franchise, votre honnêteté me confondent et devraient
me faire mourir de honte. Ah ! quelle supériorité ce
moment vous donne sur moi ! Que je vous vois grande
et que je me trouve petit ! c'est vous qui avez parlé la
première, et c'est moi qui fus coupable le premier. Mon
amie, votre sincérité m'entraîne ; je serais un monstre
si elle ne m'entraînait pas, et je vous avouerai que
l'histoire de votre cœur est mot à mot l'histoire du
mien. Tout ce que vous vous êtes dit, je me le suis dit ;
mais je me taisais, je souffrais, et je ne sais quand
j'aurais eu le courage de parler.

— Vrai, mon ami ?

— Rien de plus vrai ; et il ne nous reste qu'à nous

féliciter réciproquement d'avoir perdu en même temps
le sentiment fragile et trompeur qui nous unissait.

— En effet, quel malheur que mon amour eût duré
lorsque le vôtre aurait cessé!

— Ou que ce fût en moi qu'il eût cessé le premier.

— Vous avez raison, je le sens.

— Jamais vous ne m'avez paru aussi aimable, aussi
belle que dans ce moment; et si l'expérience du passé
ne m'avait rendu circonspect, je croirais vous aimer
plus que jamais. » Et le marquis en lui parlant ainsi lui
prenait les mains, et les lui baisait... (Ma femme? —
Qu'est-ce? — Le marchand de paille. — Vois sur le registre. — Et le
registre?... Reste, reste, je l'ai.) Mme de La Pommeraye, renfer-
mant en elle-même le dépit mortel dont elle était
déchirée, reprit la parole et dit au marquis : « Mais,
marquis, qu'allons-nous devenir?

— Nous ne nous en sommes imposé ni l'un ni
l'autre; vous avez droit à toute mon estime; je ne crois
pas avoir entièrement perdu le droit que j'avais à la
vôtre : nous continuerons de nous voir, nous nous livre-
rons à la confiance de la plus tendre amitié. Nous nous
serons épargné tous ces ennuis, toutes ces petites perfi-
dies, tous ces reproches, toute cette humeur, qui accompagne communément les passions qui finissent; nous
serons uniques dans notre espèce. Vous recouvrerez
toute votre liberté, vous me rendrez la mienne; nous
voyagerons dans le monde ; je serai le confident de
vos conquêtes; je ne vous cèlerai rien des miennes, si
j'en fais quelques-unes, ce dont je doute fort, car vous
m'avez rendu difficile. Cela sera délicieux! Vous m'ai-
derez de vos conseils, je ne vous refuserai pas les
miens dans les circonstances périlleuses où vous croirez en avoir besoin. Qui sait ce qui peut arriver? »

JACQUES

Personne.

L'HÔTESSE

« Il est très vraisemblable que plus j'irai, plus vous gagnerez aux comparaisons, et que je vous reviendrai plus passionné, plus tendre, plus convaincu que jamais que Mme de La Pommeraye était la seule femme faite pour mon bonheur ; et après ce retour, il y a tout à parier que je vous resterai jusqu'à la fin de ma vie.

— S'il arrivait qu'à votre retour vous ne me trouvassiez plus ? car enfin, marquis, on n'est pas toujours juste ; et il ne serait pas impossible que je ne me prisse de goût, de fantaisie, de passion même pour un autre qui ne vous vaudrait pas.

— J'en serais assurément désolé ; mais je n'aurais point à me plaindre ; je ne me prendrais qu'au sort qui nous aurait séparés lorsque nous étions unis, et qui nous rapprocherait lorsque nous ne pourrions plus l'être... »

Après cette conversation, ils se mirent à moraliser sur l'inconstance du cœur humain, sur la frivolité des serments, sur les liens du mariage... (Madame ? — Qu'est-ce ? — Le coche.) Messieurs, dit l'hôtesse, il faut que je vous quitte. Ce soir, lorsque toutes mes affaires seront faites, je reviendrai, et je vous achèverai cette aventure, si vous en êtes curieux... (Madame ?... Ma femme ?... Notre hôtesse ?... — On y va, on y va.)

L'hôtesse partie, le maître dit à son valet : « Jacques, as-tu remarqué une chose ? »

JACQUES

Quelle ?

LE MAÎTRE

C'est que cette femme raconte beaucoup mieux qu'il ne convient à une femme d'auberge.

JACQUES

Il est vrai. Les fréquentes interruptions des gens de cette maison m'ont impatienté plusieurs fois.

LE MAÎTRE

Et moi aussi.

Et vous, lecteur, parlez sans dissimulation ; car vous voyez que nous sommes en beau train de franchise ; voulez-vous que nous laissions là cette élégante et prolixe bavarde d'hôtesse, et que nous reprenions les amours de Jacques ? Pour moi je ne tiens à rien. Lorsque cette femme remontera, Jacques le bavard ne demande pas mieux que de reprendre son rôle et de lui fermer la porte au nez ; il en sera quitte pour lui dire par le trou de la serrure : « Bonsoir, Madame ; mon maître dort ; je vais me coucher ; il faut remettre le reste à notre passage. »

« Le premier serment que se firent deux êtres de chair, ce fut au pied d'un rocher qui tombait en poussière ; ils attestèrent de leur constance un ciel qui n'est pas un instant le même ; tout passait en eux et autour d'eux, et ils croyaient leurs cœurs affranchis de vicissitudes. O enfants ! toujours enfants !... » Je ne sais de qui sont ces réflexions, de Jacques, de son maître ou de moi ; il est certain qu'elles sont de l'un des trois, et qu'elles furent précédées et suivies de beaucoup d'autres qui nous auraient menés, Jacques, son maître et moi, jusqu'au souper, jusqu'après le souper, jusqu'au retour

de l'hôtesse, si Jacques n'eût dit à son maître : « Tenez,
monsieur, toutes ces grandes sentences que vous venez
de débiter à propos de botte, ne valent pas une vieille
fable des écraignes[1] de mon village. »

LE MAÎTRE

Et quelle est cette fable ?

1. *Ecraignes* ou *Escraignes*, vieux mot; *veillées de village.*
Voici l'étymologie que donne à ce mot le *Seigneur des Accords*
dans ses *Escraignes dijonnoises*, Paris, 1588, et à la suite des
Bigarrures et Touches, Paris, 1662.

« La nécessité, dit-il, ceste mère des arts, a appris à de pauvres
vignerons, qui n'ont pas le moyen d'acheter du bois pour se défendre de l'injure de l'hyver, ceste invention de faire en quelque
rûe escartée un taudis ou bastiment, composé de plusieurs
perches fichées en terre en forme ronde, repliées par le dessus
et à la sommité ; en telle sorte, qu'elles représentent la testière
d'un chapeau, lequel après on recouvre de forces motes gazon et
fumier, si bien lié et meslé que l'eau ne le peut pénétrer. Là,
ordinairement les après-soupées, s'assemblent les plus belles
filles de ces vignerons avec leurs quenouilles et autres ouvrages
et font la veillée jusques à la minuict : dont elles retirent cette commodité, que, tour à tour, portant une petite lampe pour s'esclairer
et une trape de feu pour eschauffer la place, elles espargnent
beaucoup, et travaillent autant de nuict que de jour pour aider à
gagner leur vie, et sont bien deffendües du froid. Quelquefois, s'il
fait beau temps, elles vont d'*escraigne* à autre se visiter, et là
font des demandes les unes aux autres. Il a convenu faire ceste
description parce que l'architecture ne se trouvera pas en Vi-
truve ni en Du Cerceau, et semble plutost que ce soit quelque
ouvrage d'arondelle (hirondelle) que autrement. Chacun an après
l'hyver on la rompt, et au commencement de l'autre hyver on la
rebastist. L'on appelle une *escraigne* par dérivation du mot d'*escrin*
qui vaut autant à dire comme un petit coffre : combien que
d'autres le dérivent de ce mot latin, *scrinium*, ce qui est fort vray
semblable, d'autant qu'à telles assemblées de filles se trouve une
infinité de jeunes varlots et amoureux, que l'on appelle autrement des voüeurs, qui y vont pour descouvrir le secret de leurs
pensées à leurs amoureuses. »
Les Bigarrures et Touches du Seigneur des Accords, l'un des
ouvrages les plus originaux du temps, contiennent une foule de

JACQUES

C'est la fable de la Gaine et du Coutelet... Un jour la Gaine et le Coutelet se prirent de querelle ; le Coutelet dit à la Gaine : « Gaine, ma mie, vous êtes une friponne, car tous les jours vous recevez de nouveaux Coutelets... La Gaine répondit au Coutelet : Mon ami Coutelet, vous êtes un fripon, car tous les jours vous changez de Gaine... Gaine, ce n'est pas là ce que vous m'avez promis... Coutelet, vous m'avez trompée le premier... » Ce débat s'était élevé à table ; Cil[1] qui était assis entre la Gaine et le Coutelet, prit la parole et leur dit : « Vous, Gaine, et vous, Coutelet, vous fîtes bien de changer, puisque changement vous duisait[2] ; mais

contes et de facéties dans le genre de la fable du Coutelet. On a longtemps ignoré le vrai nom de l'auteur : il l'avait cependant révélé par un moyen aussi ingénieux que peu ordinaire. En effet, en réunissant les premières lettres des vingt-deux chapitres dont se compose l'édition de 1572, on trouve ces mots :

ESTIENNE TABOUROT M'A FAIT.

C'est à tort que quelques biographes ont avancé que Tabourot (Estienne) était né à Langres, pays de Diderot ; il naquit en 1547, à Dijon, où il devint avocat au parlement ou procureur du roi ; il y mourut en 1590. Ce qui donna lieu à cette méprise, c'est que son oncle Tabourot (Jehan), connu par son *Orchésographie, ou Traité par lequel toutes personnes peuvent facilement apprendre et practiquer l'honneste exercice des dances* (Langres, 1589, in-4°), était chanoine et official de Langres, où il mourut en 1596. (BR.)

1. Celui.
2. *Duire*, vieux mot : *plaire, convenir*.

> Je vous donne avec grand plaisir
> De trois présents un à choisir,
> La belle, c'est à vous de prendre
> Celui des trois qui plus vous *duit*
> Les voici, sans vous faire attendre :
> Bon jour, bon soir et bonne nuit.

SARRASIN, *Œuvres*, Paris, 1685. (BR.)

vous eûtes tort de vous promettre que vous ne changeriez pas. Coutelet, ne voyais-tu pas que Dieu te fit pour aller à plusieurs Gaines ; et toi, Gaine, pour recevoir plus d'un Coutelet? Vous regardiez comme fous certains Coutelets qui faisaient vœu de se passer à forfait de Gaines, et comme folles certaines Gaines qui faisaient vœu de se fermer pour tout Coutelet : et vous ne pensiez pas que vous étiez presque aussi fous lorsque vous juriez, toi, Gaine, de t'en tenir à un seul Coutelet ; toi, Coutelet, de t'en tenir à une seule Gaine. »

Ici le maître dit à Jacques : « Ta fable n'est pas trop morale ; mais elle est gaie. Tu ne sais pas la singulière idée qui me passe par la tête. Je te marie avec notre hôtesse ; et je cherche comment un mari aurait fait, lorsqu'il aime à parler, avec une femme qui ne déparle pas. »

JACQUES

Comme j'ai fait les douze premières années de ma vie, que j'ai passées chez mon grand-père et ma grand'-mère.

LE MAÎTRE

Comment s'appelaient-ils ? Quelle était leur profession?

JACQUES

Ils étaient brocanteurs. Mon grand-père Jason eut plusieurs enfants. Toute la famille était sérieuse ; ils se levaient, ils s'habillaient, ils allaient à leurs affaires ; ils revenaient, ils dînaient, ils retournaient sans avoir dit un mot. Le soir, ils se jetaient sur des chaises ; la

mère et les filles filaient, cousaient, tricotaient sans mot
dire ; les garçons se reposaient ; le père lisait l'Ancien
Testament.

LE MAÎTRE

Et toi, que faisais-tu ?

JACQUES

Je courais dans la chambre avec un bâillon.

LE MAÎTRE

Avec un bâillon !

JACQUES

Oui, avec un bâillon ; et c'est à ce maudit bâillon que
je dois la rage de parler. La semaine se passait quelquefois sans qu'on eût ouvert la bouche dans la maison
des Jason. Pendant toute sa vie, qui fut longue, ma
grand'mère n'avait dit que *chapeau à vendre*, et mon
grand-père, qu'on voyait dans les inventaires, droit,
les mains sous sa redingote, n'avait dit qu'*un sou*. Il y
avait des jours où il était tenté de ne pas croire à la
Bible.

LE MAÎTRE

Et pourquoi ?

JACQUES

A cause des redites, qu'il regardait comme un bavardage indigne de l'Esprit-Saint. Il disait que les redi-
seurs sont des sots, qui prennent ceux qui les écoutent
pour des sots.

LE MAÎTRE

Jacques, si pour te dédommager du long silence que tu as gardé pendant les douze années du bâillon chez ton grand-père et pendant que l'hôtesse a parlé...

JACQUES

Je reprenais l'histoire de mes amours ?

LE MAÎTRE

Non ; mais une autre sur laquelle tu m'as laissé, celle du camarade de ton capitaine.

JACQUES

Oh ! mon maître, la cruelle mémoire que vous avez !

LE MAÎTRE

Mon Jacques, mon petit Jacques...

JACQUES

De quoi riez-vous ?

LE MAÎTRE

De ce qui me fera rire plus d'une fois ; c'est de te voir dans ta jeunesse chez ton grand-père avec le bâillon.

JACQUES

Ma grand'mère me l'ôtait lorsqu'il n'y avait plus personne ; et lorsque mon grand-père s'en apercevait, il n'en était pas plus content ; il lui disait : « Continuez, et cet enfant sera le plus effréné bavard qui ait encore existé. » Sa prédiction s'est accomplie.

LE MAÎTRE

Allons, mon Jacques, mon petit Jacques, l'histoire du camarade de ton capitaine.

JACQUES

Je ne m'y refuserai pas; mais vous ne la croirez
point.

LE MAÎTRE

Elle est donc bien merveilleuse?

JACQUES

Non, c'est qu'elle est déjà arrivée à un autre, à un
militaire français, appelé, je crois, M. de Guerchy[1].

LE MAÎTRE

Eh bien! je dirai comme un poète français, qui avait
fait une assez bonne épigramme, disait à quelqu'un qui
se l'attribuait en sa présence: « Pourquoi Monsieur ne
l'aurait-il pas faite? je l'ai bien faite, moi... » Pourquoi
l'histoire de Jacques ne serait-elle pas arrivée au camarade de son capitaine, puisqu'elle est bien arrivée
au militaire français de Guerchy? Mais, en me la racontant, tu m'apprendras l'aventure de ces deux personnages, car je l'ignore

JACQUES

Tant mieux! mais jurez-le-moi.

LE MAÎTRE

Je te le jure.

Lecteur, je serais bien tenté d'exiger de vous le
même serment; mais je vous ferai seulement remarquer dans le caractère de Jacques une bizarrerie qu'il

1. Guerchy ou Guerchi (Claude-Louis de Regnier, comte de),
officier de la cour de Louis XV, fit ses premières armes en Italie,
servit avec distinction en Bohême et en Flandre, et mourut en
1768. (BR.)

tenait apparemment de son grand-père Jason, le brocanteur silencieux ; c'est que Jacques, au rebours des
bavards, quoiqu'il aimât beaucoup à dire, avait en
aversion les redites. Aussi disait-il quelquefois à son
maître : « Monsieur me prépare le plus triste avenir ;
que deviendrai-je quand je n'aurai plus rien à dire?
— Tu recommenceras.
— Jacques recommencer! Le contraire est écrit là-
haut ; et s'il m'arrivait de recommencer, je ne pourrais
m'empêcher de m'écrier : « Ah! si ton grand-père t'entendait !... » et je regretterais le bâillon. »

JACQUES

Dans le temps qu'on jouait aux jeux de hasard aux
foires de Saint-Germain et de Saint-Laurent...

LE MAÎTRE

Mais c'est à Paris, et le camarade de ton capitaine
était commandant d'une place frontière.

JACQUES

Pour Dieu, Monsieur, laissez-moi dire... Plusieurs
officiers entrèrent dans une boutique, et y trouvèrent
un autre officier qui causait avec la maîtresse de la
boutique. L'un d'eux proposa à celui-ci de jouer au
passe-dix ; car il faut que vous sachiez qu'après la
mort de mon capitaine, son camarade, devenu riche,
était aussi devenu joueur. Lui donc, ou M. de Guerchy,
accepte. Le sort met le cornet à la main de son adversaire qui passe, passe, passe, que cela ne finissait
point. Le jeu s'était échauffé, et l'on avait joué le tout,
le tout du tout, les petites moitiés, les grandes moitiés,
le grand tout, le grand tout du tout, lorsqu'un des assistants s'avisa de dire à M. de Guerchy, ou au cama-

rade de mon capitaine, qu'il ferait bien de s'en tenir là et de cesser de jouer, parce qu'on en savait plus que lui. Sur ce propos, qui n'était qu'une plaisanterie, le camarade de mon capitaine, ou M. de Guerchy, crut qu'il avait affaire à un filou ; il mit subitement la main à sa poche, en tira un couteau bien pointu, et lorsque son antagoniste porta la main sur les dés pour les placer dans le cornet, il lui planta le couteau dans la main, et la lui cloua sur la table, en lui disant : « Si les dés sont pipés, vous êtes un fripon ; s'ils sont bons, j'ai tort... » Les dés se trouvèrent bons. M. de Guerchy dit : « J'en suis très fâché, et j'offre telle réparation qu'on voudra... » Ce ne fut pas le propos du camarade de mon capitaine, il dit : « J'ai perdu mon argent ; j'ai percé la main à un galant homme ; mais en revanche j'ai recouvré le plaisir de me battre tant qu'il me plaira... » L'officier cloué se retire et va se faire panser. Lorsqu'il est guéri, il vient trouver l'officier cloueur et lui demande raison ; celui-ci, ou M. de Guerchy, trouve la demande juste. L'autre, le camarade de mon capitaine, jette les bras à son cou, et lui dit : « Je vous attendais avec une impatience que je ne saurais vous exprimer... » Ils vont sur le pré ; le cloueur, M. de Guerchy, ou le camarade de mon capitaine, reçoit un bon coup d'épée à travers le corps ; le cloué le relève, le fait porter chez lui, et lui dit : « Monsieur, nous nous reverrons... » M. de Guerchy ne répondit rien ; le cama- rade de mon capitaine lui répondit : « Monsieur, j'y compte bien. » Ils se battent une seconde, une troi- sième, jusqu'à huit ou dix fois, et toujours le cloueur reste sur la place. C'étaient tous les deux des officiers de distinction, tous les deux gens de mérite ; leur aven- ture fit grand bruit ; le ministère s'en mêla. L'en retint l'un à Paris, et l'on fixa l'autre à son poste. M. de Guerchy se soumit aux ordres de la cour; le camarade de mon capitaine en fut désolé; et telle est la différence de deux hommes braves par caractère, mais dont l'un est sage, et l'autre a un grain de folie.

Jusqu'ici l'aventure de M. de Guerchy et du camarade de mon capitaine leur est commune : c'est la même; et voilà la raison pour laquelle je les ai nommés tous deux, entendez-vous, mon maître? Ici je vais les séparer et je ne vous parlerai plus que du camarade de mon capitaine, parce que le reste n'appartient qu'à lui. Ah! Monsieur, c'est ici que vous allez voir combien nous sommes peu maîtres de nos destinées, et combien il y a de choses bizarres écrites sur le grand rouleau!

Le camarade de mon capitaine, ou le cloueur, sollicite la permission de faire un tour dans sa province : il l'obtient. Sa route était par Paris. Il prend place dans une voiture publique. A trois heures du matin, cette voiture passe devant l'Opéra; on sortait du bal. Trois ou quatre jeunes étourdis masqués projettent d'aller déjeuner avec les voyageurs; on arrive au point du jour à la déjeunée. On se regarde. Qui fut bien étonné? Ce fut le cloué de reconnaître son cloueur. Celui-ci lui présente la main, l'embrasse et lui témoigne combien il est enchanté d'une si heureuse rencontre; à l'instant ils passent derrière une grange, mettent l'épée à la main, l'un en redingote, l'autre en domino; le cloueur ou le camarade de mon capitaine est encore jeté sur le carreau. Son adversaire envoie à son secours, se met à table avec ses amis et le reste de la carrossée, boit et mange gaiement. Les uns se disposaient à suivre leur route, et les autres à retourner dans la capitale,

en masque et sur des chevaux de poste, lorsque
l'hôtesse reparut et mit fin au récit de Jacques.

La voilà remontée, et je vous préviens, lecteur, qu'il
n'est plus en mon pouvoir de la renvoyer — Pourquoi
donc? — C'est qu'elle se présente avec deux bouteilles
de champagne, une dans chaque main, et qu'il est écrit
là-haut que tout orateur qui s'adresera à Jacques avec
cet exorde s'en fera nécessairement écouter.

Elle entre, pose ses deux bouteilles sur la table, et
dit : « Allons, monsieur Jacques, faisons la paix... »
L'hôtesse n'était pas de la première jeunesse : c'était
une femme grande et replète, ingambe, de bonne mine,
pleine d'embonpoint, la bouche un peu grande, mais
de belles dents, des joues larges, des yeux à fleur de
tête, le front carré, la plus belle peau, la physionomie
ouverte, vive et gaie, les bras un peu forts, mais les
mains superbes, des mains à peindre ou à modeler.
Jacques la prit par le milieu du corps et l'embrassa
fortement ; sa rancune n'avait jamais tenu contre du
bon vin et une belle femme ; cela était écrit là-haut de
lui, de vous, lecteur, de moi et de beaucoup d'autres.
« Monsieur, dit-elle au maître, est-ce que vous nous
laisserez aller tout seuls? Voyez, eussiez-vous encore
cent lieues à faire, vous n'en boirez pas de meilleur de
toute la route. » En parlant ainsi, elle avait placé
une des bouteilles entre ses genoux, et elle en tirait le
bouchon. Ce fut avec une adresse singulière qu'elle en
couvrit le goulot avec le pouce, sans laisser échapper
une goutte de vin. « Allons, dit-elle à Jacques ; vite,
vite, votre verre ; Jacques approche son verre ; l'hôtesse,
en écartant son pouce un peu de côté, donne vent à
la bouteille, et voilà le visage de Jacques tout couvert
de mousse. Jacques s'était prêté à cette espièglerie, et

10*

l'hôtesse de rire, et Jacques et son maître de rire. On but quelques rasades les unes sur les autres pour s'assurer de la sagesse de la bouteille, puis l'hôtesse dit : « Dieu merci ! ils sont tous dans leurs lits, on ne m'interrompra plus, et je puis reprendre mon récit. » Jacques, en la regardant avec ses yeux dont le vin de Champagne avait augmenté la vivacité naturelle, lui dit ou à son maître : « Notre hôtesse a été belle comme un ange ; qu'en pensez-vous, Monsieur ? »

LE MAÎTRE

A été ! Pardieu, Jacques, c'est qu'elle l'est encore !

JACQUES

Monsieur, vous avez raison ; c'est que je ne la compare pas à une autre femme, mais à elle-même quand elle était jeune.

L'HÔTESSE

Je ne vaux pas grand'chose à présent ; c'est lorsqu'on m'aurait prise entre les deux premiers doigts de chaque main qu'il me fallait voir ! On se détournait de quatre lieues pour séjourner ici. Mais laissons là les bonnes et les mauvaises têtes que j'ai tournées, et revenons à Mᵐᵉ de La Pommeraye.

JACQUES

Si nous buvions d'abord un coup aux mauvaises têtes que vous avez tournées, ou à ma santé ?

L'HÔTESSE

Très volontiers ; il y en avait qui en valaient la peine, en comptant ou sans compter la vôtre. Savez-vous que j'ai été pendant dix ans la ressource des militaires, en tout bien et tout honneur? J'en ai obligé nombre qui auraient eu bien de la peine à faire leur campagne sans moi. Ce sont de braves gens, je n'ai à me plaindre d'aucun, ni eux de moi. Jamais de billets; ils m'ont fait quelquefois attendre; au bout de deux, de trois, de quatre ans, mon argent m'est revenu...

Et puis la voilà qui se met à faire l'énumération des officiers qui lui avaient fait l'honneur de puiser dans sa bourse, et monsieur un tel, colonel du régiment de ***, et monsieur un tel, capitaine au régiment de ***; et voilà Jacques qui se met à faire un cri : « Mon capitaine! mon pauvre capitaine! vous l'avez connu? »

L'HÔTESSE

Si je l'ai connu? un grand homme, bien fait, un peu sec, l'air noble et sévère, le jarret bien tendu, deux petits points rouges à la tempe droite. Vous avez donc servi?

JACQUES

Si j'ai servi!

L'HÔTESSE

Je vous en aime davantage; il doit vous rester de bonnes qualités de votre premier état. Buvons à la santé de votre capitaine.

JACQUES

S'il est encore vivant.

L'HÔTESSE

Mort ou vivant, qu'est-ce que cela fait? Est-ce qu'un militaire n'est pas fait pour être tué? Est-ce qu'il ne doit pas être enragé, après dix sièges et cinq ou six batailles, de mourir au milieu de cette canaille de gens noirs !... Mais revenons à notre histoire, et buvons encore un coup.

LE MAÎTRE

Ma foi, notre hôtesse, vous avez raison.

L'HÔTESSE

Je suis bien aise que vous pensiez ainsi.

LE MAÎTRE

Car votre vin est excellent.

L'HÔTESSE

Ah ! c'est de mon vin que vous parliez ? Eh bien ! vous avez encore raison. Vous rappelez-vous où nous en étions ?

LE MAÎTRE

Oui, à la conclusion de la plus perfide des confidences.

L'HÔTESSE

M. le marquis des Arcis et Mme de La Pommeraye s'embrassèrent, enchantés l'un de l'autre, et se séparèrent. Plus la dame s'était contrainte en sa présence, plus sa douleur fut violente quand il fut parti. Il n'est donc que trop vrai, s'écria-t-elle, il ne m'aime plus !... Je ne vous ferai point le détail de toutes nos extravagances quand on nous délaisse, vous en seriez trop vains. Je vous ai dit que cette femme avait de la fierté ; mais elle était bien autrement vindicative. Lorsque les premières fureurs furent calmées, et qu'elle jouit de toute la tranquillité de son indignation, elle songea à se venger d'une manière cruelle, d'une manière à effrayer tous ceux qui seraient tentés à l'avenir de séduire et de tromper une honnête femme. Elle s'est vengée, elle s'est cruellement vengée ; sa vengeance a éclaté et n'a corrigé personne ; nous n'en avons pas été depuis moins vilainement séduites et trompées.

JACQUES

Bon pour les autres, mais vous !...

. L'HÔTESSE

Hélas ! moi toute la première. Oh ! que nous sommes sottes ! Encore si ces vilains hommes gagnaient au change ! Mais laissons cela. Que fera-t-elle ? Elle n'en sait encore rien ; elle y rêvera ; elle y rêve.

JACQUES

Si tandis qu'elle y rêve...

L'HÔTESSE

C'est bien dit. Mais nos deux bouteilles sont vides... (Jean. — Madame. — Deux bouteilles, de celles qui sont tout au fond, derrière les fagots. — J'entends.) — A force d'y rêver, voici ce ▸ qui lui vint en idée. Mme de La Pommeraye avait autrefois connu une femme de province qu'un procès avait appelée à Paris, avec sa fille, jeune, belle et bien élevée. Elle avait appris que cette femme, ruinée par la perte de son procès, en avait été réduite à tenir tripot. On s'assemblait chez elle, on jouait, on soupait, et communément un ou deux des convives restaient, passaient la nuit avec madame et mademoiselle, à leur choix. Elle mit un de ses gens en quête de ces créatures. On les déterra, on les invita à faire visite à Mme de La Pommeraye, qu'elles se rappelaient à peine.

Ces femmes, qui avaient pris le nom de Mme et de
Mlle d'Aisnon, ne se firent pas attendre ; dès le lendemain, la mère se rendit chez Mme de La Pommeraye.
Après les premiers compliments, Mme de La Pommeraye demanda à la d'Aisnon ce qu'elle avait fait, ce
qu'elle faisait depuis la perte de son procès.

« Pour vous parler avec sincérité, lui répondit la
d'Aisnon, je fais un métier périlleux, infâme, peu
lucratif et qui me déplaît, mais la nécessité contraint la
loi. J'étais presque résolue à mettre ma fille à l'Opéra,
mais elle n'a qu'une petite voix de chambre, et n'a
jamais été qu'une danseuse médiocre. Je l'ai promenée,
pendant et après mon procès, chez des magistrats,
chez des grands, chez des prélats, chez des financiers,
qui s'en sont accommodés pour un terme et qui l'ont
laissée là. Ce n'est pas qu'elle ne soit belle comme un
ange, qu'elle n'ait de la finesse, de la grâce ; mais
aucun esprit de libertinage, rien de ces talents propres
à réveiller la langueur d'hommes blasés. Mais ce qui
nous a le plus nui, c'est qu'elle s'était entêtée d'un
petit abbé de qualité, impie, incrédule, dissolu, hypocrite, antiphilosophe, que je ne vous nommerai pas ;
mais c'est le dernier de ceux qui, pour arriver à l'épis-
copat, ont pris la route qui est en même temps la plus
sûre et qui demande le moins de talent. Je ne sais ce
qu'il faisait entendre à ma fille, à qui il venait lire tous
les matins les feuillets de son dîner, de son souper, de
sa rapsodie. Sera-t-il évêque, ne le sera-t-il pas ? Heureusement, ils se sont brouillés. Ma fille lui ayant
demandé un jour s'il connaissait ceux contre lesquels il
écrivait, et l'abbé lui ayant répondu que non ; s'il avait
d'autres sentiments que ceux qu'il ridiculisait, et l'abbé
lui ayant répondu que non, elle se laissa emporter à sa

vivacité, et lui représenta que son rôle était celui du plus méchant et du plus faux des hommes. »

Mme de La Pommeraye lui demanda si elles étaient fort connues.

— Beaucoup trop, malheureusement.

— A ce que je vois, vous ne tenez point à votre état?

— Aucunement, et ma fille me proteste tous les jours que la condition la plus malheureuse lui paraît préférable à la sienne; elle en est d'une mélancolie qui achève d'éloigner d'elle...

— Si je me mettais en tête de vous faire à l'une et à l'autre le sort le plus brillant, vous y consentiriez donc?

— A bien moins.

— Mais il s'agit de savoir si vous pouvez me promettre de vous conformer à la rigueur des conseils que je vous donnerai.

— Quels qu'ils soient, vous pouvez y compter.

— Et vous serez à mes ordres quand il me plaira?

— Nous les attendrons avec impatience.

— Cela me suffit; retournez-vous-en; vous ne tarderez pas à les recevoir. En attendant, défaites-vous de vos meubles, vendez tout, ne réservez pas même vos robes, si vous en avez de voyantes : cela ne cadrerait point à mes vues. »

Jacques, qui commençait à s'intéresser, dit à l'hôtesse : « Et si nous buvions à la santé de Mme de La Pommeraye? »

L'HÔTESSE

Volontiers.

JACQUES

Et à celle de Mme d'Aisnon?

L'HÔTESSE

Tope !

JACQUES

Et vous ne refuserez pas celle de Mlle d'Aisnon, qui a une jolie voix de chambre, peu de talents pour la danse, et une mélancolie qui la réduit à la triste nécessité d'accepter un nouvel amant tous les soirs.

L'HÔTESSE

Ne riez pas, c'est la plus cruelle chose. Si vous saviez le supplice quand on n'aime pas !...

JACQUES

A Mlle d'Aisnon, à cause de son supplice.

L'HÔTESSE

Allons.

JACQUES

Notre hôtesse, aimez-vous votre mari ?

L'HÔTESSE

Pas autrement.

JACQUES

Vous êtes donc bien à plaindre; car il me semble d'une belle santé.

L'HÔTESSE

Tout ce qui reluit n'est pas or.

JACQUES

A la belle santé de notre hôte.

L'HÔTESSE

Buvez tout seul.

LE MAÎTRE

Jacques, Jacques, mon ami, tu te presses beaucoup.

L'HÔTESSE

Ne craignez rien, Monsieur, il est loyal ; et demain il n'y paraîtra pas.

JACQUES

Puisqu'il n'y paraîtra pas demain, et que je ne fais pas ce soir grand cas de ma raison, mon maître, ma belle hôtesse, encore une santé, une santé qui me tient fort à cœur, c'est celle de l'abbé de Mlle d'Aisnon.

L'HÔTESSE

Fi donc, monsieur Jacques ; un hypocrite, un ambitieux, un ignorant, un calomniateur, un intolérant ; car c'est comme cela qu'on appelle, je crois, ceux qui égorgeraient volontiers quiconque ne pense point comme eux.

LE MAÎTRE

C'est que vous ne savez pas, notre hôtesse, que Jacques que voilà est une espèce de philosophe, et qu'il fait un cas infini de ces petits imbéciles qui se déshonorent eux-mêmes et la cause qu'ils défendent si mal. Il dit que son capitaine les appelait le contrepoison des Huet, des Nicole, des Bossuet. Il n'entendait rien à cela, ni vous non plus... Votre mari est-il couché ?

L'HÔTESSE

Il y a belle heure !

LE MAÎTRE

Et il vous laisse causer comme cela ?

11

Nos maris sont aguerris... Mme de La Pommeraye
monte dans son carrosse, court les faubourgs les plus
éloignés du quartier de la d'Aisnon, loue un petit
appartement en maison honnête, dans le voisinage
de la paroisse, le fait meubler le plus succinctement
qu'il est possible, invite la d'Aisnon et sa fille à dîner,
et les installe, ou le jour même, ou quelques jours
après, leur laissant un précis de la conduite qu'elles ont
à tenir.

JACQUES

Notre hôtesse, nous avons oublié la santé de Mme de
La Pommeraye, celle du marquis des Arcis; ah! cela
n'est pas honnête.

L'HÔTESSE

Allez, allez, monsieur Jacques, la cave n'est pas
vide. Voici ce précis, ou ce que j'en ai retenu :

« Vous ne fréquenterez pas les promenades publiques;
car il ne faut pas qu'on vous découvre.

« Vous ne recevrez personne, pas même vos voisins
et vos voisines, parce qu'il faut que vous affectiez la
plus profonde retraite.

« Vous prendrez, dès demain, l'habit de dévotes,
parce qu'il faut qu'on vous croie telles.

« Vous n'aurez chez vous que des livres de dévo-
tions, parce qu'il ne faut rien autour de vous qui puisse
vous trahir.

« Vous serez de la plus grande assiduité aux offices
de la paroisse, jours de fêtes et jours ouvrables.

« Vous intriguerez pour avoir entrée au parloir

de quelque couvent ; le bavardage de ces recluses ne nous sera pas inutile.

« Vous ferez connaissance étroite avec le curé et les prêtres de la paroisse, parce que je puis avoir besoin de leur témoignage.

« Vous n'en recevrez d'habitude aucun.

« Vous irez à confesse et vous approcherez des sacrements au moins deux fois le mois.

« Vous reprendrez votre nom de famille, parce qu'il est honnête, et qu'on fera tôt ou tard des informations dans votre province.

« Vous ferez de temps en temps quelques petites aumônes, et vous n'en recevrez point, sous quelque prétexte que ce puisse être. Il faut qu'on ne vous croie ni pauvres ni riches.

« Vous filerez, vous coudrez, vous tricoterez, vous broderez, et vous donnerez aux dames de charité votre ouvrage à vendre.

« Vous vivrez de la plus grande sobriété ; deux petites portions d'auberge. et puis c'est tout.

« Votre fille ne sortira jamais sans vous, ni vous sans elle. De tous les moyens d'édifier à peu de frais, vous n'en négligerez aucun.

« Surtout jamais chez vous, je vous le répète, ni prêtres, ni moines, ni dévotes.

« Vous irez dans les rues les yeux baissés ; à l'église, vous ne verrez que Dieu. »

« J'en conviens, cette vie est austère, mais elle ne durera pas, et je vous en promets la plus signalée récompense. Voyez, consultez-vous : si cette contrainte vous paraît au-dessus de vos forces, avouez-le-moi ; je n'en serai ni offensée, ni surprise. J'oubliais de vous dire qu'il serait à propos que vous vous fissiez un verbiage

de la mysticité, et que l'histoire de l'ancien et du nouveau Testament vous devînt familière, afin qu'on vous
prenne pour des dévotes d'ancienne date. Faites-vous
jansénistes ou molinistes, comme il vous plaira ; mais
le mieux sera d'avoir l'opinion de votre curé. Ne manquez pas, à tort et à travers, dans toute occasion, de
vous déchaîner contre les philosophes ; criez que Voltaire est l'Antechrist, sachez par cœur l'ouvrage de
votre petit abbé, et colportez-le, s'il le faut... »

Mme de La Pommeraye ajouta : « Je ne vous verrai
point chez vous ; je ne suis pas digne du commerce
d'aussi saintes femmes ; mais n'en ayez aucune inquiétude : vous viendrez ici clandestinement quelquefois, et
nous nous dédommagerons, en petit comité, de votre
régime pénitent. Mais, tout en jouant la dévotion, n'allez
pas vous en empêtrer. Quant aux dépenses de votre
petit ménage, c'est mon affaire. Si mon projet réussit,
vous n'aurez plus besoin de moi ; s'il manque sans qu'il
y ait de votre faute, je suis assez riche pour vous assurer un sort honnête et meilleur que l'état que vous
m'aurez sacrifié. Mais surtout soumission, soumission
absolue, illimitée à mes volontés, sans quoi je ne réponds de rien pour le présent et ne m'engage à rien
pour l'avenir. »

LE MAÎTRE, en frappant sur sa tabatière et regardant à sa montre
l'heure qu'il est.

Voilà une terrible tête de femme ! Dieu me garde d'en
rencontrer une pareille.

L'HÔTESSE

Patience, patience, vous ne la connaissez pas encore.

JACQUES

En attendant, ma belle, notre charmante hôtesse, si nous disions un mot à la bouteille ?

L'HÔTESSE

Monsieur Jacques, mon vin de Champagne m'embellit à vos yeux.

LE MAÎTRE

Je suis si pressé depuis si longtemps de vous faire une question peut-être indiscrète, que je n'y saurais plus tenir.

L'HÔTESSE

Faites votre question.

LE MAÎTRE

Je suis sûr que vous n'êtes pas née dans une hôtellerie.

L'HÔTESSE

Il est vrai.

LE MAÎTRE

Que vous y avez été conduite d'un état plus élevé par des circonstances extraordinaires.

L'HÔTESSE

J'en conviens.

LE MAÎTRE

Et si nous suspendions un moment l'histoire de Mme de La Pommeraye...

L'HÔTESSE

Cela ne se peut. Je raconte volontiers [1] les aventures

1. VARIANTE : « Assez volontiers. »

des autres, mais non pas les miennes. Sachez seulement que j'ai été élevée à Saint-Cyr, où j'ai peu lu l'Evangile et beaucoup de romans. De l'abbaye royale à l'auberge que je tiens il y a loin.

LE MAÎTRE

Il suffit ; prenez que je ne vous aie rien dit.

L'HÔTESSE

Tandis que nos deux dévotes édifiaient, et que la bonne odeur de leur piété et de la sainteté de leurs mœurs se répandait à la ronde, Mme de La Pommeraye observait avec le marquis les démonstrations extérieures de l'estime, de l'amitié, de la confiance la plus parfaite. Toujours bien venu, jamais ni grondé, ni boudé, même après de longues absences : il lui racontait toutes ses petites bonnes, fortunes et elle paraissait s'en amuser franchement. Elle lui donnait ses conseils dans les occasions d'un succès difficile; elle lui jetait quelquefois des mots de mariage, mais c'était d'un ton si désintéressé qu'on ne pouvait la soupçonner de parler pour elle. Si le marquis lui adressait quelques-uns de ces propos tendres ou galants dont on ne peut guère se dispenser avec une femme qu'on a connue, ou elle en souriait ou elle les laissait tomber. A l'en croire, son cœur était paisible; et, ce qu'elle n'aurait jamais imaginé, elle éprouvait qu'un ami tel que lui suffisait au bonheur de la vie; et puis elle n'était plus de la première jeunesse. et ses goûts étaient bien émoussés.

« — Quoi! vous n'avez rien à me confier ?

— Non.

— Mais le petit comte, mon amie, qui vous pressait si vivement de mon règne ?

— Je lui ai fermé ma porte, et je ne le vois plus.

— C'est d'une bizarrerie ! Et pourquoi l'avoir éloigné ?

— C'est qu'il ne me plaît pas.

— Ah ! Madame, je crois vous deviner : vous m'aimez encore.

— Cela se peut.

— Vous comptez sur un retour.

— Pourquoi non ?

— Et vous vous ménagez tous les avantages d'une conduite sans reproche.

— Je le crois.

— Et si j'avais le bonheur ou le malheur de reprendre, vous vous feriez au moins un mérite du silence que vous garderiez sur mes torts.

— Vous me croyez bien délicate et bien généreuse.

— Mon amie, après ce que vous avez fait, il n'est aucune sorte d'héroïsme dont vous ne soyez capable.

— Je ne suis pas trop fâchée que vous le pensiez.

— Ma foi, je cours le plus grand danger avec vous, j'en suis sûr. »

JACQUES

Et moi aussi.

L'HÔTESSE

Il y avait environ trois mois qu'ils en étaient au même point, lorsque Mme de La Pommeraye crut qu'il était temps de mettre en jeu ses grands ressorts. Un jour d'été qu'il faisait beau, et qu'elle attendait le marquis à dîner, elle fit dire à la d'Aisnon et à sa fille de se rendre au Jardin du Roi. Le marquis vint ; on servit de bonne heure ; on dîna : on dîna gaiement. Après dîner, Mme de La Pommeraye propose une pro-

menade au marquis, s'il n'avait rien de plus agréable
à faire. Il n'y avait ce jour-là ni Opéra, ni comédie : ce
fut le marquis qui en fit la remarque ; et pour se dédommager d'un spectacle amusant par un spectacle utile,
le hasard voulut que ce fut lui-même qui invita la marquise à allez voir le Cabinet du Roi. Il ne fut pas refusé,
comme vous pensez bien. Voilà les chevaux mis ; les
voilà partis ; les voilà arrivés au Jardin du Roi ; et les
voilà mêlés dans la foule, regardant tout, et ne voyant
rien, comme les autres.

Lecteur, j'avais oublié de vous peindre le site des
trois personnages dont il s'agit ici, Jacques, son maître
et l'hôtesse ; faute de cette attention, vous les avez
entendus parler, mais vous ne les avez point vus ; il
vaut mieux tard que jamais. Le maître, à gauche, en
bonnet de nuit, en robe de chambre, était étalé nonchalamment dans un grand fauteuil de tapisserie, son
mouchoir jeté sur le bras du fauteuil, et sa tabatière à
la main. L'hôtesse sur le fond, en face de la porte,
proche la table, son verre devant elle. Jacques, sans
chapeau, à sa droite, les deux coudes appuyés sur la
table, et la tête penchée entre deux bouteilles : deux
autres étaient à terre à côté de lui.

Au sortir du Cabinet, le marquis et sa bonne amie
se promenèrent dans le Jardin. Ils suivaient la première allée qui est à droite en entrant, proche l'école
des arbres, lorsque Mme de La Pommeraye fit un cri de
surprise, en disant : « Je ne me trompe pas, je crois
que ce sont elles ; oui, ce sont elles-mêmes. »

Aussitôt on quitte le marquis, et l'on s'avance à la
rencontre de nos deux dévotes. La d'Aisnon fille était

à ravir sous ce vêtement simple, qui n'attirant point le regard, fixe l'attention tout entière sur la personne. « Ah, c'est vous, Madame?

— Oui, c'est moi.

— Et comment vous portez-vous, et qu'êtes-vous devenue depuis une éternité?

— Vous savez nos malheurs; il a fallu s'y résigner, et vivre retirées comme il convenait à notre petite fortune; sortir du monde, quand on ne peut plus s'y montrer décemment.

— Mais moi, me délaisser, moi qui ne suis pas du monde, et qui ai toujours le bon esprit de le trouver aussi maussade qu'il l'est.

— Un des inconvénients de l'infortune, c'est la méfiance qu'elle inspire : les indigents craignent d'être importuns.

— Vous, importunes pour moi! ce soupçon est une bonne injure.

— Madame, j'en suis tout à fait innocente, je vous ai rappelée dix fois à maman, mais elle me disait : Mme de La Pommeraye... personne, ma fille, ne pense plus à nous.

— Quelle injustice! Asseyons-nous, nous causerons. Voilà M. le marquis des Arcis; c'est mon ami; et sa présence ne nous gênera pas. Comme mademoiselle est grandie! comme elle est embellie depuis que nous ne nous sommes vues!

— Notre position a cela d'avantageux, qu'elle nous prive de tout ce qui nuit à la santé : voyez son visage, voyez ses bras; voilà ce qu'on doit à la vie frugale et réglée, au sommeil, au travail, à la bonne conscience; et c'est quelque chose... »

On s'assit, on s'entretint d'amitié. La d'Aisnon mère

11*

parla bien, la d'Aisnon fille parla peu. Le ton de la
dévotion fut celui de l'une et de l'autre, mais avec
aisance et sans pruderie. Longtemps avant la chute
du jour, nos deux dévotes se levèrent. On leur représenta qu'il était encore de bonne heure ; la d'Aisnon
mère dit assez haut, à l'oreille de Mme de La Pommeraye, qu'elles avaient encore un exercice de piété à
remplir, et qu'il leur était impossible de rester plus
longtemps. Elles étaient déjà à quelque distance,
lorsque Mme de La Pommeraye se reprocha de ne leur
avoir pas demandé leur demeure, et de ne leur avoir
pas appris la sienne : « C'est une faute, ajouta-t-elle,
que je n'aurais pas commise autrefois. » Le marquis
courut pour la réparer ; elles acceptèrent l'adresse de
Mme de La Pommeraye ; mais, quelles que furent les
instances du marquis, il ne put obtenir la leur. Il n'osa
pas leur offrir sa voiture, en avouant à Mme de La
Pommeraye qu'il en avait été tenté.

Le marquis ne manqua pas de demander à Mme de
La Pommeraye ce que c'étaient que ces deux
femmes.

« Ce sont deux créatures plus heureuses que nous.
Voyez la belle santé dont elles jouissent ! la sérénité
qui règne sur leur visage ! l'innocence, la décence qui
dictent leurs propos ! On ne voit point cela, on n'entend
point cela dans nos cercles. Nous plaignons les dévots ;
les dévots nous plaignent ; et à tout prendre, je penche
à croire qu'ils ont raison.

— Mais, marquise, est-ce que vous seriez tentée de
devenir dévote ?

— Pourquoi pas ?

— Prenez-y garde, je ne voudrais pas que notre
rupture, si c'en est une, vous menât jusque-là.

— Et vous aimeriez mieux que je rouvrisse ma porte
au petit comte ?

— Beaucoup mieux.

— Et vous me le conseilleriez?

— Sans balancer... »

Mme de La Pommeraye dit au marquis · ce qu'elle
savait du nom, de la province, du premier état et du
procès des deux dévotes, y mettant tout l'intérêt et
tout le pathétique possible, puis elle ajouta : « Ce sont
deux femmes d'un mérite rare, la fille surtout. Vous
concevez qu'avec une figure comme la sienne on ne
manque de rien ici quand on veut en faire ressource;
mais elles ont préféré une honnête modicité à une
aisance honteuse ; ce qui leur reste est si mince qu'en
vérité je ne sais comment elles font pour subsister.
Cela travaille nuit et jour. Supporter l'indigence quand
on y est né, c'est ce qu'une multitude d'hommes savent
faire; mais passer de l'opulence au plus étroit nécessaire, s'en contenter, y trouver la félicité, c'est ce que
je ne comprends pas. Voilà à quoi sert la religion. Nos
philosophes auront beau dire, la religion est une bonne
chose.

— Surtout pour les malheureux.

— Et qui est-ce qui ne l'est pas plus ou moins?

— Je veux mourir si vous ne devenez dévote.

— Le grand malheur! Cette vie est si peu de chose
quand on la compare à une éternité à venir !

— Mais vous parlez déjà comme un missionnaire.

— Je parle comme une femme persuadée. Là, marquis, répondez-moi vrai; toutes nos richesses ne se-
raient-elles pas de bien pauvres guenilles à nos yeux,
si nous étions plus pénétrés de l'attente des biens et de
la crainte des peines d'une autre vie ? Corrompre une

jeune fille ou une femme attachée à son mari, avec la croyance qu'on peut mourir entre ses bras, et tomber tout à coup dans des supplices sans fin, convenez que ce serait le plus incroyable délire.

— Cela se fait pourtant tous les jours.

— C'est qu'on n'a point de foi, c'est qu'on s'étourdit.

— C'est que nos opinions religieuses ont peu d'influence sur nos mœurs. Mais, mon amie, je vous jure que vous vous acheminez à toutes jambes au confessionnal.

— C'est bien ce que je pourrais faire de mieux.

— Allez, vous êtes folle; vous avez encore une vingtaine d'années de jolis péchés à faire : n'y manquez pas; ensuite vous vous en repentirez, et vous irez vous en vanter aux pieds du prêtre, si cela vous convient... Mais voilà une conversation d'un tour bien sérieux; votre imagination se noircit furieusement, et c'est l'effet de cette abominable solitude où vous vous êtes renfoncée. Croyez-moi, rappelez au plus tôt le petit comte, vous ne verrez plus ni diable, ni enfer, et vous serez charmante comme auparavant. Vous craignez que je vous le reproche si nous nous raccommodons jamais; mais d'abord nous ne nous raccommoderons peut-être pas; et par une appréhension bien ou mal fondée, vous vous privez du plaisir le plus doux; et, en vérité, l'honneur de valoir mieux que moi ne vaut pas ce sacrifice.

— Vous dites bien vrai, aussi n'est-ce pas là ce qui me retient... »

Ils dirent encore beaucoup d'autres choses que je ne me rappelle pas.

JACQUES

Notre hôtesse, buvons un coup ; cela rafraîchit la mémoire.

L'HÔTESSE

Buvons un coup... Après quelques tours d'allées, Mme de La Pommeraye et le marquis remontèrent en voiture. Mme de La Pommeraye dit : « Comme cela me vieillit ! Quand cela vint à Paris, cela n'était pas plus haut qu'un chou.

— Vous parlez de la fille de cette dame que nous avons trouvée à la promenade?

— Oui. C'est comme dans un jardin où les roses fanées font place aux roses nouvelles. L'avez-vous regardée?

— Je n'y ai pas manqué.

— Comment la trouvez-vous ?

— C'est la tête d'une vierge de Raphaël sur le corps de *Galathée* ; et puis une douceur dans la voix !

— Une modestie de regard !

— Une bienséance dans le maintien !

— Une décence dans le propos qui ne m'a frappée dans aucune fille comme dans celle-là. Voilà l'effet de l'éducation.

— Lorsqu'il est préparé par un bon naturel. »

Le marquis déposa Mme de La Pommeraye à sa porte ; et Mme de La Pommeraye n'eut rien de plus pressé que de témoigner à nos deux dévotes combien elle était satisfaite de la manière dont elles avaient rempli leur rôle.

JACQUES

Si elles continuent comme elles ont débuté, monsieur le marquis des Arcis, fussiez-vous le diable, vous ne vous en tirerez pas.

LE MAÎTRE

Je voudrais bien savoir quel est leur projet.

JACQUES

Moi, j'en serais bien fâché : cela gâterait tout.

L'HÔTESSE

De ce jour, le marquis devint plus assidu chez
Mme de La Pommeraye, qui s'en aperçut sans lui en
demander la raison. Elle ne lui parlait jamais la première des deux dévotes ; elle attendait qu'il entamât ce
texte : ce que le marquis faisait toujours d'impatience
et avec une indifférence mal simulée.

LE MARQUIS

Avez-vous vu vos amies?

MADAME DE LA POMMERAYE

Non.

LE MARQUIS

Savez-vous que cela n'est pas trop bien ? Vous êtes
riche : elles sont dans le malaise ; et vous ne les invitez
pas même à manger quelquefois !

MADAME DE LA POMMERAYE

Je me croyais un peu mieux connue de monsieur le
marquis. L'amour autrefois me prêtait des vertus ; aujourd'hui l'amitié me prête des défauts. Je les ai invi-
tées dix fois sans avoir pu les obtenir une. Elles re-
fusent de venir chez moi, par des idées singulières ; et
quand je les visite, il faut que je laisse mon carrosse à
l'entrée de la rue et que j'aille en déshabillé, sans rouge
et sans diamants. Il ne faut pas trop s'étonner de leur

circonspection ; un faux rapport suffirait pour aliéner l'esprit d'un certain nombre de personnes bienfaisantes et les priver de leurs secours. Marquis, le bien, apparemment, coûte beaucoup à faire.

LE MARQUIS

Surtout aux dévots.

MADAME DE LA POMMERAYE

Puisque le plus léger prétexte suffit pour les en dispenser. Si l'on savait que j'y prends intérêt, bientôt on dirait : Mme de La Pommeraye les protège : elles n'ont besoin de rien... Et voilà les charités supprimées.

LE MARQUIS

Les charités !

MADAME DE LA POMMERAYE

Oui, Monsieur, les charités !

LE MARQUIS

Vous les connaissez, et elles en sont aux charités ?

MADAME DE LA POMMERAYE

Encore une fois, marquis, je vois bien que vous ne m'aimez plus, et qu'une partie de votre estime s'en est allée avec votre tendresse. Et qui est-ce qui vous a dit que, si ces femmes étaient dans le besoin des aumônes de la paroisse, c'était de ma faute ?

LE MARQUIS

Pardon, Madame, mille pardons, j'ai tort. Mais quelle raison de se refuser à la bienveillance d'une amie ?

MADAME DE LA POMMERAYE

Ah! marquis, nous sommes bien loin, nous autres gens du monde, de connaître les délicatesses scrupuleuses des âmes timorées. Elles ne croient pas pouvoir accepter les secours de toutes personnes indistinctement.

LE MARQUIS

C'est nous ôter le meilleur moyen d'expier nos folles dissipations.

MADAME DE LA POMMERAYE

Point du tout. Je suppose, par exemple, que monsieur le marquis des Arcis fût touché de compassion pour elles; que ne fait-il passer ces secours par des mains plus dignes?

LE MARQUIS

Et moins sûres.

MADAME DE LA POMMERAYE

Cela se peut.

LE MARQUIS

Dites-moi, si je leur envoyais une vingtaine de louis, croyez-vous qu'elles les refuseraient?

MADAME DE LA POMMERAYE

J'en suis sûre; et ce refus vous semblerait déplacé dans une mère qui a un enfant charmant?

LE MARQUIS

Savez-vous que j'ai été tenté de les aller voir?

MADAME DE LA POMMERAYE

Je le crois. Marquis, marquis, prenez garde à vous ; voilà un mouvement de compassion bien subit et bien suspect.

LE MARQUIS

Quoi qu'il en soit, m'auraient-elles reçu ?

MADAME DE LA POMMERAYE

Non certes ! Avec l'éclat de votre voiture, de vos habits, de vos gens et les charmes de la jeune personne, il n'en fallait pas davantage pour apprêter au caquet des voisins, des voisines et les perdre.

LE MARQUIS

Vous me chagrinez ; car, certes, ce n'était pas mon dessein. Il faut donc renoncer à les secourir et à les voir ?

MADAME DE LA POMMERAYE

Je le crois.

LE MARQUIS

Mais si je leur faisais passer mes secours par votre moyen ?

MADAME DE LA POMMERAYE

Je ne crois pas ces secours-là assez purs pour m'en charger.

LE MARQUIS

Voilà qui est cruel !

MADAME DE LA POMMERAYE

Oui, cruel, c'est le mot.

LE MARQUIS

Quelle vision ! marquise, vous vous moquez. Une jeune fille que je n'ai jamais vue qu'une fois...

MADAME DE LA POMMERAYE

Mais du petit nombre de celles qu'on n'oublie pas quand on les a vues.

LE MARQUIS

Il est vrai que ces figures-là vous suivent.

MADAME DE LA POMMERAYE

Marquis, prenez garde à vous ; vous vous préparez des chagrins ; et j'aime mieux avoir à vous en garantir qu'à vous en consoler. N'allez pas confondre celle-ci avec celles que vous avez connues : cela ne se ressemble pas ; on ne les tente pas, on ne les séduit pas, on n'en approche pas, elles n'écoutent pas, on n'en vient pas à bout. »

Après cette conversation, le marquis se rappela tout à coup qu'il avait une affaire pressée ; il se leva brusquement et sortit soucieux.

Pendant un assez long intervalle de temps, le marquis ne passa presque pas un jour sans voir Mme de La Pommeraye ; mais il arrivait qu'il s'asseyait, il gardait le silence ; Mme de La Pommeraye parlait seule ; le marquis, au bout d'un quart d'heure, se levait et s'en allait.

Il fit ensuite une éclipse de près d'un mois, après laquelle il reparut, mais triste, mais mélancolique, mais défait. La marquise, en le voyant lui dit : « Comme vous voilà fait ! d'où sortez-vous ? Est-ce que vous avez passé tout ce temps en petite maison ?

LE MARQUIS

Ma foi, à peu près. De désespoir je me suis précipité dans un libertinage affreux.

MADAME DE LA POMMERAYE

Comment ! de désespoir.

LE MARQUIS

Oui, de désespoir...»

Après ce mot, il se mit à se promener en long et en large sans mot dire ; il allait aux fenêtres, il regardait le ciel, il s'arrêtait devant Mme de La Pommeraye ; il allait à la porte, il appelait ses gens à qui il n'avait rien à dire ; il les renvoyait ; il rentrait ; il revenait à Mme de la Pommeraye qui travaillait sans l'apercevoir ; il voulait parler, il n'osait ; enfin Mme de la Pommeraye en eut pitié et lui dit : « Qu'avez-vous ? On est un mois sans vous voir ; vous reparaissez avec un visage de déterré et vous rôdez comme une âme en peine.

LE MARQUIS

Je n'y puis plus tenir, il faut que je vous dise tout. J'ai été vivement frappé de la fille de votre amie ; j'ai tout, mais tout fait pour l'oublier ; et plus j'ai fait, plus je m'en suis souvenu. Cette créature angélique m'obsède ; rendez-moi un service important.

MADAME DE LA POMMERAYE

Quel ?

LE MARQUIS

Il faut absolument que je la revoie et que je vous en aie l'obligation. J'ai mis mes grisons en campagne. Toute leur venue, toute leur allée est de chez elles à

l'église et de l'église chez elles. Dix fois je me suis présenté à pied sur leur chemin ; elles ne m'ont seulement pas aperçu. Je me suis planté sur leur porte inutilement. Elles m'ont rendu libertin comme un sapajou,
puis dévot comme un ange ; je n'ai pas manqué la messe
une fois depuis quinze jours. Ah! mon amie, quelle
figure! qu'elle est belle!... »

Mᵐᵉ de La Pommeraye savait tout cela. « C'est-à-dire,
répondit-elle au marquis, qu'après avoir tout mis en
œuvre pour guérir, vous n'avez rien omis pour devenir
fou, et que c'est le dernier parti qui vous a réussi?

LE MARQUIS

Et réussi, je ne saurais vous exprimer à quel point.
N'aurez-vous pas compassion de moi et ne vous devrai-je
pas le bonheur de la revoir?

MADAME DE LA POMMERAYE

La chose est difficile, et je m'en occuperai, mais à
une condition : c'est que vous laisserez ces infortunées
en repos et que vous cesserez de les tourmenter. Je ne
vous cèlerai point qu'elles m'ont écrit de votre persécution avec amertume, et voilà leur lettre...»

La lettre qu'on donnait à lire au marquis avait été concertée entre elles. C'était la d'Aisnon fille qui paraissait
l'avoir écrite par ordre de sa mère ; et l'on y avait mis
d'honnête, de doux, de touchant, d'élégance et d'esprit,
tout ce qui pouvait renverser la tête du marquis. Aussi
en accompagnait-il chaque mot d'une exclamation ; pas
une phrase qu'il ne relût ; il pleurait de joie ; il disait
à Mᵐᵉ de La Pommeraye : « Convenez donc, Madame,
qu'on n'écrit pas mieux que cela. »

MADAME DE LA POMMERAYE

J'en conviens.

LE MARQUIS

Et qu'à chaque ligne on se sent pénétré d'admiration et de respect pour des femmes de ce caractère !

MADAME DE LA POMMERAYE

Cela devrait être.

LE MARQUIS

Je vous tiendrai ma parole ; mais songez, je vous en supplie, à ne pas manquer à la vôtre.

MADAME DE LA POMMERAYE

En vérité, marquis, je suis aussi folle que vous. Il faut que vous ayez conservé un terrible empire sur moi ; cela m'effraye.

LE MARQUIS

Quand la reverrai-je ?

MADAME DE LA POMMERAYE

Je n'en sais rien. Il faut s'occuper premièrement du moyen d'arranger la chose et d'éviter tout soupçon. Elles ne peuvent ignorer vos vues ; voyez la couleur que ma complaisance aurait à leurs yeux, si elles s'imaginaient que j'agis de concert avec vous... Mais, marquis, entre nous, qu'ai-je besoin de cet embarras-là ? Que m'importe que vous aimiez, que vous n'aimiez pas ? que vous extravaguiez ? Démêlez votre fusée vous-même. Le rôle que vous me faites faire est aussi trop singulier.

LE MARQUIS

Mon amie, si vous m'abandonnez, je sius perdu. Je

ne vous parlerai point de moi, puisque je vous offense-
rais ; mais je vous en conjurerai par ces intéressantes
et dignes créatures qui vous sont si chères ; vous me
connaissez, épargnez-leur toutes les folies dont je suis
capable. J'irai chez elles ; oui, j'irai, je vous en préviens ; je forcerai leur porte, j'entrerai malgré elles, je
m'assiérai, je ne sais ce que je dirai, ce que je ferai ; car
que n'avez-vous point à craindre de l'état violent où je
suis ?

Vous remarquerez, Messieurs, dit l'hôtesse, que depuis le commencement de cette aventure jusqu'à ce
moment, le marquis des Arcis n'avait pas dit un mot
qui ne fût un coup de poignard dirigé au cœur de
Mme de La Pommeraye. Elle étouffait d'indignation et
de rage ; aussi répondit-elle au marquis, d'une voix
tremblante et entrecoupée :

« Mais vous avez raison. Ah ! si j'avais été aimée
comme cela, peut être que... Passons là-dessus... Ce
n'est pas pour vous que j'agirai, mais je me flatte du
moins, monsieur le marquis, que vous me donnerez du
temps.

LE MARQUIS

Le moins, le moins que je pourrai. »

JACQUES

Ah ! notre hôtesse, quelle diable de femme ! l'enfer
n'est pas pire. J'en tremble ; et il faut que je boive un
coup pour me rassurer... Est-ce que vous me laisserez
boire tout seul ?

L'HÔTESSE

Moi je n'ai pas peur : Mme de La Pommeraye disait :
Je souffre, mais je ne souffre pas seule. Cruel homme !

j'ignore quelle sera la durée de mon tourment ; mais j'éterniserai le tien... Elle tint le marquis près d'un mois dans l'attente de l'entrevue qu'elle avait promise, c'est-à-dire qu'elle lui laissa tout le temps de pâtir, de se bien enivrer, et que sous prétexte d'adoucir la longueur du délai, elle lui permit de l'entretenir de sa passion.

LE MAÎTRE

Et de la fortifier en en parlant.

JACQUES

Quelle femme ! quel diable de femme ! Notre hôtesse, ma frayeur redouble.

L'HÔTESSE

Le marquis venait donc tous les jours causer avec Mme de La Pommeraye, qui achevait de l'irriter, de l'endurcir et de le prendre par les discours les plus artificieux. Il s'informait de la patrie, de la naissance, de l'éducation, de la fortune et du désastre de ces femmes ; il y revenait sans cesse et ne se croyait jamais assez instruit et touché. La marquise lui faisait remarquer le progrès de ses sentiments, et lui en familiarisait le terme, sous prétexte de lui en inspirer de l'effroi. « Marquis, lui disait-elle, prenez-y garde, cela vous mènera loin ; il pourrait arriver un jour que mon amitié, dont vous faites un étrange abus, ne m'excusât ni à mes yeux ni aux vôtres. Ce n'est pas que tous les jours on ne fasse de plus grandes folies. Marquis, je crains fort que vous n'obteniez cette fille qu'à des conditions qui, jusqu'à présent, n'ont pas été de votre goût. »

Lorsque Mme de La Pommeraye crut le marquis bien
préparé pour le succès de son dessein, elle arrangea
avec les deux femmes qu'elles viendraient dîner chez
elle ; et avec le marquis que, pour leur donner le
change, il les surprendrait en habit de campagne : ce
qui fut exécuté.

On en était au second service lorsqu'on annonça le
marquis. Le marquis, Mme de La Pommeraye et les
deux d'Aisnon, jouèrent supérieurement l'embarras.
« Madame, dit-il à Mme de La Pommeraye, j'arrive de
ma terre ; il est trop tard pour aller chez moi où l'on
ne m'attend que ce soir, et je me suis flatté que vous
ne me refuseriez pas à dîner... » Et tout en parlant il
avait pris une chaise et s'était mis à table. On avait
disposé le couvert de manière qu'il se trouvât à côté de
la mère et en face de la fille. Il remercia d'un clin d'œil
Mme de La Pommeraye de cette attention délicate.
Après le trouble du premier instant, nos deux dévotes
se rassurèrent. On causa, on fut même gai. Le marquis
fut de la plus grande attention pour la mère, et de la
politesse la plus réservée pour la fille. C'était un amusement secret bien plaisant pour ces trois femmes, que
le scrupule du marquis à ne rien dire, à ne se rien per-
mettre qui pût les effaroucher. Elles eurent l'inhumanité de la faire parler dévotion pendant trois heures
de suite, et Mme de La Pommeraye lui disait : « Vos
discours font merveilleusement l'éloge de vos parents ;
les premières leçons qu'on en reçoit ne s'effacent jamais. Vous entendez toutes les subtilités de l'amour
divin, comme si vous n'aviez été qu'à saint François de
Salles pour toute nourriture. N'auriez-vous pas été un
peu quiétiste ?

— Je ne m'en souviens plus... »

Il est inutile de dire que nos dévotes mirent dans la conversation tout ce qu'elles avaient de grâces, d'esprit, de séduction et de finesse. On toucha en passant le chapitre des passions, et Mlle Duquênoi (c'était son nom de famille) prétendit qu'il n'y en avait qu'une seule de dangereuse. Le marquis fut de son avis. Entre les six et sept, les deux femmes se retirèrent, sans qu'il fût possible de les arrêter; Mme de La Pommeraye prétendant avec Mme Duquênoi qu'il fallait aller de préférence à son devoir, sans quoi il n'y aurait presque point de journée dont la douceur ne fût altérée par le remords. Les voilà parties au grand regret du marquis, et le marquis en tête-à-tête avec Mme de La Pommeraye.

MADAME DE LA POMMERAYE

Eh bien! marquis, ne faut-il pas que je sois bien bonne? Trouvez-moi à Paris une autre femme qui en fasse autant.

LE MARQUIS, en se jetant à ses genoux.

J'en conviens; il n'y en a pas une qui vous ressemble. Votre bonté me confond ; vous êtes la seule véritable amie qu'il y ait au monde.

MADAME DE LA POMMERAYE

Êtes-vous bien sûr de sentir toujours également le prix de mon procédé ?

LE MARQUIS

Je serais un monstre d'ingratitude, si j'en rabattais.

MADAME DE LA POMMERAYE

Changeons de texte. Quel est l'état de votre cœur ?

LE MARQUIS

Faut-il vous l'avouer franchement ? il faut que j'aie cette fille-là, ou que j'en périsse.

MADAME DE LA POMMERAYE

Vous l'aurez sans doute, mais il faut savoir comme quoi.

LE MARQUIS

Nous verrons.

MADAME DE LA POMMERAYE

Marquis, marquis, je vous connais, je les connais : tout est vu.

Le marquis fut environ deux mois sans se montrer chez Mme de La Pommeraye ; et voici ses démarches dans cet intervalle. Il fit connaissance avec le confesseur de la mère et de la fille. C'était un ami du petit abbé dont je vous ai parlé. Ce prêtre, après avoir mis toutes les difficultés hypocrites qu'on peut apporter à une intrigue malhonnête, et vendu le plus chèrement qu'il lui fut possible la sainteté de son ministère, se prêta à tout ce que le marquis voulut.

La première scélératesse de l'homme de Dieu, ce fut d'aliéner la bienveillance du curé, et de lui persuader que ces deux protégées de Mme de La Pommeraye obtenaient de la paroisse une aumône dont elles privaient des indigents plus à plaindre qu'elles. Son but était de les amener à ses vues par la misère.

Ensuite il travailla, au tribunal de la confession, à jeter la division entre la mère et la fille. Lorsqu'il entendait la mère se plaindre de sa fille, il aggravait les torts de celle-ci, et irritait le ressentiment de l'autre.

Si c'était la fille qui se plaignît de sa mère, il lui insinuait que la puissance des pères et mères sur leurs enfants était limitée, et que, si la persécution de sa mère était poussée jusqu'à un certain point, il ne serait peut-être pas impossible de la soustraire à une autorité tyrannique. Puis il lui donnait pour pénitence de revenir à confesse.

Une autre fois il lui parlait de ses charmes, mais lestement : c'était un des plus dangereux présents que Dieu pût faire à une femme ; de l'impression qu'en avait éprouvée un honnête homme qu'il ne nommait pas, mais qui n'était pas difficile à deviner. Il passait de là à la miséricorde infinie du ciel et à son indulgence pour des fautes que certaines circonstances nécessitaient ; à la faiblesse de la nature, dont chacun trouve l'excuse en soi-même ; à la violence et à la généralité de certains penchants, dont les hommes les plus saints n'étaient pas exempts. Il lui demandait ensuite si elle n'avait point de désirs, si le tempérament ne lui parlait pas en rêve, si la présence des hommes ne la troublait pas. Ensuite il agitait la question si une femme devait céder ou résister à un homme passionné, et laisser mourir et damner celui pour qui le sang de Jésus-Christ a été versé ; et il n'osait la décider. Puis il poussait de profonds soupirs ; il levait les yeux au ciel, il priait pour la tranquillité des âmes en peine... La jeune fille le laissait aller. Sa mère et Mme de La Pommeraye, à qui elle rendait fidèlement les propos du directeur, lui suggéraient des confidences qui toutes tendaient à l'encourager.

JACQUES

Votre Mme de La Pommeraye est une méchante femme.

LE MAÎTRE

Jacques, c'est bientôt dit. Sa méchanceté, d'où lui vient-elle? Du marquis des Arcis. Rends celui-ci tel qu'il avait juré et qu'il devait être, et trouve-moi quelque défaut dans Mme de La Pommeraye. Quand nous serons en route, tu l'accuseras, et je me chargerai de la défendre. Pour ce prêtre, vil et séducteur, je te l'abandonne.

JACQUES

C'est un si méchant homme que je crois que de cette affaire-ci je n'irai plus à confesse. Et vous, notre hôtesse?

L'HÔTESSE

Pour moi je continuerai mes visites à mon vieux curé, qui n'est pas curieux, et qui n'entend que ce qu'on lui dit.

JACQUES

Si nous buvions à la santé de votre curé[1]?

L'HÔTESSE

Pour cette fois-ci je vous ferai raison; car c'est un bon homme qui, les dimanches et jours de fêtes, laisse danser les filles et les garçons, et qui permet aux hommes et aux femmes de venir chez moi, pourvu qu'ils n'en sortent pas ivres. A mon curé!

JACQUES

A votre curé!

---

1. VARIANTE : « De votre vieux curé. »

L'HÔTESSE

Nos femmes ne doutaient pas qu'incessamment l'homme de Dieu ne hasardât de remettre une lettre à sa pénitente : ce qui fut fait, mais avec quel ménagement ! Il ne savait de qui elle était ; il ne doutait point que ce ne fût de quelque âme bienfaisante et charitable qui avait découvert leur misère, et qui leur proposait des secours ; il en remettait assez souvent de pareilles. Au demeurant vous êtes sage, madame votre mère est prudente, et j'exige que vous ne l'ouvriez qu'en sa présence. Mlle Duquênoi accepta la lettre et la remit à sa mère, qui la fit passer sur-le-champ à Mme de La Pommeraye. Celle-ci, munie de ce papier, fit venir le prêtre, l'accabla des reproches qu'il méritait, et le menaça de le déférer à ses supérieurs, si elle entendait encore parler de lui.

Dans cette lettre, le marquis s'épuisait en éloges de sa propre personne, en éloges de Mlle Duquênoi ; peignait sa passion aussi violente qu'elle l'était, et proposait des conditions fortes, même un enlèvement.

Après avoir fait la leçon au prêtre, Mme de La Pommeraye appela le marquis chez elle ; lui représenta combien sa conduite était peu digne d'un galant homme ; jusqu'où elle pouvait être compromise ; lui montra sa lettre, et protesta que, malgré la tendre amitié qui les unissait, elle ne pouvait se dispenser de la produire au tribunal des lois, ou de la remettre à Mme Duquênoi, s'il arrivait quelque aventure éclatante à sa fille. « Ah ! marquis, lui dit-elle, l'amour vous corrompt ; vous êtes mal né, puisque le faiseur de grandes choses ne vous en inspire que d'avilissantes. Et que vous ont fait ces pauvres femmes, pour ajouter

12*

l'ignominie à la misère ? Faut-il que, parce que cette
fille est belle, et veut rester vertueuse, vous en deve-
niez le persécuteur ? Est-ce à vous à lui faire détester
un des plus beaux présents du ciel ? Par où ai-je mérité, moi, d'être votre complice ? Allons, marquis, jetez-vous à mes pieds, demandez-moi pardon, et faites
serment de laisser mes tristes amies en repos. » Le
marquis lui promit de ne plus rien entreprendre sans
son aveu ; mais qu'il fallait qu'il eût cette fille à quelque prix que ce fût.

Le marquis ne fut point du tout fidèle à sa parole.
La mère était instruite ; il ne balança pas à s'adresser
à elle. Il avoua le crime de son projet ; il offrit une
somme considérable, des espérances que le temps
pourrait amener ; et sa lettre fut accompagnée d'un
écrin de riches pierreries.

Les trois femmes tinrent conseil. La mère et la fille
inclinaient à accepter ; mais ce n'était pas là le compte
de Mme de La Pommeraye. Elle revint sur la parole
qu'on lui avait donnée ; elle menaça de tout révéler ;
et au grand regret de nos deux dévotes, dont la jeune
détacha de ses oreilles des girandoles qui lui allaient
si bien, l'écrin et la lettre furent renvoyés avec une
réponse pleine de fierté et d'indignation.

Mme de La Pommeraye se plaignit au marquis du
peu de fond qu'il y avait à faire sur ses promesses. Le
marquis s'excusa sur l'impossibilité de lui proposer
une commission si indécente. « Marquis, marquis, lui
dit Mme de La Pommeraye, je vous ai déjà prévenu et
je vous le répète : vous n'en êtes pas où vous voudriez ;
mais il n'est plus temps de vous prêcher, ce seraient
paroles perdues : il n'y a plus de ressources. »

Le marquis avoua qu'il le pensait comme elle, et lui

demanda la permission de faire une dernière tenta-
tive ; c'était d'assurer des rentes considérables sur les
deux têtes, de partager sa fortune avec les deux
femmes, et de les rendre propriétaires à vie d'une de
ses maisons à la ville, et d'une autre à la campagne.
« Faites, lui dit la marquise ; je n'interdis que la violence ; mais croyez, mon ami, que l'honneur et la vertu
quand elle est vraie, n'ont point de prix aux yeux de
ceux qui ont le bonheur de les posséder. Vos nouvelles
offres ne réussiront pas mieux que les précédentes : je
connais ces femmes et j'en ferais la gageure. »

Les nouvelles propositions sont faites. Autre conci-
liabule des trois femmes. La mère et la fille attendaient
en silence la décision de Mme de La Pommeraye. Celle-
ci se promena un moment sans parler. « Non, non, dit-
elle, cela ne suffit pas à mon cœur ulcéré. » Et aussitôt
elle prononça le refus ; et aussitôt ces deux femmes fon-
dirent en larmes, se jetèrent à ses pieds, et lui repré-
sentèrent combien il était affreux pour elles de repous-
ser une fortune immense, qu'elles pouvaient accepter
sans aucune fâcheuse conséquence. Mme de La Pommeraye leur répondit sèchement : « Est-ce que vous ima-
ginez que ce que je fais, je le fais pour vous ? Qui êtes-
vous ? Que vous dois-je ? A quoi tient-il que je ne vous
renvoie l'une et l'autre à votre tripot ? Si ce que l'on
vous offre est trop pour vous, c'est trop peu pour moi.
Écrivez, Madame, la réponse que je vais vous dicter, et
qu'elle parte sous mes yeux. » Ces femmes s'en retour-
nèrent encore plus effrayées qu'affligées.

JACQUES

Cette femme a le diable au corps, et que veut-elle
donc ? Quoi un refroidissement d'amour n'est pas

assez puni par le sacrifice de la moitié d'une grande fortune?

LE MAÎTRE

Jacques, vous n'avez jamais été femme, encore moins honnête femme, et vous jugez d'après votre caractère qui n'est pas celui de Mme de La Pommeraye! Veux-tu que je te dise? J'ai bien peur que le mariage du marquis des Arcis et d'une catin ne soit écrit là-haut.

JACQUES

S'il est écrit là-haut, il se fera.

L'HÔTESSE

Le marquis ne tarda pas à reparaître chez Mme de La Pommeraye. « Eh bien, lui dit-elle, vos nouvelles offres?

LE MARQUIS

Faites et rejetées. J'en suis désespéré. Je voudrais arracher cette malheureuse passion de mon cœur; je voudrais m'arracher le cœur, et je ne saurais. Marquise, regardez-moi; ne trouvez-vous pas qu'il y a entre cette jeune fille et moi quelques traits de ressemblance?

MADAME DE LA POMMERAYE

Je ne vous en avais rien dit; mais je m'en étais aperçue. Il ne s'agit pas de cela : que résolvez-vous?

LE MARQUIS

Je ne puis me résoudre à rien. Il me prend des envies de me jeter dans une chaise de poste, et de courir tant que terre me portera; un moment après la force m'abandonne; je suis comme anéanti, ma tête s'embarrasse : je deviens stupide, et ne sais que devenir.

MADAME DE LA POMMERAYE

Je ne vous conseille pas de voyager ; ce n'est pas la peine d'aller jusqu'à Villejuif pour revenir. »

Le lendemain, le marquis écrivit à la marquise qu'il partait pour sa campagne; qu'il y resterait tant qu'il pourrait, et qu'il la suppliait de le servir auprès de ses amies, si l'occasion s'en présentait; son absence fut courte : il revint avec la résolution d'épouser.

JACQUES

Ce pauvre marquis me fait pitié.

LE MAÎTRE

Pas trop, à moi.

L'HÔTESSE

Il descendit à là porte de Mme de La Pommeraye. Elle était sortie. En rentrant, elle trouva le marquis étendu dans un fauteuil, les yeux fermés, et absorbé dans la plus profonde rêverie. Ah! marquis, vous voilà? la campagne n'a pas eu de longs charmes pour vous.

— Non, lui répondit-il, je ne suis bien nulle part, et j'arrive déterminé à la plus haute sottise qu'un homme de mon état, de mon âge et de mon caractère puisse faire. Mais il vaut mieux épouser que de souffrir. J'épouse.

MADAME DE LA POMMERAYE

Marquis, l'affaire est grave, et demande de la réflexion.

LE MARQUIS

Je n'en ai fait qu'une, mais elle est solide : c'est que je ne puis jamais être plus malheureux que je le suis.

MADAME DE LA POMMERAYE

Vous pourriez vous tromper.

JACQUES

La traîtresse !

LE MARQUIS

Voici donc enfin, mon amie, une négociation dont je puis, ce me semble, vous charger honnêtement. Voyez la mère et la fille ; interrogez la mère, sondez la fille, et dites-leur mon dessein.

MADAME DE LA POMMERAYE

Tout doucement, marquis. J'ai cru les connaître assez pour ce que j'en avais à faire ; mais à présent qu'il s'agit du bonheur de mon ami, il me permettra d'y regarder de plus près. Je m'informerai dans leur province, et je vous promets de les suivre pas à pas pendant toute la durée de leur séjour à Paris.

LE MARQUIS

Ces précautions me semblent assez superflues. Des femmes dans la misère, qui résistent aux appâts que je leur ai tendus, ne peuvent être que les créatures les plus rares. Avec mes offres, je serais venu à bout d'une duchesse. D'ailleurs, ne m'avez-vous pas dit vous-même...

MADAME DE LA POMMERAYE

Oui, j'ai dit tout ce qu'il vous plaira ; mais avec tout cela permettez que je me satisfasse.

JACQUES

La chienne ! la coquine ! l'enragée ! et pourquoi aussi s'attacher à une pareille femme ?

LE MAÎTRE

Et pourquoi aussi la séduire et s'en détacher ?

L'HÔTESSE

Pourquoi cesser de l'aimer sans rime ni raison ?

JACQUES

Ah ! mon maître !

LE MARQUIS

Pourquoi, marquise, ne vous mariez-vous pas aussi ?

MADAME DE LA POMMERAYE

A qui, s'il vous plaît ?

LE MARQUIS

Au petit comte ; il a de l'esprit, de la naissance, de la fortune.

MADAME DE LA POMMERAYE

Et qui est-ce qui me répondra de sa fidélité ! C'est vous peut-être !

LE MARQUIS

Non ; mais il me semble qu'on se passe aisément de la fidélité d'un mari.

MADAME DE LA POMMERAYE

D'accord ; mais je serais peut-être assez bizarre pour m'en offenser ; et je suis vindicative.

LE MARQUIS

Eh bien ! vous vous vengeriez, cela va sans dire. C'est que nous prendrions un hôtel commun, et que nous formerions tous quatre la plus agréable société.

MADAME DE LA POMMERAYE

Tout cela est fort beau ! mais je ne me marie pas. Le seul homme que j'aurais peut-être été tentée d'épouser...

LE MARQUIS

C'est moi ?

MADAME DE LA POMMERAYE

Je puis vous l'avouer à présent sans conséquence.

LE MARQUIS

Et pourquoi ne me l'avoir pas dit ?

MADAME DE LA POMMERAYE

Par l'événement, j'ai bien fait. Celle que vous allez avoir vous convient de tout point mieux que moi.

L'HÔTESSE

Mme de La Pommeraye mit à ses informations toute l'exactitude et la célérité qu'elle voulut. Elle produisit au marquis les attestations les plus flatteuses ; il y en avait de Paris, il y en avait de la province. Elle exigèa du marquis encore une quinzaine, afin qu'il s'examinât derechef. Cette quinzaine lui parut éternelle ; enfin la marquise fut obligée de céder à son impatience et à ses prières. La première entrevue se fait chez ses amies ; on y convient de tout, les bans se publient ; le contrat se passe ; le marquis fait présent à Mme de La Pommeraye d'un superbe diamant, et le mariage est consommé.

JACQUES

Quelle trame et quelle vengeance !

LE MAÎTRE

Elle est incompréhensible.

JACQUES

Délivrez-moi du souci de la première nuit des noces, et jusqu'à présent je n'y vois pas un grand mal.

LE MAÎTRE

Tais-toi, nigaud.

L'HÔTESSE

La nuit des noces se passa fort bien.

JACQUES

Je croyais...

L'HÔTESSE

Croyez à ce que votre maître vient de vous dire... Et en parlant ainsi elle souriait, et en souriant, elle passait sa main sur le visage de Jacques, et lui serrait le nez... Mais ce fut le lendemain...

JACQUES

Le lendemain, ne fut-ce pas comme la veille?

L'HÔTESSE

Pas tout à fait. Le lendemain, Mme de La Pommeraye écrivit au marquis un billet qui l'invitait à se rendre chez elle au plus tôt, pour affaire importante. Le marquis ne se fit pas attendre.

On le reçut avec un visage où l'indignation se peignait dans toute sa force; le discours qu'on lui tint ne fut pas long; le voici : « Marquis, lui dit-elle, apprenez à me connaître. Si les autres femmes s'estimaient assez

13

pour éprouver mon ressentiment, vos semblables seraient moins communs. Vous aviez acquis une honnête
femme que vous n'avez pas su conserver ; cette femme,
c'est moi ; elle s'est vengée en vous en faisant épouser
une digne de vous. Sortez de chez moi, et allez-vous-en
rue Traversière, à l'hôtel de Hambourg, où l'on vous
apprendra le sale métier que votre femme et votre
belle-mère ont exercé pendant dix ans, sous le nom de
d'Aisnon. »

La surprise et la consternation de ce pauvre marquis
ne peuvent se rendre. Il ne savait qu'en penser ; mais
son incertitude ne dura que le temps d'aller d'un bout
de la ville à l'autre. Il ne rentra pas chez lui de tout
le jour ; il erra dans les rues. Sa belle-mère et sa
femme eurent quelque soupçon de ce qui s'était passé.
Au premier coup de marteau, la belle-mère se sauva
dans son appartement, et s'y enferma à la clef ; sa
femme l'attendit seule. A l'approche de son époux, elle
lut sur son visage la fureur qui le possédait. Elle se
jeta à ses pieds, la face collée contre le parquet, sans
mot dire. « Retirez-vous, lui dit-il, infâme ! loin de
moi... » Elle voulut se relever ; mais elle retomba sur
son visage, les bras étendus à terre entre les pieds du
marquis. « Monsieur, lui dit-elle, foulez-moi aux pieds,
écrasez-moi, car je l'ai mérité ; faites de moi tout ce
qu'il vous plaira ; mais épargnez ma mère... »

« — Retirez-vous, reprit le marquis ; retirez-vous !
c'est assez de l'infamie dont vous m'avez couvert ;
épargnez-moi un crime... »

La pauvre créature resta dans l'attitude où elle était,
et ne lui répondit rien. Le marquis était assis dans un
fauteuil, la tête enveloppée de ses bras, et le corps à
demi penché sur les pieds de son lit, hurlant par inter-

valles, sans la regarder : « Retirez-vous !... » Le silence
et l'immobilité de la malheureuse le surprirent ; il lui
répéta d'une voix plus forte encore : « Qu'on se retire ;
est-ce que vous ne m'entendez pas ?... » Ensuite il se
baissa, la poussa durement, et reconnaissant qu'elle
était sans sentiment et presque sans vie, il la prit par
le milieu du corps, l'étendit sur un canapé, attacha un
moment sur elle des regards où se peignaient alternativement la commisération et le courroux. Il sonna :
des valets entrèrent ; on appela ses femmes, à qui il
dit : « Prenez votre maîtresse qui se trouve mal ; portez-la dans son appartement, et secourez-la... » Peu
d'instants après, il envoya secrètement savoir de ses
nouvelles. On lui dit qu'elle était revenue de son premier évanouissement ; mais que, les défaillances se
succédant rapidement, elles étaient si fréquentes et si
longues qu'on ne pouvait lui répondre de rien. Une ou
deux heures après, il renvoya secrètement savoir son
état. On lui dit qu'elle suffoquait, et qu'il lui était sur-
venu une espèce de hoquet qui se faisait entendre jus-
que dans les cours. A la troisième fois, c'était sur le
matin, on lui rapporta qu'elle avait beaucoup pleuré,
que le hoquet s'était calmé et qu'elle paraissait s'as-
soupir.

Le jour suivant, le marquis fit mettre ses chevaux à
sa chaise, et disparut pendant quinze jours, sans qu'on
sût ce qu'il était devenu. Cependant, avant de s'éloigner
il avait pourvu à tout ce qui était nécessaire à la mère
et à la fille, avec ordre d'obéir à madame comme à lui-
même.

Pendant cet intervalle ces deux femmes restèrent
l'une en présence de l'autre, sans presque se parler, la
fille sanglotant, poussant quelquefois des cris, s'arra-

chant les cheveux, se tordant les bras, sans que sa
mère osât s'approcher d'elle et la consoler. L'une mon-
trait la figure de désespoir, l'autre la figure de l'endur-
cissement. La fille vingt fois dit à sa mère : « Maman,
sortons d'ici ; sauvons-nous. » Autant de fois la mère
s'y opposa, et lui répondit : « Non, ma fille, il faut rester ; il faut voir ce que cela deviendra : cet homme ne
nous tuera pas... » « Eh! plût à Dieu, lui répondait sa
fille, qu'il l'eût déjà fait!... » Sa mère lui répliquait :
« Vous feriez mieux de vous taire que de parler comme
une sotte. »

A son retour, le marquis s'enferma dans son cabinet
et écrivit deux lettres, l'une à sa femme, l'autre à sa
belle-mère. Celle-ci partit dans la même journée, et se
rendit au couvent des Carmélites de la ville prochaine,
où elle est morte il y a quelques jours. Sa fille s'habilla
et se traîna dans l'appartement de son mari où il lui
avait apparemment enjoint de venir. Dès la porte, elle
se jeta à genoux. « Levez-vous, » lui dit le marquis...

Au lieu de se lever, elle s'avança vers lui sur ses genoux ; elle tremblait de tous ses membres : elle était
échevelée; elle avait le corps un peu penché, les bras
portés de son côté, la tête relevée, le regard attaché
sur ses yeux, et le visage inondé de pleurs. « Il me
semble, » lui dit-elle, un sanglot séparant chacun de
ses mots, « que votre cœur justement irrité s'est radouci, et que peut-être, avec le temps, j'obtiendrai miséricorde. Monsieur, de grâce, ne vous hâtez pas de me
pardonner. Tant de filles honnêtes sont devenues de mal-
honnêtes femmes, que peut-être serai-je un exemple
contraire. Je ne suis pas encore digne que vous
vous rapprochiez de moi; attendez, laissez-moi seulement l'espoir du pardon. Tenez-moi loin de vous ; vous

verrez ma conduite ; vous la jugerez : trop heureuse
mille fois, trop heureuse si vous daignez quelquefois
m'appeler ! Marquez-moi le recoin obscur de votre
maison où vous permettez que j'habite ; j'y resterai
sans murmure. Ah ! si je pouvais m'arracher le nom et
le titre qu'on m'a fait usurper, et mourir après, à l'instant vous seriez satisfait ! Je me suis laissé conduire
par faiblesse, par séduction, par autorité, par menaces
à une action infâme ; mais ne croyez pas, Monsieur,
que je sois méchante : je ne le suis pas, puisque je n'ai
pas balancé à paraître devant vous quand vous m'avez
appelée, et que j'ose à présent lever les yeux sur vous
et vous parler. Ah ! si vous pouviez lire au fond de mon
cœur, et voir combien mes fautes passées sont loin de
moi ; combien les mœurs de mes pareilles me sont étran-
gères ! La corruption s'est posée sur moi ; mais elle ne
s'y est point attachée. Je me connais, et une justice que
je me rends, c'est que par mes goûts, par mes sentiments,
par mon caractère, j'étais née digne de l'honneur de
vous appartenir. Ah ! s'il m'eût été libre de vous voir,
il n'y avait qu'un mot à dire, et je crois que j'en aurais
eu le courage. Monsieur, disposez de moi comme il vous
plaira ; faites entrer vos gens ; qu'ils me dépouillent,
qu'ils me jettent la nuit dans la rue : je souscris à tout.
Quel que soit le sort que vous me préparez, je m'y sou-
mets : le fond d'une campagne, l'obscurité d'un cloître
peut me dérober pour jamais à vos yeux : parlez, et
j'y vais. Notre bonheur n'est point perdu sans ressource
et vous pouvez m'oublier.

— Levez-vous, lui dit doucement le marquis ; je vous
ai pardonné : au moment même de l'injure, j'ai res-
pecté ma femme en vous ; il n'est pas sorti de ma
bouche une parole qui l'ait humiliée, ou du moins je

m'en repens, et je proteste qu'elle n'en entendra plus
aucune qui l'humilie, si elle se souvient qu'on ne peut
rendre son époux malheureux sans le devenir. Soyez
honnête, soyez heureuse, et faites que je le sois. Levez-
vous, je vous en prie, ma femme, levez-vous et embrassez-moi; madame la marquise, levez-vous, vous
n'êtes pas à votre place; madame des Arcis, levez-
vous... »

Pendant qu'il parlait ainsi, elle était restée le visage
caché dans ses mains, et la tête appuyée sur les genoux
du marquis; mais au mot de ma femme, au mot de
madame des Arcis, elle se leva brusquement, et se
précipita sur le marquis, elle le tenait embrassé, à
moitié suffoquée par la douleur et par la joie; puis elle
se séparait de lui, se jetait à terre, et lui baisait les
pieds.

« Ah! lui disait le marquis, je vous ai pardonnée; je
vous l'ai dit; et je vois que vous n'en croyez rien.

— Il faut, lui répondait-elle, que cela soit, et que je
ne le croie jamais. »

Le marquis ajoutait: « En vérité, je crois que je ne
me repens de rien; et que cette Pommeraye, au lieu de
se venger, m'aura rendu un grand service. Ma femme,
allez vous habiller, tandis qu'on s'occupera à faire vos
malles. Nous partons pour ma terre, où nous resterons
jusqu'à ce que nous puissions reparaître ici sans conséquence pour vous et pour moi... »

Ils passèrent presque trois ans absents de la capitale.

JACQUES

Et je gagerais bien que ces trois ans s'écoulèrent
comme un jour, et que le marquis des Arcis fut un

des meilleurs maris et eut une des meilleures femmes qu'il y eût au monde.

LE MAÎTRE

Je serais de moitié ; mais en vérité je ne sais pourquoi, car je n'ai point été satisfait de cette fille pendant tout le cours des menées de la dame de La Pommeraye et de sa mère. Pas un instant de crainte, pas le moindre signe d'incertitude, pas un remords ; je l'ai vue se prêter, sans aucune répugnance, à cette longue horreur. Tout ce qu'on a voulu d'elle, elle n'a jamais hésité à le faire, elle va à confesse, elle communie ; elle joue la religion et ses ministres. Elle m'a semblé aussi fausse, aussi méprisable, aussi méchante que les deux autres... Notre hôtesse, vous narrez assez bien ; mais vous n'êtes pas encore profonde dans l'art dramatique. Si vous vouliez que cette jeune fille intéressât, il fallait lui donner de la franchise, et nous la montrer victime innocente et forcée de sa mère et de La Pommeraye ; il fallait que les traitements les plus cruels l'entraînassent malgré qu'elle en eût, à concourir à une suite de forfaits continus pendant une année ; il fallait préparer ainsi le raccommodement de cette femme avec son mari. Quand on introduit un personnage sur la scène, il faut que son rôle soit un : or je vous demanderai, notre charmante hôtesse, si la fille qui complote avec deux scélérates est bien la femme suppliante que nous avons vue aux pieds de son mari ? Vous avez péché contre les règles d'Aristote, d'Horace, de Vida et de Le Bossu [1].

1. Le Bossu, auteur d'un *Traité du Poëme épique,* tient ici le rang auquel un goût éclairé a élevé Boileau. Les quatre poé-

L'HÔTESSE

Je ne connais ni bossu ni droit : je vous ai dit la chose comme elle s'est passée, sans en rien omettre, sans y rien ajouter. Et qui sait ce qui se passait au fond du cœur de cette jeune fille, et si, dans les moments où elle nous paraissait agir le plus lestement, elle n'était pas secrètement dévorée de chagrin?

JACQUES

Notre hôtesse, pour cette fois, il faut que je sois de l'avis de mon maître qui me le pardonnera, car cela m'arrive si rarement; de son Bossu, que je ne connais point; et de ces autres messieurs qu'il a cités, et que je ne connais pas davantage. Si Mlle Duquênoi, ci-devant la d'Aisnon, avait été une jolie enfant, il y aurait paru.

L'HÔTESSE

Jolie enfant ou non, tant y a que c'est une excellente femme; que son mari est avec elle content comme un roi, et qu'il ne la troquerait pas contre une autre.

LE MAÎTRE

Je l'en félicite : il a été plus heureux que sage.

L'HÔTESSE

Et moi, je vous souhaite une bonne nuit. Il est tard, et il faut que je sois la dernière couchée et la première levée. Quel maudit métier! Bonsoir, Messieurs, bonsoir. Je vous avais promis, je ne sais plus à propos de quoi, l'histoire d'un mariage saugrenu, et je crois vous

tiques sont d'Aristote, Horace, Vida et Despréaux ; l'abbé Batteux en a donné, en 1771, une édition en 2 vol. in-8°. (BR.)

avoir tenu parole. Monsieur Jacques, je crois que vous n'aurez pas de peine à vous endormir ; car vos yeux sont plus d'à demi fermés. Bonsoir, monsieur Jacques.

LE MAÎTRE

Eh bien, notre hôtesse, il n'y a donc pas moyen de savoir vos aventures ?

L'HÔTESSE

Non.

JACQUES

Vous avez un furieux goût pour les contes !

LE MAÎTRE

Il est vrai ; ils m'instruisent et m'amusent. Un bon conteur est un homme rare.

JACQUES

Et voilà tout juste pourquoi je n'aime pas les contes, à moins que je ne les fasse.

LE MAÎTRE

Tu aimes mieux parler mal que te taire.

JACQUES

Il est vrai.

LE MAÎTRE

Et moi, j'aime mieux entendre mal parler que de ne rien entendre.

JACQUES

Cela nous met tous deux fort à notre aise.

Je ne sais où l'hôtesse, Jacques et son maître avaient mis leur esprit, pour n'avoir pas trouvé une seule des

choses qu'il y avait à dire en faveur de Mlle Duquênoi.
Est-ce que cette fille comprit rien aux artifices de la
dame de La Pommeraye, avant le dénouement ? Est-ce
qu'elle n'aurait pas mieux aimé accepter les offres que
la main du marquis, et l'avoir pour amant que pour
époux ? Est-ce qu'elle n'était pas continuellement sous
les menaces et le despotisme de la marquise ? Peut-on
la blâmer de son horrible aversion pour un état infâme ? et si l'on prend le parti de l'en estimer davantage, peut-on exiger d'elle bien de la délicatesse, bien
du scrupule dans le choix des moyens de s'en tirer !

Et vous croyez, lecteur, que l'apologie de Mme de La
Pommeraye est plus difficile à faire ! Il vous aurait été
peut-être plus agréable d'entendre là-dessus Jacques et
son maître ; mais ils avaient à parler de tant d'autres
choses plus intéressantes qu'ils auraient vraisembla-
blement négligé celle-ci. Permettez donc que je m'en
occupe un moment.

Vous entrez en fureur au nom de Mme de La Pommeraye, et vous vous écriez : « Ah ! la femme horrible !
ah ! l'hypocrite ! ah ! la scélérate !... » Point d'exclamation, point de courroux, point de partialité : raison-
nons. Il se fait tous les jours des actions plus noires,
sans aucun génie. Vous pouvez haïr ; vous pouvez
redouter Mme de La Pommeraye ; mais vous ne la mé-
priserez pas. Sa vengeance est atroce ; mais elle n'est
souillée d'aucun motif d'intérêt. On ne vous a pas dit
qu'elle avait jeté au nez du marquis le beau diamant
dont il lui avait fait présent ; mais elle le fit ; je le sais
par les voies les plus sûres. Il ne s'agit ni d'augmenter
sa fortune, ni d'acquérir quelques titres d'honneur.
Quoi ! si cette femme en avait fait autant, pour obtenir
à un mari la récompense de ses services ; si elle s'était

prostituée à un ministre ou même à un premier commis,
pour un cordon ou pour une colonelle ; au dépositaire
de la feuille des Bénéfices, pour une riche abbaye, cela
vous paraîtrait tout simple, l'usage serait pour vous ; et
lorsqu'elle se venge d'une perfidie, vous vous révoltez
contre elle au lieu de voir que son ressentiment ne
vous indigne que parce que vous êtes incapable d'en
éprouver un aussi profond, ou que vous ne faites
presque aucun cas de la vertu des femmes. Avez-vous
un peu réfléchi sur les sacrifices que Mme de La Pommeraye avait faits au marquis ? Je ne vous dirai pas que
sa bourse lui avait été ouverte en toute occasion, et
que pendant plusieurs années il n'avait eu d'autre
maison, d'autre table que la sienne : cela vous ferait
hocher de la tête ; mais elle s'était assujettie à toutes
ses fantaisies, à tous ses goûts, pour lui plaire, elle
avait renversé le plan de sa vie. Elle jouissait de la
plus haute considération dans le monde par la pureté
de ses mœurs ; et elle s'était rabaissée sur la ligne
commune. On dit d'elle, lorsqu'elle eut agréé l'hommage du marquis des Arcis : Enfin cette merveilleuse
Mme de La Pommeraye s'est donc faite comme une
d'entre nous... Elle avait remarqué autour d'elle les
souris ironiques ; elle avait entendu les plaisanteries,
et souvent elle en avait rougi et baissé les yeux ; elle
avait avalé tout le calice de l'amertume préparé aux
femmes dont la conduite réglée à fait trop longtemps
la satire des mauvaises mœurs de celles qui les entourent ; elle avait supporté tout l'éclat scandaleux par
lequel on se venge des imprudentes [1] bégueules qui

---

[1]. L'édition Brière met *impudentes*, en faisant remarquer
qu'on lit *imprudentes* dans toutes les éditions. La copie que nous
avons suivie porte bien *imprudentes*. Et il nous semble très

affichent de l'honnêteté. Elle était vaine; et elle serait
morte de douleur plutôt que de promener dans le
monde, après la honte de la vertu abandonnée, le
ridicule d'une délaissée. Elle touchait au moment où
la perte d'un amant ne se répare plus. Tel était son
caractère, que cet événement la condamnait à l'ennui
et à la solitude. Un homme en poignarde un autre
pour un geste, pour un démenti, et il ne sera pas
permis à une honnête femme perdue, déshonorée,
trahie, de jeter le traître entre les bras d'une courtisane? Ah! lecteur, vous êtes bien léger dans vos
éloges, et bien sévère dans votre blâme. Mais, me
direz-vous, c'est plus encore la manière que la chose
que je reproche à la marquise. Je ne me fais pas à un
ressentiment d'une si longue tenue; à un tissu de fourberies, de mensonges, qui dure près d'un an. Ni moi
non plus, ni Jacques, ni son maître, ni l'hôtesse. Mais,
vous pardonnez tout à un premier mouvement; et je
vous dirai que, si le premier mouvement des autres
est court, celui de Mme de La Pommeraye et des femmes
de son caractère est long. Leur âme reste quelquefois
toute leur vie comme au premier moment de l'injure;
et quel inconvénient, quelle injustice y a-t-il à cela? Je
n'y vois que des trahisons moins communes; et j'ap-
prouverais fort une loi qui condamnerait aux cour-
tisanes celui qui aurait séduit et abandonné une
honnête femme: l'homme commun aux femmes communes.

Tandis que je disserte, le maître de Jacques ronfle

naturel de lire ainsi. Le monde n'a pas à se venger des bégueules
impudentes ou non, mais de celles qui sont assez *imprudentes*
pour donner prise à la revanche.

comme s'il m'avait écouté ; et Jacques, à qui les muscles
des jambes refusaient le service, rôde dans la chambre,
en chemise et pieds nus, culbute tout ce qu'il rencontre
et réveille son maître qui lui dit d'entre ses rideaux :
« Jacques, tu es ivre.

— Ou peut s'en faut.

— A quelle heure as-tu résolu de te coucher ?

— Tout à l'heure, Monsieur, c'est qu'il y a... c'est
qu'il y a...

— Qu'est-ce qu'il y a ?

— Dans cette bouteille un reste qui s'éventerait. J'ai
en horreur les bouteilles en vidange ; cela me revien-
drait en tête quand je serais couché ; et il n'en faudrait
pas davantage pour m'empêcher de fermer l'œil. Notre
hôtesse est, par ma foi, une excellente femme, et son
vin de Champagne un excellent vin ; ce serait dommage de le laisser éventer... Le voilà bientôt à couvert... et il ne s'éventera plus... »

Et tout en balbutiant, Jacques, en chemise et pieds
nus, avait sablé deux ou trois rasades sans ponctua-
tion, comme il s'exprimait, c'est-à-dire de la bouteille
au verre, du verre à la bouche. Il y a deux versions sur
ce qui suivit après qu'il eut éteint les lumières. Les uns
prétendent qu'il se mit à tâtonner le long des murs
sans pouvoir retrouver son lit, et qu'il disait : « Ma foi,
il n'y est plus, ou, s'il y est, il est écrit là-haut que je
ne le retrouverai pas ; dans l'un et l'autre cas, il faut
s'en passer ; » et qu'il prit le parti de s'étendre sur des
chaises. D'autres, qu'il était écrit là-haut qu'il s'embar-
rasserait les pieds dans les chaises, qu'il tomberait sur
le carreau et qu'il y resterait. De ces deux versions,
demain, après-demain, vous choisirez, à tête reposée,
celle qui vous conviendra le mieux.

Nos deux voyageurs, qui s'étaient couchés tard et la
tête un peu de chaude de vin, dormirent la grasse matinée ; Jacques à terre ou sur des chaises, selon la ver-
sion que vous aurez préférée ; son maître plus à son
aise dans son lit. L'hôtesse monta et leur annonça que
la journée ne serait pas belle ; mais que, quand le temps
leur permettrait de continuer leur route, ils risque-
raient leur vie ou seraient arrêtés par le gonflement
des eaux du ruisseau qu'ils auraient à traverser ; et que
plusieurs hommes de cheval, qui n'avaient pas voulu
l'en croire, avaient été forcés de rebrousser chemin.
Le maître dit à Jacques : « Jacques, que ferons-nous ? »
Jacques répondit : « Nous déjeunerons d'abord avec
notre hôtesse : ce qui nous avisera. » L'hôtesse jura
que c'était sagement pensé. On servit à déjeuner. L'hôtesse ne demandait pas mieux que d'être gaie ; le maître
de Jacques s'y serait prêté ; mais Jacques commençait
à souffrir ; il mangea de mauvaise grâce, il but peu,
il se tut. Ce dernier symptôme était surtout fâcheux :
c'était la suite de la mauvaise nuit qu'il avait passée et
du mauvais lit qu'il avait eu. Il se plaignait de douleurs
dans les membres ; sa voix rauque annonçait un mal
de gorge. Son maître lui conseilla de se coucher : il
n'en voulut rien faire. L'hôtesse lui proposait une soupe à
l'oignon. Il demanda qu'on lui fît du feu dans la chambre,
car il ressentait du frisson ; qu'on lui préparât de
la tisane et qu'on lui apportât une bouteille de vin
blanc : ce qui fut exécuté sur-le-champ. Voilà l'hôtesse
partie et Jacques en tête-à-tête avec son maître. Celui-
ci allait à la fenêtre, disait : « Quel diable de temps ! »
regardait à sa montre (car c'était la seule en qui il eût
confiance) quelle heure il était, prenait sa prise de tabac, recommençait la même chose d'heure en heure,

s'écriant à chaque fois : « Quel diable de temps ! » se
tournant vers Jacques et ajoutant : « La belle occasion.
pour reprendre et achever l'histoire de tes amours !
mais on parle mal d'amour et d'autre chose quand on
souffre. Vois, tâte-toi, si tu peux continuer, continue ;
sinon bois ta tisane et dors. »

Jacques prétendit que le silence lui était malsain ;
qu'il était un animal jaseur ; et que le principal avantage de sa condition, celui qui le touchait le plus, c'était
la liberté de se dédommager des douze années de bâillon qu'il avait passées chez son grand-père, à qui Dieu
fasse miséricorde.

LE MAÎTRE

Parle donc, puisque cela nous fait plaisir à tous deux.
Tu en étais à je ne sais quelle proposition malhonnête
de la femme du chirurgien ; il s'agissait, je crois, d'ex-
pulser celui qui servait au château et d'y installer son
mari.

JACQUES

M'y voilà ; mais un moment, s'il vous plaît. Humec-
tons.

Jacques remplit un grand gobelet de tisane, y versa
un peu de vin blanc et l'avala. C'était une recette qu'il
tenait de son capitaine et que M. Tissot, qui la tenait
de Jacques, recommande dans son traité des maladies
populaires[1]. Le vin blanc, disaient Jacques et M. Tissot,
fait pisser, est diurétique, corrige la fadeur de la tisane

---

1. Tissot, médecin suisse, né en 1727, mourut à Lausanne le
15 juin 1797. Le livre auquel Diderot fait allusion est l'*Avis au
peuple sur sa santé* (1761), qui a eu de nombreuses éditions.

et soutient le ton de l'estomac et des intestins. Son verre de tisane bu, Jacques continua :

Me voilà sorti de la maison du chirurgien, monté dans la voiture, arrivé au château et entouré de tous ceux qui l'habitaient.

LE MAÎTRE

Est-ce que tu y étais connu ?

JACQUES

Assurément ! vous rappelleriez-vous une certaine femme à la cruche d'huile ?

LE MAÎTRE

Fort bien !

JACQUES

Cette femme était la commissionnaire de l'intendant et des domestiques. Jeanne avait prôné dans le château l'acte de commisération que j'avais exercé envers elle ; ma bonne œuvre était parvenue aux oreilles du maître ; on ne lui avait pas laissé ignorer les coups de pied et de poing dont elle avait été récompensée la nuit sur le grand chemin. Il avait ordonné qu'on me découvrît et qu'on me transportât chez lui. M'y voilà. On me regarde ; on m'interroge, on m'admire. Jeanne m'embrassait et me remerciait. « Qu'on le loge commodément, disait le maître à ses gens, et qu'on ne le laisse manquer de rien ; » au chirurgien de la maison : « Vous le visiterez assidûment... » Tout fut exécuté de point en point. Eh bien ! mon maître, qui sait ce qui est écrit là-haut ? Qu'on dise à présent que c'est bien

ou mal fait de donner son argent; que c'est un malheur
d'être assommé... Sans ces deux événements, M. Desglands n'aurait jamais entendu parler de Jacques.

LE MAÎTRE

M. Desglands, seigneur de Miremont ! C'est au château de Miremont que tu es ? chez mon vieil ami, le
père de M. Desforges, l'intendant de la province ?

JACQUES

Tout juste. Et la jeune brune à la taille légère, aux
yeux noirs...

LE MAÎTRE

Est Denise, la fille de Jeanne ?

JACQUES

Elle-même.

LE MAÎTRE

Tu as raison, c'est une des plus belles et des plus
honnêtes créatures qu'il y ait à vingt lieues à la ronde.
Moi et la plupart de ceux qui fréquentaient le château
de Desglands avaient tout mis en œuvre inutilement
pour la séduire ; et il n'y en avait pas un de nous qui
n'eût fait de grandes sottises pour elle, à condition d'en
faire une petite pour lui.

Jacques cessant ici de parler, son maître lui dit : « A
quoi penses-tu ? Que fais-tu ? »

JACQUES

Je fais ma prière.

LE MAÎTRE

Est-ce que tu pries ?

JACQUES

Quelquefois.

LE MAÎTRE

Et que dis-tu ?

JACQUES

Je dis : « Toi qui as fait le grand rouleau, quel que
« tu sois, et dont le doigt a tracé toute l'écriture qui est
« là-haut, tu as su de tous les temps ce qu'il me fallait ;
« que ta volonté soit faite. Amen. »

LE MAÎTRE

Est-ce que tu ne ferais pas aussi bien de te taire ?

JACQUES

Peut-être que oui, peut-être que non. Je prie à tout
hasard ; et quoi qu'il m'advînt, je ne m'en réjouirais ni
ne m'en plaindrais, si je me possédais ; mais c'est que
je suis inconséquent et violent, que j'oublie mes principes ou les leçons de mon capitaine et que je ris et
pleure comme un sot.

LE MAÎTRE

Est-ce que ton capitaine ne pleurait point, ne riait
jamais ?

JACQUES

Rarement... Jeanne m'amena sa fille un matin ; et
s'adressant d'abord à moi, elle me dit : « Monsieur,
vous voilà dans un beau château, où vous serez un peu
mieux que chez votre chirurgien. Dans les commence-
ments surtout, oh ! vous serez soigné à ravir ; mais je
connais les domestiques, il y a assez longtemps que je

le suis ; peu à peu leur beau zèle se ralentira. Les
maîtres ne penseront plus à vous ; et si votre maladie
dure, vous serez oublié, mais si parfaitement oublié,
que s'il vous prenait fantaisie de mourir de faim, cela
vous réussirait... » Puis se tournant vers sa fille :
« Ecoute, Denise, lui dit-elle, je veux que tu visites cet
honnête homme-là quatre fois par jour : le matin, à
l'heure du dîner, à cinq heures et à l'heure du souper.
Je veux que tu lui obéisses comme à moi. Voilà qui est
dit, et n'y manque pas. »

LE MAÎTRE

Sais-tu ce qui lui est arrivé à ce pauvre Desglands ?

JACQUES

Non, Monsieur ; mais si les souhaits que j'ai faits
pour sa prospérité n'ont pas été remplis, ce n'est pas
faute d'avoir été sincères. C'est lui qui me donna au
commandeur de La Boulaye, qui périt en passant à
Malte ; c'est le commandeur de La Boulaye qui me
donna à son frère aîné le capitaine, qui est peut-être
mort à présent de la fistule ; c'est ce capitaine qui me
donna à son frère le plus jeune, l'avocat général de
Toulouse, qui devint fou, et que la famille fit enfermer.
C'est M. Pascal, avocat général de Toulouse, qui me
donna au comte de Tourville, qui aima mieux laisser
croître sa barbe sous un habit de capucin que d'exposer sa vie ; c'est le comte de Tourville qui me donna à
la marquise du Belloy, qui s'est sauvée à Londres avec
un étranger ; c'est la marquise du Belloy qui me donna
à un de ses cousins, qui s'est ruiné avec les femmes et
qui a passé aux îles ; c'est ce cousin-là qui me recommanda à un M. Hérissant, usurier de profession, qui

faisait valoir l'argent de M. de Rusai, docteur de Sorbonne, qui me fit entrer chez Mlle Isselin, que vous entreteniez, et qui me plaça chez vous, à qui je devrai un morceau de pain sur mes vieux jours, car vous me l'avez promis si je vous restais attaché ; et il n'y a pas d'apparence que nous nous séparions, Jacques a été fait pour vous, et vous fûtes fait pour Jacques.

LE MAÎTRE

Mais, Jacques, tu as parcouru bien des maisons en assez peu de temps.

JACQUES

Il est vrai ; on m'a renvoyé quelquefois.

LE MAÎTRE

Pourquoi?

JACQUES

C'est que je suis né bavard, et que tous ces gens-là voulaient qu'on se tût. Ce n'était pas comme vous, qui me remercieriez demain si je me taisais. J'avais tout juste le vice qui vous convenait. Mais qu'est-ce donc qui est arrivé à M. Desglands? dites-moi cela tandis que je m'apprêterai un coup de tisane.

LE MAÎTRE

Tu as demeuré dans son château et tu n'as jamais entendu parler de son emplâtre?

JACQUES

Non.

LE MAÎTRE

Cette aventure-là sera pour la route ; l'autre est courte. Il avait fait sa fortune au jeu. Il s'attacha à une

femme que tu auras pu voir dans son château, femme
d'esprit, mais sérieuse, taciturne, originale et dure.
Cette femme lui dit un jour : « Ou vous m'aimez mieux
que le jeu, et en ce cas donnez-moi votre parole d'honneur que vous ne jouerez jamais ; ou vous aimez mieux
le jeu que moi, et en ce cas ne me parlez plus de votre
passion, et jouez tant qu'il vous plaira... » Desglands
donna sa parole d'honneur qu'il ne jouerait plus. —
« Ni gros ni petit jeu? — Ni gros ni petit jeu. » Il y
avait environ dix ans qu'ils vivaient ensemble dans le
château que tu connais, lorsque Desglands, appelé à la
ville par une affaire d'intérêt, eut le malheur de rencontrer chez son notaire une de ses anciennes connaissances de brelan, qui l'entraîna à dîner dans un tripot,
où il perdit en une seule séance tout ce qu'il possédait.
Sa maîtresse fut inflexible ; elle était riche ; elle fit à
Desglands une pension modique et se sépara de lui
pour toujours.

JACQUES

J'en suis fâché, c'était un galant homme.

LE MAÎTRE

[Comment va la gorge ?

JACQUES

Mal.

LE MAÎTRE

C'est que tu parles trop, et que tu ne bois pas assez.

JACQUES

C'est que je n'aime pas la tisane, et que j'aime à
parler[1].]

1. Le passage renfermé entre deux crochets ne se trouve pas
dans l'édition originale. (Br.) — Il manque en effet à la copie
et il nous paraît d'ailleurs assez peu motivé.

LE MAÎTRE

Eh bien! Jacques, te voilà chez Desglands, près de Denise, et Denise autorisée par sa mère à te faire au moins quatre visites par jour. La coquine! préférer un Jacques!

JACQUES

Un Jacques! un Jacques, Monsieur, est un homme comme un autre.

LE MAÎTRE

Jacques, tu te trompes, un Jacques n'est point un homme comme un autre.

JACQUES

C'est quelquefois mieux qu'un autre.

LE MAÎTRE

Jacques, vous vous oubliez. Reprenez l'histoire de vos amours, et souvenez-vous que vous n'êtes et que vous ne serez jamais qu'un Jacques.

JACQUES

Si, dans la chaumière où nous trouvâmes les coquins, Jacques n'avait pas valu un peu mieux que son maître...

LE MAÎTRE

Jacques, vous êtes un insolent : vous abusez de ma bonté. Si j'ai fait la sottise de vous tirer de votre place, je saurai bien vous y remettre. Jacques, prenez votre bouteille et votre coquemar, et descendez là-bas.

JACQUES

Cela vous plaît à dire, Monsieur; je me trouve bien ici, et je ne descendrai pas là-bas.

LE MAÎTRE

Je te dis que tu descendras.

JACQUES

Je suis sûr que vous ne dites pas vrai. Comment, Monsieur, après m'avoir accoutumé pendant dix ans à vivre de pair à compagnon...

LE MAÎTRE

Il me plaît que cela cesse.

JACQUES

Après avoir souffert toutes mes impertinences...

LE MAÎTRE

Je n'en veux plus souffrir.

JACQUES

Après m'avoir fait asseoir à table à côté de vous, m'avoir appelé votre ami...

LE MAÎTRE

Vous ne savez pas ce que c'est que le nom d'ami donné par un supérieur à son subalterne.

JACQUES

Quand on sait que tous vos ordres ne sont que des clous à soufflet, s'ils n'ont été ratifiés par Jacques; après avoir si bien accolé votre nom au mien, que l'un ne va jamais sans l'autre, et que tout le monde dit Jacques et son maître; tout à coup il vous plaira de les séparer! Non, Monsieur, cela ne sera pas. Il est écrit là-haut que tant que Jacques vivra, que tant que son maître vivra, et même après qu'ils seront morts tous deux, on dira Jacques et son maître.

LE MAÎTRE

Et je dis, Jacques, que vous descendrez, et que vous descendrez sur-le-champ, parce que je vous l'ordonne.

JACQUES

Monsieur, commandez-moi toute autre chose, si vous voulez que je vous obéisse.

Ici le maître de Jacques se leva, le prit à la boutonnière, et lui dit gravement :

« Descendez. »

Jacques lui répondit froidement :

« Je ne descends pas. »

Le maître le secouant fortement, lui dit :

« Descendez, maroufle ! obéissez-moi. »

Jacques lui répliqua froidement encore :

« Maroufle tant qu'il vous plaira ; mais le maroufle ne descendra pas. Tenez, Monsieur, ce que j'ai à la tête, comme on dit, je ne l'ai pas au talon. Vous vous échauffez inutilement. Jacques restera où il est, et ne descendra pas. »

Et puis Jacques et son maître, après s'être modérés jusqu'à ce moment, s'échappent tous les deux à la fois et se mettent à crier à tue-tête :

« Tu descendras.

— Je ne descendrai pas.

— Tu descendras.

— Je ne descendrai pas. »

A ce bruit, l'hôtesse monta, et s'informa de ce que c'était ; mais ce ne fut pas dans le premier instant qu'on lui répondit ; on continua à crier : « Tu descendras. — Je ne descendrai pas. » Ensuite le maître, le cœur gros, se promenant dans la chambre, disait en grom-

melant : « A-t-on jamais rien vu de pareil ? » L'hôtesse
ébahie et debout : « Eh bien! Messieurs, de quoi
s'agit-il ? »

Jacques, sans s'émouvoir, à l'hôtesse : « C'est mon
maître à qui la tête tourne ; il est fou. »

LE MAÎTRE

C'est bête que tu veux dire.

JACQUES

Tout comme il vous plaira.

LE MAÎTRE, à l'hôtesse.

L'avez-vous entendu ?

L'HÔTESSE

Il a tort ; mais la paix, la paix ; parlez l'un ou l'autre,
et que je sache ce dont il s'agit.

LE MAÎTRE, à Jacques.

Parle, maroufle.

JACQUES, à son maître.

Parlez vous-même.

L'HÔTESSE, à Jacques.

Allons, monsieur Jacques, parlez, votre maître vous
l'ordonne : après tout, un maître est un maître...

Jacques expliqua la chose à l'hôtesse. L'hôtesse,
après avoir entendu, leur dit : « Messieurs, voulez-
vous m'accepter pour arbitre ? »

JACQUES ET SON MAÎTRE, tous les deux à la fois.

Très volontiers, très volontiers, notre hôtesse.

L'HÔTESSE

Et vous vous engagez d'honneur à exécuter ma sentence?

JACQUES ET SON MAÎTRE

D'honneur, d'honneur...

Alors l'hôtesse, s'asseyant sur la table, et prenant le ton et le maintien d'un grave magistrat, dit :

« Ouï la déclaration de monsieur Jacques, et d'après
« des faits tendant à prouver que son maître est un
« bon, un très bon, un trop bon maître ; et que Jacques
« n'est point un mauvais serviteur, quoiqu'un peu
« sujet à confondre la possession absolue et inamovible
« avec la concession passagère et gratuite, j'annule
« l'égalité qui s'est établie entre eux par laps de
« temps, et la récrée sur-le-champ. Jacques descendra,
« et quand il aura descendu, il remontera : il rentrera
« dans toutes les prérogatives dont il a joui jusqu'à ce
« jour. Son maître lui tendra la main, et lui dira
« d'amitié : « Bonjour, Jacques, je suis bien aise de
« vous revoir... » Jacques lui répondra : « Et moi,
« Monsieur, je suis enchanté de vous retrouver... » Et
« je défends qu'il soit jamais question entre eux de
« cette affaire, et que la prérogative de maître et de
« serviteur soit agitée à l'avenir. Voulons que l'un or-
« donne et que l'autre obéisse, chacun de son mieux ;
« et qu'il soit laissé, entre ce que l'un peut et ce que
« l'autre doit, la même obscurité que ci-devant. »

En achevant ce prononcé, qu'elle avait pillé dans quelque ouvrage du temps, publié à l'occasion d'une querelle toute pareille, et où l'on avait entendu, de l'une des extrémités du royaume à l'autre, le maître

crier à son serviteur : « Tu descendras! » et le serviteur crier de son côté : « Je ne descendrai pas! » allons,
dit-elle à Jacques, vous, donnez-moi le bras, sans par-
lementer davantage...

Jacques s'écria douloureusement : « Il était donc
écrit là-haut que je descendrais ! »

L'HÔTESSE, à Jacques.

Il était écrit là-haut qu'au moment où l'on prend
maître, on descendra, on montera, on avancera, on
reculera, on restera, et cela sans qu'il soit jamais libre
aux pieds de se refuser aux ordres de la tête. Qu'on
me donne le bras, et que mon ordre s'accomplisse...

Jacques donna le bras à l'hôtesse; mais à peine
eurent-ils passé le seuil de la chambre que le maître
se précipita sur Jacques, et l'embrassa; quitta Jacques
pour embrasser l'hôtesse; et les embrassant l'un et
l'autre, il disait : « Il est écrit là-haut que je ne me
déferai jamais de cet original-là, et que tant que je
vivrai il sera mon maître et que je serai son serviteur... » L'hôtesse ajouta : « Et qu'à vue de pays, vous
ne vous en trouverez pas plus mal tous deux. »

L'hôtesse, après avoir apaisé cette querelle qu'elle
prit pour la première, et qui n'était pas la centième
de la même espèce, et réinstallé Jacques à sa place,
s'en alla à ses affaires, et le maître dit à Jacques : « A
présent que nous voilà de sang-froid et en état de
juger sainement, ne conviendras-tu pas?

JACQUES

Je conviendrai que quand on a donné sa parole
d'honneur, il faut la tenir; et puisque nous avons pro-

mis au juge sur notre parole d'honneur de ne pas revenir sur cette affaire, il n'en faut plus parler.

LE MAÎTRE

Tu as raison.

JACQUES

Mais, sans revenir sur cette affaire, ne pourrions-nous pas en prévenir cent autres par quelques arrangements raisonnables ?

LE MAÎTRE

J'y consens.

JACQUES

Stipulons : 1° qu'attendu qu'il est écrit là-haut que je vous suis essentiel, et que je sens, que je sais que vous ne pouvez vous passer de moi, j'abuserai de ces avantages toutes et quantes fois que l'occasion se présentera.

LE MAÎTRE

Mais, Jacques, on n'a jamais rien stipulé de pareil.

JACQUES

Stipulé ou non stipulé, cela s'est fait de tous les temps, se fait aujourd'hui et se fera tant que le monde durera. Croyez-vous que les autres n'aient pas cherché comme vous à se soustraire à ce décret et que vous serez plus habile qu'eux ? Défaites-vous de cette idée, et soumettez-vous à la loi d'un besoin dont il n'est pas en votre pouvoir de vous affranchir.

Stipulons : 2° qu'attendu qu'il est aussi impossible à Jacques de ne pas connaître son ascendant et sa force sur son maître, qu'à son maître de méconnaître sa faiblesse et se dépouiller de son indulgence, il faut que Jacques soit insolent, et que, pour la paix, son maître ne s'en aperçoive pas. Tout cela s'est arrangé à notre insu, tout cela fut scellé là-haut au moment où la nature fit Jacques et son maître. Il fut arrêté que vous auriez les titres, et que j'aurais la chose. Si vous vouliez vous opposer à la volonté de nature, vous n'y feriez que de l'eau claire.

LE MAÎTRE

Mais, à ce compte, ton lot vaudrait mieux que le mien.

JACQUES

Qui vous le dispute?

LE MAÎTRE

Mais, à ce compte, je n'ai qu'à prendre ta place et te mettre à la mienne.

JACQUES

Savez-vous ce qui arriverait? Vous y perdriez le titre, et vous n'auriez pas la chose. Restons comme nous sommes, nous sommes fort bien tous deux; et que le reste de notre vie soit employé à faire un proverbe.

LE MAÎTRE

Quel proverbe?

JACQUES

Jacques mène son maître. Nous serons les premiers dont on l'aura dit; mais on le répétera de mille autres qui valent mieux que vous et moi.

14*

LE MAÎTRE

Cela me semble dur, très dur.

JACQUES

Mon maître, mon cher maître, vous allez regimber contre un aiguillon qui n'en piquera que plus vivement. Voilà donc qui est convenu entre nous.

LE MAÎTRE

Et que fait notre consentement à une loi nécessaire?

JACQUES

Beaucoup. Croyez-vous qu'il soit inutile de savoir une bonne fois, nettement, clairement, à quoi s'en tenir? Toutes nos querelles ne sont venues jusqu'à présent que parce que nous ne nous étions pas encore bien dit, vous, que vous vous appelleriez mon maître, et que c'est moi qui serais le vôtre. Mais voilà qui est entendu et nous n'avons plus qu'à cheminer en conséquence.

LE MAÎTRE

Mais, où diable as-tu appris tout cela?

JACQUES

Dans le grand livre. Ah! mon maître, on a beau réfléchir, méditer, étudier dans tous les livres du monde, on n'est jamais qu'un petit clerc quand on n'a pas lu dans le grand livre...

L'après-dînée, le soleil s'éclaircit. Quelques voyageurs assurérent que le ruisseau était guéable. Jacques descendit; son maître paya l'hôtesse très largement. Voilà à la porte de l'auberge un assez grand nombre de passagers, que le mauvais temps y avait retenus, se préparant à continuer leur route; parmi ces passagers,

Jacques et son maître, l'homme au mariage saugrenu
et son compagnon. Les piétons ont pris leurs bâtons et
leurs bissacs ; d'autres s'arrangent dans leurs fourgons
ou leurs voitures ; les cavaliers sont sur leurs chevaux,
et boivent le vin de l'étrier. L'hôtesse affable tient une
bouteille à la main, présente des verres et les remplit,
sans oublier le sien ; on lui dit des choses obligeantes ;
elle y répond avec politesse et gaieté. On pique des
deux, on se salue et on s'éloigne.

Il arriva que Jacques et son maître, le marquis des
Arcis et son compagnon de voyage avaient la même
route à faire. De ces quatre personnages il n'y a que
ce dernier qui ne vous soit pas connu. Il avait à peine
atteint l'âge de vingt-deux ou de vingt-trois ans. Il
était d'une timidité qui se peignait sur son visage ; il
portait sa tête un peu penchée sur l'épaule gauche ; il
était silencieux, et n'avait presque aucun usage du
monde. S'il faisait la révérence, il inclinait la partie su-
périeure de son corps sans remuer ses jambes ; assis,
il avait le tic de prendre les basques de son habit, et
de les croiser sur ses cuisses ; de tenir les mains dans
les fentes et d'écouter ceux qui parlaient, les yeux
presque fermés. A cette allure singulière Jacques le dé-
chiffra ; et s'approchant de l'oreille de son maître, il
lui dit : « Je gage que ce jeune homme a porté l'habit
de moine.

— Et pourquoi cela, Jacques ?

— Vous verrez. »

Nos quatre voyageurs allèrent de compagnie, s'en-
tretenant de la pluie, du beau temps, de l'hôtesse, de
l'hôte, de la querelle du marquis des Arcis, au sujet de
Nicole. Cette chienne affamée et malpropre venait sans
cesse s'essuyer à ses bas ; après l'avoir inutilement

chassée plusieurs fois avec sa serviette, d'impatience il lui avait détaché un assez violent coup de pied... Et voilà tout de suite la conversation tournée sur cet attachement singulier des femmes pour les animaux. Chacun en dit son avis. Le maître de Jacques, s'adressant à Jacques, lui dit : « Et toi, Jacques, qu'en penses-tu ? »

Jacques demanda à son maître s'il n'avait pas remarqué que, quelle que fût la misère des petites gens, n'ayant pas de pain pour eux, ils avaient tous des chiens ; s'il n'avait pas remarqué que ces chiens, étant tous instruits à faire des tours, à marcher à deux pattes, à danser, à rapporter, à sauter pour le roi, pour la reine, à faire le mort, cette éducation les avait rendus les plus malheureuses bêtes du monde. D'où il conclut que tout homme voulait commander à un autre ; et que l'animal se trouvant dans la société immédiatement au-dessous de la classe des derniers citoyens commandés par toutes les autres classes, ils prenaient un animal pour commander aussi à quelqu'un. Et bien ! dit Jacques, chacun a son chien. Le ministre est le chien du roi, le premier commis est le chien du ministre, la femme est le chien du mari, ou le mari le chien de la femme ; Favori est le chien de celle-ci, et Thibaud est le chien de l'homme du coin. Lorsque mon maître me fait parler quand je voudrais me taire, ce qui, à la vérité m'arrive rarement, continua Jacques ; lorsqu'il me fait taire quand je voudrais parler, ce qui est très difficile ; lorsqu'il me demande l'histoire de mes amours, et que j'aimerais mieux causer d'autre chose ; lorsque j'ai commencé l'histoire de mes amours, et qu'il l'interrompt : que suis-je autre chose que son chien ? les hommes faibles sont les chiens des hommes fermes.

LE MAÎTRE

Mais, Jacques, cet attachement pour les animaux, je ne le remarque pas seulement dans les petites gens; je connais de grandes dames entourées d'une meute de chiens, sans compter les chats, les perroquets, les oiseaux.

JACQUES

C'est leur satire et celle de ce qui les entoure. Elles n'aiment personne; personne ne les aime; et elles jettent aux chiens un sentiment dont elles ne savent que faire.

LE MARQUIS DES ARCIS

Aimer les animaux ou jeter son cœur aux chiens, cela est singulièrement vu.

LE MAÎTRE

Ce qu'on donne à ces animaux-là suffirait à la nourriture de deux ou trois malheureux.

JACQUES

A présent en êtes-vous surpris?

LE MAÎTRE

Non.

Le marquis des Arcis tourna les yeux sur Jacques, sourit de ses idées; puis, s'adressant à son maître, il lui dit : « Vous avez là un serviteur qui n'est pas ordinaire. »

LE MAÎTRE

Un serviteur, vous avez bien de la bonté : c'est moi

qui suis le sien ; et peu s'en est fallu que ce matin,
pas plus tard, il ne me l'ait prouvé en forme.

Tout en causant, on arriva à la couchée, et l'on fit
chambrée commune. Le maître de Jacques et le marquis des Arcis soupèrent ensemble. Jacques et le jeune
homme furent servis à part. Le maître ébaucha en
quatre mots au marquis l'histoire de Jacques et son
tour de tête fataliste. Le marquis parla du jeune homme
qui le suivait. Il avait été prémontré. Il était sorti de
sa maison par une aventure bizarre; des amis le lui
avaient recommandé ; et il en avait fait son secrétaire
en attendant mieux. Le maître de Jacques dit : « Cela est
plaisant. »

LE MARQUIS DES ARCIS

Et que trouvez-vous de plaisant à cela ?

LE MAÎTRE

Je parle de Jacques. A peine sommes-nous entrés
dans le logis que nous venons de quitter, que Jacques
m'a dit à voix basse : « Monsieur, regardez bien ce
jeune homme, je gagerais qu'il a été moine. »

LE MARQUIS

Il a rencontré juste, je ne sais sur quoi. Vous couchez-vous de bonne heure?

LE MAÎTRE

Non, pas ordinairement; et ce soir j'en suis d'autant
moins pressé que nous n'avons fait que demi-journée.

LE MARQUIS DES ARCIS

Si vous n'avez rien qui vous occupe plus utilement

ou plus agréablement, je vous raconterai l'histoire
de mon secrétaire ; elle n'est pas commune.

LE MAÎTRE

Je l'écouterai volontiers.

Je vous entends, lecteur : vous me dites : Et les
amours de Jacques ?... Croyez-vous que je n'en sois
pas aussi curieux que vous ? Avez-vous oublié que
Jacques aimait à parler, et surtout à parler de lui ; manie
générale des gens de son état : manie qui les tire de
leur abjection, qui les place dans la tribune, et qui les
transforme tout à coup en personnages intéressants ?
Quel est, à votre avis, le motif qui attire la populace
aux exécutions publiques ? L'inhumanité ? Vous vous
trompez : le peuple n'est point inhumain ; ce malheureux autour de l'échafaud duquel il s'attroupe, il l'ar-
racherait des mains de la justice s'il le pouvait. Il va
chercher en Grève une scène qu'il puisse raconter à
son retour dans le faubourg ; celle-là ou une autre, cela
lui est indifférent, pourvu qu'il fasse un rôle, qu'il ras-
semble ses voisins, et qu'il s'en fasse écouter. Donnez
au boulevard une fête amusante ; et vous verrez que la
place des exécutions sera vide. Le peuple est avide de
spectacles, et y court, parce qu'il est amusé quand il
en jouit, et qu'il est encore amusé par le récit qu'il en
fait quand il en est revenu. Le peuple est terrible dans
sa fureur ; mais elle ne dure pas. Sa misère propre l'a
rendu compatissant ; il détourne les yeux du spectacle
d'horreur qu'il est allé chercher ; il s'attendrit, il s'en
retourne en pleurant... Tout ce que je vous débite
là, lecteur, je le tiens de Jacques, je vous l'avoue,
parceque que je n'aime pas à me faire honneur de l'esprit
d'autrui. Jacques ne connaissait ni le nom de vice, ni

le nom de vertu ; il prétendait qu'on était heureusement ou malheureusement né. Quand il entendait
prononcer les mots récompenses ou châtiments, il
haussait les épaules. Selon lui la récompense était l'en-
couragement des bons ; le châtiment, l'effroi des méchants. Qu'est-ce autre chose, disait-il, s'il n'y a point
de liberté, et que notre destinée soit écrite là-haut ? Il
croyait qu'un homme s'acheminait aussi nécessairement à la gloire ou à l'ignominie qu'une boule qui
aurait la conscience d'elle-même suit la pente d'une
montagne ; et que, si l'enchaînement des causes et des
effets qui forment la vie d'un homme depuis le premier instant de sa naissance jusqu'à son dernier soupir nous était connu, nous resterions convaincus qu'il
n'a fait que ce qu'il était nécessaire de faire.

J'ai plusieurs fois contredit, mais sans avantage et
sans fruit. En effet, que répliquer à celui qui vous dit :
Quelle que soit la somme des éléments dont je suis
composé, je suis un ; or, une cause n'a qu'un effet ; j'ai
toujours été une cause une ; je n'ai donc jamais eu
qu'un effet à produire ; ma durée n'est donc qu'une
suite d'effets nécessaires. C'est ainsi que Jacques rai-
sonnait d'après son capitaine. La distinction d'un
monde physique et d'un monde moral lui semblait
vide de sens. Son capitaine lui avait fourré dans la
tête toutes ces opinions qu'il avait puisées, lui, dans
son Spinosa qu'il savait par cœur. D'après ce système,
on pourrait imaginer que Jacques ne se réjouissait,
ne s'affligeait de rien ; cela n'était pourtant pas vrai.
Il se conduisait à peu près comme vous et moi. Il remerciait son bienfaiteur, pour qu'il lui fît encore du
bien. Il se mettait en colère contre l'homme injuste ;
et quand on lui objectait qu'il ressemblait alors au

chien qui mord la pierre qui l'a frappé : « Nenni,
disait-il, la pierre mordue par le chien ne se corrige
pas ; l'homme injuste est modifié par le bâton. » Souvent il était inconséquent comme vous et moi, et sujet
à oublier ses principes, excepté dans quelques circonstances où sa philosophie le dominait évidemment ;
c'était alors qu'il disait : « Il fallait que cela fût, car
cela était écrit là-haut. » Il tâchait à prévenir le mal ;
il était prudent avec le plus grand mépris pour la prudence. Lorsque l'accident était arrivé, il en revenait à son
refrain ; et il était consolé. Du reste, bon homme, franc,
honnête, brave, attaché, fidèle, très têtu, encore plus
bavard, et affligé comme vous et moi d'avoir commencé
l'histoire de ses amours sans presque aucun espoir
de la finir. Ainsi je vous conseille, lecteur, de prendre
votre parti ; et au défaut des amours de Jacques, de vous
accommoder des aventures du secrétaire du marquis des
Arcis. D'ailleurs, je le vois, ce pauvre Jacques, le cou
entortillé d'un large mouchoir ; sa gourde, ci-devant
pleine de bon vin, ne contenant que de la tisane ; tous-
sant, jurant contre l'hôtesse qu'ils ont quittée, et contre
son vin de Champagne, ce qu'il ne ferait pas s'il se res-
souvenait que tout est écrit là-haut, même son rhume.

Et puis lecteur, toujours des contes d'amour, un,
deux, trois, quatre contes d'amour que je vous ai faits et
trois ou quatre autres contes d'amour qui vous reviennent encore : ce sont beaucoup de contes d'amour. Il
est vrai d'un autre côté que, puisqu'on écrit pour vous
il faut ou se passer de votre applaudissement, ou vous
servir à votre goût, et que vous l'avez bien décidé pour
les contes d'amour. Toutes vos nouvelles en vers ou
en prose sont des contes d'amour ; presque tous vos
poèmes, élégies, églogues, idylles, chansons, épîtres,

15

comédies, tragédies, opéras, sont des contes d'amour.
Presque toutes vos peintures et vos sculptures ne sont
que des contes d'amour. Vous êtes aux contes d'amour
pour toute nourriture depuis que vous existez, et vous ne
vous en lassez point. L'on vous tient à ce régime et l'on
vous y tiendra longtemps encore, hommes et femmes,
grands et petits enfants, sans que vous vous en las-
siez. En vérité cela est merveilleux. Je voudrais que
l'histoire du secrétaire du marquis des Arcis fût encore
un conte d'amour; mais j'ai peur qu'il n'en soit rien, et
que vous n'en soyez ennuyé. Tant pis pour le marquis
des Arcis, pour le maître de Jacques, pour vous, lecteur, et pour moi.

Il vient un moment où presque toutes les jeunes filles
et les jeunes garçons tombent dans la mélancolie; ils
sont tourmentés d'une inquiétude vague qui se promène sur tout, et qui ne trouve rien qui la calme. Ils
cherchent la solitude; ils pleurent; le silence des cloîtres
les touche; l'image de la paix qui semble régner
dans les maisons religieuses les séduit. Ils prennent
pour la voix de Dieu qui les appelle à lui les premiers
efforts d'un tempérament qui se développe; et c'est
précisément lorsque la nature les sollicite qu'ils embrassent un genre de vie contraire au vœu de la nature. L'erreur ne dure pas; l'expression de la nature
devient plus claire : on la reconnaît; et l'être séquestré
tombe dans les regrets, la langueur, les vapeurs, la
folie ou le désespoir... Tel fut le préambule du marquis des Arcis. Dégoûté du monde à l'âge de dix-sept
ans, Richard (c'est le nom de mon secrétaire) se sauva
de la maison paternelle et prit l'habit de prémontré [1].

---

1. Les Prémontrés doivent leur nom à un vallon où saint Norbert, fondateur de leur ordre, se retira en 1120. Ce ne fut qu'en

LE MAÎTRE

De prémontré ? Je lui en sais gré. Ils sont blancs comme des cygnes, et saint Norbert qui les fonda n'omit qu'une chose dans ses conditions...

LE MARQUIS DES ARCIS

D'assigner un vis-à-vis à chacun de ses religieux.

LE MAÎTRE

Si ce n'était pas l'usage des amours d'aller tout nus[1], ils se déguiseraient en prémontrés. Il règne dans cet ordre une politique singulière. On vous permet la duchesse, la marquise, la comtesse, la présidente, la conseillère, même la financière, mais point la bourgeoise : quelque jolie que soit la marchande, vous verrez rarement un prémontré dans une boutique.

LE MARQUIS DES ARCIS

C'est ce que Richard m'avait dit. Richard aurait fait ses vœux après deux ans de noviciat, si ses parents ne s'y étaient opposés. Son père exigea qu'il rentrerait dans la maison et que là il lui serait permis d'éprouver sa vocation, en observant toutes les règles de la vie monastique pendant une année ; traité qui fut fidèlement rempli de part et d'autre. L'année d'épreuve, sous les yeux de sa famille, écoulée, Richard demanda à faire ses vœux. Son père lui répondit : « Je vous ai

1584, quatre cent cinquante ans après la mort de Norbert, que le pape Grégoire XIII lui fit prendre place dans le catalogue des saints. (Br.)

1. Les Prémontrés portaient l'habit blanc, tout en laine, et point de linge. (Br.)

accordé une année pour prendre une dernière résolution, j'espère que vous ne m'en refuserez pas une pour
la même chose ; je consens seulement que vous alliez la
passer où il vous plaira [1]. En attendant la fin de ce
second délai, l'abbé de l'ordre se l'attacha. C'est dans
cet intervalle qu'il fut impliqué dans une des aventures
qui n'arrivent que dans les couvents. Il y avait alors à
la tête d'une des maisons de l'ordre un supérieur d'un
caractère extraordinaire : il s'appelait le père Hudson.
Le père Hudson avait la figure la plus intéressante : un
grand front, un visage ovale, un nez aquilin, de grands
yeux bleus, de belles joues larges, une belle bouche,
de belles dents, le souris le plus fin, une tête couverte
d'une forêt de cheveux blancs, qui ajoutaient la dignité
à l'intérêt de sa figure, de l'esprit, des connaissances,
de la gaieté, le maintien et le propos le plus honnête,
l'amour de l'ordre, celui du travail, mais les passions
les plus fougueuses, mais le goût le plus effréné des
plaisirs et des femmes, mais le génie de l'intrigue
porté au dernier point; mais les mœurs les plus disso-
lues, mais le despotisme le plus absolu dans sa maison.
Lorsqu'on lui en donna l'administration, elle était in-
fectée d'un jansénisme ignorant; les études s'y faisaient
mal, les affaires temporelles étaient en désordre, les
devoirs religieux y étaient tombés en désuétude les
offices divins s'y célébraient avec indécence, les loge-
ments superflus y étaient occupés par des pensionnaires dissolus. Le père Hudson convertit ou éloigna
les jansénistes, présida lui-même aux études, rétablit
le temporel, remit la règle en vigueur, expulsa les

---

1. Voir un fait analogue dans *la Religieuse*, t. V des *Œuvres
complètes de Diderot* (édition Assénat), p. 88.

pensionnaires scandaleux, introduisit dans la célébration des offices la régularité et la bienséance, et fit de sa communauté une des plus édifiantes. Mais cette austérité à laquelle il assujettissait les autres, lui s'en dispensait; ce joug de fer sous lequel il tenait ses subalternes, il n'était pas assez dupe pour le partager; aussi étaient-ils animés contre le père Hudson d'une fureur renfermée qui n'en était que plus violente et plus dangereuse. Chacun était son ennemi et son espion; chacun s'occupait, en secret, à percer les ténèbres de sa conduite; chacun tenait un état séparé de ses désordres cachés chacun avait résolu de le perdre; il ne faisait pas une démarche qui ne fût suivie; ses intrigues étaient à peine nouées qu'elles étaient connues.

L'abbé de l'ordre avait une maison attenante au monastère. Cette maison avait deux portes, l'une qui s'ouvrait dans la rue, l'autre dans le cloître; Hudson en avait forcé les serrures; l'abbatiale était devenue le réduit de ses scènes nocturnes, et le lit de l'abbé celui de ses plaisirs. C'était par la porte de la rue, lorsque la nuit était avancée, qu'il introduisait lui-même, dans les appartements de l'abbé, des femmes de toutes les conditions : c'était là qu'on faisait des soupers délicats. Hudson avait un confessionnal, et il avait corrompu toutes celles d'entre ses pénitentes qui en valaient la peine. Parmi ces pénitentes, il y avait une petite confiseuse qui faisait bruit dans le quartier, par sa coquetterie et ses charmes; Hudson, qui ne pouvait fréquenter chez elle, l'enferma dans son sérail. Cette espèce de rapt ne se fit pas sans donner des soupçons aux parents et à l'époux. Ils lui rendirent visite. Hudson les reçut avec un air consterné. Comme ces bonnes gens étaient en train de lui exposer leur chagrin, la cloche sonne;

c'était à six heures du soir : Hudson leur impose silence, ôte son chapeau, se lève, fait un grand signe de croix, et dit d'un ton affectueux et pénétré : *Angelus Domini nuntiavit Mariæ*... Et voilà le père de la confiseuse et ses frères honteux de leur soupçon, qui disaient, en descendant l'escalier, à l'époux : « Mon fils, vous êtes un sot... Mon frère, n'avez-vous point de honte? Un homme qui dit l'*Angelus*, un saint! »

Un soir, en hiver, qu'il s'en retournait à son couvent, il fut attaqué par une de ces créatures qui sollicitent les passants ; elle lui paraît jolie : il la suit ; à peine est-il entré, que le guet survient. Cette aventure en aurait perdu un autre ; mais Hudson était homme de tête, et cet accident lui concilia la bienveillance et la protection du magistrat de police. Conduit en sa présence, voici comme il lui parla : « Je m'appelle Hudson, je suis le supérieur de la maison. Quand j'y suis entré, tout était en désordre ; il n'y avait ni science, ni discipline, ni mœurs ; le spirituel y était négligé jusqu'au scandale ; le dégât du temporel y menaçait la maison d'une ruine prochaine. J'ai tout rétabli ; mais je suis homme, et j'ai mieux aimé m'adresser à une femme corrompue que de m'adresser à une honnête femme. Vous pouvez à présent disposer de moi comme il vous plaira... » Le magistrat lui recommanda d'être plus circonspect à l'avenir, lui promit le secret sur cette aventure, et lui témoigna le désir de le connaître plus intimement.

Cependant les ennemis dont il était environné avaient, chacun de leur côté, envoyé au général de l'ordre des mémoires, où ce qu'ils savaient de la mauvaise conduite d'Hudson était exposé. La confrontation de ces mémoires en augmentait la force. Le général

était janséniste, et par conséquent disposé à tirer vengeance de l'espèce de persécution qu'Hudson avait
exercée contre les adhérents à ses opinions. Il aurait
été enchanté d'étendre le reproche des mœurs cor-
rompues d'un seul défenseur de la bulle et de la morale
relâchée sur la secte entière. En conséquence, il remit
les différents mémoires des faits et gestes d'Hudson
entre les mains de deux commissaires qu'il dépêcha
secrètement, avec ordre de procéder à leur vérification
et de la constater juridiquement, leur enjoignant surtout de mettre à la conduite de cette affaire la plus
grande circonspection, le seul moyen d'accabler subitement le coupable, et de le soustraire à la protection
de la cour et du Mirepoix[1], aux yeux duquel le jansénisme était le plus grand de tous les crimes, et la soumission à la bulle *Unigenitus*, la première des vertus.
Richard, mon secrétaire, fut un des deux commissaires.

Voilà ces deux hommes partis du noviciat, installés
dans la maison d'Hudson, et procédant sourdement aux
informations. Ils eurent bientôt recueilli une liste de
plus de forfaits qu'il n'en fallait pour mettre cinquante
moines dans l'*in pace*. Leur séjour avait été long, mais
leur menée si adroite qu'il n'en était rien transpiré.
Hudson, tout fin qu'il était, touchait au moment de sa
perte, qu'il n'en avait pas le moindre soupçon. Cependant le peu d'attention de ces nouveaux venus à lui
faire la cour, le secret de leur voyage, leurs sorties
tantôt ensemble, tantôt séparés; leurs fréquentes confé-

.1. Boyer, évêque de Mirepoix, fut l'un des plus acharnés
ennemis des jansénistes. Il avait été précepteur du Dauphin,
père de Louis XV, et tenait depuis la mort de Fleury la feuille
des bénéfices, ce qui lui donnait une grande puissance.

rences avec les autres religieux, l'espèce de gens qu'ils
visitaient et dont ils étaient visités, lui causèrent
quelque inquiétude. Il les épia, il les fit épier; et
bientôt l'objet de leur mission fut évident pour lui. Il
ne se déconcerta point ; il s'occupa profondément
de la manière, non d'échapper à l'orage qui le menaçait,
mais de l'attirer sur la tête des deux commissaires; et
voici le parti très extraordinaire auquel il s'arrêta.

Il avait séduit une jeune fille qu'il tenait cachée dans
un petit logement du faubourg Saint-Médard. Il courut
chez elle, et lui tint le discours suivant : « Mon enfant,
tout est découvert, nous sommes perdus ; avant huit
jours vous serez renfermée, et j'ignore ce qu'il sera fait
de moi. Point de désespoir, point de cris; remettez-
vous de votre trouble. Ecoutez-moi, faites ce que je
vous dirai, faites-le bien, je me charge du reste. Demain
je pars pour la campagne. Pendant mon absence, allez
trouver deux religieux que je vais vous nommer (et il
lui nomma les deux commissaires). Demandez à leur
parler en secret. Seule avec eux, jetez-vous à leurs
genoux, implorez leur secours, implorez leur justice,
implorez leur médiation auprès du général, sur l'esprit
duquel vous savez qu'ils peuvent beaucoup; pleurez,
sanglotez, arrachez-vous les cheveux; et en pleurant,
sanglotant, vous arrachant les cheveux, racontez-leur
toute notre histoire, et la racontez de la manière la plus
propre à inspirer de la commisération pour vous, de
l'horreur contre moi.

— Comment, Monsieur, je leur dirai...

— Oui, vous leur direz qui vous êtes, à qui vous
appartenez, que je vous ai séduite au tribunal de la confession, enlevée d'entre les bras de vos parents, et
reléguée dans la maison où vous êtes. Dites qu'après

vous avoir ravi l'honneur et précipitée dans le crime, je
vous ai abandonnée à la misère; dites que vous ne savez
plus que devenir.

— Mais, Père...

— Exécutez ce que je vous prescris, et ce qui me
reste à vous prescrire, ou résolvez votre perte et la
mienne. Ces deux moines ne manqueront pas de vous
plaindre, de vous assurer de leur assistance, et de vous
demander un second rendez-vous que vous leur accor-
derez. Ils s'informeront de vous et de vos parents, et,
comme vous ne leur aurez rien dit qui ne soit vrai,
vous ne pouvez leur devenir suspecte. Après cette première et leur seconde entrevue, je vous prescrirai ce
que vous aurez à faire à la troisième. Songez seulement
à bien jouer votre rôle. »

Tout se passa comme Hudson l'avait imaginé. Il fit
un second voyage. Les deux commissaires en instrui-
sirent la jeune fille; elle revint dans la maison. Ils lui
redemandèrent le récit de sa malheureuse histoire.
Tandis qu'elle racontait à l'un, l'autre prenait des notes
sur ses tablettes. Ils gémirent sur son sort, l'instrui-
sirent de la désolation de ses parents, qui n'était que
trop réelle, et lui promirent sûreté pour sa personne, et
prompte vengeance de son séducteur; mais à la condition qu'elle signerait sa déclaration. Cette proposition
parut d'abord la révolter; on insista : elle consentit. Il
n'était plus question que du jour, de l'heure et de l'endroit où se dresserait cet acte, qui demandait du temps
et de la commodité... « Où nous sommes, cela ne se
peut; si le prieur revenait, et qu'il m'aperçût... Chez
moi, je n'oserais vous le proposer... » Cette fille et les
commissaires se séparèrent, s'accordant réciproquement du temps pour lever ces difficultés.

15*

Dès le même jour Hudson fut informé de ce qui s'était passé. Le voilà au comble de la joie ; il touche au moment de son triomphe ; bientôt il apprendra à ces blancs-becs-là à quel homme ils ont affaire. « Prenez la plume, dit-il à la jeune fille, et donnez-leur rendez-vous dans l'endroit que je vais vous indiquer. Ce rendez-vous leur conviendra, j'en suis sûr. La maison est honnête, et la femme qui l'occupe jouit, dans son voisinage, et parmi les autres locataires, de la meilleure réputation. »

Cette femme était cependant une de ces intrigantes secrètes qui jouent la dévotion, qui s'insinuent dans les meilleures maisons, qui ont le ton doux, affectueux, patelin, et qui surprennent la confiance des mères et des filles, pour les amener au désordre. C'était l'usage qu'Hudson faisait de celle-ci ; c'était sa marcheuse. Mit-il, ne mit-il pas l'intrigante dans son secret ? c'est ce que j'ignore.

En effet, les deux envoyés du général acceptent le rendez-vous. Les y voilà avec la jeune fille. L'intrigante se retire. On commençait à verbaliser, lorsqu'il se fait un grand bruit dans la maison.

« Messieurs, à qui en voulez-vous ?— Nous en voulons à la dame Simion. (C'était le nom de l'intrigante.) — Vous êtes à sa porte. »

On frappe violemment à la porte. « Messieurs, dit la jeune fille aux deux religieux, répondrai-je ?

— Répondez.

— Ouvrirai-je ?

— Ouvrez... »

Celui qui parlait ainsi était un commissaire avec lequel Hudson était en liaison intime ; car qui ne connaissait-il pas ? Il lui avait révélé son péril et

dicté son rôle. « Ah ! ah ! dit le commissaire en
entrant, deux religieux en tête-à-tête avec une fille :
Elle n'est pas mal. » La jeune fille s'était si indé-
cemment vêtue qu'il était impossible de se méprendre
à son état et à ce qu'elle pouvait avoir à démêler
avec deux moines dont le plus âgé n'avait pas trente
ans. Ceux-ci protestaient de leur innocence. Le commissaire ricanait en passant la main sous le menton de
la jeune fille, qui s'était jetée à ses pieds et qui demandait grâce. « Nous sommes en lieu honnête, disaient
les moines.

— Oui, oui, en lieu honnête, disait le commissaire.

— Qu'ils étaient venus pour affaire importante.

— L'affaire importante qui conduit ici, nous la connaissons, Mademoiselle, parlez.

— Monsieur le commissaire, ce que ces messieurs
vous assurent est la pure vérité. »

Cependant le commissaire verbalisait à son tour, et
comme il n'y avait rien dans son procès-verbal que
l'exposition pure et simple du fait, les deux moines
furent obligés de signer. En descendant, ils trouvèrent
tous les locataires sur les paliers de leurs appartements,
à la porte de la maison une populace nombreuse, un
fiacre, des archers qui les mirent dans le fiacre, au
bruit confus de l'invective et des huées. Ils s'étaient
couvert le visage de leurs manteaux, ils se désolaient.
Le commissaire perfide s'écriait : « Eh ! pourquoi, mes
Pères, fréquenter ces endroits et ces créatures-là ? Cependant ce ne sera rien ; j'ai ordre de la police de vous
déposer entre les mains de votre supérieur, qui est un
galant homme, indulgent ; il ne mettra pas à cela plus
d'importance que cela ne vaut. Je ne crois pas qu'on en
use dans vos maisons comme chez les cruels capucins.

Si vous aviez affaire à des capucins, ma foi, je vous plaindrais. »

Tandis que le commissaire leur parlait, le fiacre s'acheminait vers le couvent, la foule grossissait, l'entourait, le précédait, et le suivait à toutes jambes. On entendait ici : Qu'est-ce?... Là : Ce sont des moines... Qu'ont-ils fait? On les a pris chez des filles... Des Prémontrés chez des filles! Eh oui; ils courent sur les brisées des Carmes et des Cordeliers... Les voilà arrivés, Le commissaire descend, frappe à la porte, frappe encore, frappe une troisième fois; enfin elle s'ouvre. On avertit le supérieur Hudson, qui se fait attendre une demi-heure au moins, afin de donner au scandale tout son éclat. Il paraît enfin. Le commissaire lui parle à l'oreille; le commissaire a l'air d'intercéder; Hudson de rejeter rudement sa prière; enfin, celui-ci prenant un visage sévère et un ton ferme, lui dit : « Je n'ai point de religieux dissolus dans ma maison; ces gens-là sont deux étrangers qui me sont inconnus, peut-être deux coquins déguisés, dont vous pouvez faire tout ce qu'il vous plaira. »

A ces mots, la porte se ferme; le commissaire remonte dans la voiture, et dit à nos deux pauvres diables plus morts que vifs: « J'y ai fait tout ce que j'ai pu; je n'aurais jamais cru le Père Hudson si dur. Aussi, pourquoi diable aller chez des filles ?

— Si celle avec laquelle vous nous avez trouvés en est une, ce n'est point le libertinage qui nous a menés chez elle.

— Ah! ah! mes Pères ; et c'est à un vieux commissaire que vous dites cela! Qui êtes-vous ?

— Nous sommes religieux ; et l'habit que nous portons est le nôtre.

— Songez que demain il faudra que votre affaire s'éclaircisse ; parlez vrai ; je puis peut-être vous servir.

— Nous vous avons dit vrai.. Mais où allons-nous ?

— Au petit Châtelet,

— Au petit Châtelet ! En prison !

— J'en suis désolé. »

Ce fut en effet là que Richard et son compagnon furent déposés ! mais le dessein d'Hudson n'était pas de les y laisser. Il était monté en chaise de poste, il était arrivé à Versailles ; il parlait au ministre ; il lui traduisait cette affaire comme il lui convenait. « Voilà, Monseigneur, à quoi l'on s'expose lorsqu'on introduit la réforme dans une maison dissolue et qu'on en chasse les hérétiques. Un moment plus tard, j'étais perdu, j'étais déshonoré. La persécution n'en restera pas là ; toutes les horreurs dont il est possible de noircir un homme de bien, vous les entendrez ; mais j'espère, Monseigneur, que vous vous rappellerez que notre général...

— Je sais, je sais, et je vous plains. Les services que vous avez rendus à l'Eglise et à votre ordre ne seront point oubliés. Les élus du Seigneur ont de tous les temps été exposés à des disgrâces ; ils ont su les supporter ; il faut savoir imiter leur courage. Comptez sur les bienfaits et la protection du roi. Les moines ! les moines ! je l'ai été, et j'ai connu par expérience ce dont ils sont capables.

— Si le bonheur de l'Eglise et de l'Etat voulait que Votre Eminence me survécût, je persévérerais sans crainte.

— Je ne tarderai pas à vous tirer de là. Allez.

— Non, Monseigneur, non, je ne m'éloignerai pas sans un ordre exprès qui délivre ces deux mauvais religieux...

— Je vois que l'honneur de la religion et de votre habit vous touche au point d'oublier des injures personnelles ; cela est tout à fait chrétien, et j'en suis édifié sans en être surpris d'un homme tel que vous. Cette affaire n'aura point d'éclat.

— Ah ! Monseigneur, vous comblez mon âme de joie ! dans ce moment, c'est tout ce que je redoutais.

— Je vais travailler à cela. »

Dès le soir même, Hudson eut l'ordre d'élargissement, et le lendemain, Richard et son compagnon, dès la pointe du jour, étaient à vingt lieues de Paris, sous la conduite d'un exempt qui les remit dans la maison professe. Il était aussi porteur d'une lettre qui enjoignait au général de cesser de pareilles menées, et d'imposer la peine claustrale à nos deux religieux.

Cette aventure jeta la consternation parmi les ennemis d'Hudson ; il n'y avait pas un moine dans sa maison que son regard ne fît trembler. Quelques mois après il fut pourvu d'une riche abbaye. Le général en conçut un dépit mortel. Il était vieux, et il y avait tout à craindre que l'abbé Hudson ne lui succédât. Il aimait tendrement Richard. « Mon pauvre ami, lui dit-il un jour, que deviendrais-tu si tu tombais sous l'autorité du scélérat Hudson ? J'en suis effrayé. Tu n'es point engagé ; si tu m'en croyais, tu quitterais l'habit... » Richard suivit ce conseil, et revint dans la maison paternelle, qui n'était pas éloignée de l'abbaye possédée par Hudson.

Hudson et Richard fréquentant les mêmes maisons, il était impossible qu'ils ne se rencontrassent pas, et en effet ils se rencontrèrent. Richard était un jour chez la dame d'un château situé entre Châlons et Saint-Dizier, mais plus près de Saint-Dizier que de Châlons, et à une portée de fusil de l'abbaye d'Hudson. La dame lui dit : « Nous avons ici votre ancien prieur : il est très aimable, mais, au fond, quel homme est-ce?

— Le meilleur des amis et le plus dangereux des ennemis.

— Est-ce que vous ne seriez pas tenté de le voir?

— Nullement... »

A peine eut-il fait cette réponse qu'on entendit le bruit d'un cabriolet qui entrait dans les cours, et qu'on en vit descendre Hudson avec une des plus belles femmes du canton. « Vous le verrez malgré que vous en ayez, lui dit la dame du château, car c'est lui. »

La dame du château et Richard vont au devant de la dame du cabriolet et de l'abbé Hudson. Les dames s'embrassent : Hudson, en s'approchant de Richard, et le reconnaissant, s'écrie : « Eh ! c'est vous, mon cher Richard? vous avez voulu me perdre, je vous le pardonne; pardonnez-moi votre visite au petit Châtelet, et n'y pensons plus.

— Convenez, monsieur l'abbé, que vous étiez un grand vaurien.

— Cela se peut.

— Que, si l'on vous avait rendu justice, la visite au Châtelet, ce n'est pas moi, c'est vous qui l'auriez faite.

— Cela se peut... C'est, je crois, au péril que je courus alors, que je dois mes nouvelles mœurs. Ah! mon cher Richard, combien cela m'a fait réfléchir, et que je suis changé !

— Cette femme avec laquelle vous êtes venu est charmante.

— Je n'ai plus d'yeux pour ces attraits-là.

— Quelle taille !

— Cela m'est devenu bien indifférent.

— Quel embonpoint !

— On revient tôt ou tard d'un plaisir qu'on ne prend que sur le faîte d'un toit, au péril, à chaque mouvement, de se rompre le cou.

— Elle a les plus belles mains du monde.

— J'ai renoncé à l'usage de ces mains-là. Une tête bien faite revient à l'esprit de son état, au seul vrai bonheur.

— Et ces yeux qu'elle tourne sur vous à la dérobée ; convenez que vous, qui êtes connaisseur, vous n'en avez guère attaché de plus brillants et de plus doux. Quelle grâce, quelle légèreté et quelle noblesse dans sa démarche, dans son maintien !

— Je ne pense plus à ces vanités ; je lis l'Ecriture, je médite les Pères.

— Et de temps en temps les perfections de cette dame. Demeure-t-elle loin du Moncetz ? Son époux est-il jeune ?... »

Hudson, impatienté de ces questions, et bien convaincu que Richard ne le prendrait pas pour un saint, lui dit brusquement : « Mon cher Richard, vous vous f..... de moi, et vous avez raison. »

Mon cher lecteur, pardonnez-moi la propriété de cette expression ; et convenez qu'ici comme dans une infinité de bons contes, tels, par exemple, que celui de la conversation de Piron et de feu l'abbé Vatri, le mot honnête gâterait tout. — Qu'est-ce que c'est que cette conversation de Piron et de l'abbé Vatri ? — Allez la demander à l'éditeur de ses ouvrages, qui n'a pas osé l'écrire, mais qui ne se fera pas tirer l'oreille pour vous la dire.

Nos quatre personnages se rejoignirent au château ; on dîna bien, on dîna gaiement, et sur le soir on se

sépara avec promesse de se revoir… Mais tandis que le
marquis des Arcis causait avec le maître de Jacques,
Jacques de son côté n'était pas muet avec monsieur le
secrétaire Richard, qui le trouvait un franc original, ce
qui arriverait plus souvent parmi les hommes, si l'éducation d'abord, ensuite le grand usage du monde, ne les
usaient comme ces pièces d'argent qui, à force de cir-
culer, perdent leur empreinte. Il était tard ; la pendule
avertit les maîtres et les valets qu'il était l'heure de se
reposer, et ils suivirent son avis.

Jacques, en déshabillant son maître, lui dit : « Monsieur, aimez-vous les tableaux ? »

LE MAÎTRE

Oui, mais en récit ; car en couleur et sur la toile,
quoique j'en juge aussi décidément qu'un amateur, je
t'avouerai que je n'y entends rien du tout ; que je serais
bien embarrassé de distinguer une école d'une autre ;
qu'on me donnerait un Boucher pour un Rubens ou
pour un Raphaël ; que je prendrais une mauvaise copie
pour un sublime original ; que j'apprécierais mille écus
une croûte de six francs ; et six francs un morceau de
mille écus, et que je ne me suis jamais pourvu qu'au
pont Notre-Dame, chez un certain Tremblin, qui était
de mon temps la ressource de la misère ou du libertinage, et la ruine du talent des jeunes élèves de Vanloo.

JACQUES

Et comment cela ?

LE MAÎTRE

Qu'est-ce que cela te fait ? Raconte-moi ton tableau,
et sois bref, car je tombe de sommeil.

JACQUES

Placez-vous devant la fontaine des Innocents ou proche la porte Saint-Denis ; ce sont deux accessoires qui enrichiront la composition.

LE MAÎTRE

M'y voilà.

JACQUES

Voyez au milieu de la rue un fiacre, la soupente cassée, et renversé sur le côté.

LE MAÎTRE

Je le vois.

JACQUES

Un moine et deux filles en sont sortis. Le moine s'enfuit à toutes jambes. Le cocher se hâte de descendre de son siège. Un caniche du fiacre s'est mis à la poursuite du moine, et l'a saisi par sa jaquette ; le moine fait tous ses efforts pour se débarrasser du chien. Une des filles, débraillée, la gorge découverte, se tient les côtés à force de rire. L'autre fille, qui s'est fait une bosse au front, est appuyée contre la portière, et se presse la tête à deux mains. Cependant la populace s'est attroupée, les polissons accourent et poussent des cris, les marchands et les marchandes ont bordé le seuil de leurs boutiques, et d'autres spectateurs sont à leurs fenêtres.

LE MAÎTRE

Comment diable ! Jacques, ta composition est bien ordonnée, riche, plaisante, variée et pleine de mouve-

ment. A notre retour à Paris, porte ce sujet à Frago-
nard ; et tu verras ce qu'il en saura faire.

JACQUES

Après ce que vous m'avez confessé de vos lumières
en peinture, je puis accepter votre éloge sans baisser
les yeux.

LE MAÎTRE

Je gage que c'est une des aventures de l'abbé Hudson ?

JACQUES

Il est vrai.

Lecteur, tandis que ces bonnes gens dorment, j'aurais une petite question à vous proposer, à discuter sur
votre oreiller : c'est ce qu'aurait été l'enfant né de
l'abbé Hudson et de la dame de La Pommeraye ? —
Peut-être un honnête homme. — Peut-être un sublime
coquin. — Vous me direz cela demain matin.

Ce matin, le voilà venu, et nos voyageurs séparés ;
car le marquis des Arcis ne suivait plus la même route
que Jacques et son maître. — Nous allons donc reprendre la suite des amours de Jacques ? — Je l'espère ;
mais ce qu'il y a de bien certain, c'est que le maître
sait l'heure qu'il est, qu'il a pris sa prise de tabac et
qu'il a dit à Jacques : « Eh bien ! Jacques, tes
amours ? »

Jacques, au lieu de répondre à cette question, disait :
N'est-ce pas le diable ! Du matin au soir ils disent du
mal de la vie, et ils ne peuvent se résoudre à la quitter !

Serait-ce que la vie présente n'est pas, à tout prendre, une si mauvaise chose, ou qu'ils en craignent une pire à venir?

LE MAÎTRE

C'est l'un et l'autre. A propos, Jacques, crois-tu à la vie à venir?

JACQUES

Je n'y crois ni décrois; je n'y pense pas. Je jouis de mon mieux de celle qui nous a été accordée en avancement d'hoirie.

LE MAÎTRE

Pour moi, je me regarde comme en chrysalide; et j'aime à me persuader que le papillon, ou mon âme, venant un jour à percer sa coque, s'envolera à la justice divine [1].

JACQUES

Votre image est charmante.

LE MAÎTRE

Elle n'est pas de moi; je l'ai lue, je crois, dans un poète italien appelé Dante, qui a fait un ouvrage intitulé : *la Comédie de l'Enfer, du Purgatoire et du Paradis* [2].

---

1. Sterne a dit dans ses *Mémoires :* Consulte une chenille, et le papillon résoudra ta question. (BR.)

2.   « Non v'acorgete voi che noi siam vermi
           Nati a formar l'angelica farfalla
           Che vola alla giustizia senza schermi? »

DANTE ALIGHIERI, *Purgatorio*, canto X, v. 123. (BR.)

JACQUES

Voilà un singulier sujet de comédie !

LE MAÎTRE

Il y a, pardieu, de belles choses, surtout dans son enfer. Il enferme les hérésiarques dans des tombeaux de feu, dont la flamme s'échappe et porte le ravage au loin ; les ingrats, dans des niches où ils versent des larmes qui se glacent sur leurs visages ; et les paresseux, dans d'autres niches ; et il dit de ces derniers que le sang s'échappe de leurs veines, et qu'il est recueilli par des vers dédaigneux... Mais à quel propos ta sortie contre notre mépris d'une vie que nous craignons de perdre !

JACQUES

A propos de ce que le secrétaire du marquis des Arcis m'a raconté du mari de la jolie femme au cabriolet.

LE MAÎTRE

Elle est veuve !

JACQUES

Elle a perdu son mari dans un voyage qu'elle a fait à Paris ; et le diable d'homme ne voulait pas entendre parler des sacrements. Ce fut la dame du château où Richard rencontra l'abbé Hudson qu'on chargea de le reconcilier avec le béguin.

LE MAÎTRE

Que veux-tu dire avec ton béguin ?

JACQUES

Le béguin est la coiffure qu'on met aux enfants nou-
veau-nés!

LE MAÎTRE

Je t'entends. Et comment s'y prit-elle pour l'embé-
guiner?

JACQUES

On fit cercle autour du feu. Le médecin, après avoir
tâté le pouls du malade, qu'il trouva bien bas, vint
s'asseoir à côté des autres. La dame dont il s'agit s'approcha de son lit, et lui fit plusieurs questions; mais
sans élever la voix plus qu'il ne le fallait pour que cet
homme ne perdît pas un mot de ce qu'on avait à lui
faire entendre; après quoi la conversation s'engagea
entre la dame, le docteur et quelques-uns des autres
assistants, comme je vais vous la rendre.

LA DAME

Eh bien! docteur, nous direz-vous des nouvelles de
Mme de Parme!

LE DOCTEUR

Je sors d'une maison où l'on m'a assuré qu'elle était
si mal qu'on n'en espérait plus rien.

LA DAME

Cette princesse a toujours donné des marques de
piété. Aussitôt qu'elle s'est sentie en danger, elle a demandé à se confesser et à recevoir ses sacrements.

LE DOCTEUR

Le curé de Saint-Roch lui porte aujourd'hui une re-
lique à Versailles; mais elle arrivera trop tard.

LA DAME

Madame Infante n'est pas la seule qui donne de ces exemples. M. le duc de Chevreuse, qui a été bien malade, n'a pas attendu qu'on lui proposât les sacrements il les a appelés de lui-même : ce qui a fait grand plaisir à sa famille.

LE DOCTEUR

Il est beaucoup mieux.

UN DES ASSISTANTS

Il est certain que cela ne fait pas mourir : au contraire.

LA DAME

En vérité, dès qu'il y a du danger, on devrait satisfaire à ces devoirs-là. Les malades ne conçoivent pas apparemment combien il est dur pour ceux qui les entourent, et combien cependant il est indispensable de leur en faire la proposition !

LE DOCTEUR

Je sors de chez un malade qui me dit, il y a deux jours : « Docteur, comment me trouvez-vous ?
— Monsieur, la fièvre est forte, et les redoublements fréquents.
— Mais croyez-vous qu'il en survienne un bientôt ?
— Non, je le crains seulement pour ce soir.
— Cela étant, je vais faire avertir un certain homme avec lequel j'ai une petite affaire particulière, afin de la terminer pendant que j'ai encore toute ma tête... » Il se confessa, il reçut tous ses sacrements. Je revins le soir, point de redoublement. Hier, il était mieux ; au-

jourd'hui il est hors d'affaire. J'ai vu beaucoup de fois, dans le courant de ma pratique, cet effet-là des sacrements.

LE MALADE, à son domestique.

Apportez-moi mon poulet.

JACQUES

On le lui sert, il veut le couper et n'en a pas la force ; on lui en dépèce l'aile en petits morceaux ; il demande du pain, se jette dessus, fait des efforts pour en mâcher une bouchée, qu'il ne saurait avaler, et qu'il rend dans sa serviette ; il demande du vin pur ; il y mouille les bords de ses lèvres, et dit : « Je me porte bien... » Oui, mais une demi-heure après, il n'était plus.

LE MAÎTRE

Cette dame s'y était pourtant bien prise... et tes amours ?

JACQUES

Et la condition que vous avez acceptée ?

LE MAÎTRE

J'entends... Tu es installé au château de Desglands, et la vieille commissionnaire Jeanne a ordonné à sa jeune fille Denise de te visiter quatre fois le jour, et de te soigner. Mais, avant que d'aller en avant, dis-moi, Denise avait-elle son pucelage ?

JACQUES, en toussant.

Je le crois.

LE MAÎTRE

Et toi ?

JACQUES

Le mien, il y avait beaux jours qu'il courait les champs.

LE MAÎTRE

Tu n'en étais donc pas à tes premières amours ?

JACQUES

Pourquoi donc ?

LE MAÎTRE

C'est qu'on aime celle à qui on le donne, comme on est aimé de celle à qui on le ravit.

JACQUES

Quelquefois oui, quelquefois non.

LE MAÎTRE

Et comment le perdis-tu ?

JACQUES

Je ne le perdis pas ; je le troquai bel et bien.

LE MAÎTRE

Dis-moi un mot de ce troc-là.

JACQUES

Ce sera le premier chapitre de saint Luc [1], une kyrielle de *genuit* à ne point finir, depuis la première jusqu'à Denise la dernière.

LE MAÎTRE

Qui crut l'avoir et qui ne l'eut point.

---

1. Les quarante *genuit* sont de saint Matthieu, chap. Ier.

JACQUES

Et avant Denise, les deux voisines de notre chaumière.

LE MAÎTRE

Qui crurent l'avoir et qui ne l'eurent point.

JACQUES

Non.

LE MAÎTRE

Manquer un pucelage à deux, cela n'est pas trop adroit.

JACQUES

Tenez, mon maître, je devine au coin de votre lèvre droite qui se relève, et à votre narine gauche qui se crispe, qu'il vaut autant que je fasse la chose de bonne grâce que d'en être prié ; d'autant que je sens augmenter mon mal de gorge, que la suite de mes amours sera longue, et que je n'ai guère de courage que pour un ou deux petit contes.

LE MAÎTRE

Si Jacques voulait me faire un grand plaisir...

JACQUES

Comment s'y prendrait-il ?

LE MAÎTRE

Il débuterait par la perte de son pucelage. Veux-tu que je te le dise? J'ai toujours été friand du récit de ce grand événement.

JACQUES

Et pourquoi, s'il vous plaît?

LE MAÎTRE

C'est que de tous ceux du même genre, c'est le seul qui soit piquant ; les autres n'en sont que d'insipides et communes répétitions. De tous les péchés d'une jolie pénitente, je suis sûr que le confesseur n'est attentif qu'à celui-là.

JACQUES

Mon maître, mon maître, je vois que vous avez la tête corrompue, et qu'à votre agonie le diable pourrait bien se montrer à vous sous la même forme de parenthèse qu'à Ferragus [1].

LE MAÎTRE

Cela se peut. Mais tu fus déniaisé, je gage, par quelque vieille impudique de ton village?

JACQUES

Ne gagez pas, vous perdriez.

LE MAÎTRE

Ce fut par la servante de ton curé?

---

1. L'auteur ne veut point ici parler du Forragus de l'Arioste dans l'*Orlando furioso*, mais de celui que Forti-Guerra a introduit dans son *Ricciardetto*. Ce papelard devenu ermite y est indignement mutilé par la main de Renaud :

> Le traître avec un couteau de boucher
> M'a fait ennuque. . . . .

dit Ferragus avec douleur. A son agonie, le diable, qui le trouve de bonne prise, vient lui représenter l'instrument dont la jalousie avait armé la main de son ancien compagnon d'armes. (Br.)

JACQUES

Ne gagez pas, vous perdriez encore.

LE MAÎTRE

Ce fut donc par sa nièce?

JACQUES

Sa nièce crevait d'humeur et de dévotion, deux qualités qui vont bien ensemble, mais qui ne me vont pas.

LE MAÎTRE

Pour cette fois, je crois que j'y suis.

JACQUES

Moi, je n'en crois rien.

LE MAÎTRE

Un jour de foire ou de marché...

JACQUES

Ce n'était ni un jour de foire, ni un jour de marché.

LE MAÎTRE

Tu allas à la ville.

JACQUES

Je n'allai point à la ville.

LE MAÎTRE

Et il était écrit là-haut que tu rencontrerais dans une taverne quelqu'une de ces créatures obligeantes ; que tu t'enivrerais...

JACQUES

J'étais à jeun ; et ce qui était écrit là-haut, c'est qu'à l'heure qu'il est vous vous épuiseriez en fausses con-

jectures, et que vous gagneriez un défaut dont vous
m'avez corrigé, la fureur de deviner, et toujours de
travers. Tel que vous me voyez, Monsieur, j'ai été une
fois baptisé.

LE MAÎTRE

Si tu te proposes d'entamer la perte de ton pucelage
au sortir des fonds baptismaux, nous n'y serons pas si
tôt.

JACQUES

J'eus donc un parrain et une marraine. Maître Bigre,
le plus fameux charron du village, avait un fils. Bigre
le père fut mon parrain, et Bigre le fils était mon ami.
A l'âge de dix-huit à dix-neuf ans, nous nous amoura-
châmes tous les deux à la fois d'une petite couturière
appelée Justine. Elle ne passait pas pour autrement
cruelle ; mais elle jugea à propos de se signaler par un
premier dédain, et son choix tomba sur moi.

LE MAÎTRE

Voilà une de ces bizarreries des femmes auxquelles
on ne comprend rien.

JACQUES

Tout le logement du charron maître Bigre, mon
parrain, consistait en une boutique et une soupente.
Son lit était au fond de la boutique. Bigre le fils, mon
ami, couchait sur la soupente, à laquelle on grimpait
par une petite échelle, placée à peu près à égale distance du lit de son père et de la porte de la boutique.
Lorsque Bigre mon parrain était bien endormi, Bigre
mon ami ouvrait doucement la porte, et Justine montait à la soupente par la petite échelle. Le lendemain,

16*

dès la pointe du jour, avant que Bigre le père fût
éveillé, Bigre le fils descendait de la soupente, rouvrait
la porte, et Justine s'évadait comme elle était entrée.

LE MAÎTRE

Pour aller ensuite visiter quelque soupente, la sienne
ou une autre.

JACQUES

Pourquoi non? Le commerce de Bigre et de Justine
était assez doux; mais il fallait qu'il fût troublé; cela
était écrit là-haut; il le fut donc.

LE MAÎTRE

Par le père?

JACQUES

Non.

LE MAÎTRE

Par la mère?

JACQUES

Non, elle était morte.

LE MAÎTRE

Par un rival?

JACQUES

Eh! non, non, de par tous les diables! non. Mon
maître, il est écrit là-haut que vous en avez pour le
reste de vos jours; tant que vous vivrez vous devinerez, je vous le répète, et vous devinerez de travers.

Un matin, que mon ami Bigre, plus fatigué qu'à
l'ordinaire ou du travail de la veille, ou du plaisir de la
nuit, reposait doucement entre les bras de Justine,
voilà une voix formidable qui se fait entendre au pied

du petit escalier : « Bigre ! Bigre ! maudit paresseux !
l'*Angelus* est sonné, il est près de cinq heures et demie,
et te voilà encore dans ta soupente ! As-tu résolu d'y
rester jusqu'à midi ! Faut-il que j'y monte et que je t'en
fasse descendre plus vite que tu ne voudrais ? Bigre !
Bigre !

— Mon père ?

— Et cet essieu après lequel ce vieux bourru de fermier attend ; veux-tu qu'il revienne encore ici recommencer son tapage ?

— Son essieu est prêt, et avant qu'il soit un quart
d'heure il l'aura... »

Je vous laisse à juger des transes de Justine et de
mon pauvre ami Bigre le fils.

LE MAÎTRE

Je suis sûr que Justine se promit bien de ne plus se
retrouver sur la soupente, et qu'elle y était le soir
même. Mais comment en sortira-t-elle ce matin ?

JACQUES

Si vous vous mettez en devoir de le deviner, je me
tais... Cependant Bigre le fils s'était précipité du lit,
jambes nues, sa culotte à la main et sa veste sur son
bras. Tandis qu'il s'habille, Bigre le père grommelle
entre ses dents : « Depuis qu'il s'est entêté de cette
petite coureuse, tout va de travers. Cela finira ; cela ne
saurait durer ; cela commence à me lasser. Encore si
c'était une fille qui en valût la peine ; mais une créature ! Dieu sait quelle créature ! Ah ! si la pauvre dé-
funte, qui avait de l'honneur jusqu'au bout des ongles,
voyait cela, il y a longtemps qu'elle eût bâtonné l'un,
et arraché les yeux à l'autre au sortir de la grand'messe

sous le porche, devant tout le monde ; car rien ne l'arrêtait ; mais si j'ai été trop bon jusqu'à présent, et qu'ils
s'imaginent que je continuerai, ils se trompent. »

LE MAÎTRE

Et ces propos, Justine les entendait de la soupente ?

JACQUES

Je n'en doute pas. Cependant Bigre le fils s'en était
allé chez le fermier, avec son essieu sur l'épaule, et
Bigre le père s'était mis à l'ouvrage. Après quelques
coups de doloire, son nez lui demande une prise de
tabac ; il cherche sa tabatière dans ses poches, au
chevet de son lit ; il ne la trouve point. « C'est ce coquin, dit-il, qui s'en est saisi comme de coutume ;
voyons s'il ne l'aura point laissée là-haut... » Et le voilà
qui monte à la soupente. Un moment après il s'aperçoit que sa pipe et son couteau lui manquent ; et il
remonte à la soupente.

LE MAÎTRE

Et Justine ?

JACQUES

Elle avait ramassé ses vêtements à la hâte, et s'était
glissée sous le lit où elle était étendue à plat ventre,
plus morte que vive.

LE MAÎTRE

Et ton ami Bigre le fils?

JACQUES

Son essieu rendu, mis en place et payé, il était ac-
couru chez moi, et m'avait exposé le terrible embarras
où il se trouvait. Après m'en être un peu amusé,

« Ecoute, lui dis-je, Bigre, va te promener par le village, où tu voudras, je te tirerai d'affaire. Je ne te demande qu'une chose, c'est de m'en laisser le temps... »
Vous souriez, Monsieur; qu'est-ce qu'il y a ?

LE MAÎTRE

Rien.

JACQUES

Mon ami Bigre sort. Je m'habille, car je n'étais pas
encore levé. Je vais chez son père, qui ne m'eut pas
plus tôt aperçu que, poussant un cri de surprise et de
joie, il me dit : « Eh ! filleul, te voilà ! d'où sors-tu, et
que viens-tu faire ici de si grand matin?... » Mon parrain Bigre avait vraiment de l'amitié pour moi; aussi
lui répondis-je avec franchise : « Il ne s'agit pas de
savoir d'où je sors, mais comment je rentrerai chez
nous.
    — Ah ! filleul, tu deviens libertin; j'ai bien peur que
Bigre et toi ne fassiez la paire. Tu as passé la nuit
dehors.
    — Et mon père n'entend pas raison sur ce point.
    — Ton père a raison, filleul, de ne pas entendre rai-
son là-dessus. Mais commençons par déjeuner, la bouteille nous avisera. »

LE MAÎTRE

Jacques, cet homme était dans les bons principes.

JACQUES

Je lui répondis que je n'avais ni besoin ni envie de
boire ou de manger, et que je tombais de lassitude et
de sommeil. Le vieux Bigre, qui de son temps n'en cé-
dait pas à son camarade, ajouta en ricanant : « Filleul,

elle était jolie, et tu t'en es donné. Ecoute : Bigre est
sorti, monte à la soupente, et jette-toi sur son lit...
Mais un mot avant qu'il revienne. C'est ton ami ; lorsque vous vous trouverez en tête à tête, dis-lui que je suis
mécontent, très mécontent. C'est une petite Justine que
tu dois connaître (car quel est le garçon du village qui
ne la connaisse pas ?) qui me l'a débauché ; tu me
rendrais un vrai service, si tu le détachais de cette créature. Auparavant c'était ce qu'on appelle un joli garçon ; mais depuis qu'il a fait cette malheureuse connaissance... Tu ne m'écoutes pas ; tes yeux se ferment ;
monte, et va te reposer. »

Je monte, je me déshabille, je lève la couverture et
les draps, je tâte partout, point de Justine. Cependant
Bigre, mon parrain, disait : « Les enfants ! les maudits
enfants ! n'en voilà-t-il pas encore un qui désole son
père ? » Justine n'étant pas dans le lit, je me doutai
qu'elle était dessous. Le bouge était tout à fait obscur.
Je me baisse, je promène mes mains, je rencontre un
de ses bras, je la saisis, je la tire à moi ; elle sort de
dessous la couchette en tremblant. Je l'embrasse, je la
rassure, je lui fais signe de se coucher. Elle joint ses
deux mains, elle se jette à mes pieds, elle serre mes
genoux. Je n'aurais peut-être pas résisté à cette scène
muette, si le jour l'eût éclairée ; mais lorsque les ténèbres ne rendent pas timide, elles rendent entreprenant.
D'ailleurs j'avais ses anciens mépris sur le cœur. Pour
toute réponse, je la poussai vers l'escalier qui conduisait à la boutique. Elle en poussa un cri de frayeur.
Bigre qui l'entendit, dit : « Il rêve... » Justine s'évanouit ; ses genoux se dérobent sous elle ; dans son délire
elle disait d'une voix étouffée : « Il va venir... il vient...
je l'entends qui monte... Je suis perdue !... Non, non,

lui répondis-je d'une voix étouffée, remettez-vous, taisez-vous et couchez-vous... » Elle persiste dans son
refus ; je tiens ferme : elle se résigne ; et nous voilà
l'un à côté de l'autre.

LE MAÎTRE

Traître ! scélérat ! sais-tu quel crime tu vas commettre ?
Tu vas violer cette fille, sinon par la force, du moins
par la terreur. Poursuivi au tribunal des lois, tu en
éprouverais toute la rigueur réservée aux ravisseurs.

JACQUES

Je ne sais si je la violai, mais je sais bien que je ne
lui fis pas de mal, et qu'elle ne m'en fit point. D'abord
en détournant sa bouche de mes baisers, elle l'approcha
de mon oreille et me dit tout bas : « Non, non, Jacques,
non... » A ce mot, je fais semblant de sortir du lit et
de m'avancer vers l'escalier. Elle me retint et me dit
encore à l'oreille : « Je ne vous aurais jamais cru si
méchant ; je vois qu'il ne faut attendre de vous aucune
pitié ; mais du moins, promettez-moi, jurez-moi...
— Quoi ?
— Que Bigre n'en saura rien. »

LE MAÎTRE

Tu promis, tu juras, et tout alla bien.

JACQUES

Et puis très bien encore.

LE MAÎTRE

Et puis encore très bien ?

JACQUES

C'est précisément comme si vous y aviez été... Cependant, Bigre mon ami, impatient, soucieux et las de

rôder autour de la maison sans me rencontrer, rentre
chez son père, qui lui dit avec humeur : « Tu as été
bien longtemps pour rien... » Bigre lui répondit avec
plus d'humeur encore : « Est-ce qu'il n'a pas fallu allé-
gir par les deux bouts ce diable d'essieu qui s'est trouvé
trop gros.

— Je t'en avais averti ; mais tu n'en veux jamais faire
qu'à ta tête.

— C'est qu'il est plus aisé d'en ôter que d'en remettre.

— Prends cette jante, et va la finir à la porte.

— Pourquoi à la porte ?

— C'est que le bruit de l'outil réveillerait Jacques
ton ami.

— Jacques !...

— Oui, Jacques, il est là-haut sur la soupente, qui
repose. Ah ! que les pères sont à plaindre ; si ce n'est
d'une chose, c'est d'une autre ! Eh bien ! te remueras-
tu ? Tandis que tu restes là comme un imbécile, la tête
baissée, la bouche béante, et les bras pendants, la
besogne ne se fait pas... » Bigre mon ami, furieux,
s'élance vers l'escalier ; Bigre mon parrain le retient
en lui disant : « Où vas-tu ? laisse dormir ce pauvre
diable, qui est excédé de fatigue. A sa place, serais-tu
bien aise qu'on troublât ton repos ? »

LE MAÎTRE

Et Justine entendait encore tout cela ?

JACQUES

Comme vous m'entendez.

LE MAÎTRE

Et que faisais-tu ?

JACQUES

Je riais.

LE MAÎTRE

Et Justine ?

JACQUES

Elle avait arraché sa cornette ; elle se tirait par les cheveux ; elle levait les yeux au ciel, du moins je le présume ; elle se tordait les bras.

LE MAÎTRE

Jacques, vous êtes un barbare ; vous avez un cœur de bronze.

JACQUES

Non, Monsieur, non, j'ai de la sensibilité ; mais je la réserve pour une meilleure occasion. Les dissipateurs de cette richesse en ont tant prodigué lorsqu'il en fallait être économe qu'ils n'en trouvent plus quand il faudrait en être prodigue... Cependant je m'habille et je descends. Bigre le père me dit : « Tu avais besoin de cela, cela t'a bien fait ; quand tu es venu, tu avais l'air d'un déterré ; et te voilà vermeil et frais comme l'enfant qui vient de téter. Le sommeil est une bonne chose !... Bigre, descends à la cave, et apporte une bouteille, afin que nous déjeunions. A présent, filleul, tu déjeuneras volontiers ? — Très volontiers... » La bouteille est arrivée et placée sur la table ; nous sommes debout autour. Bigre le père remplit son verre et le mien, Bigre le fils, en écartant le sien, dit d'un ton farouche : « Pour moi, je ne suis pas altéré de si matin.

— Tu ne veux pas boire ?

— Non.

17

— Ah ! je sais ce que c'est ; tiens, filleul, il y a de la
Justine là-dedans ; il aura passé chez elle, ou il ne
l'aura pas trouvée, ou il l'aura surprise avec un autre ;
cette bouderie contre la bouteille n'est pas naturelle :
c'est ce que je te dis.

MOI

Mais vous pourriez bien avoir deviné juste.

BIGRE LE FILS

Jacques, trêve de plaisanteries, placées ou déplacées,
je ne les aime pas.

BIGRE LE PÈRE

Puisqu'il ne veut pas boire, il ne faut pas que cela
nous en empêche. A ta santé, filleul.

MOI

A la vôtre, parrain ; Bigre, mon ami, bois avec nous.
Tu te chagrines trop pour peu de chose.

BIGRE LE FILS

Je vous ai déjà dit que je ne buvais pas.

MOI

Eh bien ! si ton père a rencontré, que diable, tu la
reverras, vous vous expliquerez, et tu conviendras que
tu as tort.

BIGRE LE PÈRE

Eh ! laisse-le faire ; n'est-il pas juste que cette créature le châtie de la peine qu'il me cause ? Çà, encore
un coup, et venons à ton affaire. Je conçois qu'il faut
que je te mène chez ton père ; mais que veux-tu que je
lui dise ?

MOI

Tout ce que vous voudrez, tout ce que vous lui avez entendu dire cent fois lorsqu'il vous a ramené votre fils.

BIGRE LE PÈRE

Allons... »

Il sort, je le suis, nous arrivons à la porte de la maison ; je le laisse entrer seul. Curieux de la conversation de Bigre le père et du mien, je me cache dans un recoin, derrière une cloison, d'où je ne perdis pas un mot.

BIGRE LE PÈRE

« Allons, compère, il faut encore lui pardonner cette fois.

— Lui pardonner, et de quoi ?

— Tu fais l'ignorant.

— Je ne le fais point. Je le suis.

— Tu es fâché, et tu as raison de l'être.

— Je ne suis point fâché.

— Tu l'es, te dis-je.

— Si tu veux que je le sois je ne demande pas mieux ; mais que je sache auparavant la sottise qu'il a faite.

— D'accord, trois fois, quatre fois ; mais ce n'est pas coutume. On se trouve une bande de jeunes garçons et de jeunes filles ; on boit, on rit, on danse ; les heures se passent vite ; et cependant la porte de la maison se ferme... »

Bigre, en baissant la voix, ajouta : « Ils ne nous entendent pas ; mais, de bonne foi, est-ce que nous avons été plus sages qu'eux à leur âge ? Sais-tu qui sont les mauvais pères ? ce sont ceux qui ont oublié les fautes de leur jeunesse. Dis-moi, est-ce que nous n'avons jamais découché ?

— Et toi, Bigre, mon compère, dis-moi, est-ce que nous n'avons jamais pris d'attachement qui déplaisait à nos parents ?

— Aussi je crie plus haut que je ne souffre. Fais de même.

— Mais Jacques n'a point découché, du moins cette nuit, j'en suis sûr.

— Eh bien ! si ce n'est pas celle-ci, c'est une autre. Tant y a que tu n'en veux point à ton garçon ?

— Non.

— Et quand je serai parti, tu ne le maltraiteras pas ?

— Aucunement.

— Tu m'en donnes ta parole ?

— Je te la donne.

— Ta parole d'honneur ?

— Ma parole d'honneur !

— Tout est dit, et je m'en retourne... »

Comme mon parrain Bigre était sur le seuil, mon père, lui frappant doucement sur l'épaule, lui disait : « Bigre, mon ami, il y a ici quelque anguille sous roche ; ton garçon et le mien sont deux futés matois ; et je crains bien qu'ils ne nous en aient donné d'une à garder aujourd'hui ; mais avec le temps cela se découvrira. Adieu, compère. »

LE MAÎTRE

Et quelle fut la fin de l'aventure entre Bigre ton ami et Justine ?

JACQUES

Comme elle devait être. Il se fâcha, elle se fâcha plus fort que lui ; elle pleura, il s'attendrit ; elle lui jura que

j'étais le meilleur ami qu'il eût; je lui jurai qu'elle
était la plus honnête fille du village. Il nous crut, nous
demanda pardon, nous en aima et nous en estima
davantage tous deux. Et voilà le commencement, le
milieu et la fin de la perte de mon pucelage. A présent, Monsieur, je voudrais bien que vous m'appris-
siez le but moral de cette impertinente histoire.

LE MAÎTRE

A mieux connaître les femmes.

JACQUES

Et vous aviez besoin de cette leçon ?

LE MAÎTRE

A mieux connaître les amis.

JACQUES

Et vous avez jamais cru qu'il y en eût un seul qui tînt
rigueur à votre femme ou à votre fille, si elle s'était
proposé sa défaite?

LE MAÎTRE

A mieux connaître les pères et les enfants.

JACQUES

Allez, Monsieur, ils ont été de tout temps, et seront
à jamais, alternativement dupes les uns des autres.

LE MAÎTRE

Ce que tu dis là sont autant de vérités éternelles,
mais sur lesquelles on ne saurait trop insister. Quel
que soit le récit que tu m'as promis après celui-ci, sois
sûr qu'il ne sera vide d'instruction que pour un sot;
et continue.

Lecteur, il me vient un scrupule, c'est d'avoir fait
honneur à Jacques ou à son maître de quelques réflexions qui vous appartiennent de droit ; si cela est,
vous pouvez les reprendre sans qu'ils s'en formalisent.
J'ai cru m'apercevoir que le mot *Bigre* vous déplaisait.
Je voudrais bien savoir pourquoi. C'est le vrai nom de
la famille de mon charron ; les extraits baptistaires,
extraits mortuaires, contrats de mariage en sont signés
Bigre. Les descendants de Bigre, qui occupent aujour-
d'hui la boutique, s'appellent Bigre. Quand leurs enfants, qui sont jolis, passent dans la rue, on dit : « Voilà
les petits Bigres. » Quand vous prononcez le nom de
Boule [1], vous vous rappelez le plus grand ébéniste que
vous ayez eu. On ne prononce point encore dans la
contrée de Bigre, le nom de Bigre sans se rappeler le
plus grand charron dont on ait mémoire. Le Bigre,
dont on lit le nom à la fin de tous les livres d'offices
pieux du commencement de ce siècle, fut un de ses
parents. Si jamais un arrière-neveu de Bigre se signale
par quelque grande action, le nom personnel de Bigre
ne sera pas moins imposant pour vous que celui de Cé-
sar ou de Condé. C'est qu'il y a Bigre et Bigre, comme
Guillaume et Guillaume. Si je dis Guillaume tout court,
ce ne sera ni le conquérant de la Grande-Bretagne, ni
le marchand de drap de l'*Avocat Pâtelin ;* le nom de
Guillaume tout court ne sera ni héroïque ni bourgeois :
ainsi de Bigre. Bigre tout court n'est ni le fameux
charron, ni quelqu'un de ses plats ancêtres ou de ses
plats descendants. En bonne foi, un nom personnel
peut-il être de bon ou de mauvais goût ? Les rues sont

---

1. Boule (André-Charles), né en 1642, mort à Paris en 1732, est
le sujet d'une très intéressante notice de M. Ch. Asselineau.
Paris, Rouquette, 1871, in-8°.

pleines de mâtins qui s'appellent Pompée. Défaites-vous
donc de votre fausse délicatesse, ou j'en userai avec
vous comme milord Chatham[1] avec les membres du
Parlement ; il leur dit : « Sucre, Sucre, Sucre ; qu'est-
ce qu'il y a de ridicule là dedans ?... » Et moi, je vous
dirai : « Bigre, Bigre, Bigre ; pourquoi ne s'appelle-
rait-on pas Bigre ? » C'est, comme le disait un officier
à son général le grand Condé, qu'il y a un fier Bigre,
comme Bigre le charron ; un bon Bigre, comme vous
et moi, de plats Bigres, comme une infinité d'autres.

JACQUES

C'était un jour de noces ; frère Jean avait marié la
fille d'un de ses voisins. J'étais garçon de fête. On
m'avait placé à table entre les deux goguenards de la
paroisse ; j'avais l'air d'un grand nigaud, quoique je ne
le fusse pas tant qu'ils le croyaient. Ils me firent quelques questions sur la nuit de la mariée : j'y répondis
assez bêtement, et les voilà qui éclatent de rire, et les
femmes de ces deux plaisants à crier de l'autre bout :
« Qu'est-ce qu'il y a donc ? vous êtes bien joyeux là-
bas ? — C'est que c'est par trop drôle, répondit un
de nos maris à sa femme ; je te conterai cela ce soir. »
L'autre, qui n'était pas moins curieuse, fit la même
question à son mari, qui lui fit la même réponse. Le
repas continue, et les questions et mes balourdises, et
les éclats de rire et la surprise des femmes. Après le
repas, la danse ; après la danse, le coucher des époux,
le don de la jarretière, moi dans mon lit, et mes goguenards dans les leurs, racontant à leurs femmes la

---

1. Pitt (William), comte de Chatham, né en 1708, mort le
11 mai 1778, fut le père de William Pitt, ministre de George III.
(BR.)

chose incompréhensible, incroyable, c'est qu'à vingt-
deux ans, grand et vigoureux comme je l'étais, assez
bien de figure, alerte et point sot, j'étais aussi neuf,
mais aussi neuf qu'au sortir du ventre de ma mère, et
les deux femmes de s'en émerveiller ainsi que leurs
maris. Mais, dès le lendemain, Suzanne me fit signe
et me dit : « Jacques, n'as-tu rien à faire ?

— Non, voisine ; qu'est-ce qu'il y a pour votre service ?

— Je voudrais... je voudrais... » et en disant je voudrais, elle me serrait la main et me regardait si singulièrement ; « je voudrais que tu prisses notre serpe et
que tu vinsses dans la commune m'aider à couper deux
ou trois bourrées, car c'est une besogne trop forte pour
moi seule.

— Très volontiers, madame Suzanne... »

Je prends la serpe, et nous allons. Chemin faisant,
Suzanne se laissait tomber la tête sur mon épaule, me
prenait le menton, me tirait les oreilles, me pinçait les
côtés. Nous arrivons. L'endroit était en pente. Suzanne
se couche à terre tout de son long à la place la plus
élevée, les pieds éloignés l'un de l'autre et les bras
passés par-dessus la tête. J'étais au-dessous d'elle,
jouant de la serpe sur le taillis, et Suzanne repliait ses
jambes, approchant ses talons de ses fesses ; ses genoux
élevés rendaient ses jupons fort courts, et je jouais
toujours de la serpe sur le taillis, ne regardant guère
où je frappais et frappant souvent à côté. Enfin, Suzanne me dit : « Jacques, est-ce que tu ne finiras pas
bientôt ?

— Quand vous voudrez, madame Suzanne.

— Est-ce que tu ne vois pas, dit-elle à demi-voix,
que je veux que tu finisses ?... » Je finis donc, je repris
haleine, et je finis encore ; et Suzanne...

LE MAÎTRE

T'ôtait ton pucelage que tu n'avais pas ?

JACQUES

Il est vrai ; mais Suzanne ne s'y méprit pas, et de sourire et de me dire : « Tu en as donné d'une bonne à garder à notre homme ; et tu es un fripon.

— Que voulez-vous dire, madame Suzanne ?

— Rien, rien ; tu m'entends de reste. Trompe-moi encore quelquefois de même, et je te le pardonne... » Je reliai ses bourrées, je les pris sur mon dos ; et nous revînmes, elle à sa maison, moi à la nôtre.

LE MAÎTRE

Sans faire une pause en chemin ?

JACQUES

Non.

LE MAÎTRE

Il n'y avait donc pas loin de la commune au village ?

JACQUES

Pas plus loin que du village à la commune.

LE MAÎTRE

Elle ne valait que cela ?

JACQUES

Elle valait peut-être davantage pour un autre, pour un autre jour : chaque moment a son prix.

A quelque temps de là, dame Marguerite, c'était la femme de notre autre goguenard, avait du grain à faire moudre et n'avait pas le temps d'aller au moulin ; elle

17*

vint demander à mon père un de ses garçons qui y allât pour elle. Comme j'étais le plus grand, elle ne doutait pas que le choix de mon père ne tombât sur moi, ce qui ne manqua pas d'arriver. Dame Marguerite sort ; je la suis ; je charge le sac sur mon âne et je le conduis seul au moulin. Voilà son grain moulu, et nous nous en revenions, l'âne et moi, assez tristes, car je pensais que j'en serais pour ma corvée. Je me trompais. Il y avait entre le village et le moulin un petit bois à passer ; ce fut là que je trouvai dame Marguerite assise au bord de la voie. Le jour commençait à tomber. « Jacques, me dit-elle, enfin te voilà ! Sais-tu qu'il y a plus d'une mortelle heure que je t'attends ?... »

Lecteur, vous êtes aussi trop pointilleux. D'accord, la mortelle heure est des dames de la ville ; et la grande heure, de dame Marguerite.

JACQUES

C'est que l'eau était basse, que le moulin allait lentement, que le meunier était ivre et que, quelque diligence que j'aie faite, je n'ai pu revenir plus tôt.

MARGUERITE

Assieds-toi là, et jasons un peu.

JACQUES

Dame Marguerite, je le veux bien...

Me voilà assis à côté d'elle pour jaser, et cependant nous gardions le silence tous deux. Je lui dis donc : Mais, dame Marguerite, vous ne me dites mot, et nous ne jasons pas.

MARGUERITE

C'est que je rêve à ce que mon mari m'a dit de toi.

JACQUES

Ne croyez rien de ce que votre mari vous a dit; c'est un gausseur.

MARGUERITE

Il m'a assuré que tu n'as jamais été amoureux.

JACQUES

Oh! pour cela il a dit vrai.

MARGUERITE

Quoi! jamais de ta vie?

JACQUES

De ma vie.

MARGUERITE

Comment! à ton âge, tu ne saurais pas ce que c'est qu'une femme?

JACQUES

Pardonnez-moi, dame Marguerite.

MARGUERITE

Et qu'est-ce que c'est qu'une femme?

JACQUES

Une femme?

MARGUERITE

Oui, une femme.

JACQUES

Attendez... C'est un homme qui a un cotillon, une cornette et de gros tétons.

LE MAÎTRE

Ah ! scélérat !

JACQUES

L'autre ne s'y était pas trompée ; et je voulais que
celle-ci s'y trompât. A ma réponse, dame Marguerite
fit des éclats de rire qui ne finissaient point ; et moi,
tout ébahi, je lui demandai ce qu'elle avait tant à rire.
Dame Marguerite me dit qu'elle riait de ma simpli-
cité. « Comment ! grand comme tu es, vrai, tu n'en
saurais pas davantage ?

— Non, dame Marguerite. »

Là-dessus dame Marguerite se tut, et moi aussi.
Mais, dame Marguerite, lui dis-je encore, nous nous
sommes assis pour jaser et voilà que vous ne dites
mot et que nous ne jasons pas. Dame Marguerite,
qu'avez-vous ? vous rêvez.

MARGUERITE

Oui, je rêve... je rêve... je rêve...

En prononçant ces je rêve, sa poitrine s'élevait, sa
voix s'affaiblissait, ses membres tremblaient, ses yeux
s'étaient fermés, sa bouche était ent'ouverte ; elle
poussa un profond soupir ; elle défaillit, et je fis semblant de croire qu'elle était morte, et me mis à crier
du ton de l'effroi : Dame Marguerite ! dame Marguerite ! parlez-moi donc ; dame Marguerite, est-ce que
vous vous trouvez mal ?

MARGUERITE

Non, mon enfant ; laisse-moi un moment en repos...
Je ne sais ce qui m'a pris... Cela m'est venu subitement.

LE MAÎTRE

Elle mentait.

JACQUES

Oui, elle mentait.

MARGUERITE

C'est que je rêvais.

JACQUES

Rêvez-vous comme cela la nuit à côté de votre mari ?

MARGUERITE

Quelquefois.

JACQUES

Cela doit l'effrayer.

MARGUERITE

Il y est fait...

Marguerite revint peu à peu de sa défaillance, et dit : Je rêvais qu'à la noce, il y a huit jours, notre homme et celui de la Suzanne se sont moqués de toi ; cela m'a fait pitié, et je me suis trouvée toute je ne sais comment.

JACQUES

Vous êtes trop bonne.

MARGUERITE

Je n'aime pas qu'on se moque. Je rêvais qu'à la première occasion ils recommenceraient de plus belle, et que cela me fâcherait encore.

JACQUES

Mais il ne tiendrait qu'à vous que cela n'arrivât plus.

MARGUERITE

Et comment ?

JACQUES

En m'apprenant...

MARGUERITE

Et quoi ?

JACQUES

Ce que j'ignore, et ce qui faisait tant rire votre homme et celui de la Suzanne, qui ne riraient plus.

MARGUERITE

Oh! non, non. Je sais bien que tu es un bon garçon, et que tu ne le dirais à personne ; mais je n'oserais.

JACQUES

Et pourquoi ?

MARGUERITE

C'est que je n'oserais.

JACQUES

Ah! dame Marguerite, apprenez-moi, je vous prie, je vous en aurai la plus grande obligation, apprenez-moi... En la suppliant ainsi, je lui serrais les mains et elle me les serrait aussi ? je lui baisais les yeux, et elle me baisait la bouche. Cependant il faisait tout à fait nuit. Je lui dis donc : Je vois bien, dame Marguerite, que vous ne me voulez pas assez de bien pour m'apprendre ; j'en suis tout à fait chagrin. Allons, levons-nous ; retournons-nous-en... Dame Marguerite se tut ; elle reprit une de mes mains, je ne sais où elle la conduisit, mais le fait est que je m'écriai : « Il n'y a rien! il n'y a rien ! »

LE MAÎTRE

Scélérat ! double scélérat !

JACQUES

Le fait est qu'elle était fort déshabillée, et que je l'étais beaucoup aussi. Le fait est que j'avais toujours la main où il n'y avait rien chez elle, et qu'elle avait placé sa main où cela n'était pas de même chez moi. Le fait est que je me trouvai sous elle et par conséquent elle sur moi. Le fait est que, ne la soulageant d'aucune fatigue, il fallait bien qu'elle la prît tout entière. Le fait est qu'elle se livrait à mon instruction de si bon cœur qu'il vint un instant où je crus qu'elle en mourrait. Le fait est qu'aussi troublé qu'elle, et ne sachant ce que je disais, je m'écriai : « Ah ! dame Suzanne, que vous me faites aise ! »

LE MAÎTRE

Tu veux dire dame Marguerite.

JACQUES

Non, non. Le fait est que je pris un nom pour un autre ; et qu'au lieu de dire dame Marguerite, je dis dame Suzon. Le fait est que j'avouai à dame Marguerite que ce qu'elle croyait m'apprendre ce jour-là, dame Suzon me l'avait appris, un peu diversement, à la vérité, il y a trois ou quatre jours. Le fait est qu'elle me dit : « Quoi ! c'est Suzon et non pas moi?... » Le fait est que je lui répondis : « Ce n'est ni l'une ni l'autre. » Le fait est que, tout en se moquant d'elle-même, de Suzon, des deux maris, et qu'en me disant de petites injures, je me trouvai sur elle, et par conséquent elle sous moi, et qu'en m'avouant que cela lui avait fait du plaisir, mais pas autant que de l'autre manière, elle se retrouva sur moi, et par conséquent moi sous elle. Le fait est qu'après quelque temps de repos et de silence, je

me trouvai ni elle dessous, ni moi dessus, ni elle dessus, ni moi dessous ; car nous étions l'un et l'autre sur
le côté ; qu'elle avait la tête penchée en devant et les
deux fesses collées contre mes deux cuisses. Le fait
est que, si j'avais été moins savant, la bonne dame
Marguerite m'aurait appris tout ce qu'on peut apprendre. Le fait est que nous eûmes bien de la peine à
regagner le village. Le fait est que mon mal de gorge
est fort augmenté, et qu'il n'y a pas d'apparence que
je puisse parler de quinze jours.

LE MAÎTRE

Et tu n'as pas revu ces femmes ?

JACQUES

Pardonnez-moi, plus d'une fois.

LE MAÎTRE

Toutes deux ?

JACQUES

Toutes deux.

LE MAÎTRE

Elles ne sont pas brouillées ?

JACQUES

Utiles l'une à l'autre, elles s'en sont aimées davantage.

LE MAÎTRE

Les nôtres en auraient bien fait autant, mais chacune
avec son chacun... Tu ris.

JACQUES

Toutes les fois que je me rappelle le petit homme criant, jurant, écumant, se débattant de la tête, des pieds, des mains, de tout le corps, et prêt à se jeter du haut du fenil en bas, au hasard de se tuer, je ne saurais m'empêcher d'en rire.

LE MAÎTRE

Et ce petit homme, qui est-il? Le mari de la dame Suzon?

JACQUES

Non.

LE MAÎTRE

Le mari de la dame Marguerite?

JACQUES

Non... Toujours le même : il en a, pour tant qu'il vivra.

LE MAÎTRE

Qui est-il donc?

Jacques ne répondit point à cette question, et le maître ajouta :

Dis-moi seulement qui était le petit homme.

JACQUES

Un jour un enfant, assis au pied du comptoir d'une lingère, criait de toute sa force. La marchande importunée de ses cris, lui dit : « Mon ami, pourquoi criez-vous?

— C'est qu'ils veulent me faire dire A.

— Et pourquoi ne voulez-vous pas dire A?

— C'est que je n'aurai pas si tôt dit A, qu'ils voudront me faire dire B... »

C'est que je ne vous aurai pas si tôt dit le nom du petit homme qu'il faudra que je vous dise le reste.

LE MAÎTRE

Peut-être.

JACQUES

Cela est sûr.

LE MAÎTRE

Allons, mon ami Jacques, nomme-moi le petit homme. Tu t'en meurs d'envie, n'est-ce pas ? Satisfais-toi.

JACQUES

C'était une espèce de nain, bossu, crochu, bègue, borgne, jaloux, paillard, amoureux et peut-être aimé de Suzon. C'était le vicaire du village.

Jacques ressemblait à l'enfant de la lingère comme deux gouttes d'eau, avec cette différence que, depuis son mal de gorge, on avait de la peine à lui faire dire A, mais une fois en train, il allait de lui-même jusqu'à la fin de l'alphabet.

J'étais dans la grange de Suzon, seul avec elle.

LE MAÎTRE

Et tu n'y étais pas pour rien?

JACQUES

Non. Lorsque le vicaire arrive, il prend de l'humeur, il gronde, il demande impérieusement à Suzon ce qu'elle faisait en tête à tête avec le plus débauché des garçons du village, dans l'endroit le plus reculé de la chaumière.

LE MAÎTRE

Tu avais déjà de la réputation, à ce que je vois.

JACQUES

Et assez bien méritée. Il était vraiment fâché ; à ce
propos il en ajouta d'autres encore moins obligeants.
Je me fâche de mon côté. D'injure en injure nous en
venons aux mains. Je saisis une fourche je la lui passe
entre les jambes, fourchon d'ici, fourchon de là, et le
lance sur le fenil, ni plus ni moins, comme une botte
de paille.

LE MAÎTRE

Et ce fenil était haut?

JACQUES

De dix pieds au moins, et le petit homme n'en serait
pas descendu sans se rompre le cou.

LE MAÎTRE

Après?

JACQUES

Après, j'écarte le fichu de Suzon, je lui prends la
gorge, je la caresse ; elle se défend comme cela. Il y
avait là un bât d'âne dont la commodité nous était connue ; je la pousse sur ce bât.

LE MAÎTRE

Tu relèves ses jupons?

JACQUES

Je relève ses jupons.

LE MAÎTRE.

Et le vicaire voyait cela?

JACQUES.

Comme je vous vois.

LE MAÎTRE

Et il se taisait?

JACQUES

Non pas, s'il vous plaît. Ne se contenant plus de rage, il se mit à crier : «Au meu... meu... meurtre! au feu.. feu... feu!... au vo... au vo... au voleur!...» Et voilà le mari que nous croyions loin qui accourt.

LE MAÎTRE

J'en suis fâché : je n'aime pas les prêtres.

JACQUES

Et vous auriez été enchanté que sous les yeux de celui-ci...

LE MAÎTRE

J'en conviens.

JACQUES

Suzon avait eu le temps de se relever; je me rajuste, me sauve, et c'est Suzon qui m'a raconté ce qui suit. Le mari qui voit le vicaire perché sur le fenil, se met à rire. Le vicaire lui disait : «Ris... ris... ris bien so... so... sot que tu es...» Le mari de lui obéir, de rire de plus belle, et de lui demander qui est-ce qui l'a niché là. — Le vicaire : «Met... met... mets-moi à te... te... terre.» — Le mari de rire encore, et de lui demander comment il faut qu'il s'y prenne. — Le vicaire : Co... co... comme j'y... j'y... j'y... suis mon... mon... monté, a... a... avec la fou... fou... fourche... — Par sanguienne, vous avez

raison ; voyez ce que c'est que d'avoir étudié ?... » Le
mari prend la fourche, la présente au vicaire ; celui-ci
s'enfourche comme je l'avais enfourché ; le mari lui fait
faire un ou deux tours de grange au bout de l'instrument de basse-cour, accompagnant cette promenade
d'une espèce de chant en faux-bourdon ; et le vicaire
criait : « Dé... dé... descends-moi, ma... ma... maraud,
me... me... dé... dé... descendras... dras-tu ?... » Et le
mari lui disait : « A quoi tient-il, monsieur le vicaire,
que je ne vous montre ainsi dans toutes les rues du village ? On n'y aurait jamais vu une aussi belle proces-
sion... » Cependant le vicaire en fut quitte pour la peur,
et le mari le mit à terre. Je ne sais ce qu'il dit alors au
mari, car Suzon s'était évadée ; mais j'entendis : « Ma...
ma... malheureux ! tu... tu... fra... fra... frappes un...
un... prê... prê... prêtre ; je... je... t'e... t'e... t'ex... co...
co... communie ; tu... tu... se... seras da... da... damné... »
C'était le petit homme qui parlait ; et c'était le mari
qui le pourchassait à coups de fourche. J'arrive avec
beaucoup d'autres ; d'aussi loin que le mari m'aperçut,
mettant sa fourche en arrêt : « Approche, approche, »
me dit-il.

LE MAÎTRE

Et Suzon ?

JACQUES

Elle s'en tira.

LE MAÎTRE

Mal ?

JACQUES

Non ; les femmes s'en tirent toujours bien quand on
ne les a pas surprises en flagrant délit... De quoi riez
vous ?

LE MAÎTRE

De ce qui me fera rire, comme toi, toutes les fois
que je me rappellerai le petit prêtre au bout de la
fourche du mari.

JACQUES

Ce fut peu de temps après cette aventure, qui vint
aux oreilles de mon père et qui en rit aussi, que je
m'engageai, comme je vous ai dit...

Après quelques moments de silence ou de toux de la
part de Jacques, disent les uns, ou après avoir encore
ri, disent les autres, le maître s'adressant à Jacques,
lui dit : « Et l'histoire de tes amours ? » — Jacques
hocha de la tête et ne répondit pas.

Comment un homme de sens, qui a des mœurs, qui
se pique de philosophie, peut-il s'amuser à débiter des
contes de cette obscénité ? — Premièrement, lecteur,
ce ne sont pas des contes, c'est une histoire, et je ne
me sens pas plus coupable, et peut-être moins, quand
j'écris les sottises de Jacques, que Suétone quand il
nous transmet les débauches de Tibère. Cependant
vous lisez Suétone, et vous ne lui faites aucun reproche.
Pourquoi ne froncez-vous pas le sourcil à Catulle, à
Martial, à Horace, à Juvénal, à Pétrone, à La Fontaine
et à tant d'autres ? Pourquoi ne dites-vous pas au stoï-
cien Sénèque : Quel besoin avons-nous de la crapule
de votre esclave [1] aux miroirs concaves ? Pourquoi
n'avez-vous de l'indulgence que pour les morts ? Si
vous réfléchissiez un peu à cette partialité, vous ver-
riez qu'elle naît de quelque principe vicieux. Si vous

1. Hostius.

êtes innocent, vous ne me lirez pas ; si vous êtes corrompu, vous me lirez sans conséquence. Et puis, si ce
que je vous dis là ne vous satisfait pas, ouvrez la pré-
face de Jean-Baptiste Rousseau, et vous y trouverez
mon apologie. Quel est celui d'entre vous qui osât
blâmer Voltaire d'avoir composé *la Pucelle?* Aucun,
Vous avez donc deux balances pour les actions des
hommes ? Mais, dites-vous, *la Pucelle* de Voltaire est
un chef-d'œuvre ! — Tant pis, puisqu'on ne l'en lira
que davantage. — Et votre *Jacques* n'est qu'une insi-
pide rapsodie de faits, les uns réels, les autres imagi-
nés, écrits sans grâce et distribués sans ordre. — Tant
mieux, mon *Jacques* en sera moins lu. De quel côté
que vous vous tourniez, vous avez tort. Si mon ouvrage est bon, il vous fera plaisir ; s'il est mauvais, il
ne fera point de mal. Point de livre plus innocent
qu'un mauvais livre. Je m'amuse à écrire sous des
noms empruntés les sottises que vous faites ; vos sottises me font rire ; mon écrit vous donne de l'humeur.
Lecteur, à vous parler franchement, je trouve que le
plus méchant de nous deux, ce n'est pas moi. Que je
serais satisfait s'il m'était aussi facile de me garantir
de vos noirceurs, qu'à vous de l'ennui ou du danger
de mon ouvrage ! Vilains hypocrites, laissez-moi en
repos. F..tez comme des ânes débâtés ; mais permettez-
moi que je dise f..tre ; je vous passe l'action, passez-
moi le mot. Vous prononcez hardiment tuer, voler,
trahir, et l'autre vous ne l'oseriez qu'entre les dents !
Est-ce que moins vous exhalez de ces prétendues im-
puretés en paroles, plus il vous en reste dans la pensée ? Et que vous a fait l'action génitale, si naturelle,
si nécessaire et si juste, pour en exclure le signe de
vos entretiens, et pour imaginer que votre bouche, vos

yeux et vos oreilles en seraient souillés ? Il est bon que
les expressions les moins usitées, les moins écrites, les
mieux tues soient les mieux sues et les plus générale-
ment connues ; aussi cela est : aussi le mot *futuo* n'est-
il pas moins familier que le mot pain ; nul âge ne
l'ignore, nul idiome n'en est privé ; il a mille syno-
nymes dans toutes les langues, il s'imprime en chacune
sans être exprimé, sans voix, sans figure, et le sexe
qui le fait le plus, a usage de le taire le plus. Je vous
entends encore, vous vous écriez : « Fi, le cynique !
Fi, l'impudent ! Fi, le sophiste !... » Courage, insultez,
bien un auteur estimable que vous avez sans cesse
entre les mains, et dont je ne suis ici que le traducteur.
La licence de son style m'est presque un garant de la
pureté de ses mœurs : c'est Montaigne[1]. *Lasciva est
nobis pagina, vita proba.*

Jacques et son maître passèrent le restant de la journée sans desserrer les dents. Jacques toussait, et son
maître disait : « Voilà une cruelle toux ! » regardait à
sa montre l'heure qu'il était sans le savoir, ouvrait sa
tabatière sans s'en douter, et prenait sa prise de tabac
sans le sentir ; ce qui me le prouve, c'est qu'il faisait
ces choses trois ou quatre fois de suite et dans le même
ordre. Un moment après, Jacques toussait encore, et
son maître disait : « Quelle diable de toux ! Aussi tu
t'en es donné du vin de l'hôtesse jusqu'au nœud de la
gorge. Hier au soir, avec le secrétaire, tu ne t'es pas
ménagé davantage ; quand tu remontas, tu chancelais,
tu ne savais ce que tu disais ; et aujourd'hui tu as fait

1. Tout ce passage est imité de Montaigne, liv. III, ch. v.
(Br.)

dix haltes, et je gage qu'il ne te reste pas une goutte
de vin dans ta gourde ?... » Puis il grommelait entre
ses dents, regardait à sa montre, et régalait ses na-
rines.

J'ai oublié de vous dire, lecteur, que Jacques n'allait
jamais sans une gourde remplie du meilleur ; elle était
suspendue à l'arçon de sa selle. A chaque fois que son
maître interrompait son récit par quelque question un
peu longue, il détachait sa gourde, en buvait un coup à
la régalade, et ne la remettait à sa place que quand son
maître avait cessé de parler. J'avais encore oublié de
vous dire que, dans les cas qui demandaient de la réflexion, son premier mouvement était d'interroger sa
gourde. Fallait-il résoudre une question morale, discuter un fait, préférer un chemin à un autre, entamer,
suivre ou abandonner une affaire, peser les avantages
ou les désavantages d'une opération de politique, d'une
spéculation de commerce ou de finance, la sagesse ou
la folie d'une loi, le sort d'une guerre, le choix d'une
auberge, dans une auberge le choix d'un appartement, dans un appartement le choix d'un lit, son
premier mot était : « Interrogeons la gourde. » Son
dernier était : « C'est l'avis de ma gourde et le mien. »
Lorsque le destin était muet dans sa tête, il s'expli-
quait par sa gourde, c'était une espèce de Pythie por-
tative, silencieuse aussitôt qu'elle était vide. A Delphes
la Pythie, ses cotillons retroussés, assise à cul nu
sur le trépied, recevait son inspiration de bas en haut ;
Jacques sur son cheval, la tête tournée vers le ciel, sa
gourde débouchée et le goulot incliné vers sa bouche,
recevait son inspiration de haut en bas. Lorsque la
Pythie et Jacques prononçaient leurs oracles, ils étaient
ivres tous les deux. Il prétendait que l'Esprit-Saint

18

était descendu sur les apôtres dans une gourde ; ils appelait la Pentecôte la fête des gourdes. Il a laissé un petit traité de toutes sortes de divinations, traité profond dans lequel il donne la préférence à la divination de Bacbuc [1] ou par la gourde. Il s'inscrit en faux, malgré toute la vénération qu'il lui portait, contre le curé de Meudon qui interrogeait la dive bacbus par le choc de la panse. « J'aime Rabelais, dit-il, mais j'aime mieux la vérité que Rabelais. » Il l'appelle hérétique *Engastrimute* [2] ; et il prouve par cent raisons meilleures les unes que les autres, que les vrais oracles de Bacbuc ou de la gourde ne se faisaient entendre que par le goulot. Il compte au rang des sectateurs distingués de Bacbuc, des vrais inspirés de la gourde dans ces derniers siècles : Rabelais, La Fare, Chapelle, Chaulieu, La Fontaine, Molière, Panard, Gallet, Vadé. Platon et Jean-Jacques Rousseau [3], qui prônèrent le bon vin sans en boire, sont à son avis de faux frères de la gourde. La gourde eut autrefois quelques sanctuaires célèbres ; la Pomme-de-Pin, [4] le Temple [5] et la Guinguette, sanctuaires dont il écrit l'histoire séparément. Il fait la peinture la plus magnifique de l'enthousiasme, de la chaleur, du feu dont

---

1. *Bacbuc*, en hébreu *Bachboûch*, bouteille, ainsi appelé du bruit qu'elle fait quand on la vide. (Br.) — Voir *Pantagruel* plutôt que la Bible.

2. Le mot est écrit *engastrimeste* dans l'édition originale, probablement par suite d'une erreur de copiste. On dit aujourd'hui *engastrimythe*, de γαστήρ, *ventre*, et de μῦθος, *parole*.

3. Si nous en croyons Mercier, Rousseau, au moins dans ses dernières années, ne dédaignait pas le vin ; voyez son livre : *J.-J. Rousseau, considéré comme un des auteurs de la Révolution.* Il s'exprime en des termes que nous voulons croire empreints de son exagération habituelle.

4. Cabaret de Villon.

5. Où Gallet s'était réfugié pour échapper à ses créanciers.

les Bacbuciens ou Périgourdins étaient et furent encore saisis de nos jours, lorsque, sur la fin du repas, les coudes appuyés sur la table, la dive Bacbuc ou la gourde sacrée leur apparaissait, était déposée au milieu d'eux, sifflait, jetait sa coiffe loin d'elle, et couvrait ses adorateurs de son écume prophétique. Son manuscrit est décoré de deux portraits, au bas desquels on lit : *Anacréon et Rabelais, l'un parmi les anciens, l'autre parmi les modernes, souverains pontifes de la gourde.*

Et Jacques s'est servi du terme engastrimute?... Pourquoi pas, lecteur ? Le capitaine de Jacques était Bacbucien, il a pu connaître cette expression,. et Jacques, qui recueillait tout ce qu'il disait, se la rappeler ; mais la vérité c'est que l'*Engastrimute* est de moi, et qu'on lit sur le texte original *Ventriloque.*

Tout cela est fort beau, ajoutez-vous ; mais les amours de Jacques? — Les amours de Jacques, il n'y a que Jacques qui les sache ; et le voilà tourmenté d'un mal de gorge qui réduit son maître à sa montre et à sa tabatière ; indigence qui l'afflige autant que vous. — Qu'allons-nous donc devenir ? — Ma foi, je n'en sais rien. Ce serait bien ici le cas d'interroger la dive Bacbuc ou gourde sacrée ; mais son culte tombe, ses temples sont déserts. Ainsi qu'à la naissance de notre divin Sauveur les oracles du paganisme cessèrent ; à la mort de Gallet[1], les oracles de Bacbuc furent muets ; aussi plus de

---

1. Gallet, épicier à la pointe Saint-Eustache, devenu chansonnier célèbre, mourut en 1757 au Temple, lieu de franchise pour les débiteurs insolvables. Comme il y recevait chaque jour des mémoires de ses créanciers : « Me voilà, disait-il, au Temple des Mémoires ». Sa misère n'altéra ni ses goûts ni sa gaieté ; il buvait cinq à six bouteilles de vin par jour, mais ce régime finit par le rendre hydropique. On lui fit plusieurs fois la ponction, et il rendit 92 pintes d'eau, ce qui lui fit dire au vicaire du

grands poèmes, plus de ces morceaux d'une éloquence
sublime ; plus de ces productions marquées au coin de
l'ivresse et du génie; tout est raisonné, compassé, aca-
démique et plat. O dive Bacbuc! ô gourde sacrée! ô
divinité de Jacques! Revenez au milieu de nous!...

Il me prend envie, lecteur, de vous entretenir de la
naissance de la dive Bacbuc, des prodiges qui l'ac-
compagnèrent et qui la suivirent, des merveilles de
son règne et des désastres de sa retraite; et si le mal
de gorge de notre ami Jacques dure, et que son
maître s'opiniâtre à garder le silence, il faudra bien que
vous vous contentiez de cet épisode, que je tâcherai de
pousser jusqu'à ce que Jacques guérisse et reprenne
l'histoire de ses amours...

Il y ici une lacune vraiment déplorable dans la conversation de Jacques et de son maître. Quelque jour, un
descendant de Nodot [1], du président de Brosses [2],
de Freinshémius [3], ou du père Brottier [4], la remplira
peut-être; et les descendants de Jacques ou de son
maître, propriétaires du manuscrit, en riront beaucoup.

Temple qui venait lui administrer l'extrême-onction : « Ah !
monsieur l'abbé, vous venez me graisser les bottes; cela est
inutile, car je m'en vais par eau. » A sa mort, Panard, son ami,
son compagnon de promenade, de spectacle et de cabaret, ren-
contrant Marmontel, s'écria en pleurant : « Je l'ai perdu, je ne
chanterai plus, je ne boirai plus avec lui ! il est mort... Je suis
seul au monde... Vous savez qu'il est mort au Temple? Je suis
allé pleurer et gémir sur sa tombe. Quelle tombe! Ah ! Monsieur!
ils me l'ont mis sous une gouttière, lui qui depuis l'âge de raison
n'avait pas bu un verre d'eau. » (BR.)

1. Qui découvrit de prétendus fragments de Pétrone.
2. Qui essaya de restituer le texte de Salluste.
3. Qui a ajouté des suppléments à Quinte-Curce.
4. Traducteur de Tacite et auteur de *Mémoires* sur plusieurs
points peu connus de l'histoire des mœurs romaines.

Il paraît que Jacques, réduit au silence par son mal
de gorge, suspendit l'histoire de ses amours, et que
son maître commença l'histoire des siennes. Ce n'est
ici qu'une conjecture que je donne pour ce qu'elle
vaut. Après quelques lignes ponctuées qui annoncent la
lacune, on lit : « Rien n'est plus triste dans ce monde
que d'être un sot... » Est-ce Jacques qui profère cet
apophtegme ? Est-ce son maître ? Ce serait le sujet
d'une longue et épineuse dissertation. Si Jacques
était assez insolent pour adresser ces mots à son
maître, celui-ci était assez franc pour se les adresser à
lui-même. Quoi qu'il en soit, il est évident, il est très
évident que c'est le maître qui continue.

LE MAÎTRE

C'était la veille de sa fête, et je n'avais point d'argent.
Le chevalier de Saint-Ouin, mon intime ami, n'était
jamais embarrassé de rien. « Tu n'as point d'argent,
me dit-il ?

— Non.

— Eh bien ! il n'y a qu'à en faire.

— Et tu sais comme on en fait ?

— Sans doute. » Il s'habille, nous sortons, et il me
conduit à travers plusieurs rues détournées dans une
petite maison obscure, où nous montons par un petit
escalier sale, à un troisième, où j'entre dans un appartement assez spacieux et singulièrement meublé. Il y
avait entre autres choses trois commodes de front,
toutes trois de formes différentes ; par derrière celle du
milieu, un grand miroir à chapiteau trop haut pour le
plafond, en sorte qu'un bon demi-pied de ce miroir
était caché par la commode ; sur ces commodes des
marchandises de toutes espèces ; deux trictracs ; autour

18*

de l'appartement, des chaises assez belles, mais pas
une qui eût sa pareille ; au pied d'un lit sans rideaux,
une superbe duchesse[1] ; contre une des fenêtres, une
volière sans oiseaux, mais toute neuve ; à l'autre fenêtre
un lustre suspendu par un manche à balai, et le manche
à balai portant des deux bouts sur les dossiers de deux
mauvaises chaises de paille ; et puis de droite et de
gauche des tableaux, les uns attachés aux murs, les
autres en piles.

JACQUES

Cela sent le faiseur d'affaires d'une lieue à la ronde.

LE MAÎTRE

Tu l'as deviné. Et voilà le chevalier et M. Le Brun
(c'est le nom de notre brocanteur et courtier d'usure)
qui se précipitent dans les bras l'un de l'autre... « Et !
c'est vous, monsieur le chevalier ?

— Et oui, c'est moi, mon cher Le Brun.

— Mais que devenez-vous donc ? Il y a une éternité
qu'on ne vous a vu. Les temps sont bien tristes, n'est-
il pas vrai ?

— Très tristes, mon cher Le Brun. Mais il ne s'agit
pas de cela ; écoutez-moi, j'aurais un mot à vous
dire... »

Je m'assieds. Le chevalier et Le Brun se retirent
dans un coin et se parlent. Je ne puis te rendre de
leur conversation que quelques mots que je surpris à
la volée...

« Il est bon ?

— Excellent.

1. Chaise longue.

— Majeur?

— Très majeur.

— C'est le fils?

— Le fils.

— Savez-vous que nos deux dernières affaires?...

— Parlez plus bas.

— Le père?

— Riche.

— Vieux?

— Et caduc. »

Le Brun à haute voix : « Tenez, monsieur le chevalier, je ne veux plus me mêler de rien, cela a toujours
des suites fâcheuses. C'est votre ami, à la bonne heure !
Monsieur a tout à fait l'air d'un galant homme; mais...

— Mon cher Le Brun !

— Je n'ai point d'argent.

— Mais vous avez des connaissances !

— Ce sont tous des gueux, de fieffés fripons. Monsieur le chevalier, n'êtes-vous point las de passer par
ces mains-là?

— Nécessité n'a point de loi.

— La nécessité qui vous presse est une plaisante nécessité, une bouillotte, une partie de la belle [1], quelque
fille.

— Cher ami !...

— C'est toujours moi, je suis faible comme un enfant; et puis vous, je ne sais pas à qui vous ne feriez
pas fausser un serment. Allons, sonnez donc, afin que
je sache si Fourgeot est chez lui... Non, ne sonnez pas,
Fourgeot vous mènera chez Merval.

— Pourquoi pas vous ?

1. Le jeu de la *belle* est souvent mentionné au xviiie siècle.
C'est un jeu de hasard, une sorte de loterie.

— Moi! j'ai juré que cet abominable Merval ne travaillerait jamais ni pour moi ni pour mes amis. Il faudra que vous répondiez pour monsieur, qui peut-être, qui sans doute est un honnête homme; que je réponde pour vous à Fourgeot, et que Fourgeot réponde pour moi à Merval... »

Cependant la servante était entrée en disant : « C'est chez M. Fourgeot ? »

Le Brun à sa servante : « Non, ce n'est chez personne... Monsieur le chevalier, je ne saurais absolument, je ne saurais. »

Le chevalier l'embrasse, le caresse : « Mon cher Le Brun ! mon cher ami !... » Je m'approche, je joins mes instances à celles du chevalier : « Monsieur Le Brun ! mon cher monsieur !.. »

Le Brun se laisse persuader.

La servante qui souriait de cette mômerie, part, et dans un clin d'œil reparaît avec un petit homme boiteux, vêtu de noir, canne à la main, bègue, le visage sec et ridé, l'œil vif. Le chevalier se tourne de son côté et lui dit : « Allons, monsieur Mathieu de Fourgeot, nous n'avons pas un moment à perdre, conduisez-nous vite... »

Fourgeot, sans avoir l'air de l'écouter, déliait une petite bourse de chamois.

Le chevalier à Fourgeot : « Vous vous moquez, cela nous regarde... » Je m'approche, je tire un petit écu que je glisse au chevalier qui le donne à la servante en lui passant la main sous le menton. Cependant Le Brun disait à Fourgeot : « Je vous le défends; ne conduisez point là ces messieurs.

FOURGEOT

Monsieur Le Brun, pourquoi donc?

LE BRUN

C'est un fripon, c'est un gueux.

FOURGEOT

Je sais bien que M. de Merval... mais à tout péché miséricorde; et puis, je ne connais que lui qui ait de l'argent pour le moment.

LE BRUN

Monsieur Fourgeot, faites comme il vous plaira; Messieurs, je m'en lave les mains.

FOURGEOT à Le Brun.

Monsieur Le Brun, est-ce que vous ne venez pas avec nous?

LE BRUN

Moi! Dieu m'en préserve. C'est un infâme que je ne reverrai de ma vie.

FOURGEOT

Mais, sans vous, nous ne finirons rien.

LE CHEVALIER

Il est vrai. Allons, mon cher Le Brun, il s'agit de me servir, il s'agit d'obliger un galant homme qui est dans la presse; vous ne me refuserez pas; vous viendrez.

LE BRUN

Aller chez un Merval! moi! moi!

LE CHEVALIER

Oui, vous, vous viendrez pour moi... »

A force de sollicitations Le Brun se laisse entraîner, et nous voilà, lui Le Brun, le chevalier, Mathieu de Fourgeot, en chemin, le chevalier frappant amicalement dans la main de Le Brun et me disant : « C'est le meilleur homme, l'homme du monde le plus officieux, la meilleure connaissance...

LE BRUN

Je crois que M. le chevalier me ferait faire de la fausse monnaie. »

Nous voilà chez Merval.

JACQUES

Mathieu de Fourgeot...

LE MAÎTRE

Eh bien ! qu'en veux-tu dire ?

JACQUES

Mathieu de Fourgeot... Je veux dire que M. le chevalier de Saint-Ouin connaît ces gens-là par nom et surnom, et que c'est un gueux, d'intelligence avec toute cette canaille-là.

LE MAÎTRE

Tu pourrais bien avoir raison... Il est impossible de connaître un homme plus doux, plus civil, plus honnête, plus poli, plus humain, plus compatissant, plus désintéressé que M. de Merval. Mon âge de majorité et

ma solvabilité bien constatés, M. de Merval prit un air
tout à fait affectueux et triste et nous dit avec le ton
de la componction qu'il était au désespoir ; qu'il avait
été dans cette même matinée obligé de secourir un de
ses amis pressé des besoins les plus urgents, et qu'il
était tout à fait à sec. Puis s'adressant à moi, il ajouta :
« Monsieur, n'ayez point de regret de ne pas être venu
plus tôt ; j'aurais été affligé de vous refuser, mais je
l'aurais fait : l'amitié passe avant tout... »

Nous voilà tous bien ébahis ; voilà le chevalier, Le
Brun même et Fourgeot aux genoux de Merval, et
M. de Merval qui leur disait : « Messieurs, vous me
connaissez tous ; j'aime à obliger et tâche de ne pas
gâter les services que je rends en les faisant solliciter ;
mais, foi d'homme d'honneur, il n'y a pas quatre louis
dans la maison... »

Moi, je ressemblais, au milieu de ces gens-là, à un
patient qui a entendu sa sentence. Je disais au chevalier : « Chevalier, allons-nous-en, puisque ces messieurs ne peuvent rien... » Et le chevalier me tirant à
l'écart : « Tu n'y penses pas, c'est la veille de sa fête.
Je l'aie prévenue, je t'en avertis ; et elle s'attend à une
galanterie de ta part. Tu la connais : ce n'est pas
qu'elle soit intéressée ; mais elle est comme toutes les
autres, qui n'aiment pas à être trompées dans leur
attente. Elle s'en sera déjà vantée à son père, à sa
mère, à ses tantes, à ses amies ; et, après cela, n'avoir
rien à leur montrer, cela est mortifiant... » Et puis le
voilà revenu à Merval, et le pressant plus vivement
encore. Merval, après s'être bien fait tirailler, dit : « J'ai
la plus sotte âme du monde ; je ne saurais voir les gens
en peine. Je rêve ; et il me vient une idée.

LE CHEVALIER

Et quelle idée?

MERVAL

Pourquoi ne prendriez-vous pas des marchandises?

LE CHEVALIER

En avez-vous?

MERVAL

Non ; mais je connais une femme qui vous en fournira ; une brave femme, une honnête femme.

LE BRUN

Oui, mais qui nous fournira des guenilles, qu'elle nous vendra au poids de l'or, et dont nous ne retirerons rien.

MERVAL

Point du tout, ce seront de très belles étoffes, des bijoux en or et en argent, des soieries de toute espèce, des perles, quelques pierreries ; il y aura très peu de chose à perdre sur ces effets. C'est une bonne créature à se contenter de peu, pourvu qu'elle ait ses sûretés ; ce sont des marchandises d'affaires qui lui reviennent à très bon prix. Au reste, voyez-les, la vue ne vous en coûtera rien... »

Je représentai à Merval et au chevalier, que mon état n'était pas de vendre ; et que, quand cet arrangement ne me répugnerait pas, ma position ne me laisserait pas le temps d'en tirer parti. Les officieux Le Brun et Mathieu de Fourgeot dirent tous à la fois : « Qu'à

cela ne tienne, nous vendrons pour vous ; c'est l'embarras d'une demi-journée...» Et la séance fut remise
à l'après-midi chez M. de Merval, qui, me frappant
doucement sur l'épaule, me disait d'un ton onctueux et
pénétré : «Monsieur, je suis charmé de vous obliger ;
mais, croyez-moi, faites rarement de pareils emprunts ;
ils finissent toujours par ruiner. Ce serait un miracle,
dans ce pays-ci, que vous eussiez encore à traiter une
fois avec d'aussi honnêtes gens que MM. Le Brun et
Mathieu de Fourgeot...»

Le Brun et Fourgeot de Mathieu, ou Mathieu de
Fourgeot, le remercièrent en s'inclinant, et lui disant
qu'il avait bien de la bonté, qu'ils avaient tâché jusqu'à
présent de faire leur petit commerce en conscience, et
qu'il n'y avait pas de quoi les louer.

MERVAL

Vous vous trompez, Messieurs, car qui est-ce qui a
de la conscience à présent ? Demandez à M. le chevalier
de Saint-Ouin, qui doit en savoir quelque chose...

Nous voilà sortis de chez Merval, qui nous demande,
du haut de son escalier, s'il peut compter sur nous et
faire avertir sa marchande. Nous lui répondons que
oui ; et nous allons tous quatre dîner dans une auberge
voisine, en attendant l'heure du rendez-vous.

Ce fut Mathieu de Fourgeot qui commanda le dîner,
et qui le commanda bon. Au dessert, deux marmottes
s'approchèrent de notre table avec leurs vielles ; Le
Brun les fit asseoir. On les fit boire, on les fit jaser,
on les fit jouer. Tandis que mes trois convives s'amu-
saient à en chiffonner une, sa compagne, qui était à
côté de moi, me dit tout bas : « Monsieur, vous êtes là

en bien mauvaise compagnie : il n'y a pas un de ces gens-là qui n'ait son nom sur le livre rouge[1].

Nous quittâmes l'auberge à l'heure indiquée, et nous nous rendîmes chez Merval. J'oubliais de te dire que ce dîner épuisa la bourse du chevalier et la mienne, et qu'en chemin Le Brun dit au chevalier, qui me le redit, que Mathieu de Fourgeot exigeait dix louis pour sa commission, que c'était le moins qu'on pût lui donner; que s'il était satisfait de nous, nous aurions les marchandises à meilleur prix, et que nous retrouverions aisément cette somme sur la vente.

Nous voilà chez Merval, où sa marchande nous avait précédés avec ses marchandises. Mlle Bridoie (c'est son nom) nous accabla de politesses et de révérences, et nous étala des étoffes, des toiles, des dentelles, des bagues, des diamants, des boîtes d'or. Nous prîmes de tout. Ce furent Le Brun, Mathieu de Fourgeot et le chevalier qui mirent le prix aux choses; et c'est Merval qui tenait la plume. Le total se monta à dix-neuf mille sept cent soixante et quinze livres, dont j'allais faire mon billet, lorsque Mlle Bridoie me dit, en faisant une révérence (car elle ne s'adressait jamais à personne sans le révérencier) : « Monsieur, votre dessein est de payer vos billets à leur échéance?

— Assurément, lui répondis-je.

— En ce cas, me répliqua-t-elle, il vous est indifférent de me faire des billets ou des lettres de change. »

Le mot de lettre de change me fit pâlir. Le chevalier s'en aperçut, et dit à Mlle Bridoie : « Des lettres de change, Mademoiselle! mais ces lettres de change courront, et l'on ne sait en quelles mains elles pourraient aller.

[1]. Registre de la police.

— Vous vous moquez, monsieur le chevalier ; on sait
un peu les égards dus aux personnes de votre rang... »
Et puis une révérence... « On tient ces papiers-là dans
son portefeuille ; on ne les produit qu'à temps. Tenez,
voyez... » Et puis une révérence. Elle tire son portefeuille de sa poche ; elle lit une multitude de noms de
tout état et de toutes conditions. Le chevalier s'était
approché de moi, et me disait : « Des lettres de
change ! cela est diablement sérieux ! Vois ce que tu
veux faire. Cette femme me paraît honnête, et puis,
avant l'échéance, tu seras en fonds ou j'y serai. »

JACQUES

Et vous signâtes les lettres de change ?

LE MAÎTRE

Il est vrai.

JACQUES

C'est l'usage des pères, lorsque leurs enfants partent
pour la capitale, de leur faire un petit sermon. Ne fré-
quentez point mauvaise compagnie ; rendez-vous
agréable à vos supérieurs par de l'exactitude à remplir
vos devoirs ; conservez votre religion ; fuyez les filles
de mauvaise vie, les chevaliers d'industrie, et surtout
ne signez jamais de lettres de change.

LE MAÎTRE

Que veux-tu, je fis comme les autres ; la première
chose que j'oubliai, ce fut la leçon de mon père. Me
voilà pourvu de marchandises à vendre, mais c'est de
l'argent qu'il nous fallait. Il y avait quelques paires de
manchettes à dentelle, très belles : le chevalier s'en

saisit au prix coûtant, en me disant : « Voilà déjà une partie de tes emplettes, sur laquelle tu ne perdras rien. » Mathieu de Fourgeot prit une montre et deux boîtes d'or, dont il allait sur-le-champ m'apporter la valeur ; Le Brun prit en dépôt le reste chez lui. Je mis dans ma poche une superbe garniture avec les manchettes ; c'était une des fleurs du bouquet que j'avais à donner. Mathieu de Fourgeot revint en un clin d'œil avec soixante louis ; il en retint dix pour lui, et je reçus les cinquante autres. Il me dit qu'il n'avait vendu ni la montre ni les deux boîtes, mais qu'il les avait mises en gage.

JACQUES

En gage ?

LE MAÎTRE

Oui.

JACQUES

Je sais où.

LE MAÎTRE

Où ?

JACQUES

Chez la demoiselle aux révérences, la Bridoie.

LE MAÎTRE

Il est vrai. Avec la paire de manchettes et sa garniture, je pris encore une jolie bague, avec une boîte à mouches, doublée d'or. J'avais cinquante louis dans ma bourse ; et nous étions, le chevalier et moi, de la plus belle gaieté.

JACQUES

Voilà qui est fort bien. Il n'y a dans tout ceci qu'une chose qui m'intrigue ; c'est le désintéressement du sieur Le Brun ; est-ce que celui-là n'eut aucune part à la dépouille ?

LE MAÎTRE

Allons donc, Jacques, vous vous moquez ; vous ne connaissez pas M. Le Brun. Je lui proposai de reconnaître ses bons offices ; il se fâcha, il me répondit que je le prenais apparemment pour un Mathieu de Fourgeot; qu'il n'avait jamais tendu la main. « Voilà mon cher Le Brun, s'écria le chevalier, c'est toujours lui-même ! mais nous rougirions qu'il fût plus honnête que nous... » Et à l'instant il prit parmi nos marchandises deux douzaines de mouchoirs, une pièce de mousseline qu'il lui fit accepter pour sa femme et pour sa fille. Le Brun se mit à considérer les mouchoirs, qui lui parurent si beaux, la mousseline qu'il trouva si fines, cela lui était offert de si bonne grâce, il avait une si prochaine occasion de prendre sa revanche avec nous par la vente des effets qui restaient entre ses mains, qu'il se laissa vaincre; et nous voilà partis, et nous acheminant à toutes jambes de fiacre vers la demeure de celle que j'aimais, et à qui la garniture, les manchettes et la bague étaient destinées. Le présent réussit à merveille. On fut charmante. On essaya sur-le-champ la garniture et les manchettes ; la bague semblait avoir été faite pour le doigt. On soupa, et gaiement comme tu penses bien.

JACQUES

Et vous couchâtes là.

LE MAÎTRE

Non.

JACQUES

Ce fut donc le chevalier?

LE MAÎTRE

Je le crois.

JACQUES

Du train dont on vous menait, vos cinquante louis ne durèrent pas longtemps.

LE MAÎTRE

Non. Au bout de huit jours, nous nous rendîmes chez Le Brun pour voir ce que le reste de nos effets avait produit.

JACQUES

Rien, ou peu de chose. Le Brun fut triste, il se déchaîna contre le Merval et la demoiselle aux révérences, les appela gueux, infâmes, fripons, jura derechef de n'avoir jamais rien à démêler avec eux, et vous remit sept à huit cent francs.

LE MAÎTRE

A peu près; huit cent soixante et dix livres.

JACQUES

Ainsi, si je sais un peu calculer, huit cent soixante et dix livres de Le Brun, cinquante louis de Merval ou de Fourgeot, la garniture, les manchettes et la bague, allons, encore cinquante louis, et voilà ce qui est rentré, de vos dix-neuf mille sept cent soixante et quinze livres, en marchandises. Diable ! cela est honnête. Merval avait raison, on n'a pas tous les jours à traiter avec d'aussi dignes gens.

LE MAÎTRE

Tu oublies les manchettes prises au prix coûtant par le chevalier.

JACQUES

C'est que le chevalier ne vous en a jamais parlé.

LE MAÎTRE

J'en conviens. Et les deux boites d'or et la montre mises en gage par Mathieu, tu n'en dis rien.

JACQUES

C'est que je ne sais qu'en dire.

LE MAÎTRE

Cependant l'échéance des lettres de change arriva.

JACQUES

Et vos fonds ni ceux du chevalier n'arrivèrent point.

LE MAÎTRE

Je fus obligé de me cacher. On instruisit mes parents ; un de mes oncles vint à Paris. Il présenta un mémoire à la police contre tous ces fripons. Ce mémoire fut renvoyé à un des commis ; ce commis était un protecteur gagé de Merval. On répondit que, l'affaire étant en justice réglée, la police n'y pouvait rien. Le prêteur sur gages à qui Mathieu avait confié les deux boîtes fit assigner Mathieu. J'intervins dans ce procès. Les frais de justice furent si énormes, qu'après la vente de la montre et des boîtes, il s'en manquait encore cinq ou six cents francs qu'il n'y eût de quoi tout payer.

Vous ne croiriez pas cela, lecteur. Et si je vous disais qu'un limonadier, décédé il y a quelque temps dans mon voisinage, laissa deux pauvres orphelins en bas âge. Le commissaire se transporte chez le défunt; on appose un scellé. On lève ce scellé, on fait un inventaire, une vente ; la vente produit huit à neuf cents francs. De ces neuf cents francs, les frais de justice prélevés, il reste deux sous pour chaque orphelin ; on leur met à chacun ces deux sous dans la main, et on les conduit à l'hôpital.

LE MAÎTRE

Cela fait horreur.

JACQUES

Et cela dure.

LE MAÎTRE

Mon père mourut dans ces entrefaites. J'acquittai les lettres de change, et je sortis de ma retraite, où, pour l'honneur du chevalier et de mon amie, j'avouerai qu'ils me tinrent assez fidèle compagnie.

JACQUES

Et vous voilà tout aussi féru [1] qu'auparavant du chevalier et de votre belle : votre belle vous tenant la dragée plus haute que jamais.

---

1. *Féru*, vieux mot : *frappé, entiché.*

Je suis *féru*, j'en ai dans l'aile.

        Poésies de SAINT-AMAND.   (BR.)

LE MAÎTRE

Et pourquoi cela, Jacques ?

JACQUES

Pourquoi ? C'est que, maître de votre personne et possesseur d'une fortune honnête, il fallait faire de vous un sot complet, un mari.

LE MAÎTRE

Ma foi, je crois que c'était leur projet ; mais il ne leur réussit pas.

JACQUES

Vous êtes bien heureux, ou ils ont été bien maladroits.

LE MAÎTRE

Mais il me semble que ta voix est moins rauque, et que tu parles plus librement.

JACQUES

Cela vous semble, mais cela n'est pas.

LE MAÎTRE

Tu ne pourrais donc pas reprendre l'histoire de tes amours ?

JACQUES

Non.

LE MAÎTRE

Et ton avis est que je continue l'histoire des miennes ?

19*

JACQUES

C'est mon avis de faire une pause, et de hausser la gourde.

LE MAÎTRE

Comment ! avec ton mal de gorge tu as fait remplir ta gourde ?

JACQUES

Oui ; mais, de par tous les diables, c'est de tisane ; aussi je n'ai point d'idées, je suis bête ; et tant qu'il n'y aura dans la gourde que de la tisane, je serai bête.

LE MAÎTRE

Que fais-tu ?

JACQUES

Je verse la tisane à terre ; je crains qu'elle ne nous porte malheur.

LE MAÎTRE

Tu es fou.

JACQUES

Sage ou fou, il n'en restera pas la valeur d'une larme dans la gourde.

Tandis que Jacques vide à terre sa gourde, son maître regarde à sa montre, ouvre sa tabatière, et se dispose à continuer l'histoire de ses amours. Et moi, lecteur, je suis tenté de lui fermer la bouche en lui montrant de loin ou un vieux militaire sur son cheval, le dos voûté, et s'acheminant à grands pas, ou une jeune paysanne en petit chapeau de paille, en cotillons rouges, faisant

son chemin à pied ou sur un âne. Et pourquoi le vieux
militaire ne serait-il pas ou le capitaine de Jacques ou
le camarade de son capitaine ? — Mais il est mort. —
Vous le croyez ?... Pourquoi la jeune paysanne ne serait-elle pas ou la dame Suzon, ou la dame Marguerite,
ou l'hôtesse du Grand-Cerf, ou la mère Jeanne, ou même
Denise sa fille ? Un faiseur de roman n'y manquerait
pas ; mais je n'aime pas les romans, à moins que ce ne
soient ceux de Richardson. Je fais l'histoire, cette histoire intéressera ou n'intéressera pas : c'est le moindre
de mes soucis. Mon projet est d'être vrai, je l'ai rempli.
Ainsi, je ne ferai point revenir frère Jean de Lisbonne ;
ce gros prieur qui vient à nous dans un cabriolet, à côté
d'une jeune et jolie femme, ce ne sera point l'abbé
Hudson. — Mais l'abbé Hudson est mort ? Vous le
croyez ? Avez-vous assisté à ses obsèques ? — Non. —
Vous ne l'avez point vu mettre en terre ? — Non. — Il
est donc mort ou vivant, comme il me plaira. Il ne tiendrait qu'à moi d'arrêter ce cabriolet et d'en faire sortir
avec le prieur et sa compagne de voyage une suite d'é-
vénements en conséquence desquels vous ne sauriez ni
les amours de Jacques, ni celles de son maître ; mais
je dédaigne toutes ces ressources-là, je vois seulement
qu'avec un peu d'imagination et de style rien n'est plus
aisé que de filer un roman. Demeurons dans le vrai, et
en attendant que le mal de gorge de Jacques se passe,
laissons parler son maître.

LE MAÎTRE

Un matin, le chevalier m'apparut fort triste ; c'était
le lendemain d'un jour que nous avions passé à la
campagne, le chevalier, son amie ou la mienne, ou
peut-être de tous les deux, le père, la mère, les tantes,

les cousines et moi. Il me demanda si je n'avais commis aucune indiscrétion qui eût éclairé les parents sur
ma passion. Il m'apprit que le père et la mère, alarmés
de mes assiduités, avaient fait des questions à leur
fille; que si j'avais des vues honnêtes, rien n'était plus
simple que de les avouer; qu'on se ferait honneur de
me recevoir à ces conditions; mais que si je ne m'ex-
pliquais pas nettement sous quinzaine, on me prierait
de cesser des visites qui se remarquaient, sur lesquelles
on tenait des propos, et qui faisaient tort à leur fille,
en écartant d'elle des partis avantageux qui pouvaient
se présenter sans la crainte d'un refus.

JACQUES

Eh bien ! mon maître, Jacques a-t-il du nez ?

LE MAÎTRE

Le chevalier ajouta : « Dans quinzaine ! le terme est
assez court. Vous aimez, on vous aime ; dans quinze
jours que ferez-vous ? » Je répondis net au chevalier
que je me retirerais.

« Vous vous retirerez ! Vous n'aimez donc pas !

— J'aime, et beaucoup; mais j'ai des parents, un
nom, un état, des prétentions, et je ne me résoudrai
jamais à enfouir tous ces avantages dans le magasin
d'une petite bourgeoise.

— Et leur déclarerai-je cela ?

— Si vous voulez. Mais, chevalier, la subite et scru-
puleuse délicatesse de ces gens-là m'étonne. Ils ont
permis à leur fille d'accepter mes cadeaux; ils m'ont
laissé vingt-fois en tête-à-tête avec elle; elle court les
bals, les assemblées, les spectacles, les promenades aux
champs et à la ville, avec le premier qui a un bon équi-

page à lui offrir; ils dorment profondément tandis qu'on fait de la musique ou la conversation chez elle ; tu fréquentes dans la maison tant qu'il te plaît; et, entre nous, chevalier, quand tu es admis dans une maison, on peut y en admettre un autre. Leur fille est notée. Je ne croirai pas, je ne nierai pas tout ce qu'on en dit ; mais tu conviendras que ces parents-là auraient pu s'aviser plus tôt d'être jaloux de l'honneur de leur enfant. Veux-tu que je te parle vrai ? On m'a pris pour une espèce de benêt qu'on se promettait de mener par le nez aux pieds du curé de la paroisse. Ils se sont trompés. Je trouve Mlle Agathe charmante ; j'en ai la tête tournée : et il y paraît, je crois, aux effroyables dépenses que j'ai faites pour elle. Je ne refuse pas de continuer, mais encore faut-il que ce soit avec la certitude de la trouver un peu moins sévère à l'avenir.

« Mon projet n'est pas de perdre éternellement à ses genoux un temps, une fortune et des soupirs que je pourrais employer plus utilement ailleurs. Tu diras ces derniers mots à Mlle Agathe, et tout ce qui les a précédés à ses parents... Il faut que notre liaison cesse, ou que je sois admis sur un nouveau pied, et que Mlle Agathe fasse de moi quelque chose de mieux que ce qu'elle en a fait jusqu'à présent. Lorsque vous m'introduisîtes chez elle, convenez, chevalier, que vous me fîtes espérer des facilités que je n'ai point trouvées. Chevalier, vous m'en avez un peu imposé.

LE CHEVALIER

Ma foi, je m'en suis un peu imposé le premier à moi-même. Qui diable aurait jamais imaginé qu'avec l'air leste, le ton libre et gai de cette jeune folle, ce serait un petit dragon de vertu ?

JACQUES

Comment, diable! Monsieur, cela est bien fort. Vous avez donc été brave une fois dans votre vie?

LE MAÎTRE

Il y a des jours comme cela. J'avais sur le cœur l'aventure des usuriers, ma retraite à Saint-Jean-de-Latran, devant la demoiselle Bridoie, et plus que tout, les rigueurs de Mlle Agathe. J'étais un peu las d'être lanterné.

JACQUES

Et, d'après ce courageux discours, adressé à votre cher ami le chevalier de Saint-Ouin, que fîtes-vous?

LE MAÎTRE

Je tins parole, je cessai mes visites.

JACQUES

Bravo! Bravo! mio caro maestro!

LE MAÎTRE

Il se passa une quinzaine sans que j'entendisse parler de rien, si ce n'était par le chevalier qui m'instruisait fidèlement des effets de mon absence dans la famille, et qui m'encourageait à me tenir ferme. Il me disait : « On commence à s'étonner, on se regarde, on parle ; on se questionne sur les sujets de mécontentement qu'on a pu te donner. La petite fille joue la dignité ; elle dit avec une indifférence affectée à travers laquelle on voit aisément qu'elle est piquée : « On ne voit plus ce monsieur ; c'est qu'apparemment il ne veut plus qu'on

le voie ; à la bonne heure, c'est son affaire... » Et puis
elle fait une pirouette, elle se met à chantonner, elle va
à la fenêtre, elle revient, mais les yeux rouges ; tout le
monde s'aperçoit qu'elle a pleuré.

— Qu'elle a pleuré !

— Ensuite elle s'assied ; elle prend son ouvrage ; elle
veut travailler, mais elle ne travaille pas. On cause,
elle se tait ; on cherche à l'égayer, elle prend de l'humeur ; on lui propose un jeu, une promenade, un spectacle : elle accepte ; et lorsque tout est prêt, c'est une
autre chose qui lui plaît et qui lui déplaît le moment
d'après. Oh ! ne voilà-t-il pas que tu te troubles ! Je ne
te dirai plus rien.

— Mais, chevalier, vous croyez donc que, si je repa-
raissais...

— Je crois que tu serais un sot. Il faut tenir bon, il
faut avoir du courage. Si tu reviens sans être rappelé,
tu es perdu. Il faut apprendre à vivre à ce petit monde-
là.

— Mais si l'on ne me rappelle pas ?

— On te rappellera.

— Si l'on tarde beaucoup à me rappeler ?

— On te rappellera bientôt. Peste ! un homme comme
toi ne se remplace pas aisément. Si tu reviens de toi-
même on te boudera, on te fera payer chèrement ton
incartade, on t'imposera la loi qu'on voudra t'imposer ;
il faudra t'y soumettre ; il faudra fléchir le genou.
Veux-tu être le maître ou l'esclave, et l'esclave le plus
malmené ? Choisis. A te parler vrai, ton procédé a été
un peu leste ; on n'en peut pas conclure un homme
bien épris ; mais ce qui est fait est fait : et s'il est possible d'en tirer bon parti, il n'y faut pas manquer.

— Elle a pleuré !

— Eh bien! elle a pleuré. Il vaut encore mieux qu'elle pleure que toi.

— Mais si l'on ne me rappelle pas?

— On te rappellera, te dis-je. Lorsque j'arrive, je ne parle pas plus de toi que si tu n'existais pas. On me tourne, je me laisse tourner; enfin on me demande si je t'ai vu; je réponds indifféremment, tantôt oui, tantôt non; puis on parle d'autre chose; mais on ne tarde pas de revenir à ton éclipse. Le premier mot vient, ou du père ou de la mère, ou de la tante ou d'Agathe, et l'on dit: Après tous les égards que nous avons eus pour lui! l'intérêt que nous avons tous pris à sa dernière affaire! les amitiés que ma nièce lui a faites! les politesses dont je l'ai comblé! tant de protestations d'attachement que nous en avons reçues! et puis fiez-vous aux hommes! Après cela, ouvrez votre maison à ceux qui se présentent!... Croyez aux amis!

— Et Agathe?

— La consternation y est, c'est moi qui t'en assure.

— Et Agathe?

— Agathe me tire à l'écart, et dit: « Chevalier, concevez-vous quelque chose à votre ami? Vous m'avez assurée tant de fois que j'en étais aimée; vous le croyiez sans doute et pourquoi ne l'auriez-vous pas cru? Je le croyais bien, moi... Et puis elle s'interrompt, sa voix s'altère, ses yeux se mouillent... Eh bien! ne voilà t-il pas que tu en fais autant! Je ne te dirai plus rien, cela est décidé. Je vois ce que tu désires mais il n'en sera rien absolument rien. Puisque tu as fait la sottise de te retirer sans rime ni raison, je ne veux pas que tu la doubles en allant te jeter à leur tête. Il faut tirer parti de cet incident pour avancer tes affaires avec Mlle Agathe; il faut qu'elle voie qu'elle ne te tient pas si bien qu'elle ne puisse te perdre, à moins qu'elle ne s'y prenne mieux pour te garder. Après ce que tu as fait, en être encore à lui baiser la main ! Mais là, chevallier, la main sur la conscience, nous sommes amis, et tu peux, sans indiscrétion, t'expliquer avec moi ; vrai, tu n'en as jamais rien obtenu ?

— Non.

— Tu mens, tu fais le délicat.

— Je le ferais peut-être, si j'en avais raison ; mais je te jure que je n'ai pas le bonheur de mentir.

— Cela est inconcevable, car enfin tu n'es pas maladroit. Quoi ! on n'a pas eu le moindre petit moment de faiblesse ?

— Non.

— C'est qu'il sera venu, que tu ne l'auras pas aperçu et que tu l'auras manqué. J'ai peur que tu n'aies été un peu benêt ; les gens honnêtes, délicats et tendres comme toi y sont sujets.

— Mais vous, chevalier, lui dis-je, que faites-vous là ?

— Rien.

— Vous n'avez point eu de prétentions ?

— Pardonnez-moi, s'il vous plaît, elles ont même duré assez longtemps ; mais tu es venu, tu as vu et tu as vaincu. Je me suis aperçu qu'on te regardait beaucoup, et qu'on ne me regardait guère ; je me le suis tenu pour dit. Nous sommes restés bons amis ; on me confie ses petites pensées, on suit quelquefois mes conseils ; et faute de mieux, j'ai accepté le rôle de subalterne auquel tu m'as réduit. »

JACQUES

Monsieur, deux choses : l'une, c'est que je n'ai jamais pu suivre mon histoire sans qu'un diable ou un autre ne m'interrompît, et que la vôtre va tout de suite. Voilà le train de la vie ; l'un court à travers les ronces sans se piquer ; l'autre a beau regarder où il met le pied, il trouve des ronces dans le plus beau chemin, et arrive au gîte écorché tout vif.

LE MAÎTRE

Est-ce que tu as oublié ton refrain : et le grand rouleau, et l'écriture d'en haut ?

JACQUES

L'autre chose, c'est que je persiste dans l'idée que votre chevalier de Saint-Ouin est un grand fripon ; et qu'après avoir partagé votre argent avec les usuriers Le Brun, Merval, Mathieu de Fourgeot ou Fourgeot de Mathieu, la Bridoie, il cherche à vous embâter de sa maîtresse, en tout bien et tout honneur s'entend, par-devant notaire et curé, afin de partager encore avec vous votre femme... Ahi! la gorge!...

LE MAÎTRE

Sais-tu ce que tu fais là ? une chose très commune et très impertinente.

JACQUES

J'en suis bien capable.

LE MAÎTRE

Tu te plains d'avoir été interrompu, et tu interromps.

JACQUES

C'est l'effet du mauvais exemple que vous m'avez donné. Une mère veut être galante, et veut que sa fille soit sage ; un père veut être dissipateur, et veut que son fils soit économe ; un maître veut...

LE MAÎTRE

Interrompre son valet, l'interrompre tant qu'il lui plaît, et n'en pas être interrompu.

Lecteur, est-ce que vous ne craignez pas de voir se renouveler ici la scène de l'auberge ou l'un criait : « Tu descendras » ; l'autre : « Je ne descendrai pas. » A quoi tient-il que je ne vous fasse entendre : « J'interromprai ; tu n'interrompras pas. » Il est certain que, pour peu que j'agace Jacques ou son maître, voilà la querelle engagée ; et si je l'engage une fois, qui sait comment elle finira ? Mais la vérité est que Jacques répondit modestement à son maître : « Monsieur, je ne vous interromps pas ; mais je cause avec vous, comme vous m'en avez donné la permission. »

LE MAÎTRE

Passe ; mais ce n'est pas tout.

JACQUES

Quelle autre incongruité puis-je avoir commise ?

LE MAÎTRE

Tu vas anticipant sur le raconteur, et tu lui ôtes le plaisir qu'il s'est promis de ta surprise ; en sorte qu'ayant, par une ostentation de sagacité très déplacée, deviné ce qu'il avait à te dire, il ne reste plus qu'à se taire, et je me tais.

JACQUES

Ah ! mon maître !

LE MAÎTRE

Que maudits soient les gens d'esprit !

JACQUES

D'accord ; mais vous n'aurez pas la cruauté...

LE MAÎTRE

Conviens du moins que tu le mériterais.

JACQUES

D'accord ; mais avec tout cela vous regarderez à votre montre l'heure qu'il est, vous prendrez une prise de tabac, votre humeur cessera, et vous continuerez votre histoire.

LE MAÎTRE

Ce drôle-là fait de moi tout ce qu'il veut...

Quelques jours après cet entretien avec le chevalier, il reparut chez moi ; il avait l'air triomphant. « Eh bien ! l'ami, me dit-il, une autre fois croirez-vous à mes almanachs ? Je vous l'avais bien dit, nous sommes les plus forts, et voici une lettre de la petite ; oui, une lettre, une lettre d'elle... »

Cette lettre était fort douce ; des reproches, des plaintes et cætera ; et me voilà réinstallé dans la maison.

Lecteur, vous suspendez ici votre lecture ; qu'est-ce qu'il y a ? Ah ! je crois vous comprendre, vous voudriez voir cette lettre. Mᵐᵉ Riccoboni n'aurait pas manqué de vous la montrer. Et celle que Mᵐᵉ de La Pommeraye dicta aux deux dévotes, je suis sûr que vous l'avez regrettée. Quoiqu'elle fût autrement difficile à faire que celle d'Agathe, et que je ne présume pas infiniment de mon talent, je crois que je m'en serais tiré, mais elle n'aurait pas été originale; ç'aurait été comme ces sublimes harangues de Tite-Live, dans son *Histoire de Rome*, ou du cardinal Bentivoglio dans ses *Guerres de Flandre*. On les lit avec plaisir, mais elles détruisent l'illusion. Un historien, qui suppose à ses personnages des discours qu'ils n'ont pas tenus, peut aussi leur supposer des actions qu'ils n'ont pas faites. Je vous supplie donc de vouloir bien vous passer de ces deux lettres, et de continuer votre lecture.

LE MAÎTRE

On me demanda raison de mon éclipse, je dis ce que je voulus; on se contenta de ce que je dis, et tout reprit son train accoutumé.

JACQUES

C'est-à-dire que vous continuâtes vos dépenses, et que vos affaires amoureuses n'en avançaient pas davantage.

LE MAÎTRE

Le chevalier m'en demandait des nouvelles et avait l'air de s'en impatienter.

JACQUES

Et il s'impatientait peut-être réellement.

LE MAÎTRE

Et pourquoi cela?

JACQUES

Pouquoi! parce qu'il...

LE MAÎTRE

Achève donc.

JACQUES

Je m'en garderai bien; il faut laisser au conteur...

LE MAÎTRE

Mes leçons te profitent, je m'en réjouis.,. Un jour le
chevalier me proposa une promenade en tête à tête.
Nous allâmes passer la journée à la campagne. Nous
partîmes de bonne heure. Nous dinâmes à l'auberge;
nous y soupâmes; le vin était excellent, nous en bûmes
beaucoup, causant de gouvernement, de religion et de
galanterie. Jamais le chevalier ne m'avait marqué tant
de confiance, tant d'amitié; il m'avait raconté toutes
les aventures de sa vie, avec la plus incroyable franchise, ne me célant ni le bien ni le mal. Il buvait, il
m'embrassait, il pleurait de tendresse; je buvais, je
l'embrassais, je pleurais à mon tour. Il n'y avait dans
toute sa conduite passée qu'une seule action qu'il se
reprochât; il en porterait le remords jusqu'au tombeau.

« Chevalier, confessez-vous-en à votre ami, cela vous
soulagera. Eh bien! de quoi s'agit-il? de quelque pec-
cadile dont votre délicatesse vous exagère la valeur?

— Non, non, s'écriait le chevalier en penchant sa
tête sur ses deux mains, et se couvrant le visage de
honte; c'est une noirceur, une noirceur impardonnable.
Le croiriez-vous? Moi, le chevalier de Saint-Ouin, a
une fois trompé, trompé, oui, trompé son ami!

— Et comment cela s'est-il fait?

— Hélas! nous fréquentions l'un et l'autre dans la
même maison, comme vous et moi. Il y avait une jeune
fille comme Mlle Agathe; il en était amoureux, et moi

j'en étais aimé ; il se ruinait en dépenses pour elle, et
c'est moi qui jouissais de ses faveurs. Je n'ai jamais eu
le courage de lui en faire l'aveu ; mais si nous nous re-
trouvons ensemble, je lui dirai tout. Cet effroyable
secret que je porte au fond de mon cœur, l'accable,
c'est un fardeau dont il faut absolument que je me délivre.

— Chevalier, vous feriez bien.

— Vous me le conseillez ?

— Assurément, je vous le conseille.

— Et comment croyez-vous que mon ami prenne la
chose ?

— S'il est votre ami, s'il est juste, il trouvera votre
excuse en lui-même ; il sera touché de votre franchise
et de votre repentir ; il jettera ses bras autour de votre
cou ; il fera ce que je ferais à sa place.

— Vous le croyez ?

— Je le crois.

— Et c'est ainsi que vous en useriez ?

— Je n'en doute pas... »

A l'instant le chevalier se lève, s'avance vers moi, les
larmes aux yeux, les deux bras ouverts, et me dit :
« Mon ami, embrassez-moi donc.

— Quoi ! chevalier, lui dis-je, c'est vous ? c'est moi ?
c'est cette coquine d'Agathe ?

— Oui, mon ami ; je vous rends encore votre parole,
vous êtes le maître d'en agir avec moi comme il vous
plaira. Si vous pensez, comme moi, que mon offense
soit sans excuse, ne m'excusez point ; levez-vous,
quittez-moi, ne me revoyez jamais qu'avec mépris, et
abandonnez-moi à ma douleur et à ma honte. Ah !
mon ami, si vous saviez tout l'empire que la petite
scélérate avait pris sur mon cœur ; je suis né honnête ;

jugez combien j'ai dû souffrir du rôle indigne auquel je me suis abaissé. Combien de fois j'ai détourné mes yeux de dessus elle, pour les attacher sur vous, en gémissant de sa trahison et de la mienne. Il est inouï que vous ne vous en soyez jamais aperçu... »

Cependant j'étais immobile comme un Terme pétrifié ; à peine entendais-je le discours du chevalier. Je m'écriai : « Ah ! l'indigne ! Ah ! chevalier ! vous, vous, mon ami !

— Oui, je l'étais, et je le suis encore, puisque je dispose, pour vous tirer des liens de cette créature, d'un secret qui est plus le sien que le mien. Ce qui me désespère, c'est que vous n'en ayez rien obtenu qui vous dédommage de tout ce que vous avez fait pour elle. » (Ici Jacques se mit à rire et à siffler.)

Mais c'est *La Vérité dans le vin*, de Collé [1]... Lecteur, vous ne savez pas ce que vous dites ; à force de vouloir montrer de l'esprit, vous n'êtes qu'une bête. C'est si peu la vérité dans le vin que, tout au contraire, c'est la fausseté dans le vin. Je vous ai dit une grossièreté, j'en suis fâché, et je vous en demande pardon.

LE MAÎTRE

Ma colère tomba peu à peu. J'embrassai le chevalier ; il se remit sur sa chaise, les coudes appuyés sur la table, les poings fermés sur les yeux ; il n'osait me regarder.

---

1. *La Vérité dans le vin*, ou *les Désagréments de la galanterie*, charmante comédie de Collé, qui offre, comme ses autres productions en ce genre, une peinture aussi agréable que vraie des mœurs de son temps. (Br.)

JACQUES

Il était si affligé ! et vous eûtes la bonté de le consoler !... (Et Jacques de siffler encore.)

LE MAÎTRE

Le parti qui me parut le meilleur, ce fut de tourner la chose en plaisanterie. A chaque propos gai, le chevalier confondu me disait : « Il n'y a point d'homme comme vous ; vous êtes unique ; vous valez cent fois mieux que moi. Je doute que j'eusse eu la générosité ou la force de vous pardonner une pareille injure, et vous en plaisantez ; cela est sans exemple. Mon ami, que ferai-je jamais qui puisse réparer ?... Ah ! non, non, cela ne se répare pas. Jamais, jamais, je n'oublierai ni mon crime ni votre indulgence ; ce sont deux traits profondément gravés là. Je me rappellerai l'un pour me détester, l'autre pour vous admirer, pour redoubler d'attachement pour vous.

— Allons, chevalier, vous n'y pensez pas, vous vous surfaites votre action et la mienne. Buvons à votre santé. Chevalier, à la mienne donc, puisque vous ne voulez pas que ce soit à la vôtre... » Le chevalier peu à peu reprit courage. Il me raconta tous les détails de sa trahison, s'accablant lui-même des épithètes les plus dures ; il mit en pièces, et la fille, et la mère, et le père, et les tantes, et toute la famille, qu'il me montra comme un ramas de canailles indignes de moi, mais bien dignes de lui ; ce sont ses propres mots.

JACQUES

Et voilà pourquoi je conseille aux femmes de ne jamais coucher avec des gens qui s'enivrent. Je ne

20

méprise guère moins votre chevalier pour son indiscrétion en amour que pour sa perfidie en amitié. Que
diable! il n'avait qu'à... être un honnête homme et
vous parler d'abord... Mais tenez, Monsieur, je persiste,
c'est un gueux, c'est un fieffé gueux. Je ne sais plus
comment ceci finira; j'ai peur qu'il ne vous trompe
encore en vous détrompant. Tirez-moi, tirez-vous bien
vite vous-même de cette auberge et de la compagnie
de cet homme-là...

[Ici Jacques reprit sa gourde, oubliant qu'il n'y avait
ni tisane ni vin. Son maître se mit à rire. Jacques
toussa un demi-quart d'heure de suite. Son maître tira
sa montre et sa tabatière, et continua son histoire que
j'interromprai, si cela vous convient; ne fût-ce que
pour faire enrager Jacques, en lui prouvant qu'il
n'était pas écrit là-haut, comme il le croyait, qu'il
serait toujours interrompu et que son maître ne le
serait jamais [1].]

LE MAÎTRE au chevalier.

« Après ce que vous m'en dites là, j'espère que vous
ne les reverrez plus.

— Moi, les revoir!... Mais ce qui est désespérant
c'est de s'en aller sans se venger. On aura trahi, joué,
bafoué, dépouillé un galant homme; on aura abusé de
la passion et de la faiblesse d'un autre galant homme,
car j'ose encore me regarder comme tel, pour l'enga-
ger dans une suite d'horreurs; on aura exposé deux
amis à se haïr et peut-être à s'entr'égorger, car enfin,

1. Le passage renfermé entre deux crochets ne se trouve pas
dans l'édition originale. (BR.) — Il manque en effet à notre
copie.

mon cher, convenez que, si vous eussiez découvert
mon indigne menée, vous êtes brave, vous en eussiez
peut-être conçu un tel ressentiment...

— Non, cela n'aurait pas été jusque-là. Et pourquoi
donc? et pour qui? pour une faute que personne ne
saurait répondre de ne pas commettre? Est-ce ma
femme? Et quand elle le serait? Est-ce ma fille? Non,
c'est une petite gueuse; et vous croyez que pour une
petite gueuse... Allons, mon ami, laissons cela et buvons. Agathe est jeune, vive, blanche, grasse, potelée;
ce sont les chairs les plus fermes, n'est-ce pas? et la
peau la plus douce? La jouissance en doit être déli-
cieuse, et j'imagine que vous étiez assez heureux entre
ses bras pour ne guère penser à vos amis.

— Il est certain que si les charmes de la personne
et le plaisir pouvaient atténuer la faute, personne sous
le ciel ne serait moins coupable que moi.

— Ah çà, chevalier, je reviens sur mes pas; je retire
mon indulgence, et je veux mettre une condition à l'oubli de votre trahison.

— Parlez, mon ami, ordonnez, dites; faut-il me
jeter par la fenêtre, me pendre, me noyer, m'enfoncer
ce couteau dans la poitrine?... »

Et à l'instant le chevalier saisit un couteau qui était
sur la table, détache son col, écarte sa chemise, et, les
yeux égarés, se place la pointe du couteau de la main
droite à la fossette de la clavicule gauche, et semble
n'attendre que mon ordre pour s'expédier à l'antique.

« Il ne s'agit pas de cela, chevalier, laissez là ce
mauvais couteau.

— Je ne le quitte pas, c'est ce que je mérite; faites
signe.

— Laissez là ce mauvais couteau, vous dis-je, je ne

mets pas votre expiation à si haut prix... » Cependant
la pointe du couteau était toujours suspendue sur la
fossette de la clavicule gauche ; je lui saisis la main, je
lui arrachai son couteau que je jetai loin de moi, puis
approchant la bouteille de son verre, et versant plein,
je lui dis : « Buvons d'abord ; et vous saurez ensuite
à quelle terrible condition j'attache votre pardon.
Agathe est donc bien succulente, bien voluptueuse ?

— Ah ! mon ami, que ne le savez-vous comme moi !

— Mais attends, il faut qu'on nous apporte une bouteille de champagne, et puis tu me feras l'histoire d'une
de tes nuits. Traître charmant, ton absolution est à la
fin de cette histoire. Allons, commence : est-ce que tu
ne m'entends pas ?

— Je vous entends.

— Ma sentence te paraît-elle trop dure ?

— Non.

— Tu rêves ?

— Je rêve !

— Que t'ai-je demandé ?

— Le récit d'une de mes nuits avec Agathe.

— C'est cela. »

Cependant le chevalier me mesurait de la tête aux
pieds, et se disait à lui-même : « C'est la même taille,
à peu près le même âge ; et quand il y aurait quelque
différence, point de lumière, l'imagination prévenue
que c'est moi, elle ne soupçonnera rien...

— Mais, chevalier, à quoi penses-tu donc ? ton verre
reste plein, et tu ne commences pas !

— Je pense, mon ami, j'y ai pensé, tout est dit :
embrassez-moi. Nous serons vengés, oui, nous le
serons. C'est une scélératesse de ma part ; si elle est
indigne de moi, elle ne l'est pas de la petite coquine.

Vous me demandez l'histoire d'une de mes nuits ?

— Oui : est-ce trop exiger ?

— Non ; mais si, au lieu de l'histoire, je vous procurais la nuit?

— Cela vaudrait un peu mieux. » (Jacques se met à siffler.)

Aussitôt le chevalier tire deux clefs de sa poche, l'une petite et l'autre grande. « La petite, me dit-il est le passe-partout de la rue, la grande est celle de l'antichambre d'Agathe ; les voilà, elles sont toutes deux à votre service. Voici ma marche de tous les jours, depuis environ six mois ; vous y conformerez la vôtre. Ses fenêtres sont sur le devant, comme vous le savez. Je me promène dans la rue tant que je les vois éclairées. Un pot de basilic mis en dehors est le signal convenu? alors je m'approche de la porte d'entrée, je l'ouvre, j'entre, je la referme, je monte le plus doucement que je peux, je tourne par le petit corridor qui est à droite ; la première porte à gauche dans ce corridor est la sienne comme vous savez. J'ouvre cette porte avec cette grande clef, je passe dans la petite garderobe qui est à droite, là je trouve une petite bougie de nuit, à la lueur de laquelle je me déshabille à mon aise. Agathe laisse la porte de sa chambre entr'ouverte ; je passe, et je vais la trouver dans son lit. Comprenez-vous cela?

— Fort bien !

— Comme nous sommes entourés, nous nous taisons.

— Et puis je crois que vous avez mieux à faire que de jaser.

— En cas d'accident, je puis sauter de son lit et me renfermer dans la garde-robe, cela n'est pourtant jamais arrivé. Notre usage ordinaire est de nous séparer sur les quatre heures du matin. Lorsque le plaisir ou le

repos nous mène plus loin, nous sortons du lit ensemble ; elle descend, moi je reste dans la garde-robe,
je m'habille, je lis, je me repose, j'attends qu'il soit
l'heure de paraître. Je descends, je salue, j'embrasse
comme si je ne faisais que d'arriver.

— Cette nuit-ci, vous attend-on ?

— On m'attend toutes les nuits.

— Et vous me céderiez votre place ?

— De tout mon cœur. Que vous préfériez la nuit
au récit, je n'en suis pas en peine ; mais ce que je dési-
rerais, c'est que...

— Achevez ; il y a peu de chose que je ne me sente le
courage d'entreprendre pour vous obliger.

— C'est que vous restassiez entre ses bras jusqu'au
jour ; j'arriverais, je vous surprendrais.

— Oh ! non, chevalier, cela serait trop méchant.

— Trop méchant ? je ne le suis pas tant que vous pensez. Auparavant je me déshabillerais dans la garde-robe.

— Allons, chevalier, vous avez le diable au corps.
Et puis cela ne se peut ; si vous me donnez les clefs,
vous ne les aurez plus.

— Ah ! mon ami, que tu es bête !

— Mais, pas trop, ce me semble.

— Et pourquoi n'entrerions-nous pas tous les deux
ensemble ? Vous iriez trouver Agathe ; moi je resterais
dans la garde-robe jusqu'à ce que vous fissiez un signal
dont nous conviendrions.

— Ma foi, cela est si plaisant, si fou, que peu s'en
faut que je n'y consente. Mais, chevalier, tout bien
considéré, j'aimerais mieux réserver cette facétie pour
quelqu'une des nuits suivantes.

— Ah ! j'entends, votre projet est de nous venger
plus d'une fois.

— Si vous l'agréez?

— Tout à fait. »

JACQUES

Votre chevalier bouleverse toutes mes idées. J'imaginais...

LE MAÎTRE

Tu imaginais ?

JACQUES

Non, Monsieur, vous pouvez continuer.

LE MAÎTRE

Nous bûmes, nous dîmes cent folies, et sur la nuit qui s'approchait, et sur les suivantes, et sur celle où Agathe se trouverait entre le chevalier et moi. Le chevalier était redevenu d'une gaieté charmante, et le texte de notre conversation n'était pas triste. Il me prescrivait des préceptes de conduite nocturne qui n'étaient pas tous également faciles à suivre; mais après une longue suite de nuits bien employées, je pouvais soutenir l'honneur du chevalier à ma première, quelque merveilleux qu'il se prétendît, et ce furent des détails qui ne finissaient point sur les talents, perfections, commodités d'Agathe. Le chevalier ajoutait avec un art incroyable l'ivresse de la passion à celle du vin. Le moment de l'aventure ou de la vengeance nous paraissait arriver lentement; cependant, nous sortîmes de table. Le chevalier paya; c'est la première fois que cela lui arrivait; nous montâmes dans notre voiture, nous étions ivres; notre cocher et nos valets l'étaient encore plus que nous.

Lecteur, qui m'empêcherait de jeter ici le cocher, les chevaux, la voiture, les maîtres et les valets dans une fondrière? Si la fondrière vous fait peur, qui m'empêcherait de les amener sains et saufs dans la ville où j'accrocherais leur voiture à une autre, dans laquelle je renfermerais d'autres jeunes gens ivres? Il y aurait des mots offensants de dits, une querelle, des épées tirées, une bagarre dans toutes les règles. Qui m'empêcherait, si vous n'aimez pas les bagarres, de substituer à ces jeunes gens Mlle Agathe, avec une de ses tantes? Mais il n'y eut rien de tout cela. Le chevalier et le maître de Jacques arrivèrent à Paris. Celui-ci prit les vêtements du chevalier. Il est minuit, ils sont sous les fenêtres d'Agathe; la lumière s'éteint: le pot de basilic est à sa place. Ils font encore un tour d'un bout à l'autre de la rue, le chevalier recordant à son ami sa leçon. Ils approchent de la porte, le chevalier l'ouvre, introduit le maître de Jacques, garde le passe-partout de la rue, lui donne la clef du corridor, referme la porte d'entrée, s'éloigne et, après ce petit détail fait avec laconisme, le maître de Jacques reprit la parole et dit :

« Le local m'était connu. Je monte sur la pointe des pieds, j'ouvre la porte du corridor, je la referme, j'entre dans la garde-robe, où je trouvai la petite lampe de nuit; je me déshabille; la porte de la chambre était entr'ouverte, je passe; je vais à l'alcôve, où Agathe ne dormait pas. J'ouvre les rideaux; et à l'instant je sens deux bras nus se jeter autour de moi et m'attirer; je me laisse aller, je me couche, je suis accablé de caresses, je les rends. Me voilà le mortel le plus heureux qu'il y ait au monde; je le suis encore lorsque... »

Lorsque le maître de Jacques s'aperçut que Jacques

dormait ou faisait semblant de dormir : « Tu dors, lui dit-il, tu dors, maroufle, au moment le plus intéressant de mon histoire !... » et c'est à ce moment même que Jacques attendait son maître. « Te réveilleras-tu ? »

— Je ne le crois pas.

— Et pourquoi ?

— C'est que si je me réveille, mon mal de gorge pourra bien se réveiller aussi, et que je pense qu'il vaut mieux que nous reposions tous deux... »

Et voilà Jacques qui laisse tomber sa tête en devant.

« Tu vas te rompre le cou.

— Sûrement, si cela est écrit là-haut. N'êtes-vous pas entre les bras de Mlle Agathe ?

— Oui.

— Ne vous y trouvez-vous pas bien ?

— Fort bien.

— Restez-y.

— Que j'y reste, cela te plaît à dire.

— Du moins jusqu'à ce que je sache l'histoire de l'emplâtre de Desglands.

LE MAÎTRE

Tu te venges, traître.

JACQUES

Et quand cela serait, mon maître, après avoir coupé l'histoire de mes amours par mille questions, par autant de fantaisies, sans le moindre murmure de ma part, ne pourrai-je pas vous supplier d'interrompre la vôtre, pour m'apprendre l'histoire de l'emplâtre de ce bon Desglands, à qui j'ai tant d'obligations, qui m'a tiré de chez le chirurgien au moment où, manquant d'argent, je ne savais plus que devenir, et chez qui j'ai fait

connaissance avec Denise, Denise sans laquelle je ne
vous aurais pas dit un mot de tout ce voyage? Mon
maître, mon cher maître, l'histoire de l'emplâtre de
Desglands; vous serez si court qu'il vous plaira, et
cependant l'assoupissement qui me tient, et dont je ne
suis pas maître, se dissipera, et vous pourrez compter
sur toute mon attention.

LE MAÎTRE dit en haussant les épaules

Il y avait dans le voisinage de Desglands une veuve
charmante, qui avait plusieurs qualités communes avec
une célèbre courtisane [1] du siècle passé. Sage par raison, libertine par tempérament, se désolant le lendemain de la sottise de la veille, elle a passé toute sa vie
en allant du plaisir au remords et du remords au plaisir,
sans que l'habitude du remords ait étouffé le goût du
plaisir. Je l'ai connue dans ses derniers instants; elle
disait qu'enfin elle échappait à deux grands ennemis.
Son mari, indulgent pour le seul défaut qu'il eût à lui
reprocher, la plaignit pendant qu'elle vécut et la re-
gretta longtemps après sa mort. Il prétendait qu'il eût
été aussi ridicule à lui d'empêcher sa femme d'aimer
que de l'empêcher de boire. Il lui pardonnait la multitude de ses conquêtes en faveur du choix délicat qu'elle
y mettait. Elle n'accepta jamais l'hommage d'un sot ou
d'un méchant ; ses faveurs furent toujours la récompense du talent ou de la probité. Dire d'un homme qu'il
était ou qu'il avait été son amant, c'était assurer qu'il
était un homme de mérite. Comme elle connaissait sa
légèreté, elle ne s'engageait point à être fidèle. « Je
n'ai fait, disait-elle, qu'un faux serment en ma vie, c'est

1. Ninon de Lenclos. (Br.)

le premier. » Soit qu'on perdît le sentiment qu'on avait pris pour elle, soit qu'elle perdît celui qu'on lui avait inspiré, on restait son ami. Jamais il n'y eut d'exemple plus frappant de la différence de la probité et des mœurs. On ne pouvait pas dire qu'elle eût des mœurs ; et l'on avouait qu'il était difficile de trouver une plus honnête créature. Son curé la voyait rarement au pied des autels ; mais en tout temps il trouvait sa bourse ouverte pour les pauvres. Elle disait plaisamment, de la religion et des lois, que c'était une paire de béquilles qu'il ne fallait pas ôter à ceux qui avaient les jambes faibles. Les femmes qui redoutaient son commerce pour leurs maris le désiraient pour leurs enfants.

JACQUES, après avoir dit entre ses dents : Tu me le payeras,
ce maudit portrait, ajouta :

Vous avez été fou de cette femme-là ?

LE MAÎTRE

Je le serais certainement devenu si Desglands ne m'eût gagné de vitesse. Desglands en devint amoureux...

JACQUES

Monsieur, est-ce que l'histoire de son emplâtre et celle de ses amours sont tellement liées l'une à l'autre qu'on ne saurait les séparer ?

LE MAÎTRE

On peut les séparer ; l'emplâtre est un incident, l'histoire est le récit de tout ce qui s'est passé pendant qu'ils s'aimaient.

JACQUES

Et s'est-il passé beaucoup de choses?

LE MAÎTRE

Beaucoup.

JACQUES

En ce cas, si vous donnez à chacune la même étendue qu'au portrait de l'héroïne, nous n'en sortirons pas d'ici à la Pentecôte, et c'est fait de vos amours et des miennes.

LE MAÎTRE

Aussi, Jacques, pourquoi m'avez-vous dérouté?... N'as-tu pas vu chez Desglands un petit enfant?

JACQUES

Méchant, têtu, insolent et valétudinaire? Oui, je l'ai vu.

LE MAÎTRE

C'est un fils naturel de Desglands et de la belle veuve.

JACQUES

Cet enfant-là lui donnera bien du chagrin. C'est un enfant unique, bonne raison pour n'être qu'un vaurien; il sait qu'il sera riche, autre bonne raison pour n'être qu'un vaurien.

LE MAÎTRE

Et comme il est valétudinaire, on ne lui apprend rien; on ne le gêne, on ne le contredit sur rien, troisième bonne raison pour n'être qu'un vaurien.

JACQUES

Une nuit, le petit fou se mit à pousser des cris inhumains. Voilà toute la maison en alarmes ; on accourt. Il veut que son papa se lève.

« Votre papa dort.

— N'importe, je veux qu'il se lève, je le veux, je le veux...

— Il est malade.

— N'importe, il faut qu'il se lève, je le veux, je le veux... »

On réveille Desglands ; il jette sa robe de chambre sur ses épaules, il arrive.

« Eh bien ! mon petit, me voilà, que veux-tu ?

— Je veux qu'on les fasse venir.

— Qui ?

— Tous ceux qui sont dans le château. »

On les fait venir ; maîtres, valets, étrangers, commensaux ; Jeanne, Denise, moi avec mon genou malade, tous, excepté une vieille concierge impotente, à laquelle on avait accordé une retraite dans une chaumière à près d'un quart de lieue du château. Il veut qu'on l'aille chercher.

« Mais, mon enfant, il est minuit.

— Je le veux, je le veux.

— Vous savez qu'elle demeure bien loin.

— Je le veux, je le veux.

— Qu'elle est âgée et qu'elle ne saurait marcher.

— Je le veux, je le veux. »

Il faut que la pauvre concierge vienne ; on l'apporte, car pour venir elle aurait plutôt mangé le chemin. Quand nous sommes tous rassemblés, il veut qu'on le lève et qu'on l'habille. Le voilà levé et habillé. Il veut

21

que nous passions dans le grand salon et qu'on le place
au milieu dans le grand fauteuil de son papa. Voilà
qui est fait. Il veut que nous nous prenions tous par la
main. Il veut que nous dansions tous en rond, et nous
nous mettons tous à danser en rond. Mais c'est le reste
qui est incroyable... »

LE MAÎTRE

J'espère que tu me feras grâce du reste?

JACQUES

Non, non, Monsieur, vous entendrez le reste... il
croit qu'il m'aura fait impunément un portrait de la
mère, long de quatre aunes...

LE MAÎTRE

Jacques, je vous gâte.

JACQUES

Tant pis pour vous.

LE MAÎTRE

Vous avez sur le cœur le long et ennuyeux portrait
de la veuve ; mais vous m'avez, je crois, bien rendu cet
ennui par la longue et ennuyeuse histoire de la fantaisie de son enfant.

JACQUES

Si c'est votre avis, reprenez l'histoire du père ; mais
plus de portraits, mon maître ; je hais les portraits à
la mort.

LE MAÎTRE

Et pourquoi haïssez-vous les portraits ?

JACQUES

C'est qu'ils ressemblent si peu, que, si par hasard on vient à rencontrer les originaux, on ne les reconnaît pas. Racontez-moi les faits, rendez-moi fidèlement les propos, et je saurai bientôt à quel homme j'ai affaire. Un mot, un geste m'en ont quelquefois plus appris que le bavardage de toute une ville.

LE MAÎTRE

Un jour, Desglands...

JACQUES

Quand vous êtes absent, j'entre quelquefois dans votre bibliothèque, je prends un livre, et c'est ordinairement un livre d'histoire.

LE MAÎTRE

Uu jour, Desglands...

JACQUES

Je lis du pouce tous les portraits.

LE MAÎTRE

Un jour, Desglands...

JACQUES

Pardon, mon maître, la machine était montée, et il fallait qu'elle allât jusqu'à la fin.

LE MAÎTRE

Y est-elle?

JACQUES

Elle y est.

LE MAÎTRE

Un jour, Desglands invita à dîner la belle veuve avec
quelques gentilshommes d'alentour. Le règne de Desglands était sur son déclin; et parmi ses convives il y
en avait un vers lequel son inconstance commençait à
la pencher. Ils étaient à table, Desglands et son rival
placés l'un à côté de l'autre et en face de la belle veuve.
Desglands employait tout ce qu'il avait d'esprit pour
animer la conversation; il adressait à la veuve les propos les plus galants; mais elle, distraite, n'entendait
rien, et tenait les yeux attachés sur son rival. Desglands avait un œuf frais à la main; un mouvement
convulsif, occasionné par la jalousie, le saisit, il serre
les poings, et voilà l'œuf chassé de sa coque et répandu
sur le visage de son voisin. Celui-ci fit un geste de la
main, Desglands lui prend le poignet, l'arrête et lui dit
à l'oreille : « Monsieur, je le tiens pour reçu... » Il se
fait un profond silence, la belle veuve se trouve mal.
Le repas fut triste et court. Au sortir de table, elle fit
appeler Desglands et son rival dans un appartement
séparé; tout ce qu'une femme peut faire décemment
pour les réconcilier, elle le fit; elle supplia, elle pleura,
elle s'évanouit, mais tout de bon; elle serrait les mains
à Desglands, elle tournait ses yeux inondés de larmes
sur l'autre. Elle disait à celui-ci : « Et vous m'aimez !... »
à celui-là : « Et vous m'avez aimé... » à tous les deux :
« Et vous voulez me perdre, et vous voulez me rendre la
fable, l'objet de la haine et du mépris de toute la province ! Quel que soit celui des deux qui ôte la vie à son
ennemi, je ne le reverrai jamais; il ne peut être ni mon
ami ni mon amant; je lui voue une haine qui ne finira
qu'avec ma vie... » Puis elle retombait en défaillance,
et en défaillant elle disait : « Cruels, tirez vos épées et

enfoncez-les dans mon sein; si en expirant je vous vois embrassés, j'expirerai sans regret!...» Desglands et son rival restaient immobiles ou la secouraient et quelques pleurs s'échappèrent de leurs yeux. Cependant il fallut se séparer. On remit la belle veuve chez elle, plus morte que vive.

JACQUES

Eh bien! Monsieur, qu'avais-je besoin du portrait que vous m'avez fait de cette femme? Ne saurais-je pas à présent tout ce que vous en avez dit?

LE MAÎTRE

Le lendemain, Desglands rendit visite à sa charmante infidèle; il y trouva son rival. Qui fut bien étonné? Ce fut l'un et l'autre de voir à Desglands la joue droite couverte d'un grand rond de taffetas noir. « Qu'est-ce que cela? dit la veuve.

DESGLANDS

Ce n'est rien.

SON RIVAL

Un peu de fluxion?

DESGLANDS

Cela se passera. »

Après un moment de conversation, Desglands sortit, et en sortant, il fit à son rival un signe qui fut très bien entendu. Celui-ci descendit, ils passèrent, l'un par un des côtés de la rue, l'autre par le côté opposé; ils se rencontrèrent derrière les jardins de la belle veuve, se battirent, et le rival de Desglands demeura étendu sur la place, grièvement, mais non mortellement blessé. Tandis qu'on l'emporte chez lui, Desglands revient chez sa veuve, il s'assied, ils s'entretiennent encore de l'accident de la veille. Elle lui demande ce que signifie cette énorme et ridicule mouche qui lui couvre la joue. Il se lève, il se regarde au miroir. « En effet, lui dit-il, je la trouve un peu trop grande... » Il prend les ciseaux de la dame, il détache son rond de taffetas, le rétrécit tout autour d'une ligne ou deux, le replace, et dit à la veuve : « Comment me trouvez-vous, à présent ?

— Mais d'une ligne ou deux moins ridicule qu'auparavant.

— C'est toujours quelque chose. »

Le rival de Desglands guérit. Second duel où la victoire resta à Desglands : ainsi cinq à six fois de suite ; et Desglands, à chaque combat, rétrécissant son rond de taffetas d'une petite lisière, et remettant le reste sur sa joue.

JACQUES

Quelle fut la fin de cette aventure ? Quand on me porta au château de Desglands, il me semble qu'il n'avait plus son rond noir.

LE MAÎTRE

Non. La fin de cette aventure fut celle de la belle veuve. Le long chagrin qu'elle en éprouva acheva de ruiner sa santé faible et chancelante.

JACQUES

Et Desglands ?

LE MAÎTRE

Un jour que nous nous promenions ensemble, il reçoit un billet, il l'ouvre, et dit : « C'était un très brave homme, mais je ne saurais m'affliger de sa mort... » Et à l'instant il arrache de sa joue le reste de son rond noir, presque réduit par ses fréquentes rognures à la grandeur d'une mouche ordinaire. Voilà l'histoire de Desglands. Jacques est-il satisfait; et puis-je espérer qu'il écoutera l'histoire de mes amours, ou qu'il reprendra l'histoire des siennes ?

JACQUES

Ni l'un, ni l'autre.

LE MAÎTRE

Et la raison ?

JACQUES

C'est qu'il fait chaud, que je suis las, que cet endroit est charmant, que nous serons à l'ombre sous ces arbres, et qu'en prenant le frais au bord de ce ruisseau nous nous reposerons.

LE MAÎTRE

J'y consens, mais ton rhume ?

JACQUES

Il est de chaleur; et les médecins disent que les contraires se guérissent par les contraires.

LE MAÎTRE

Ce qui est vrai au moral comme au physique. J'ai remarqué une chose assez singulière; c'est qu'il n'y a guère de maxime de morale dont on ne fît un aphorisme de médecine, et réciproquement peu d'aphorismes de médecine dont on ne fît une maxime de morale.

JACQUES

Cela doit être.

Ils descendent de cheval, ils s'étendent sur l'herbe. Jacques dit à son maître : « Veillez-vous? dormez-vous? Si vous veillez, je dors; si vous dormez, je veille. »

Son maître lui dit : « Dors, dors.

— Je puis donc compter que vous veillerez? C'est que cette fois-ci nous y pourrions perdre deux chevaux. »

Le maître tira sa montre et sa tabatière; Jacques se mit en devoir de dormir; mais à chaque instant il se réveillait en sursaut, et frappait en l'air ses deux mains l'une contre l'autre. Son maître lui dit : « A qui diable en as-tu? »

JACQUES

J'en ai aux mouches et aux cousins. Je voudrais bien qu'on me dît à quoi servent ces incommodes bêtes-là?

LE MAÎTRE

Et parce que tu l'ignores, tu crois qu'elles ne servent à rien? La nature n'a rien fait d'inutile et de superflu.

JACQUES

Je le crois; car puisqu'une chose est, il faut qu'elle soit.

LE MAÎTRE

Quand tu as ou trop de sang ou du mauvais sang, que fais-tu? Tu appelles un chirurgien, qui t'en ôte deux ou trois palettes. Eh bien! ces cousins, dont tu te plains, sont une nuée de petits chirurgiens ailés qui

vi ennent avec leurs petites lancettes te piquer et te tirer
du sang goutte à goutte.

JACQUES

Oui, mais à tort et à travers, sans savoir si j'en ai
trop ou trop peu. Faites venir ici un étique, et vous
verrez si les petits chirurgiens ailés ne le piqueront
pas. Ils songent à eux ; et tout dans la nature songe à
soi et ne songe qu'à soi. Que cela fasse du mal aux
autres, qu'importe, pourvu qu'on s'en trouve bien?...
Ensuite il refrappait en l'air de ses deux mains, et il
disait : « Au diable les petits chirurgiens ailés ! »

LE MAÎTRE

Jacques, connais-tu la fable de Garo[1]?

JACQUES

Oui.

LE MAÎTRE

Comment la trouves-tu?

JACQUES

Mauvaise.

LE MAÎTRE

C'est bientôt dit.

JACQUES

Et bientôt prouvé. Si, au lieu de glands, le chêne
avait porté des citrouilles, est-ce que cette bête de Garo
se serait endormi sous un chêne? Et s'il ne s'était pas
endormi sous un chêne, qu'importait au salut de son

1. *Le Gland et la Citrouille.* La Fontaine, liv. XI, fable IV.

nez qu'il en tombât des citrouilles ou des glands? Faites
lire cela à vos enfants.

LE MAÎTRE

Un philosophe de ton nom ne le veut pas[1].

JACQUES

C'est que chacun a son avis, et que Jean-Jacques
n'est pas Jacques.

LE MAÎTRE

Et tant pis pour Jacques.

JACQUES

Qui sait cela avant que d'être arrivé au dernier mot
de la dernière ligne de la page qu'on remplit dans le
grand rouleau?

LE MAÎTRE

A quoi penses-tu?

JACQUES

Je pense que, tandis que vous me parliez et que je
vous répondais, vous me parliez sans le vouloir, et que
je vous répondais sans le vouloir.

LE MAÎTRE

Après?

JACQUES

Après? Et que nous étions deux vraies machines vi-
vantes et pensantes.

1. J.-J. ROUSSEAU, *Emile*, liv. II. (BR.)

LE MAÎTRE

Mais à présent que veux-tu?

JACQUES

Ma foi, c'est encore tout de même. Il n'y a dans les deux machines qu'un ressort de plus en jeu.

LE MAÎTRE

Et ce ressort-là... ?

JACQUES

Je veux que le diable m'emporte si je conçois qu'il puisse jouer sans cause. Mon capitaine disait : « Posez une cause, un effet s'ensuit; d'une cause faible, un faible effet; d'une cause momentanée, un effet d'un moment; d'une cause intermittente, un effet intermittent; d'une cause contrariée, un effet ralenti; d'une cause cessante, un effet nul.

LE MAÎTRE

Mais il me semble que je sens au dedans de moi-même que je suis libre comme je sens que je pense.

JACQUES

Mon capitaine disait : « Oui, à présent que vous ne voulez rien; mais veuillez vous précipiter de votre cheval? »

LE MAÎTRE

Eh bien! je me précipiterai.

JACQUES

Gaiement, sans répugnance, sans effort, comme lorsqu'il vous plaît d'en descendre à la porte d'une auberge!

LE MAÎTRE

Pas tout à fait ; mais qu'importe, pourvu que je me précipite, et que je prouve[1] que je suis libre ?

JACQUES

Mon capitaine disait : « Quoi ! vous ne voyez pas que sans ma contradiction il ne vous serait jamais venu en fantaisie de vous rompre le cou ? C'est donc moi qui vous prends par le pied, et qui vous jette hors de selle. Si votre chute prouve quelque chose, ce n'est donc pas que vous soyez libre, mais que vous êtes fou. » Mon capitaine disait encore que la jouissance d'une liberté qui pourrait s'exercer sans motif serait le vrai caractère d'un maniaque.

LE MAÎTRE

Cela est trop fort pour moi ; mais, en dépit de ton capitaine et de toi, je croirai que je veux quand je veux.

JACQUES

Mais si vous êtes et si vous avez toujours été le maître de vouloir, que ne voulez-vous à présent aimer une guenon ; et que n'avez-vous cessé d'aimer Agathe toutes les fois que vous l'avez voulu ? Mon maître, on passe les trois quarts de sa vie à vouloir, sans faire.

LE MAÎTRE

Il est vrai.

JACQUES

Et à faire sans vouloir.

1. VARIANTE : Que je me prouve.

LE MAÎTRE

Tu me démontreras celui-ci?

JACQUES

Si vous y consentez.

LE MAÎTRE

J'y consens.

JACQUES

Cela se fera, et parlons d'autre chose...

Après ces balivernes et quelques autres propos de la même importance, ils se turent; et Jacques, relevant son énorme chapeau, parapluie dans les mauvais temps, parasol dans les temps chauds, couvre-chef en tout temps, le ténébreux sanctuaire sous lequel une des meilleures cervelles qui aient encore existé, consultait le destin dans les grandes occasions ;... les ailes de ce chapeau relevées lui plaçaient le visage à peu près au milieu du corps; rabattues, à peine voyait-il à dix pas devant lui : ce qui lui avait donné l'habitude de porter le nez au vent; et c'est alors qu'on pouvait dire de son chapeau :

> Os illi[1] sublime dedit, cœlumque tueri
> Jussit, et erectos ad sidera tollere vultus.
>
> OVIDE, *Métam.*, lib. I, v, 85.

Jacques donc, relevant son énorme chapeau et promenant ses regards au loin, aperçut un laboureur qui rouait inutilement de coups un des deux chevaux qu'il avait attelés à sa charrue. Ce cheval, jeune et vigou-

---

1. Dans Ovide, on lit *homini* au lieu de *illi*. (BR.)

reux, s'était couché sur le sillon, et le laboureur avait
beau le secouer par la bride, le prier, le caresser, le
menacer, jurer, frapper, l'animal restait immobile, et
refusait opiniâtrément de se relever.

Jacques, après avoir rêvé quelque temps à cette
scène, dit à son maître, dont elle avait aussi fixé l'attention : Savez-vous, Monsieur, ce qui se passe là ?

LE MAÎTRE

Et que veux-tu qui se passe autre chose que ce que
je vois ?

JACQUES

Vous ne devinez rien ?

LE MAÎTRE

Non. Et toi, que devines-tu ?

JACQUES

Je devine que ce sot, orgueilleux, fainéant animal
est un habitant de la ville, qui, fier de son premier
état de cheval de selle, méprise la charrue ; et pour
vous dire tout, en un mot, que c'est votre cheval, le
symbole de Jacques que voilà, et de tant d'autres
lâches coquins comme lui, qui ont quitté les cam-
pagnes pour venir porter la livrée dans la capitale, et
qui aimeraient mieux mendier leur pain dans les rues,
ou mourir de faim, que de retourner à l'agriculture, le
plus utile et le plus honorable des métiers.

Le maître se mit à rire ; et Jacques, s'adressant au
laboureur qui ne l'entendait pas : « Pauvre diable,
touche, touche tant que tu voudras : il a pris son pli,
et tu useras plus d'une mèche à ton fouet, avant que

d'inspirer à ce maraud-là un peu de véritable dignité
et quelque goût pour le travail... » Le maître continuait
de rire. Jacques, moitié d'impatience, moitié de pitié,
se lève, s'avance vers le laboureur, et n'a pas fait deux
cents pas que, se retournant vers son maître, il se met
à crier : « Monsieur, arrivez, arrivez ; c'est votre cheval,
c'est votre cheval. »

Ce l'était en effet. A peine l'animal eut-il reconnu
Jacques et son maître qu'il se releva de lui-même,
secoua sa crinière, hennit, se cabra, et approcha tendrement son mufle du mufle de son camarade. Cependant Jacques, indigné, disait entre ses dents : « Gredin,
vaurien, paresseux, à quoi tient-il que je ne te donne
vingt coups de bottes?... » Son maître, au contraire, le
baisait, lui passait une main sur le flanc, lui frappait
doucement la croupe de l'autre, et pleurant presque de
joie, s'écriait : « Mon cheval, mon pauvre cheval, je te
retrouve donc ! »

Le laboureur n'entendait rien à cela. « Je vois, Messieurs, leur dit-il, que ce cheval vous a appartenu ; mais
je ne l'en possède pas moins légitimement ; je l'ai
acheté à la dernière foire. Si vous vouliez le reprendre
pour les deux tiers de ce qu'il m'a coûté, vous me
rendriez un grand service, car je n'en puis rien faire.
Lorsqu'il faut le sortir de l'écurie, c'est le diable ; lorsqu'il faut l'atteler, c'est pis encore ; lorsqu'il est arrivé
sur le champ, il se couche, et il se laisserait plutôt
assommer que de donner un coup de collier ou que de
souffrir un sac sur son dos. Messieurs, auriez-vous la
charité de me débarrasser de ce maudit animal-là? Il
est beau, mais il n'est bon à rien qu'à piaffer sous un
cavalier, et ce n'est pas là mon affaire... » On lui proposa un échange avec celui des deux autres qui lui

conviendrait le mieux; il y consentit, et nos deux voyageurs revinrent au petit pas à l'endroit où ils s'étaient reposés, et d'où ils virent, avec satisfaction, le cheval qu'ils avaient cédé au laboureur se prêter sans répugnance à son nouvel état.

JACQUES

Eh bien! Monsieur?

LE MAÎTRE

Eh bien! rien n'est plus sûr que tu es inspiré; est-ce de Dieu, est-ce du diable? Je l'ignore. Jacques, mon cher ami, je crains que vous n'ayez le diable au corps.

JACQUES

Et pourquoi le diable?

LE MAÎTRE

C'est que vous faites des prodiges, et que votre doctrine est fort suspecte.

JACQUES

Et qu'est-ce qu'il y a de commun entre la doctrine que l'on professe et les prodiges qu'on opère?

LE MAÎTRE

Je vois que vous n'avez pas lu dom la Taste[1].

---

1. La Taste (dom Louis), bénédictin, évêque de Bethléem, né à Bordeaux, mort à Saint-Denis en 1754, a soutenu, dans ses *Lettres théologiques* aux écrivains défenseurs des convulsions et autres miracles du temps (Paris, 1733, in-4°), que les diables peuvent faire des miracles bienfaisants et des guérisons miraculeuses pour introduire ou autoriser l'erreur ou le vice. (Br.) — C'est la doctrine professée de nos jours par les de Mirville, P. Ventura, Gougenot des Mousseaux, Bizouard, etc.

JACQUES

Et ce dom la Taste que je n'ai pas lu, que dit-il?

LE MAÎTRE

Il dit que Dieu et le diable font également des miracles.

JACQUES

Et comment distingue-t-il les miracles de Dieu des miracles du diable?

LE MAÎTRE

Par la doctrine. Si la doctrine est bonne, les miracles sont de Dieu; si elle est mauvaise, les miracles sont du diable.

JACQUES (Ici, Jacques se mit à siffler, puis il ajouta :)

Et qui est-ce qui m'apprendra à moi, pauvre ignorant, si la doctrine du faiseur de miracles est bonne ou mauvaise? Allons, Monsieur, remontons sur nos bêtes. Que vous importe que ce soit de par Dieu ou de par Béelzébuth que votre cheval se soit retrouvé? En ira-t-il moins bien?

LE MAÎTRE

Non. Cependant, Jacques, si vous étiez possédé...

JACQUES

Quel remède y aurait-il à cela?

LE MAÎTRE

Le remède! ce serait, en attendant l'exorcisme... ce serait de vous mettre à l'eau bénite pour toute boisson.

JACQUES

Moi, Monsieur, à l'eau! Jacques à l'eau bénite! J'aimerais mieux que mille légions de diables me restassent dans le corps que d'en boire une goutte, bénite ou non bénite. Est-ce que vous ne vous êtes pas aperçu que j'étais hydrophobe?...

Ah! *hydrophobe?* Jacques a dit *hydrophobe?*... Non, lecteur, non; je confesse que le mot n'est pas de lui. Mais, avec cette sévérité de critique-là, je vous défie de lire une scène de comédie ou de tragédie, un seul dialogue, quelque bien qu'il soit fait, sans surprendre le mot de l'auteur dans la bouche de son personnage. Jacques a dit : « Monsieur, est-ce que vous ne vous êtes pas encore aperçu qu'à la vue de l'eau, la rage me prend?... » Eh bien? en disant autrement que lui, j'ai été moins vrai, mais plus court.

Ils remontèrent sur leurs chevaux; et Jacques dit à son maître : « Vous en étiez de vos amours au moment où, après avoir été heureux deux fois, vous vous disposiez peut-être à l'être une troisième.

LE MAÎTRE

Lorsque tout à coup la porte du corridor s'ouvre. Voilà la chambre pleine d'une foule de gens qui marchent tumultueusement; j'aperçois des lumières, j'entends des voix d'hommes et de femmes qui parlaient tous à la fois. Les rideaux sont violemment tirés; et j'aperçois le père, la mère, les tantes, les cousins, les cousines et un commissaire qui leur disait gravement : « Messieurs, Mesdames, point de bruit; le délit est flagrant; Monsieur est un galant homme : il n'y a qu'un moyen de réparer le mal ; et Monsieur aimera mieux s'y prêter de lui-même que de s'y faire contraindre par les lois... »

A chaque mot il était interrompu par le père et par la mère qui m'accablaient de reproches ; par les tantes et par les cousines qui adressaient les épithètes les moins ménagées à Agathe, qui s'était enveloppé la tête dans les couvertures. J'étais stupéfait, et je ne savais que dire. Le commissaire, s'adressant à moi, me dit ironiquement : « Monsieur, vous êtes fort bien ; il faut cependant que vous ayez pour agréable de vous lever et de vous vêtir... » Ce que je fis, mais avec mes habits qu'on avait substitués à ceux du chevalier. On approcha une table ; le commissaire se mit à verbaliser. Cependant la mère se faisait tenir à quatre pour ne pas assommer sa fille, et le père lui disait : « Doucement, ma femme, doucement ; quand vous aurez assommé votre fille, il n'en sera ni plus ni moins. Tout s'arrangera pour le mieux... » Les autres personnages étaient dispersés sur des chaises, dans les différentes attitudes de la douleur, de l'indignation et de la colère. Le père, gourmandant sa femme par intervalles, lui disait : « Voilà ce que c'est que de ne pas veiller à la conduite de sa fille... » La mère lui répondait : « Avec cet air si bon et si honnête, qui l'aurait cru de Monsieur ?... » Les autres gardaient le silence. Le procès-verbal dressé, on m'en fit lecture ; et comme il ne contenait que la vérité, je le signai et je descendis avec le commissaire qui me pria très obligeamment de monter dans une voiture qui était à la porte, d'où l'on me conduisit avec un assez nombreux cortège droit au Fort-l'Evêque.

JACQUES

Au Fort-l'Evêque ! en prison !

LE MAÎTRE

En prison ; et puis voilà un procès abominable. Il ne
s'agissait de rien moins que d'épouser Mlle Agathe ; les
parents ne voulaient entendre à aucun accommode-
ment. Dès le matin, le chevalier m'apparut dans ma retraite. Il savait tout. Agathe était désolée ; ses parents
étaient enragés ; il avait essuyé les plus cruels reproches sur la perfide connaissance qu'il leur avait
donnée ; c'était lui qui était la première cause de leur
malheur et du déshonneur de leur fille ; ces pauvres gens
faisaient pitié. Il avait demandé à parler à Agathe en
particulier ; il ne l'avait pas obtenu sans peine. Agathe
avait pensé lui arracher les yeux, elle l'avait appelé
des noms les plus odieux. Il s'y attendait ; il avait laissé
tomber ses fureurs ; après quoi il avait tâché de l'ame-
·ner à quelque chose de .raisonnable ; mais cette fille
disait une chose à laquelle, ajoutait le chevalier, je ne
sais point de réplique : « Mon père et ma mère m'ont
surprise avec votre ami ; faut-il leur apprendre que, en
couchant avec lui, je croyais coucher avec vous ?... »
Il lui répondait : « Mais, en bonne foi, croyez-vous que
mon ami puisse vous épouser ?... — Non, disait-elle,
c'est vous, indigne, c'est vous, infâme, qui devriez y
être condamné. »

« Mais, dis-je au chevalier, il ne tiendrait qu'à vous
de me tirer d'affaire.

— Comment cela ?

— Comment ? en déclarant la chose comme elle est.

— J'en ai menacé Agathe ; mais, certes, je n'en fe-

rai rien. Il est incertain que ce moyen nous servît utilement ; et il est très certain qu'il nous couvrirait d'infamie. Aussi c'est votre faute.

— Ma faute ?

— Oui, votre faute. Si vous eussiez approuvé l'espièglerie que je vous proposais, Agathe aurait été surprise entre deux hommes, et tout ceci aurait fini par
une dérision. Mais cela n'est point, et il s'agit de se
tirer de ce mauvais pas.

— Mais, chevalier, pourriez-vous m'expliquer un
petit incident ? C'est mon habit repris et le vôtre remis
dans la garde-robe : ma foi, j'ai beau y rêver, c'est un
mystère qui me confond. Cela m'a rendu Agathe un
peu suspecte ; il m'est venu dans la tête qu'elle avait
reconnu la supercherie, et qu'il y avait entre elle et
ses parents je ne sais quelle connivence.

— Peut-être vous aura-t-on vu monter ; ce qu'il y
a de certain, c'est que vous fûtes à peine déshabillé,
qu'on me renvoya mon habit et qu'on me redemanda le
vôtre.

— Cela s'éclaircira avec le temps... »

Comme nous étions en train, le chevalier et moi, de
nous affliger, de nous consoler, de nous accuser, de
nous injurier et de nous demander pardon, le commissaire entra ; le chevalier pâlit et sortit brusquement.
Ce commissaire était un homme de bien, comme il en
est quelques-uns, qui, relisant chez lui son procès-verbal, se rappela qu'autrefois il avait fait ses études avec
un jeune homme qui portait mon nom ; il lui vint en
pensée que je pourrais bien être le parent ou même le
fils de son ancien camarade de collège, et le fait était
vrai. Sa première question fut de me demander qui
était l'homme qui s'était évadé quand il était entré.

« Il ne s'est point évadé, lui dis-je, il est sorti ; c'est
mon intime ami, le chevalier de Saint-Ouin.

— Votre ami ! vous avez là un plaisant ami ! Savez-
vous, Monsieur, que c'est lui qui m'est venu avertir ?
Il était accompagné du père et d'un autre parent.

— Lui !!

— Lui-même.

— Êtes-vous bien sûr de votre fait ?

— Très sûr ; mais comment l'avez-vous nommé ?

— Le chevalier de Saint Ouin.

— Oh ! le chevalier de Saint-Ouin, nous y voilà. Et
savez-vous ce que c'est que votre ami, votre intime
ami le chevalier de Saint-Ouin ? Un escroc, un
homme noté par cent mauvais tours. La police ne
laisse la liberté du pavé à cette espèce d'hommes-là
qu'à cause des services qu'elle en tire quelquefois. Ils
sont fripons et délateurs des fripons ; et on les trouve
apparemment plus utiles par le mal qu'ils préviennent
ou qu'ils révèlent, que nuisibles par celui qu'ils
font... »

Je racontai au commissaire ma triste aventure, telle
qu'elle s'était passée. Il ne la vit pas d'un œil beaucoup
plus favorable ; car tout ce qui pouvait m'absoudre ne
pouvait ni s'alléguer ni se démontrer au tribunal des
lois. Cependant il se chargea d'appeler le père et la
mère, de serrer les pouces à la fille, d'éclairer le magistrat, et de ne rien négliger de ce qui servirait à ma jus-
tification ; me prévenant toutefois que, si ces gens
étaient bien conseillés, l'autorité y pourrait très peu de
chose.

« Quoi ! monsieur le commissaire, je serai forcé
d'épouser ?

— Epouser ! cela serait bien dur, aussi ne l'appré-

hendé-je pas ; mais il y aura des dédommagements, et
dans ce cas ils sont considérables... » Mais, Jacques,
je crois que tu as quelque chose à me dire.

JACQUES

Oui ; je voulais vous dire que vous fûtes en effet plus
malheureux que moi, qui payai et qui ne couchai pas.
Au demeurant, j'aurais, je crois, entendu votre histoire
tout courant, si Agathe avait été grosse.

LE MAÎTRE

Ne te dépars pas encore de ta conjecture ; c'est que
le commissaire m'apprit, quelque temps après ma détention, qu'elle était venu faire chez lui sa déclaration
de grossesse.

JACQUES

Et vous voilà père d'un enfant...

LE MAÎTRE

Auquel je n'ai pas nui.

JACQUES

Mais que vous n'avez pas fait.

LE MAÎTRE

Ni la protection du magistrat, ni toutes les démarches
du commissaire ne purent empêcher cette affaire de
suivre le cours de la justice ; mais, comme la fille et ses
parents étaient mal famés, je n'épousai pas entre les
deux guichets. On me condamna à une amende considérable, aux frais de gésine [1], et à pourvoir à la sub-

---

1. *Gésine*, vieux mot ; *couches.*

     Et dans l'effort de la *gésine*,
     Sur la litière elle invoquait
  Et Junon l'accoucheuse, et madame Lucine.
                   EUST. LE NOBLE. (BR.)

sistance et à l'éducation d'un enfant provenu des faits
et gestes de mon ami le chevalier de Saint-Ouin, dont
il était le portrait en miniature. Ce fut un gros garçon,
dont Mlle Agathe accoucha très heureusement entre le
septième et le huitième mois, et auquel on donna une
bonne nourrice, dont j'ai payé les mois jusqu'à ce jour.

JACQUES

Quel âge peut avoir Monsieur votre fils ?

LE MAÎTRE

Il aura bientôt dix ans. Je l'ai laissé tout ce temps à
la campagne, où le maître d'école lui a appris à lire, à
écrire et à compter. Ce n'est pas loin de l'endroit où
nous allons ; et je profite de la circonstance pour payer
à ces gens ce qui leur est dû, le retirer et le mettre en
métier.

Jacques et son maître couchèrent encore une fois en
route. Ils étaient trop voisins du terme de leur voyage
pour que Jacques reprît l'histoire de ses amours ; d'ailleurs il s'en manquait beaucoup que son mal de gorge
fût passé. Le lendemain, ils arrivèrent... — Où ? —
D'honneur je n'en sais rien. — Et qu'avaient-ils à faire
où ils allaient ? — Tout ce qu'il vous plaira. Est-ce que
le maître de Jacques disait ses affaires à tout le monde ?
quoi qu'il en soit, elles n'exigeaient pas au delà d'une
quinzaine de séjour. Se terminèrent-elles bien, se terminèrent-elles mal ? C'est ce que j'ignore encore. Le
mal de gorge de Jacques se dissipa, par deux remèdes
qui lui étaient antipathiques, la diète et le repos.

— Un matin, le maître dit à son valet : « Jacques,
bride et selle les chevaux et remplis ta gourde ; il faut

aller où tu sais. » Ce qui fut aussitôt fait que dit. Les voilà s'acheminant vers l'endroit où l'on nourrissait depuis dix ans, aux dépens du maître de Jacques, l'enfant du chevalier de Saint-Ouin. A quelque distance du gîte qu'ils venaient de quitter, le maître s'adressa à Jacques dans les mots suivants : « Jacques, que dis-tu de mes amours ? »

JACQUES

Qu'il y a d'étranges choses écrites là-haut. Voilà un enfant de fait, Dieu sait comment ! Qui sait le rôle que ce petit bâtard jouera dans le monde ? qui sait s'il n'est pas né pour le bonheur ou le bouleversement d'un empire ?

LE MAÎTRE

Je te réponds que non. J'en ferai un bon tourneur ou un bon horloger. Il se mariera ; il aura des enfants qui tourneront à perpétuité des bâtons de chaise dans ce monde.

JACQUES

Oui, si cela est écrit là-haut. Mais pourquoi ne sortirait-il pas un Cromwell de la boutique d'un tourneur ? Celui qui fit couper la tête à son roi, n'était-il pas sorti de la boutique d'un brasseur, et ne dit-on pas aujourd'hui... ?

LE MAÎTRE

Laissons cela. Tu te portes bien, tu sais mes amours ; en conscience tu ne peux te dispenser de reprendre l'histoire des tiennes.

JACQUES

Tout s'y oppose. Premièrement, le peu de chemin
qui nous reste à faire ; secondement, l'oubli de l'endroit
où j'en étais ; troisièmement, un diable de pressentiment que j'ai là... que cette histoire ne doit pas finir ;
que ce récit nous portera malheur, et que je ne l'aurai pas
sitôt repris qu'il sera interrompu par une catastrophe
heureuse ou malheureuse.

LE MAÎTRE

Si elle est heureuse, tant mieux !

JACQUES

D'accord ; mais j'ai là... qu'elle sera malheureuse.

LE MAÎTRE

Malheureuse ! soit ; mais que tu parles ou que tu te
taises, arrivera-t-elle moins ?

JACQUES

Qui sait cela ?

LE MAÎTRE

Tu es né trop tard de deux ou trois siècles.

JACQUES

Non, Monsieur, je suis né à temps comme tout le
monde.

LE MAÎTRE

Tu aurais été un grand augure.

JACQUES

Je ne sais pas bien précisément ce que c'est qu'un
augure, ni ne me soucie de le savoir.

LE MAÎTRE

C'est un des chapitres importants de ton traité de la divination.

JACQUES

Il est vrai ; mais il y a si longtemps qu'il est écrit que je ne m'en rappelle pas un mot. Monsieur, tenez, voilà qui en sait plus que tous les augures, oies fatidiques, poulets sacrés de la république ; c'est la gourde. Interrogeons la gourde.

Jacques prit sa gourde, et la consulta longuement. Son maître tira sa montre et sa tabatière, vit l'heure qu'il était, prit sa prise de tabac, et Jacques dit : « Il me semble à présent que je vois le destin moins noir. Dites-moi où j'en étais. »

LE MAÎTRE

Au château de Desglands, ton genou un peu remis, et Denise chargée par sa mère de te soigner.

JACQUES

Denise fut obéissante. La blessure de mon genou était presque refermée ; j'avais même pu danser en rond la nuit de l'enfant ; cependant j'y souffrais par intervalles des douleurs inouïes. Il vint en tête au chirurgien du château qui en savait un peu plus long que son confrère, que ces souffrances, dont le retour était si opiniâtre, ne pouvaient avoir pour cause que le séjour d'un corps étranger qui était resté dans les chairs, après l'extraction de la balle. En conséquence il arriva dans ma chambre de grand matin ; il fit approcher une table de mon lit ; et lorsque mes rideaux

furent ouverts, je vis cette table couverte d'instruments
tranchants ; Denise assise à mon chevet, et pleurant à
chaudes larmes ; sa mère debout, les bras croisés, et
assez triste ; le chirurgien dépouillé de sa casaque, les
manches de sa veste retroussées, et sa main droite
armée d'un bistouri.

LE MAÎTRE

Tu m'effrayes.

JACQUES

Je le fus aussi. « L'ami, me dit le chirurgien, êtes-
vous las de souffrir ?

— Fort las.

— Voulez-vous que cela finisse et conserver votre
jambe ?

— Certainement.

— Mettez-la donc hors du lit, et que j'y travaille à
mon aise. »

J'offre ma jambe. Le chirurgien met le manche de
son bistouri entre ses dents, passe ma jambe sous son
bras gauche, l'y fixe fortement, reprend son bistouri,
en introduit la pointe dans l'ouverture de ma blessure,
et me fait une incision large et profonde. Je ne sour-
cillai pas, mais Jeanne détourna la tête, et Denise
poussa un cri aigu et se trouva mal...

Ici, Jacques fit halte à son récit, et donna une nouvelle atteinte à sa gourde. Les atteintes étaient d'autant
plus fréquentes que les distances étaient courtes, ou,
comme disent les géomètres, en raison inverse des
distances. Il était si précis dans ses mesures que,
pleine en partant, elle était toujours exactement vide en
arrivant. Messieurs des ponts et chaussées en auraient

fait un excellent odomètre[1], et chaque atteinte avait communément sa raison suffisante. Celle-ci était pour faire revenir Denise de son évanouissement et se remettre de la douleur de l'incision que le chirurgien lui avait faite au genou. Denise revenue, et lui réconforté, il continua.

JACQUES

Cette énorme incision mit à découvert le fond de la blessure, d'où le chirurgien tira, avec ses pinces, une très petite pièce de drap de culotte qui y était restée, et dont le séjour causait mes douleurs et empêchait l'entière cicatrisation de mon mal. Depuis cette opération, mon état alla de mieux en mieux, grâce aux soins de Denise; plus de douleurs, plus de fièvre; de l'appétit, du sommeil, des forces. Denise me pansait avec exactitude et avec une délicatesse infinie. Il fallait voir la circonspection et la légèreté de main avec lesquelles elle levait mon appareil; la crainte qu'elle avait de me faire la moindre douleur; la manière dont elle baignait ma plaie; j'étais assis sur le bord de mon lit; elle avait un genou à terre, ma jambe était posée sur sa cuisse, que je pressais quelquefois un peu : j'avais une main sur son épaule; et je la regardais faire avec un attendrissement que je crois qu'elle partageait. Lorsque mon pansement était achevé, je lui prenais les mains, je la remerciais, je ne savais que lui dire, je ne savais comment je lui témoignerais ma reconnaissance; elle était debout, les yeux baissés, et m'écoutait sans mot dire. Il ne passait pas au château un seul porte-balle, que je ne lui achetasse quelque chose; une fois c'était

---

1. *Odomètre*, compte-pas, instrument qui sert à mesurer le chemin qu'on a fait : de ὁδὸς, *chemin* ; μετρὸν, *mesure*. (Br.)

un fichu, une autre fois c'était quelques aunes d'indienne ou de mousseline, une croix d'or, des bas de coton, une bague, un collier de grenat. Quand ma petite emplette était faite, mon embarras était de l'offrir, le sien de l'accepter. D'abord je lui montrais la chose ; si elle la trouvait bien, je lui disais : « Denise, c'est pour vous que je l'ai achetée... » Si elle acceptait, ma main tremblait en la lui présentant, et la sienne en la recevant. Un jour, ne sachant que lui donner, j'achetai des jarretières ; elles étaient de soie, chamarrées de blanc, de rouge et de bleu, avec une devise. Le matin, avant qu'elle arrivât, je les mis sur le dossier de la chaise qui était à côté de mon lit. Aussitôt que Denise les aperçut, elle dit : « Oh ! les jolies jarretières !

— C'est pour mon amoureuse, lui répondis-je.

— Vous avez donc une amoureuse, monsieur Jacques ?

— Assurément ; est-ce que je ne vous l'ai pas encore dit ?

— Non. Elle est bien aimable, sans doute ?

— Très aimable.

— Et vous l'aimez bien ?

— De tout mon cœur.

— Et elle vous aime de même ?

— Je n'en sais rien. Ces jarretières sont pour elle, et elle m'a promis une faveur qui me rendra fou, je crois, si elle me l'accorde.

— Et quelle est cette faveur ?

— C'est que de ces deux jarretières-là, j'en attacherais une de mes mains... »

Denise rougit, se méprit à mon discours, crut que les jarretières étaient pour une autre, devint triste, fit maladresse sur maladresse, cherchait tout ce qu'il fallait pour mon pansement, l'avait sous les yeux et ne le trouvait pas ; renversa le vin qu'elle avait fait chauffer, s'approcha de mon lit pour me panser, prit ma jambe d'une main tremblante, délia mes bandes tout de travers, et quand il fallut étuver ma blessure, elle avait oublié tout ce qui était nécessaire ; elle l'alla chercher, me pansa, et en me pansant je vis qu'elle pleurait.

« Denise, je crois que vous pleurez, qu'avez-vous ?

— Je n'ai rien.

— Est-ce qu'on vous a fait de la peine ?

— Oui.

— Et qui est le méchant qui vous a fait de la peine ?

— C'est vous.

— Moi ?

— Oui.

— Et comment est-ce que cela m'est arrivé ?... »

Au lieu de me répondre, elle tourna les yeux sur les jarretières.

« Eh quoi ! lui dis-je, c'est cela qui vous a fait pleurer.

— Oui.

— Eh ! Denise, ne pleurez plus, c'est pour vous que je les ai achetées.

— Monsieur Jacques, dites-vous bien vrai ?

— Très vrai ; si vrai, que les voilà. » En même temps je les lui présentai toutes deux, mais j'en retins une ; à l'instant il s'échappa un souris à travers ses larmes. Je la pris par le bras, je l'approchai de mon lit, je pris un de ses pieds que je mis sur le bord ; je relevai ses jupons jusqu'à son genou, où elle les tenait serrés avec ses deux mains ; je baisai sa jambe, j'y attachai la jarretière que j'avais retenue ; et à peine était-elle attachée que Jeanne sa mère entra.

LE MAÎTRE

Voilà une fâcheuse visite.

JACQUES

Peut-être que oui, peut-être que non. Au lieu de
s'apercevoir de notre trouble, elle ne vit que la jarretière que sa fille avait entre ses mains. « Voilà une jolie
jarretière, dit-elle ; mais où est l'autre ?

— A ma jambe, lui répondit Denise. Il m'a dit qu'il
les avait achetées pour son amoureuse, et j'ai jugé que
c'était pour moi. N'est-il pas vrai, maman, que puisque
j'en ai mis une, il faut que je garde l'autre ?

— Ah ! monsieur Jacques, Denise a raison, une jarretière ne va pas sans l'autre, et vous ne voudriez pas
lui reprendre ce qu'elle a.

— Pourquoi non ?

— C'est que Denise ne le voudrait pas, ni moi non
plus.

— Mais arrangeons-nous, je lui attacherai l'autre en
votre présence.

— Non, non, cela ne se peut pas.

— Qu'elle me les rende donc toutes deux.

— Cela ne se peut pas non plus. »

Mais Jacques et son maître sont à l'entrée du village
où ils allaient voir l'enfant et les nourriciers de l'enfant
du chevalier de Saint-Ouin. Jacques se tut ; son maître
lui dit : « Descendons, et faisons ici une pause.

— Pourquoi ?

— Parce que, selon toute apparence, tu touches à la
conclusion de tes amours.

— Pas tout à fait.

— Quand on est arrivé au genou, il y a peu de chemin à faire.

— Mon maître, Denise avait la cuisse plus longue qu'une autre.

— Descendons toujours. »

Ils descendent de cheval, Jacques le premier, et se présentant avec célérité à la botte de son maître, qui n'eut pas plus tôt posé le pied sur l'étrier que les courroies se détachent et que mon cavalier, renversé en arrière, allait s'étendre rudement par terre si son valet ne l'eût reçu entre ses bras.

LE MAÎTRE

Eh bien ! Jacques, voilà comme tu me soignes ! Que s'en est-il fallu que je ne me sois enfoncé un côté, cassé le bras, fendu la tête, peut-être tué ?

JACQUES

Le grand malheur !

LE MAÎTRE

Que dis-tu, maroufle ? Attends, attends, je vais t'apprendre à parler...

Et le maître, après avoir fait faire au cordon de son fouet deux tours sur le poignet, de poursuivre Jacques, et Jacques de tourner autour du cheval en éclatant de rire ; et son maître de jurer, de sacrer, d'écumer de rage, et de tourner aussi autour du cheval en vomissant contre Jacques un torrent d'invectives ; et cette course de durer jusqu'à ce que tous deux, traversés de sueur et épuisés de fatigue, s'arrêtèrent l'un d'un côté du cheval, l'autre de l'autre, Jacques haletant et continuant de rire ; son maître haletant et lui lançant des regards de fureur. Ils commençaient à reprendre haleine, lorsque Jacques dit à son maître : « Monsieur mon maître en conviendra-t-il à présent ?

LE MAÎTRE

Et de quoi veux-tu que je convienne, chien, coquin, infâme, sinon que tu es le plus méchant de tous les valets, et que je suis le plus malheureux de tous les maîtres ?

JACQUES

N'est-il pas évidemment démontré que nous agissons la plupart du temps sans vouloir ? Là, mettez la main sur la conscience : de tout ce que vous avez dit ou fait depuis une demi-heure, en avez-vous rien voulu ? N'avez-vous pas été ma marionnette, et n'auriez-vous pas continué d'être mon polichinelle pendant un mois, si je me l'étais proposé ?

LE MAÎTRE

Quoi ! c'était un jeu ?

JACQUES

Un jeu.

LE MAÎTRE

Et tu t'attendais à la rupture des courroies ?

JACQUES

Je l'avais préparée.

LE MAÎTRE

Et c'était le fil d'archal que tu attachais au-dessus de ma tête pour me démener à ta fantaisie ?

JACQUES

A merveille!

LE MAÎTRE

Et ta réponse impertinente était préméditée?

JACQUES

Préméditée.

LE MAÎTRE

Tu es un dangereux vaurien.

JACQUES

Dites, grâce à mon capitaine qui se fit un jour un pareil passe-temps à mes dépens, que je suis un subtil raisonneur.

LE MAÎTRE

Si pourtant je m'étais blessé?

JACQUES

Il était écrit là-haut et dans ma prévoyance que cela n'arriverait pas.

LE MAÎTRE

Allons, asseyons-nous; nous avons besoin de repos. »
Il s'asseyent, Jacques disant : « Peste soit du sot! »

LE MAÎTRE

« C'est de toi que tu parles apparemment.

JACQUES

Oui, de moi, qui n'ai pas réservé un coup de plus dans la gourde.

LE MAÎTRE

Ne regrette rien, je l'aurais bu, car je meurs de soif.

JACQUES

Peste soit encore du sot de n'en avoir pas réservé deux ! »

Le maître le suppliant, pour tromper leur lassitude et leur soif, de continuer son récit, Jacques s'y refusant, son maître boudant, Jacques se laissant bouder ; enfin Jacques, après avoir protesté contre le malheur qui en arriverait, reprenant l'histoire de ses amours, dit :

« Un jour de fête, que le seigneur du château était à la chasse... » Après ces mots il s'arrêta tout court, et dit : « Je ne saurais ; il m'est impossible d'avancer ; il me semble que j'aie de rechef la main du destin à la gorge, et que je me la sente serrer ; pour Dieu, Monsieur, permettez que je me taise.

— Eh bien ! tais-toi, et va demander à la première chaumière que voilà la demeure du nourricier... »

C'était à la porte plus bas ; ils y vont, chacun d'eux tenant son cheval par la bride. A l'instant, la porte du nourricier s'ouvre, un homme se montre ; le maître de Jacques pousse un cri et porte la main à son épée ; l'homme en question en fait autant. Les deux chevaux s'effrayent du cliquetis des armes, celui de Jacques casse sa bride et s'échappe, et dans le même instant le cavalier contre lequel son maître se bat est étendu mort sur la place. Les paysans du village accourent. Le maître de Jacques se remet prestement en selle et s'éloigne à toutes jambes. On s'empare de Jacques, on

lui lie les mains sur le dos, et on le conduit devant le
juge du lieu, qui l'envoie en prison. L'homme tué était
le chevalier de Saint-Ouin, que le hasard avait conduit
précisément ce jour-là avec Agathe chez la nourrice de
leur enfant. Agathe s'arrache les cheveux sur le ca-
davre de son amant. Le maître de Jacques est déjà si
loin qu'on l'a perdu de vue. Jacques, en allant de la
maison du juge à la prison, disait : « Il fallait que cela
fût, cela était écrit là-haut... »

Et moi, je m'arrête, parce que je vous ai dit de ces
deux personnages tout ce que j'en sais. — Et les
amours de Jacques? Jacques a dit cent fois qu'il était
écrit là haut qu'il n'en finirait pas l'histoire, et je vois
que Jacques avait raison. Je vois, lecteur, que cela vous
fâche ; eh bien, reprenez son récit où il l'a laissé, et
continuez-le à votre fantaisie, ou bien faites une visite
à Mlle Agathe, sachez le nom du village où Jacques est
emprisonné ; voyez Jacques, questionnez-le ; il ne se
fera pas tirer l'oreille pour vous satisfaire ; cela le
désennuiera.

D'après les mémoires que j'ai de bonnes raisons
de tenir pour suspects, je pourrais peut-être suppléer
à ce qui manque ici ; mais à quoi bon? on ne peut
s'intéresser qu'à ce qu'on croit vrai. Cependant, comme
il y aurait de la témérité à prononcer sans un mûr
examen sur les entretiens de Jacques le Fataliste et de
son maître, ouvrage le plus important qui ait paru
depuis le *Pantagruel* de maître François Rabelais et
la vie et les aventures du *Compère Mathieu* [1], je reli-

1. *Le Compère Mathieu, ou les Bigarrures de l'Esprit humain*,
fut longtemps attribué à Voltaire et à Diderot. Cet ouvrage est

23

rai ces mémoires avec toute la contention d'esprit et toute l'impartialité dont je suis capable; et sous huitaine je vous en dirai mon jugement définitif, sauf à me rétracter lorsqu'un plus intelligent que moi me démontrera que je me suis trompé.

L'éditeur ajoute : La huitaine est passée. J'ai lu les mémoires en question; des trois paragraphes que j'y trouve de plus que dans le manuscrit dont je suis le possesseur, le premier et le dernier me paraissent originaux, et celui du milieu évidemment interpolé. Voici le premier, qui suppose une seconde lacune dans l'entretien de Jacques et de son maître.

Un jour de fête que le seigneur du château était à la chasse, et que le reste de ses commensaux étaient allés à la messe de la paroisse, qui en était éloignée d'un bon quart de lieue, Jacques était levé, Denise était assise à côté de lui. Ils gardaient le silence, ils avaient l'air de se bouder, et ils se boudaient en effet. Jacques avait tout mis en œuvre pour résoudre Denise à le rendre heureux, et Denise avait tenu ferme. Après ce long silence, Jacques, pleurant à chaudes larmes, lui dit d'un ton dur et amer : « C'est que vous ne m'aimez pas... » Denise, dépitée, se lève, le prend par le bras, le conduit brusquement vers le bord du lit, s'y assied, et lui dit : « Eh bien, monsieur Jacques, je ne vous aime donc pas? Eh bien, monsieur Jacques, faites de la malheureuse Denise tout ce qu'il vous plaira... » Et

de l'abbé Dulaurens (Henri-Joseph), né à Douai le 27 mars, et suivant quelques biographes le 27 mai 1719. Vers 1761, il s'était réfugié en Hollande, faisant la route à pied. Il passa ensuite en Allemagne. Dénoncé à la chambre ecclésiastique à Mayence, il fut jugé et condamné à une prison perpétuelle par sentence du 30 août 1767, et mourut en 1797, dans une maison de détention située près de Mayence. (Br.)

en disant ces mots, la voilà fondant en pleurs et suffoquée par les sanglots.

Dites-moi, lecteur, ce que vous eussiez fait à la place
de Jacques? Rien. Eh bien! c'est ce qu'il fit. Il recon-
duisit Denise sur sa chaise, se jeta à ses pieds, essuya
les pleurs qui coulaient de ses yeux, lui baisa les mains,
la consola, la rassura, crut qu'il en était tendrement
aimé, et s'en remit à sa tendresse sur le moment qu'il
lui plairait de récompenser la sienne. Ce procédé toucha sensiblement Denise.

On objectera peut-être que Jacques, aux pieds de
Denise, ne pouvait guère lui essuyer les yeux... à moins
que la chaise ne fût fort basse. Le manuscrit ne le dit
pas; mais cela est à supposer.

Voici le second paragraphe, copié de la vie de *Tristram Shandy*[1], à moins que l'entretien de Jacques le
Fataliste et de son maître ne soit antérieur à cet ouvrage, et que le ministre Sterne ne soit le plagiaire,
ce que je ne crois pas, mais par une estime toute particulière de M. Sterne, que je distingue de la plupart
des littérateurs de sa nation, dont l'usage assez fréquent est de nous voler et de nous dire des injures[2].

Une autre fois, c'était le matin, Denise était venue
panser Jacques. Tout dormait encore dans le château.
Denise s'approcha en tremblant. Arrivée à la porte de
Jacques, elle s'arrêta, incertaine si elle entrerait ou
non. Elle entra en tremblant; elle demeura assez

_____

1. Voir la *Notice préliminaire*.
2. Voltaire, dans une *lettre* qui fait partie du premier volume
publié en 1820 par la *Société des Bibliophiles français*, a dit
aussi : *Je connais de réputation Aaron Hill; c'est un digne Anglais; il nous pille et il dit du mal de ceux qu'il vole.* Cette
lettre, adressée à l'abbé Raynal, est du 30 juillet 1749. (Br.)

longtemps à côté du lit de Jacques sans oser ouvrir les rideaux. Elle les entr'ouvrit doucement; elle dit bonjour à Jacques en tremblant; elle s'informa de sa nuit et de sa santé en tremblant; Jacques lui dit qu'il n'avait pas fermé l'œil, qu'il avait souffert, et qu'il souffrait encore d'une démangeaison cruelle à son genou. Denise s'offrit à le soulager; elle prit une petite pièce de flanelle; Jacques mit sa jambe hors du lit, et Denise se mit à frotter avec sa flanelle au-dessous de la blessure, d'abord avec un doigt, puis avec deux, avec trois, avec quatre, avec toute la main. Jacques la regardait faire, et s'enivrait d'amour. Puis Denise se mit à frotter avec sa flanelle sur la blessure même, dont la cicatrice était encore rouge, d'abord avec un doigt, ensuite avec deux, avec trois, avec quatre, avec toute la main. Mais ce n'était pas assez d'avoir éteint la démangeaison au-dessous du genou, sur le genou, il fallait encore l'éteindre au-dessus, où elle ne se faisait sentir que plus vivement. Denise posa sa flanelle au-dessus du genou, et se mit à frotter là assez fermement, d'abord avec un doigt, avec deux, avec trois, avec quatre, avec toute la main. La passion de Jacques, qui n'avait cessé de la regarder, s'accrut à un tel point que, n'y pour vant plus résister, il se précipita sur la main de Denise... et la baisa[1].

Mais ce qui ne laisse aucun doute sur le plagiat, c'est ce qui suit. Le plagiaire ajoute : « Si vous n'êtes pas satisfait de ce que je vous révèle des amours de Jacques, lecteur, faites mieux, j'y consens. De quelque

---

1. Comparer avec le chapitre CCLXXII de *Tristram Shandy*, un peu long pour être mis en note, et qui est beaucoup plus libre, à notre avis.

manière que vous vous y preniez, je suis sûr que vous
finirez comme moi. — Tu te trompes, insigne calomniateur, je ne finirai point comme toi. Denise fut sage.
— Et qui est-ce qui vous dit le contraire? Jacques se
précipita sur sa main, et la baisa, sa main. C'est vous
qui avez l'esprit corrompu, et qui entendez ce qu'on ne
vous dit pas. — Eh bien ! il ne baisa donc que sa main ?
— Certainement : Jacques avait trop de sens pour
abuser de celle dont il voulait faire sa femme et se préparer une méfiance qui aurait pu empoisonner le reste
de sa vie. — Mais il est dit dans le paragraphe qui
précède que Jacques avait mis tout en œuvre pour
déterminer Denise à le rendre heureux. — C'est
qu'apparemment il n'en voulait pas encore faire sa
femme.

Le troisième paragraphe nous montre Jacques, notre
pauvre Fataliste, les fers aux pieds et aux mains,
étendu sur la paille au fond d'un cachot obscur, se rap-
pelant tout ce qu'il avait retenu des principes de la
philosophie de son capitaine, et n'étant pas éloigné de
croire qu'il regretterait peut-être cette demeure humide,
infecte, ténébreuse, où il était nourri de pain noir et
d'eau, et où il avait ses pieds et ses mains à défendre
contre les attaques des souris et des rats. On nous apprend qu'au milieu de ses méditations les portes de sa
prison et de son cachot sont enfoncées ; qu'il est mis en
liberté avec une douzaine de brigands et qu'il se trouve
enrôlé dans la troupe de Mandrin. Cependant la maréchaussée qui suivait son maître à la piste, l'avait atteint,
saisi et constitué dans une autre prison. Il en était sorti
par les bons offices du commissaire qui l'avait si bien
servi dans sa première aventure, et il vivait retiré depuis deux ou trois mois dans le château de Desglands,

lorsque le hasard lui rendit un serviteur presque aussi essentiel à son bonheur que sa montre et sa tabatière. Il ne prenait pas une prise de tabac, il ne regardait pas une fois l'heure qu'il était, qu'il ne dît en soupirant : Qu'es-tu devenu, mon pauvre Jacques!... Une nuit, le château de Desglands est attaqué par les Mandrins; Jacques reconnaît la demeure de son bienfaiteur et de sa maîtresse; il intercède et garantit le château du pillage. On lit ensuite le détail pathétique de l'entrevue inopinée de Jacques, de son maître, de Desglands, de Denise et de Jeanne.

« C'est toi, mon ami.

— C'est vous, mon cher maître !

— Comment t'es-tu trouvé parmi ces gens-là ?

— Et vous, comment se fait-il que je vous rencontre ici ?

— C'est vous, Denise ?

— C'est vous, monsieur Jacques? Combien vous m'avez fait pleurer !... »

Cependant Desglands criait : « Qu'on apporte des verres et du vin, vite, vite : c'est lui qui nous a sauvé la vie à tous... »

Quelques jours après, le vieux concierge du château décéda; Jacques obtient sa place et épouse Denise, avec laquelle il s'occupe à susciter des disciples à Zénon et à Spinoza, aimé de Desglands, chéri de son maître et adoré de sa femme; car c'est ainsi qu'il était écrit là-haut.

On a voulu me persuader que son maître et Desglands étaient devenus amoureux de sa femme. Je ne sais ce qui en est, mais je suis sûr qu'il se disait le soir à lui-même : « S'il est écrit là-haut que tu seras cocu, Jacques,

tu auras beau faire, tu le seras; s'il est écrit au contraire que tu ne le seras pas, ils auront beau faire, tu
ne le seras pas; dors donc, mon ami... » et qu'il s'endormait.

FIN

TOURS. — IMPRIMERIE DESLIS FRÈRES, 6, RUE GAMBETTA.

G/M 789 A.3

Milton Keynes UK
Ingram Content Group UK Ltd.
UKHW021846180823
427137UK00004B/121